HEYNE

PIERRE GRIMBERT
im Wilhelm Heyne Verlag:

Einst reisten Vertreter aller Nationen auf die geheimnisvolle Insel Ji. In den Tiefen der Insel, so erzählt man sich, gerieten sie in ein Felslabyrinth – und verschwanden spurlos. Jahr für Jahr treffen sich nun ihre Nachkommen am Eingang des Labyrinths, um dem Rätsel auf die Spur zu kommen. Denn was hat es mit der Insel Ji wirklich auf sich? Als schließlich ein Nachkomme nach dem anderen grausamen Mördern zum Opfer fällt, machen sich die letzten Erben auf, um das Geheimnis von Ji zu lüften.

DIE MAGIER
Erster Roman: Gefährten des Lichts
Zweiter Roman: Krieger der Dämmerung
Dritter Roman: Götter der Nacht
Vierter Roman: Kinder der Ewigkeit

DIE KRIEGER
Erster Roman: Das Erbe der Magier
Zweiter Roman: Der Verrat der Königin
Dritter Roman: Die Stimme der Ahnen
Vierter Roman: Das Geheimnis der Pforte
Fünfter Roman: Das Labyrinth der Götter

DIE GÖTTER
Erster Roman: Der Ruf der Krieger
Zweiter Roman: Das magische Zeichen
Dritter Roman: Die Macht der Dunkelheit

Mehr über Autor und Werk unter:
www.heyne-magische-bestseller.de

PIERRE GRIMBERT
DIE GÖTTER

DAS MAGISCHE ZEICHEN

ROMAN

Aus dem Französischen
von Sonja Finck
und Andreas Jandl

WILHELM HEYNE VERLAG
MÜNCHEN

Titel der französischen Originalausgabe
LES GARDIENS DE JI: LE DEUIL ÉCARLATE

Verlagsgruppe Random House FSC-DEU-0100
Das für dieses Buch verwendete FSC®-zertifizierte Papier
Holmen Book Cream
liefert Holmen Paper, Hallstavik, Schweden.

Deutsche Erstausgabe 08/2011
Redaktion: Catherine Beck
Copyright © 2009 by Pierre Grimbert
Copyright © 2011 der deutschsprachigen Ausgabe by
Wilhelm Heyne Verlag, München,
in der Verlagsgruppe Random House GmbH
Printed in Germany 2011
Umschlaggestaltung: Nele Schütz Design, München
Umschlagillustration: Paolo Barbieri
Karte: Andreas Hancock
Satz: Buch-Werkstatt GmbH, Bad Aibling
Druck und Bindung: GGP Media GmbH, Pößneck

ISBN 978-3-453-52769-0

www.heyne-magische-bestseller.de

Ich heiße Zejabel von Kercyan. Früher wurde ich die »Kahati« genannt und trug sogar den Beinamen »die Mörderin«, aber das ist lange her und gehört zu einem anderen Leben. Meinen richtigen Namen, den, den mir meine Eltern gaben, habe ich vergessen. Ich werde mich wohl nie mehr daran erinnern.

Denn es war so: Alle Mädchen, die von Zuïas Boten im Namen der Dämonin entführt wurden, hatten ihre Herkunft zu vergessen. Unser einziger Daseinszweck bestand darin, uns auf den Tag vorzubereiten, an dem eine von uns das höchste Opfer bringen würde: Zuïa ihren Körper schenken. Die Dämonin war zwar unsterblich, brauchte aber einen Körper aus Fleisch und Blut, um Gestalt anzunehmen. Zu diesem Zweck entrissen ihre Priester mich und andere Mädchen unseren Familien. Sie drillten uns gnadenlos darauf, Schmerz und Entbehrungen zu ertragen, damit eine von uns eines fernen Tages die grausame Rachegöttin in sich aufnehmen konnte. Diejenige, die diese zweifelhafte Ehre hätte, wäre dann nur noch eine Gefangene im Geist der Dämonin, eine leise Stimme in ihrem Kopf.

Keine von uns hatte dieses Schicksal freiwillig gewählt, und wir ahnten damals noch nicht, welche Schrecken uns erwarteten. Dass die Rachegöttin Zuïa immer wieder menschliche Gestalt annahm, wurde streng geheim gehalten. Seit Jahrtausenden hüteten die Judikatoren in den Sümpfen des Lus'an ihre Traditionen. Eine ihrer Pflichten war es, gewöhnliche Sterbliche von ihrer Gebieterin fernzuhalten, eine zweite, jederzeit eine Schar Mädchen für Zuïa bereitzuhalten.

An meine frühe Kindheit kann ich mich kaum erinnern. Alles, was mir geblieben ist, sind ein paar verschwommene Bilder. Bruchstückhafte Eindrücke, flüchtige Augenblicke. Zum Beispiel erinnere ich mich, wie ich hinter dem Haus meiner Eltern auf der Treppe saß und fasziniert zwei Salamander beobachtete, die sich ein Wettrennen lieferten. Ich erinnere mich auch an ein blaues Kleid, das meine Mutter gern trug. Ihr Gesicht habe ich jedoch vergessen.

An den Tag, als SIE mich holen kamen, erinnere ich mich hingegen mit erschreckender Deutlichkeit. SIE, das waren Männer in roten Kutten, angeführt von einem Judikator. Sie sagten meinen Eltern, dass sie mich mitnehmen würden, denn ich sei gesund und somit eine »Auserwählte«. Mein Vater brach erst in Tränen aus und begann dann vor Wut zu toben. Ein paar Männer brachten mich nach draußen, während andere bei meinen Eltern im Haus blieben. Kurz darauf verstummten das Weinen und Schreien meines Vaters, und es war nur noch das Flehen meiner Mutter zu hören, das wenig später ebenfalls abbrach.

Die Männer hätten meine Eltern auch dann getötet, wenn sie keinen Widerstand geleistet hätten, davon bin ich überzeugt. Zuïas Gesetz erlaubte keinen Bruch mit der Tradition. Die Dämonin wollte verhindern, dass ihre Untertanen Rachegelüste entwickelten oder aufbegehrten, und so waren die Eltern aller entführten Mädchen zum Tode verdammt. Zuïas Boten vollstreckten das Urteil der Rachegöttin immer, sei es am selben Tag oder Monde später.

Nachdem ich meinen Eltern entrissen worden war, fand ich mich in einer Gruppe von etwa zwanzig weinenden Mädchen wieder. Die meisten von uns waren gerade einmal drei Jahre alt. Wir setzten uns in Bewegung, umringt von Männern, an deren Klingen noch das Blut unserer Eltern klebte. Zuïas Boten führten uns in die Sümpfe des Lus'an. Zu Fuß. Viele von uns trugen nicht einmal Schuhe – auch ich nicht.

Die Mörder fassten uns nicht gerade mit Samthandschuhen an. Für sie waren wir nur eine Schar plärrender Gören, die sich nicht von der der Vorjahre unterschied. Vermutlich hatten sie den Befehl, auf dem Marsch zu Zuïas Palast eine erste Aussonderung vorzunehmen. Die Selektion war grausam: In den vier Tagen starben zwei Mädchen an Hunger oder Erschöpfung, und zwei weitere wurden von den Boten in den Sümpfen zurückgelassen, wo sie der sichere Tod erwartete. Dieses Schicksal war allen Mädchen bestimmt, die den Boten nicht aufs Wort gehorchten oder nicht aufhören wollten zu weinen.

Ich gehörte weder zu der einen noch zu der anderen Sorte. Taub vor Müdigkeit und Hunger wurde ich nur von einem Gedanken beherrscht: Am Ende des Marschs würden uns die Männer vielleicht etwas zu essen geben und uns eine Weile schlafen lassen. Als wir an einem Strauch mit wilden Beeren vorbeikamen, konnte ich der Versuchung nicht widerstehen und stopfte mir die süßen Früchte in den Mund. Ich war so ausgehungert, dass ich sogar ein paar schwächere Mädchen wegschubste, um möglichste viele Beeren abzubekommen. Ich war nur noch auf mein eigenes Überleben bedacht. Nach diesem Vorfall betrachteten mich die Wächter mit anderen Augen. Der Judikator schenkte mir sogar ein schmales Lächeln.

Dieses Verhalten hätte mich misstrauisch machen sollen – mir hätte dämmern müssen, welches Schicksal mir bevorstand. Anstatt den Marsch fortzusetzen, hätte ich mich besser auf der Stelle im Morast der Sümpfe ertränkt.

Der Wind war zwar nicht kalt, wehte aber so heftig, dass er Fanoun in einem fort Sand ins Gesicht blies. Vergeblich versuchte die Alte, ihren Schal so zu binden, dass Mund und Nase besser geschützt waren. Die salzigen Körner krochen in jede Falte ihres runzeligen Gesichts und trieben ihr Tränen in die Augen. Nach einer Weile beschloss sie, rückwärts gegen den Sturm anzulaufen, auch wenn sie auf diese Weise leichter stolperte. In ihrem Alter konnte jeder Sturz lebensgefährlich sein.

Zum Glück gab es am Strand nicht viele Hindernisse. Überdies kannte Fanoun diesen Teil der Küste wie ihre Westentasche und hätte den Weg sogar mit geschlossenen Augen gefunden. Sie und ihr Mann hatten sich vor über sechzig Jahren in der Nähe des lorelischen Dorfs Berce niedergelassen, nur wenige Meilen vom Mittenmeer entfernt. Beide waren diesen Strand unzählige Male entlanggelaufen, um nach Muscheln zu suchen oder spazieren zu gehen. Seit dem Tod ihres Mannes vor zwölf Jahren hatte Fanoun diese Gewohnheit beibehalten. Manchmal, wenn weit und breit niemand in Sicht war, unterhielt sich die Witwe sogar leise mit dem Verstorbenen.

Zum Glück war sie nicht völlig allein. Ihr Hund Gari, dessen rötlich-blondes Fell im Wind flatterte, hatte ein so überschäumendes Temperament, dass es Fanoun manchmal schon ermüdete, ihm beim Herumtoben *zuzuschauen*. Sein Alter war unklar, Fanoun schätzte ihn auf acht oder neun Jahre. Vor einigen Wintern hatte sie das Tier an eben diesem Strand gefunden, und seitdem waren die beiden unzertrennlich. Garis unbändiger Spieltrieb stellte die Geduld der alten Frau manchmal auf eine harte Probe, auch wenn er dafür sorgte, dass sie gesund blieb. Wenn sie den Hund nicht täglich mehrere Dezimen lange ausführen müsste, hätte sie bei diesem Wetter gewiss keinen Fuß vor die Tür gesetzt. Trotz des schneidenden Winds musste sie zugeben, dass ihr der Spaziergang guttat – zumindest weckte er angenehme Erinnerungen.

Mit zusammengekniffenen Augen wandte sie den Kopf zur Seite, um einen kurzen Blick auf den Hund zu werfen, der am Meeressaum herumtollte. Es war Flut, und die Wellen rollten in einem fort an den Strand. Garis Überschwang und Kraft zu beobachten, war eine wahre Freude. Er war ständig in Bewegung, rannte hierhin und dorthin, vollführte Luftsprünge, stürzte sich ins Wasser, schüttelte sich, nur um gleich wieder loszulaufen …

Wie üblich würde Fanoun später einen Teil des Abends darauf verwenden müssen, sein Fell zu bürsten. Manchmal hatte sie das Gefühl, der Hund wälzte sich absichtlich im Sand, nur um hinterher ausgiebig gestriegelt zu werden.

Wenig später gelangte Fanoun zu einer Dünenkette, die im Volksmund »Finger des Riesen« oder einfach nur »die Finger« genannt wurde. Es war die einzige Erhebung weit und breit. Endlich konnte sie wieder vorwärtslaufen, denn die Dünen boten ein wenig Schutz vor den Windböen. Der Name rührte von einer alten Legende her: Einst habe ein Seeungeheuer in den Untiefen des Meers gehaust, und vor langer Zeit sei es zum Häuten an diesen Strand gekommen. Mit den Jahren hätte der Sand dann den abgestoßenen Panzer und die Scheren des Tiers unter sich begraben, und so seien die Dünen entstanden. Obschon Fanoun solchen Geschichten für gewöhnlich keinen Glauben schenkte, ließ sie an dieser Stelle jedes Mal unwillkürlich den

Blick über die ungewöhnlich hohen Sandhügel wandern. Was, wenn die Legende doch einen Funken Wahrheit enthielt? Schließlich hatten im Laufe der Jahrhunderte mehrere Augenzeugen das Seeungeheuer gesichtet! Die alte Frau erschauderte bei dem Gedanken, die Dünen könnten auseinanderbrechen und eine alptraumhafte Kreatur mit schuppigem Panzer und spitz gezackten Scheren zum Vorschein bringen. Die Alte malte sich die Szene so lebhaft aus, dass sie heftig zusammenzuckte, als Gari plötzlich zu bellen begann.

Zum Glück konnte sie ein rascher Blick den Strand entlang beruhigen. Der Hund schlug nur an, weil jemand auf sie zukam. Noch war der Fremde mehrere Hundert Schritte entfernt, und Fanouns Augen waren nicht mehr die besten, aber sie konnte immerhin erkennen, dass er ein Wägelchen hinter sich herzog. Also musste es Theodril sein, ein alter Mann aus dem Dorf, der regelmäßig zum Strand kam, um Treibholz zu sammeln. Fanoun fand den Greis nicht sonderlich sympathisch, wollte aber auch nicht kehrtmachen und ihren Spaziergang vorzeitig beenden, nur um ihm aus dem Weg zu gehen. Also fand sie sich mit dem Gedanken ab, bei ihrer Begegnung ein paar Worte mit ihm zu wechseln.

Während die beiden Alten einander mit der gebotenen Höflichkeit begrüßten, kläffte Gari den Treibholzsammler in einem fort an. Fanoun hätte dem Hund am liebsten als Vorwand benutzt, um rasch weiterzugehen, aber der Inhalt des Wägelchens weckte ihre Neugier. Anders als sonst transportierte Theodril nicht nur ein paar ausgebleichte, glatt geschliffene Äste, die die Flut zurückgelassen hatte. Heute hatte er einen ganzen Haufen Planken und zersplitterte Rundhölzer gesammelt, die das Wägelchen fast unter sich begruben. So hatte der Alte dann auch seine liebe Not, den Wagen im Sand überhaupt von der Stelle zu bekommen. Als Fanoun den Blick über den Strand schweifen ließ, entdeckte sie im Saum der zurückweichenden Flut ähnliche Trümmer, die ihr bisher nicht aufgefallen waren. Der Anblick weckte traurige Erinnerungen, die ihr die Kehle zuschnürten.

»Gab es einen Schiffbruch?«, fragte sie. »Wer ist nicht zurückgekehrt? Aus welchem Dorf sind die Männer?«

Theodril baute sich zwischen ihr und dem Wägelchen auf, als fürchte er, Fanoun würde ihm seine Beute streitig machen. Das Bild, wie der Alte vor zwölf Jahren die Überreste des Schiffs eingesammelt hatte, mit dem ihr Mann gesunken war, blitzte vor ihrem Auge auf. Fanoun bemühte sich, ihren Abscheu zu verbergen.

»Ich glaub, bei uns wird niemand vermisst«, nuschelte der Alte. »Außerdem muss man sich die Bretter nur mal ansehen. Das Boot is nich von hier.«

Fanoun besah sich die Wrackteile genauer. Tatsächlich sahen sie vollkommen anders aus als die schweren Planken der Fischerboote, die in der Umgebung von Berce hergestellt wurden. Sie erstarrte, als ihr auffiel, dass ein Großteil der Bretter vom Feuer geschwärzt war. *Ein Brand auf hoher See!* Das Schlimmste, was der Besatzung eines Schiffs passieren kann ... Ein solches Unglück überlebte niemand. Mit einem knappen Nicken verabschiedete sie sich von Theodril, rief ihren Hund und entfernte sich mit schweren Schritten.

Gleich darauf blieb Fanoun abermals stehen. Sie konnte sich nicht erklären, warum ihr das Schicksal der unbekannten Opfer so sehr zu schaffen machte. Vermutlich, weil es seit dem Tod ihres Mannes der erste Schiffbruch war, dessen Spuren sie mit eigenen Augen sah. Traurig glitt ihr Blick über die angespülten Planken und wanderte dann weiter hinaus auf das offene Meer, hin zu dem einzigen Flecken Land, der das endlose Blau durchbrach. Die Insel Ji.

Vielleicht war das brennende Boot ja an ihren Klippen zerschellt. Es wäre nicht das erste Mal ...

Abermals erschauderte die Witwe. Die kleine Insel hatte gewiss schon vielen Menschen das Leben gekostet.

Dieser Gedanke war sehr viel gruseliger als die Geschichten von einem Scheren-Ungeheuer, das auf dem Meeresgrund hauste.

Als ich Zuäas Palast zum ersten Mal sah, war ich zutiefst beeindruckt. Wer hätte gedacht, dass sich inmitten der tödlichen Sümpfe des Lus'an eine Festung aus Marmor, Gold und Seide befand? Obwohl ich noch ein Kind war, ahnte ich, dass eine solche Zurschaustellung von Luxus ungewöhnlich war. Außerdem wurde mir gleich klar, dass die Bewohner dieses Orts alles taten, um sein Geheimnis zu wahren, und in diesem Moment begriff ich, dass die Judikatoren nicht vorhatten, auch nur eines von uns einundzwanzig Mädchen jemals wieder nach Hause zu lassen. Wir standen vor unserem Gefängnis. Einem Gefängnis, das einer Schlangengrube ähnelte.

Man gönnte uns ein paar Dekanten Ruhe auf schimmeligen, flohverseuchten Strohsäcken. Obwohl der Hunger fast unerträglich war, sank ich erleichtert in einen tiefen Schlaf.

Andere Mädchen waren zu verstört von dem Unglück, das

über sie hereingebrochen war, um schlafen zu können, und weinten die ganze Nacht. Das stellte sich als folgenschwerer Fehler heraus. Im Morgengrauen warf uns der Kerkermeister ein paar Brotlaibe in die Zelle. Sie reichten längst nicht für alle Mädchen, es sei denn, wir hätten geteilt. Dafür waren wir jedoch viel zu ausgehungert. Innerhalb kürzester Zeit entspann sich eine wilde Prügelei. Diejenigen von uns, die etwas geschlafen hatten und wieder zu Kräften gekommen waren, siegten. Mit Zähnen und Krallen verteidigten wir unsere Beute, um unseren quälenden Hunger zu stillen. Den Verliererinnen blieb nichts anderes übrig, als noch bitterlicher zu weinen – oder sich vorzunehmen, beim nächsten Mal zu den Siegerinnen zu gehören. So begann zu unserer Schande ein Kampf auf Leben und Tod, der mir während der nächsten fünfzehn Jahre in Fleisch und Blut übergehen sollte. Es war die einzige Chance zu überleben.

Nach diesem ersten Kampf wurden wir in die Bäder geführt und kamen endlich in die Obhut von ein paar Frauen. Es waren die ersten, die ich in dem Dorf rings um Zuäas Palast sah, Mädchen von dreizehn oder vierzehn Jahren. Sie entkleideten und wuschen uns und schoren uns dann das Haar, nicht mit unnötiger Brutalität, aber auch ohne jedes Mitgefühl.

Ein Jahrzehnt später würde ich selbst eine dieser jungen Frauen sein. Die Sterblichen, die der Dämonin dienten, waren eine eingeschworene Gemeinschaft, die jahrhundertealten Traditionen folgte und in der jeder bestimmte Aufgaben zu erfüllen hatte – streng getrennt nach Alter, Geschlecht und Rang. So waren alle Männer, vom einfachsten Boten bis zum obersten Judikator, für den Schutz des Palasts, die Kampfausbildung und den religiösen Unterricht zuständig. Vom Kochen, Putzen und anderen häuslichen Tätigkeiten waren sie befreit. Zudem war es ihnen verboten, sich Zuïas Schülerinnen auf ungebührliche Weise zu nähern. Alle Mädchen, die Zuïa dienten, mussten Jungfrauen bleiben, sonst konnte ihr Körper den Geist der Dämonin nicht aufnehmen. Die wenigen Mädchen, die dieses Gesetz missachteten, wurden aufs Grausamste bestraft.

Alle Anwärterinnen auf den Titel der Kahati, die im Kampf um Zuïas Gunst über sehr viel Jüngere herfielen, wurden ebenfalls hart bestraft. Es wäre den jungen Frauen, die uns das Haar schoren, ein Leichtes gewesen, uns mit dem Rasiermesser die Kehle durchzuschneiden und so eine Rivalin aus dem Weg zu räumen, aber die Judikatoren wachten scharf darüber, dass der Wettstreit immer nur innerhalb einer Generation ausgetragen wurde. Sie mussten in jedem Jahr eine Kahati ernennen können und deshalb um jeden Preis verhindern, dass die Älteren die Jüngeren töteten. So lernte ich bald, mich vor allem vor Mädchen meines Alters in Acht zu nehmen. Die Jüngeren und Älteren ignorierten mich meistens und warteten schlimmstenfalls auf eine Gelegenheit, mir heimlich einen Stoß zu versetzen, damit ich verunglückte.

Nachdem man uns gewaschen und das Haar geschoren hatte, bekamen wir zu unserer Körpergröße passende purpurrote Gewänder. Jahrelang würden all meine Kleider diese Farbe haben. Anschließend führte man uns vor die Herrin des Hauses, unsere Gebieterin, der wir fortan bedingungslos gehorchen mussten – jedenfalls, wenn uns das Leben lieb war.

Ich muss gestehen, dass Zuïa mich über alle Maßen beeindruckte. Die Judikatoren stellten sie uns als Göttin vor, als unsere Göttin, und Zuïa lieferte uns auch gleich einen Beweis ihrer Macht. Einige Mädchen begannen hysterisch zu kreischen, als Zuïa in ihre Gedanken eindrang und dort zu ihnen sprach, aber die meisten empfanden nichts als Ehrfurcht und Bewun-

derung. Die Rachegöttin zeigte sich an jenem Tag von ihrer besten Seite. Auch wenn sie es nicht laut sagte, schien sie uns allen eine Mutter sein zu wollen. Wir sehnten uns so sehr nach ein wenig Zuwendung ...

Dann gaben uns die Judikatoren der Tradition gemäß einen neuen Namen: Fortan hieß ich Zejabel. Sie gaben uns zu verstehen, dass wir unsere Herkunft schnellstmöglich vergessen mussten. Damals erschien mir das unmöglich, aber mittlerweile weiß ich, dass die Judikatoren ihr Ziel erreicht haben.

Tage, Dekaden, Monde, Jahre zogen ins Land. Niemand entkam Zuïas Gesetz. Im Lus'an mussten wir all unsere Individualität aufgeben – wir waren Dienerinnen der vermeintlichen Göttin, sonst nichts. Der Wettkampf stand im Mittelpunkt von allem, und wir wurden ständig dazu angehalten, über uns selbst hinauszuwachsen. Meine Kindheit und Jugend waren eine einzige Abfolge harter körperlicher und geistiger Prüfungen. Die Judikatoren unterwiesen uns in den Kampfkünsten, im Gebrauch verschiedener Gifte und in den rätselhaften Gesetzen, denen die Unsterblichen gehorchten.

Damals war ich überzeugt, einer echten Göttin zu dienen. Mein Leid und das, welches ich meinen Rivalinnen zufügte, schienen mir durch einen höheren Zweck gerechtfertigt, den ich als gewöhnliche Sterbliche nicht verstand. Unter Aufbietung all meines Ehrgeizes und all meiner Beharrlichkeit gelang es mir, meine Rivalinnen zu übertreffen und den begehrten Titel der »Kahati« zu erringen. Irgendwann stand fest, dass ich Zuïas nächste Verkörperung sein würde. Ich war bereit, der Göttin meinen Körper zu schenken und meinen eigenen Geist sterben zu lassen.

Erst als ich Zuïas wahre Natur erkannte, fiel es mir wie Schuppen von den Augen. In Wahrheit war sie keine Göttin, sondern eine Dämonin, eine abscheuliche Kreatur. Sie war das genaue Gegenteil der strengen, aber gerechten Göttin, an die ich geglaubt hatte.

An jenem Tag begann meine Flucht vor Zuïa, und einige Zeit später besiegte ich die Dämonin. Letzten Endes nutzte ich die Fähigkeiten, die mir im Laufe entbehrungsreicher Jahre antrainiert worden waren, um meine einstige Gebieterin zu vernichten. Mein Leid war also doch noch zu etwas gut, daran muss ich einfach glauben. Trotzdem erinnere ich mich nur ungern an meine Lehrzeit. Mein Körper und mein Geist haben zu großen Schaden genommen.

Die Qualen meiner Kindheit und Jugend hätten mir eine Lehre sein müssen. Ich hätte nicht denselben Fehler wie die Judikatoren begehen dürfen.

Ich hätte meinen Sohn nicht denselben Torturen aussetzen dürfen.

Die Nacht war lang, lang und ermüdend. Der Kapitän würde seinen Männern erst dann eine Ruhepause gönnen, wenn sie ihm etwas Brauchbares brachten, und so suchte die gesamte Mannschaft Dekant um Dekant die dunklen Fluten des Mittenmeers ab. Niemand durfte sich auch nur eine Dezime schlafen legen. Und all das wegen einer völlig vergeblichen Suche.

Dabei hatten sie sich anfangs wirklich bemüht, vor allem wegen der Aussicht auf Belohnung: Der Kapitän schien über unerschöpfliche Reichtümer zu verfügen und stand in dem Ruf, all jene, deren Dienste ihn zufriedenstellten, reich zu belohnen. Doch nach einer Weile hatten die Matrosen die Nase voll gehabt und nur noch in der Hoffnung weitergemacht, irgendetwas zu finden, das ihnen erlaubte, endlich in ihre Hängematten zu steigen. Nachdem der Kapitän allerdings die Leichen von zwei Matrosen, die nicht weitersuchen wollten, über Bord werfen ließ, machten sich alle wieder emsig an die Arbeit.

Nun wurden sie vor allem von Angst angetrieben.

Der Kapitän schätzte die versuchte Meuterei der beiden Matrosen, die sich vor Erschöpfung kaum noch auf den Beinen halten konnten, nicht gerade und »tadelte« sie höchstpersönlich. Die Schreie der beiden waren laut durch die Nacht gehallt, und seitdem hatte keiner der Männer mehr aufzumucken gewagt. Die Hälfte der Mannschaft beugte sich über die Reling, während die andere Hälfte das Meer von Ruderbooten aus absuchte. Ihre Arbeit wurde dadurch erschwert, dass der Kapitän ihnen verboten hatte, Fackeln oder Laternen zu entzünden. So blieb ihnen nur das Mondlicht.

Unermüdlich fischten sie mit Stangen und Enterhaken Schiffstrümmer aus dem Wasser, betrachteten sie kurz und warfen sie anschließend zurück ins Meer. Die Sucherei war völlig sinnlos: Die Leichen, nach denen der Kapitän suchte, mussten längst auf den Meeresboden gesunken sein. Schon im ersten Dekant ihrer Suche war es unwahrscheinlich gewesen, noch Überlebende zu finden, aber mittlerweile käme es einem Wunder gleich.

Und jetzt musste Rauric vor den Kapitän treten und ihm von ihrem Scheitern berichten. Während der zwei letzten Dezimen hatte er krampfhaft nach einem Vorwand gesucht, sich vor dieser Aufgabe zu drücken oder sie zumindest aufzuschieben, aber mittlerweile fielen ihm keine Ausflüchte mehr ein. Im Übrigen konnte es sein, dass der Kapitän einen Wutanfall bekam, wenn er ihn noch länger warten ließ – und bei dieser Vorstellung lief Rauric ein Schauer über den Rücken. Er hatte sogar mit dem Gedanken gespielt, ein Ruderboot zu stehlen und zu versuchen, das Festland zu erreichen, aber selbst das hätte ihn nicht gerettet. Wenn der Kapitän es auf jemanden abgesehen hatte, gab es kein Entkommen.

Denn der Kapitän bekam immer, was er wollte – außer vielleicht heute Nacht.

Rauric hatte einen dicken Kloß im Hals, als er all seinen Mut zusammennahm und an die Tür der Kapitänskajüte klopfte. Kaum hatte sein zitternder Finger das Holz berührt, befahl ihm eine heisere, mürrische Stimme einzutreten. Der Matrose war so klug, sofort zu gehorchen.

In der Kajüte herrschte eine düstere Atmosphäre. Draußen schien die Sonne, aber hier drinnen verdeckten Fensterläden und schwere Vorhänge die Bullaugen. Vereinzelte Kerzen flackerten in der Dunkelheit. Ein durchdringender Geruch hing in der Luft, eine Mischung aus Weihrauch, Schimmel und Moder. Krampfhaft versuchte Rauric, nicht zu den Pergamenten und aufgeschlagenen Büchern hinüberzusehen, die überall auf Tischen, Stühlen und Schreibpulten lagen. Der Kapitän hasste es, wenn man sich ohne Aufforderung für seine Studien interessierte. Außerdem fürchtete Rauric, die rätselhaften Symbole und Schriftzeichen könnten ihn mit einem Fluch belegen – sie sahen ihm ganz nach schwarzer Magie aus. So betrachtete er seine Schuhspitzen, als wären sie das Faszinierendste von der Welt. Direkt vor seinen Füßen prangte ein dunkler Fleck auf dem Boden, bei dessen Anblick ihn ein Schauer überlief. Das Blut der beiden Meuterer von letzter Nacht war offenbar nicht richtig weggewischt worden. Der Matrose, den der Kapitän mit dieser Aufgabe betraut hatte, musste es eilig gehabt haben, die Kajüte wieder zu verlassen.

»Also?«, fragte der Kapitän schneidend. »Ich warte!«

Plötzlich stand er direkt hinter Rauric, obwohl er vorher nirgends zu sehen gewesen war. Nur mit großer Mühe unterdrückte der Matrose einen Aufschrei. Zum Glück gewann er die Fassung schnell genug zurück, um seinen Gebieter nicht zu verärgern. Schließlich war er nicht lebensmüde ...

»Herr, wir haben nichts gefunden«, stammelte er hastig. »Wir haben die Unglücksstelle sorgfältig abgesucht und sind auch der Strömung gefolgt, aber wir sind auf keine einzige Leiche gestoßen. Die Männer glauben, dass niemand überlebt hat.«

»Die Männer?«, schnappte der Kapitän. »Ach ja? Glauben diese Armleuchter etwa, sie wüssten besser als ich, ob sich die Suche lohnt? Gehörst du vielleicht auch zu diesen verkannten Genies? Willst du womöglich meinen Platz einnehmen?«

»Nein, Herr!«, beteuerte Rauric.

Er hätte Vater und Mutter verleugnet, um nur ein paar Dezillen weiterzuleben. Glücklicherweise schien der Kapitän das Interesse an dem Thema verloren zu haben. Mit nachdenklicher Miene lief er in der Kajüte auf und ab.

»Glaub mir, sie haben überlebt«, sagte er. »Vielleicht nicht alle und vielleicht nicht unverletzt, aber sie sind irgendwo da draußen. Ich muss sie nur finden. Ich muss sie finden, damit ich sie ...«

Er beendete den Satz nicht, sondern blieb vor einem Bullauge stehen und zog den Vorhang mit einem Ruck zur Seite. Dann löste er einen Haken und stieß den Fensterladen weit auf. Grelles Morgenlicht durchflutete das Zimmer und blendete Rauric für einen Moment. Als sich seine Augen an die plötzliche Helligkeit gewöhnt hatten, sah er, wie der Kapitän zum Horizont starrte – genauer gesagt, zu einer Insel. Einer kleinen Anhäufung von Felsen im Meer, der sie während ihrer Suche immer näher gekommen waren.

»Da ist sie ja«, murmelte der Kapitän.

Rauric gab keinen Mucks von sich. Seinen Gebieter in diesem Moment zu stören, erschien ihm nicht minder gewagt, als ihn wüst zu beschimpfen. Als sich der Mann zu ihm umwandte, brach dem Matrosen der kalte Schweiß aus.

»Worauf wartest du?«, herrschte ihn der Kapitän an. »Gib meinen Befehl an den Steuermann weiter. Wir nehmen Kurs auf die Insel!«

Rauric nickte eilfertig und zog sich ohne ein weiteres Wort zurück. Er war überglücklich, so glimpflich davongekommen zu sein.

Der Geruch des Todes, der sich in der Kajüte an seine Kleider geheftet hatte, ging ihm bis zum Abend nicht mehr aus der Nase.

Josion kam nur wenige Dekaden nach Damián zur Welt. Viele Frauen hatten mir von den Geburtsschmerzen berichtet, vor allem Eryne, die eine ganze Nacht lang in den Wehen gelegen hatte. Doch die Niederkunft meines Sohnes war für mich ein Moment reinen Glücks. War mein Körper so sehr an Leid gewöhnt, dass mir eine Geburt nichts ausmachte? Oder spürte ich den Schmerz vor lauter Glück nicht? Halfen mir vielleicht Nolans Berührungen und tröstenden Worte? Ich weiß es nicht. Vielleicht war es von allem etwas. Oder es war noch etwas ganz anderes, etwas Übernatürliches.

Josion wurde im Jal gezeugt, wie Eryne eine Generation vor ihm oder Nol der Seltsame zur Zeit der Etheker. Das macht ihn zu etwas Besonderem. Außerdem ist er der Letzte, der an diesem wundersamen Ort gezeugt wurde, denn kurz danach hörte das Jal auf zu existieren. Und schließlich war ich noch Jungfrau, als ich mich seinem Vater hingab. Es ist allgemein bekannt, wie wichtig Reinheit für die Religionen ist. Bei allem, was wir über die Herkunft der Götter wissen, bin ich überzeugt, dass Josion einen göttlichen Funken in sich trägt. Vermutlich war es also seine unsterbliche Macht, die mir seine Ankunft in dieser Welt erleichterte.

Mein erster Blick auf meinen Sohn bestärkte diese Überzeugung noch. Er war von atemberaubender Schönheit – und ist es immer noch. Er vereinte in sich das Beste beider Eltern und noch viel mehr. In seinen Augen funkelte ein außergewöhnlicher Glanz. Während der langen Monde meiner Schwangerschaft hatte ich mir meinen Sohn als starken und anmutigen Jungen vorgestellt. Die Wirklichkeit übertraf all meine Erwartungen. Für mich gab es keinen Zweifel: Josion war viel mehr als ein gewöhnlicher Sterblicher. Er war ein höheres Wesen, ein Wandler zwischen den Welten.

Wohlweislich behielt ich meine Überzeugung für mich. Selbst Nolan sagte ich nichts davon, dabei ist er der wunderbarste Ehemann, den man sich wünschen kann. Doch er und seine Freunde waren überzeugt, dass die Götter nicht mehr existierten. Soweit wir wussten, waren die Unsterblichen zusammen mit dem Jal untergegangen, und mit ihnen waren auch die

Magie und alle anderen übernatürlichen Kräfte aus der Welt verschwunden. Seitdem sind die Menschen scheinbar nur noch den Gesetzen der Zeit und der Natur unterworfen. Mit der Behauptung, für meinen neugeborenen Sohn gelte all dies nicht, hätte ich mich lächerlich gemacht. Die anderen hätten meine Worte als die Eitelkeit einer jungen Mutter abgetan.

Es mag sein, dass Eitelkeit eine Rolle spielt, schließlich trug ich selbst zum Anbruch des neuen Zeitalters bei, indem ich das Jal verleugnete, so wie Eurydis es uns befohlen hatte. Trotzdem spürte ich, dass Josions Geist sehr viel stärker war als der Geist gewöhnlicher Sterblicher. In all den Jahren, die ich an Zuïas Seite verbracht hatte, lernte ich, die Aura der Unsterblichen zu erkennen. Und mein Sohn strahlt diese Aura seit dem Tag seiner Geburt aus – auch wenn das eigentlich unmöglich war.

Damals empfand ich eine Mischung aus Stolz und Furcht. O ja, Josion würde stark sein. Als Kind der alten wie der neuen Zeit war mein Sohn eine Verbindung zwischen beiden Welten. Er war der letzte Nachfahre des Dara, und der erste, der nicht nach den Gesetzen der Entsinnung heranwuchs. Josion würde niemals ein echter Gott werden, auch wenn er den Keim dazu in sich barg. Er trägt die Vergangenheit der Menschen in sich, aber auch ihre Zukunft. Meiner Meinung nach steht er für alles, wofür Generationen von Erben gekämpft haben.

So erschien es mir nur folgerichtig, ihm das Geheimnis der Erben anzuvertrauen. Josion würde sein Hüter sein, so wie Nol der Seltsame einst das Geheimnis des Jal bewahrt hatte. Zumindest hoffte ich das.

Die Vorbereitung meines Sohns auf die Aufgaben, die vor ihm lagen, wurde für mich zu einer heiligen Mission. Es war zudem eine willkommene Gelegenheit, meinen Freunden Dank zu zollen – jenen Menschen, die mich aus den Klauen der

Dämonin befreit und mir die Freiheit geschenkt hatten. Ohne sie hätte ich nie erfahren, was Liebe und Glück sind und was es bedeutet, eine Familie zu haben. Ich wollte meinem Sohn dabei helfen, seine Persönlichkeit zu entfalten und seine Fähigkeiten zu vervollkommnen – als lebender Beweis dafür, dass die Ziele unseres Kampfs richtig und gerecht waren.

Es waren glückliche Jahre. Durch immer neue Spiele brachte ich meinen Sohn dazu, seinen Körper zu stählen. Gleichzeitig erzählte ich ihm unsere Geschichte, anfangs nur in groben Zügen, später in allen Einzelheiten. Ich ließ nichts aus, denn ich wollte auf keinen Fall, dass er wie ich mit einer Lüge aufwächst. Für mich war es ein Liebesbeweis, ihm die ungeschminkte Wahrheit zu sagen, so grausam sie auch war.

Mein Mann stand all dem skeptisch gegenüber: Er hielt es für keine gute Idee, unseren Sohn in alles einzuweihen. Doch da er keine triftigen Argumente hatte, um mich von meinem Vorhaben abzubringen, ließ er mich gewähren. Vermutlich empfand er es ebenfalls als Erleichterung, seinen Sohn nicht ständig belügen zu müssen. So nahm das Leben seinen Lauf. Tag um Tag verging, und wir lebten friedlich abseits der Welt in unserem Hort, der Burg der Familie de Kercyan.

Als Josion jedoch vom Kind zum Mann wurde, zogen düstere Wolken am Himmel auf. Unser Zusammenleben wurde von Mond zu Mond schwieriger. Leider bemerkte ich es erst zu spät, doch irgendwann musste ich den Tatsachen ins Auge sehen: Ich hatte aus meinem Sohn einen wortkargen Einzelgänger gemacht, der verstörend selten lächelte. Indem ich Josion wie ein außergewöhnliches Wesen behandelte, hatte ich ihm seine kindliche Unbeschwertheit genommen. Schlimmer noch: Ich raubte ihm jede Möglichkeit, eines Tages glücklich zu sein.

Es kam, wie es kommen musste. Nach einem letzten hefti-

gen Streit verließ er die Burg ohne ein Abschiedswort, ohne einen Blick zurück. Das ist jetzt vier Jahre her. Seither habe ich nichts mehr von ihm gehört. Nur manchmal berichtet mir mein Mann etwas über sein Leben. Nolan besucht Josion regelmäßig in Lorelia. Ich selbst bin außerstande, meinem Sohn gegenüberzutreten. Meine Reue ist zu groß.

So war es bis vor ein paar Tagen.

Doch leider stellte sich heraus, dass ich Recht gehabt hatte. Es war die richtige Entscheidung gewesen, meinen Sohn auf den Kampf gegen die Geister der Vergangenheit vorzubereiten. Ich bedaure nur, dass es auf Kosten seiner Liebe zu mir geschah. Vielleicht bin ich über das Ziel hinausgeschossen, aber man kann die Vergangenheit nicht ungeschehen machen. Der seelische Schmerz, der Josions Kindheit bestimmt hat, hilft ihm vielleicht heute dabei zu überleben.

Das ist mein größter Wunsch. Mein eigenes Schicksal ist mir gleichgültig. Da mir das Glück offenbar versagt ist, beginnt für mich nun die Zeit der Trauer. Ich werde sie nach Art der Züu begehen: Ich werde mein blutrotes Gewand anlegen, und all jene, die sich mir in den Weg stellen, werden meine Wut zu spüren bekommen.

Ich werde meine Trauer im Blut meiner Feinde ertränken.

ERSTES BUCH

DIE STEINPYRAMIDE

Guederic war schon eine ganze Weile wach, traute sich aber nicht, die Augen zu öffnen. Vielmehr *wollte* er es nicht. Wozu auch? Sein derzeitiges Leben und die Ereignisse der letzten Tage waren alles andere als erfreulich. Seit er die Geschichte seiner Vorfahren kannte, war er Hals über Kopf in eine Welt voller Dämonen, fanatischer Sekten und schwarzer Magie gestürzt. Eine Welt, in der die Sterblichen ein Spielball böser Mächte waren. Eine Welt, die seinen Eltern und ihm selbst nur Leid beschert hatte. Nein, er würde die Augen einfach weiter geschlossen halten und sich unter seiner Decke verkriechen. Je später er sich der Außenwelt stellen musste, umso besser. Und überhaupt, was waren schon ein paar Dezillen Schlaf gegen die Jahrtausende, die das Jal existiert hatte? Nichts! So viel wie ein einziger Atemzug in einem Menschenleben.

Doch selbst dieser kurze Aufschub war ihm nicht vergönnt.

»Guederic? Schläfst du noch?«

Hätte nicht Damián, sondern irgendjemand anders ihn angesprochen, hätte er den Störenfried mit ein paar scharfen Worten fortgeschickt. Doch er brachte es nicht übers Herz, seinen eigenen Bruder zu beschimpfen. Nicht nach den Geschehnissen der vorigen Nacht und den schrecklichen Dingen, die ihnen in den letzten Tagen widerfahren waren. Der jüngste Sohn der Familie von Kercyan fühlte sich ohnehin schon mutterseelenallein, da wollte er nicht auch noch seinen Bruder vor den Kopf stoßen.

»Schön wär's«, knurrte er trotzdem recht unfreundlich. »Was ist denn?«

Damián ließ sich mit der Antwort Zeit. Seufzend beschloss Guederic, doch die Augen zu öffnen. Das sanfte Morgenlicht schien ihm unerträglich grell.

»Was ist denn?«, fragte er noch einmal.

Sein Bruder kniete neben ihm, das Gesicht von Müdigkeit gezeichnet. Vermutlich hatte er kein Auge zugetan, sondern die ganze Nacht über Wache gehalten. Das wäre jedenfalls typisch für den Ritter der Grauen Legion.

»Ich will draußen nach dem Rechten sehen«, murmelte Damián. »Ich würde mich freuen, wenn du mitkommst.«

»Warum fragst du nicht Souanne?«

Guederic hatte nicht groß nachgedacht, die Worte waren ihm einfach so entschlüpft. Noch bevor er geendet hatte, bereute er seine Frage. Sicher, Souanne war Damiáns Untergebene und gehörte wie er der Grauen Legion an. Sicher, sie war im Umgang mit der Waffe geübt und besser als er selbst geeignet, auf eine Patrouille zu gehen, die sich als gefährlich erweisen konnte. Aber Guederic musste Damián nur kurz in die Augen sehen, um zu verstehen, dass dieser keinen Geleitschutz, sondern die Gesellschaft seines Bruders suchte.

Ganz davon abgesehen hätte niemand gewagt, Souanne zu wecken. Sie hatte fast die ganze Nacht hindurch bitterlich geweint, ohne ein Wort der Erklärung zu geben oder sich trösten zu lassen. Guederic meinte zwar zu wissen, warum sie so traurig war, aber er hatte geschwiegen. Wenn überhaupt, wollte er zuerst mit der Legionärin über die Sache reden. Aber würde er den Mut dazu aufbringen? Und welche Folgen würde ein solches Gespräch haben?

Guederic stützte sich auf einen Ellbogen und betrachtete Souannes schlafende Gestalt. Wie ihre Gefährten hatte sie eine Reisedecke auf dem Boden des Gemäldesaals ausgebreitet und sich darauf ausgestreckt. Nach dem nächtlichen Angriff hatten die Erben nicht das Risiko eingehen wollen, in getrennten Zimmern zu schlafen. Nur Josion hatte die Nacht in einem angrenzenden Gemach verbracht.

In dem Gemach, in das ihn seine Mutter nach dem Kampf gebracht hatte, bevor sie die Tür von innen verriegelt hatte.

»Sind sie immer noch nicht herausgekommen?«, fragte Guederic seinen Bruder.

Damián schüttelte den Kopf. Zejabels plötzliches Auftauchen auf der Burg war eine große Überraschung gewesen. Damián hatte sie sogleich mit Fragen bestürmt: Wo waren ihre Eltern? Wer waren ihre Feinde? Und warum verfolgten sie sie? Doch Zejabel hatte keine Antwort gegeben. Sichtlich erschöpft und zutiefst aufgewühlt hatte sie wortlos den Saal durchquert und dabei ihren halb bewusstlosen Sohn gestützt, der sich kaum auf den Beinen halten konnte. Zejabel verschwand in dem angrenzenden Zimmer, schloss die Tür und schob den Riegel vor. Die Gefährten blieben verdattert zurück.

So wussten sie nicht einmal, ob Josion die Nacht überlebt hatte. Mehrmals hatten sie an die Tür geklopft und nach Zejabel und Josion gerufen, ohne eine Antwort zu erhalten. Irgendwann fragten sie sich, ob Mutter und Sohn die Burg nicht vielleicht durch einen Geheimgang verlassen hatten – eine Befürchtung, die vor allem die Barbarenprinzessin Maara ohne Scheu aussprach. Trotzdem wagte niemand, das Schloss aufzubrechen, denn schließlich war die Burg Zejabels Zuhause, auch wenn die Festung offiziell ihrem Schwiegervater Herzog Reyan de Kercyan gehörte.

Wenn Zejabel die Burg verlassen wollte, brauchte sie es jedenfalls nicht heimlich tun. So konnten die Gefährten nur abwarten, dass die Zü von allein wieder aus dem Zimmer kam.

»Na gut, ich komme mit«, sagte Guederic zu seinem Bruder. »Ein bisschen frische Luft tut mir bestimmt gut.«

Er schob seine Decke weg, richtete sich auf und verzog das Gesicht, als ihm der Schmerz in die Glieder fuhr. Sein Körper war steif von der Kälte, dem harten Boden und den Nachwirkungen des gestrigen Kampfs. Es war nur ein schwacher Trost, dass ihn der Schmerz für einen Moment seine Wunde am Oberschenkel vergessen ließen. Aber eben nur für einen Moment: Als Guederic sein verletztes Bein belastete, hätte er fast laut aufgeschrien.

Schlagartig war er hellwach, aber zum Glück ließ das Stechen im Bein gleich wieder nach. Guederic rückte seinen Verband zurecht und erklärte sich zum Abmarsch bereit. Ihm kam seine Mutter in den Sinn: Eryne hatte immer ein Händchen dafür gehabt, ihre Söhne in kürzester Zeit gesundzupflegen. Zudem hatte sie ihnen eine wundersame Neigung zur raschen Wundheilung vererbt. Mittlerweile zweifelte Guederic nicht mehr daran, dass diese Eigenschaften übernatürlich waren. Seit gestern Abend wusste er nämlich, dass Eryne de Kercyan einst auf gutem Weg gewesen war, eine Göttin zu werden. Und auch wenn sie mittlerweile nur noch eine gewöhnliche Sterbliche war, glaubte er fest daran, dass sie außergewöhnliche Fähigkeiten hatte. Wahrscheinlich empfand er unter anderem deshalb schier grenzenlose Bewunderung für seine Mutter.

Während er sich den Mantel umhängte, sah sich Guederic in dem Saal um, in dem sie sich verbarrikadiert hatten. Sein Blick schweifte über die Möbel, die sie vor den Türen aufgestapelt hatten, über die Kerzen, die die Dunkelheit vertreiben sollten, über die blutbefleckten Kleider, die sie in einer Ecke auf einen Haufen geworfen hatten, und über die Waffen, die jeder von ihnen griffbereit hatte.

Guederic zögerte kurz, bevor er sein Rapier aufhob. In der Nacht hatte er abermals den rätselhaften Drang zum Töten verspürt. Zwar hatte er ihn mit großer Mühe unterdrücken können, aber würde ihm das heute wieder gelingen? Würde er sich noch einmal beherrschen können? Wäre es nicht klüger, das Schwert nur dann zu tragen, wenn es nicht anders ging?

Sein Bruder seufzte ungeduldig, und Guederic musste rasch eine Entscheidung treffen. Wenn er unbewaffnet nach draußen ginge, würde Damián auf eine Erklärung drängen, und nach einem solchen Gespräch stand Guederic nun wirklich nicht der Sinn. Also schnallte er sich das Futteral um und folgte seinem Bruder zur nächstgelegenen Möbelbarrikade. So leise wie möglich begannen sie, die Tür freizuräumen.

»Was treibt ihr zwei da?«

Auch wenn es sich um eine Frauenstimme handelte, lag nichts Sanftes darin. Maara, die Tochter von König Ke'b'ree lu Wallos, richtete sich auf ihrem Schlaflager auf und warf ihnen einen ihrer berüchtigten finsteren Blicke zu. Gleichzeitig rüttelte sie ihren Bruder Najel wach, der neben ihr lag. Obwohl der Junge aus dem Tiefschlaf hochzuschrecken schien, fuhr seine Hand als Erstes zu dem Stock, der neben ihm lag. Als Zweites warf er einen raschen Blick auf Lorilis, die sich zum Schlafen in einem Sessel zusammengerollt hatte. Maara hingegen wandte den Blick nicht von den beiden Loreliern ab.

»Wir wollen draußen nach dem Rechten sehen«, erklärte Damián. »Eine Runde auf dem Wehrgang drehen und uns vergewissern, dass keine weiteren Feinde in Sicht sind.«

»Ich komme mit!«, rief die Kriegerin barsch.

Sie sprang auf und ergriff in derselben Bewegung ihren Schild und ihre Lowa. Guederic ertappte sich dabei, die Kraft und Anmut der jungen Frau zu bewundern. Maara war es auch, die im Kampf die meisten Gegner außer Gefecht gesetzt hatte. Ohne sie wäre alles ganz anders ausgegangen …

»Wenn du unbedingt willst«, antwortete Damián unwirsch. »Allerdings wäre es mir lieber, du bleibst hier, falls wir noch mal angegriffen werden.«

Mit einem Kopfnicken wies er auf Souannes schlafende Gestalt. Da die Legionärin die halbe Nacht durchgeweint hatte, wäre sie vielleicht nicht in der Lage, den Saal zu verteidigen. Wie Maaras genervtes Seufzen bewies, schien sie Damiáns Andeutung zu verstehen: Er übertrug ihr den Schutz der beiden Kinder, der Grauen Legionärin und die Bewachung der Tür, hinter der sich Zejabel mit Josion verschanzt hatte.

»Bleibt nicht zu lange fort«, rief Maara und reckte ihren Eisenschild in die Luft. »Wenn ihr in einer Dezime nicht zurück seid, komme ich euch holen! Und keine miesen Tricks!«

Die letzten Worte galten offenkundig Guederic, denn abgesehen von den beiden Wallatten war er der Einzige, der sie verstehen konnte. Er nickte knapp, um Maara zu beschwichtigen, räumte die letzten Möbelstücke beiseite und folgte seinem Bruder aus dem Saal.

Seltsamerweise stand ihm Maaras Bild noch eine ganze Weile vor Augen. Die Barbarenprinzessin war beim ersten Anzeichen von Gefahr aufgesprungen und hatte ihre Waffen gepackt, stolz und ohne falsche Scham. Das Haar fiel ihr offen über die Schultern, und sie trug nur die nötigsten Kleider, nämlich die wenigen, die nicht mit dem Blut ihrer Feinde durchtränkt waren. Ihr Anblick weckte in Guederic Gefühle, besser gesagt, eine Leidenschaft, die er nicht unterdrücken konnte.

Das alles war umso befremdlicher, als die Kriegerin in der Nacht versucht hatte, ihn zu töten.

Weise Menschen hätten sicher gesagt, dass das eine mit dem anderen zusammenhing.

Die Luft war feucht und schneidend kalt, aber Damián tat unbefangen ein paar tiefe Atemzüge. Die Kälte belebte seinen vor Müdigkeit tauben Körper und gab ihm das Gefühl, lebendig zu sein. Nach einer Weile dämmerte ihm, was an diesem Morgen so besonders war: Es war der erste Morgen, an dem er vom Geheimnis seiner Eltern wusste. Von nun an würde nichts mehr sein wie zuvor.

»Und? In welche Richtung willst du gehen?«

Guederic blies sich in die Hände und tänzelte auf der Stelle. Mit einem Kopfnicken wies Damián nach links. Die Brüder schlenderten den Wehrgang entlang und ließen den Blick über die einsame Weite des Herzogtums Kercyan schweifen. Viel konnten sie nicht erkennen: In den Senken hingen dichte Nebelschwaden, und die Wälder, die sich bis zum Horizont erstreckten, verbargen ihre Geheimnisse unter einem geschlossenen Laubdach. Die alte Festung wirkte mehr denn je wie ein steinernes Schiff auf einem Meer aus grünen Blättern.

Die Brüder schwiegen eine Weile, jeder in seine Gedanken versunken und fasziniert von dem Ausblick, der sich ihnen bot. Die Landschaft war von atemberaubender Schönheit. Doch dann fiel Damián ein, was für eine unglückliche Kindheit und Jugend Josion in diesen Wäldern verbracht hatte. Für seinen Cousin mussten sie ein Sinnbild seiner Einsamkeit sein. Seine einzigen Spielgefährten waren die Erinnerungen seiner Eltern und die düsteren Schatten der Dämonen gewesen, gegen die sie einst gekämpft hatten.

Dieser Gedanke schaffte, was der Kälte nicht gelungen war: Damián lief ein Schauer über den Rücken. Hätten unten im Waffensaal nicht mehrere Leichen gelegen, hätte Damián geglaubt, die Ereignisse der vergangenen Nacht nur geträumt oder sich eingebildet zu haben. Doch so müde war er nicht, dass er Traum und Wirklichkeit verwechselte. Und dann waren da noch die Tagebücher seiner Vorfahren. Da er ein geübter Leser war – ein Großteil seiner Arbeit bei der Grauen Legion bestand darin, Schriftstücke zu studieren –, konnte er sie nicht missverstanden haben.

Damián hatte fast die ganze Nacht in den Tagebüchern gelesen und dabei ein Geheimnis nach dem anderen entdeckt. Am Abend zuvor hatte Josion ihnen den Inhalt zwar grob zusammengefasst, aber die Bücher selbst in der Hand zu halten, war etwas ganz anderes. Sie stammten wahrhaftig aus der Feder seiner Großmutter Corenn und seines Vaters Amanón! Es waren ihre Geschichten, ihre Abenteuer, ihr Leid, ihre Kämpfe und ihre Siege ...

Von all den ungeheuerlichen Geschehnissen hatte Damián bisher nicht das Geringste geahnt. Was sollte er bloß von all dem halten? Von der Herkunft der Götter und Dämonen, von dem Schicksal der Menschheit und dem Verschwinden der Unsterblichen aus der Welt? Wie lange würde es dauern, bis Damián bereit wäre, die Bürde dieses Geheimnisses zu tragen? Sicher ein ganzes Leben lang. Und all dieses Wissen war innerhalb weniger Dekanten über ihn hereingebrochen. Er fühlte sich von der Wahrheit wie betäubt, wie vor den Kopf geschlagen.

Immer wenn er sich an eine bestimmte Stelle in den Tagebüchern erinnerte, erschauderte er. Als Guederic plötzlich zu sprechen begann, zuckte Damián heftig zusammen. Er hatte fast vergessen, dass sein Bruder neben ihm ging.

»Sieh mal, da drüben.«

Damián folgte Guederics ausgestrecktem Finger und sah etwa dreihundert Schritte von der Zugbrücke entfernt zwei Pferde durch den Wald streifen. Menschen waren weit und breit nicht in Sicht.

»Das sind unsere«, versicherte Damián. »Ich erkenne Lorilis' Fuchs.«

Guederic nickte und zog bibbernd den Mantel fester um sich.

»Sollten wir sie nicht besser reinholen? Wo sie schon in der Nähe sind ...«

Damián dachte einen Moment lang nach und schüttelte dann den Kopf.

»Weitere Feinde könnten uns im Wald auflauern. Und selbst wenn nicht, sollten wir als Erstes nach den Pferden unserer Angreifer suchen. Irgendwie sind sie schließlich hergekommen. Wir müssen so viel wie möglich über sie herausfinden, und das können wir nur alle zusammen machen.«

»Und was dann?«, fragte Guederic weiter. »Du weißt so gut wie ich, dass wir nicht hierbleiben können. Bald werden noch mehr Männer aufkreuzen, um nachzusehen, warum ihre Kumpane nicht zurückkehren, und die Neuen werden sicher nicht lange fackeln, sondern uns gleich die Kehle durchschneiden.«

Damián nickte ernst. Er war zu demselben Schluss gekommen. Er hatte bereits darüber nachgedacht, wohin sie sich als Nächstes wenden könnten, aber er wollte Zejabels Bericht abwarten, bevor er sich endgültig entschied. Josions Mutter wusste vielleicht etwas Entscheidendes.

Aber da war noch etwas, das Damián keine Ruhe ließ. Etwas, das ihn ganz persönlich betraf. Er seufzte tief, zögerte noch einen Augenblick und gab sich dann einen Ruck.

»Sie wollten mich nicht töten«, sagte er unvermittelt.

»Was? Wovon redest du?«

»Von heute Nacht. Von unseren Angreifern. Sie haben mich verschont. Ich glaube, sie wollten mich lebend gefangen nehmen. Für kurze Zeit hatten mich zwei der Kerle in ihrer Gewalt, und einer sagte: ›Der da nicht. Kümmre dich um die anderen.‹ Durch ihren Wortwechsel waren sie kurz abgelenkt, so dass ich mich losreißen und weiterkämpfen konnte.«

Guederic sah ihn eindringlich an. Sein Blick war zugleich ungläubig und besorgt.

»Bist du sicher? Warum sollten sie so etwas tun? Was könnten sie von dir wollen?«

»Keine Ahnung. Ich habe die ganze Nacht darüber nachgedacht. Vor allem, weil sie bei dem ersten Kampf in dem Keller in Benelia wirklich alles versucht haben, um mich zu töten. Ich verstehe nicht, was sich seither geändert hat.«

Sein Bruder runzelte die Stirn. Er schlenderte ein paar Schritte an den Zinnen entlang und kehrte dann mit einer neuen Idee zurück.

»Vielleicht hielten sie dich für unseren Anführer und wollten uns einschüchtern, indem sie dich gefangen nehmen. Um uns zu zwingen, die Waffen niederzulegen.«

»Das glaube ich nicht. Anfangs waren sie uns haushoch überlegen, und nichts wies darauf hin, dass sie Gefangene machen wollten.«

»Dann solltest du vielleicht als Geisel dienen. Als eine Art Tauschmittel. Vielleicht sind ihnen Vater und die anderen ein Dorn im Auge, und jetzt versuchen sie, uns in ihre Gewalt zu bringen, um unsere Eltern zu erpressen ...«

»Das passt irgendwie nicht. In diesem Fall hätten sie versucht, uns *alle* gefangen zu nehmen.«

»Herrje, dann weiß ich es auch nicht!«, brauste Guederic auf. »Außerdem, sei doch froh! So ist die Wahrscheinlichkeit größer, dass du den nächsten Angriff überlebst.«

»Ich habe die Tagebücher gelesen«, wechselte Damián unvermittelt das Thema. »Das von Corenn und auch das von Vater.«

Guederic baute sich vor ihm auf und sah ihn stirnrunzelnd an. Damián nahm ihm seine Reizbarkeit nicht übel. Wie auch ihn quälte seinen Bruder vor allem die Frage, warum sie sich in dieser misslichen Lage befanden.

»Und?«, drängte Guederic. »Steht etwas darin, was erklären könnte, warum dich die Kerle verschont haben?«

»Nein«, sagte Damián zögernd. »Aber Vater und Großmutter erzählen von so vielen Gräueltaten, von so viel Leid …«

Er schluckte schwer. Er musste es sagen, zumindest seinem Bruder, sonst würde er noch verrückt.

»Ich habe Angst, Guederic«, gestand er leise. »Angst vor dem, was wir entdecken werden. Angst vor dem, was mit uns geschehen wird.«

Lorilis, die sich zum Schlafen in einem Sessel zusammengerollt hatte, schreckte durch einen Knall hoch und geriet kurzzeitig in Panik, bis sie begriff, dass Maara nur ihre Decke ausgeschlagen hatte. Entschuldigend hob die Kriegerin die Hand und faltete die Decke seelenruhig zusammen. Najel lugte hinter dem Rücken seiner Schwester hervor und schenkte Lorilis ein mitfühlendes Lächeln. Das Mädchen verzog unwillig das Gesicht. Es war offensichtlich, dass die Barbarenprinzessin sie und die anderen mit Absicht geweckt hatte.

Da nun an Schlaf nicht mehr zu denken war, schob Lorilis den grauen Umhang beiseite, den Souanne ihr für die Nacht geliehen hatte, und streckte die Beine aus. Im Saal war es noch kälter als am Abend zuvor. Zwei Drittel der Kerzen waren mittlerweile erloschen. Immerhin war draußen endlich die Sonne aufgegangen! Nie wieder würde Lorilis die Nacht mit gleichen Augen sehen, nach all den haarsträubenden Geschichten über ihre Eltern, die Josion erzählt hatte, nach all den Enthüllungen über die Götter und Dämonen und nachdem sie nur knapp den Angriff einer Mörderbande überlebt hatten, deren Beweggründe sie nicht kannten. Als Kind hatte Lorilis Angst im Dunkeln gehabt, und diese Furcht war jetzt zurückgekehrt.

Sie richtete sich in dem Sessel auf und ließ den Blick durch den Saal schweifen: Damián und Guederic waren fort. Man musste ihr die Sorge ansehen, denn Najel kam zu ihr herüber, noch bevor sie Gelegenheit hatte, nach dem Verbleib der Brüder zu fragen.

»Die beiden sind vor ein paar Dezillen nach draußen gegangen«, erklärte er. »Sie wollten nur eine kurze Runde drehen, um sicherzugehen, dass uns keine weitere Gefahr droht. Sie haben versprochen, so schnell wie möglich zurückzukommen.«

Lorilis nickte und sah dann zu der Tür hinüber, hinter der sich Zejabel mit Josion verschanzt hatte.

»Sie haben sich immer noch nicht blicken lassen«, berichtete Najel. »Maara hat gerade eben noch einmal nach ihnen gerufen. Keine Antwort.«

Lorilis nickte abermals und dankte dem Wallatten mit einem schmalen Lächeln, dabei war sie alles andere als froh. Das einzige Gute an den letzten Dekanten war, dass sie alle den Überfall der Mörderbande überlebt hatten. Allerdings wusste niemand, wie es um Josion stand. Nach dem Kampf war er totenbleich gewesen, so dass sie mit dem Schlimmsten rechnen mussten. Jedenfalls war ihre Lage hoffnungslos – schlimmer noch, als Lorilis bei ihrer Ankunft auf der Burg befürchtet hatte. Die Mörder hatten sie beharrlich bis in den Norden Lorliens verfolgt und schienen immer den genauen Aufenthaltsort der Gefährten zu kennen. Und zu allem Überfluss standen die Kerle vermutlich auch noch im Dienst einer höheren Macht, eines Dämons oder schwarzen Magiers. Bei der Vergangenheit ihrer Eltern wäre das jedenfalls kein Wunder ...

Offenbar war abermals ein Schatten über Lorilis' Gesicht gehuscht, denn Najel warf ihr einen weiteren mitfühlenden Blick zu. Plötzlich war es ihr peinlich, ihm wie ein Häufchen Elend gegenüberzusitzen. Lorilis straffte die Schultern, erhob sich aus dem Sessel, der zwei Dekanten lang ihr Zufluchtsort gewesen war, und lief zur Lockerung ihrer steifen Glieder ein paar Schritte auf und ab.

Plötzlich bemerkte sie, dass der Schwindel, der sie vor dem Schlafengehen geplagt hatte, verschwunden war. Warum war ihr das nicht gleich aufgefallen? Er war so übermächtig gewesen, dass sie in tiefen Schlaf gefallen war, sobald sie die Augen geschlossen hatte. Fast hatte es sich angefühlt, als stürze sie von einer Klippe ins Leere. Mit diesem Gedanken kehrten weitere Erinnerungen an die vergangene Nacht zurück. Bevor sich Lorilis in ihrem Sessel verkroch, hatte Damián mehrmals vergeblich versucht, Zejabel eine Erklärung zu entlocken. Davor war die Zü mit dem leichenblassen Josion, der so schwach war, dass sie ihn stützen musste, in dem Gemäldesaal aufgetaucht. Und noch früher am Abend ...

Ein Schauer durchlief ihren Körper. Noch früher am Abend hatte sie einen Menschen getötet. Einen der Mörder, die über sie und ihre Gefährten hergefallen waren.

Einen Kerl, der sie in seine Gewalt gebracht und ein grausames Spiel mit ihr getrieben hatte. Sie hatte sich seinen Tod so sehr gewünscht, dass sie mit purer Willenskraft die nötige Energie aufgebracht hatte, um den Mann niederzustrecken. Sie hatte keine Ahnung, wie sie das angestellt hatte, und war weit davon entfernt, die rätselhafte Kraft kontrollieren zu können. Trotzdem hatte sie ihrem Feind ihren geballten Willen in Form eines grellen blauen Lichts entgegengeschleudert und ihn mit diesem Blitz erschlagen. Lorilis hatte den Mann dazu nicht einmal berühren müssen.

An die folgenden Ereignisse erinnerte sie sich nur verschwommen. Was auch immer Lorilis getan hatte, um ihren Gegner zu töten, es hatte ihr alle Kraft geraubt. Sie hatte sich körperlich und geistig völlig leer gefühlt. Zejabels plötzliches Auftauchen, das Errichten der Möbelbarrikaden vor den Türen, die Streitereien ihrer Gefährten, weil die Zü hartnäckig schwieg – das alles hatte Lorilis wie durch einen Nebelschleier erlebt. Als sie dann in tiefen Schlaf gesunken war, hatten die Geschehnisse der Nacht sie in einer endlosen Abfolge von Bildern verfolgt.

Aber jetzt war Lorilis wach, und alles war anders.

Tausend Fragen schossen ihr durch den Kopf: Was hatte sie getan? Und wie? Das Wort »Magie« kam ihr immer wieder in den Sinn ... Hatte sie womöglich Yans und Corenns magische Kräfte geerbt? Aber Josion hatte doch gesagt, alle übersinnlichen Phänomene seien mit dem Jal aus der Welt verschwunden.

Was konnte es dann sein? Konnte ihr diese Kraft gefährlich werden? Würde sie womöglich den Verstand verlieren oder sogar daran sterben?

Lorilis wunderte sich, dass die anderen den Vorfall bisher nicht erwähnt hatten, schließlich war der blaue Blitz, mit dem sie ihren Feind erschlagen hatte, nicht zu übersehen gewesen. Dann fiel ihr ein, dass Damián ihr, kurz bevor Zejabel aufgetaucht war, sehr wohl einige Fragen gestellt hatte, die sie jedoch nicht hatte beantworten können. Sie war viel zu verwirrt gewesen, um einen klaren Gedanken zu fassen, und seitdem hatten sich ihre Gefährten nur noch für die Zü interessiert: Die Aussicht, etwas über den Verbleib ihrer Eltern zu erfahren, hatte alles andere in den Hintergrund gedrängt.

Aber irgendwann musste Zejabel ja aus dem Zimmer kommen und mit ihnen sprechen, und anschließend würden die anderen Lorilis bestimmt ins Kreuzverhör nehmen. Und falls Josions Mutter sie noch länger warten ließ, würden die anderen sicher recht bald auf die Idee kommen, ein Gespräch über Lorilis' seltsame Kraft vom Zaun zu brechen.

Als sich Lorilis umdrehte, bemerkte sie, dass Najel sie immer noch aufmerksam ansah. Er wäre sicher einer der Ersten, der sie mit Fragen löcherte. Hastig wandte sie den Blick ab.

Lorilis musste den Tatsachen ins Auge sehen: Sie verfügte tatsächlich über eine geheimnisvolle Kraft, die sie zwar weder verstand noch beherrschte, deren durchschlagende Wirkung sie aber bereits zweimal erlebt hatte. Sie musste mit ihren Freunden darüber reden, und sei es nur, weil ihre Feinde offenbar über dieselbe Waffe verfügten. Aber nicht sofort ... Lorilis brauchte noch etwas Zeit, um in Ruhe über alles nachzudenken.

Das Quietschen eines Riegels gefolgt vom Knarren einer sich öffnenden Tür riss Lorilis aus ihren Gedanken. Ihr wurde also noch etwas Aufschub gewährt. Vorerst würden sich die anderen nicht für ihre seltsamen Kräfte interessieren.

Zejabel trat endlich aus dem Zimmer.

Zejabels Erscheinen war das Einzige, was Souanne dazu bewegen konnte, unter ihrer Decke hervorzukriechen. Sie schlief schon seit geraumer Zeit nicht mehr. Überhaupt hatte sie die ganze alptraumhafte Nacht lang keinen Schlaf gefunden und war immer nur für wenige Dezillen eingenickt – und das, obwohl sie zutiefst erschöpft war. Wenigstens erlaubte ihr die sich öffnende Tür, von den anderen unbemerkt aufzustehen. Souanne ließ den Blick durch den Saal schweifen, in dem sie übernachtet hatten, und erhob sich langsam von ihrem improvisierten Lager. Sie musste furchtbar aussehen, mit zerknittertem Gesicht und tiefen Ringen unter den Augen. Zum Glück ging es den anderen nicht viel besser.

Vor allem Zejabel sah aus, als wäre sie von den Toten auferstanden. Sie wirkte noch ausgezehrter als am Abend zuvor, wenn das überhaupt möglich war. Trotzdem lag in ihrem Blick kalte Entschlossenheit. Kerzengerade stand sie in der Tür, schweigend und reglos. Die Zü schien auf etwas Bestimmtes zu warten, von dem niemand wusste, was es war. Maara, Najel und Lorilis warteten ungeduldig, dass Zejabel etwas sagte, und als nichts geschah, ergriff die Barbarenprinzessin das Wort.

»Was ist mit deinem Sohn?«, fragte sie barsch.

Ein Schatten huschte über das Gesicht der einstigen Kahati. Für den Bruchteil einer Dezille wandte sie sich ab und rang um Fassung. Dann sah sie die drei jungen Leute, die sie erwartungsvoll musterten, wieder an.

»Es war knapp«, sagte sie. »Aber er ist mit dem Leben davongekommen.«

Souanne wartete auf weitere Erklärungen, aber die Zü zeigte sich nicht besonders gesprächig. Sie musterte jeden von ihnen einzeln, als sähe sie ihn zum ersten Mal. In gewisser Weise stimmte das ja auch. In der Nacht, blind vor Sorge um ihren Sohn, hatte sie ihnen keinerlei Aufmerksamkeit geschenkt.

»Najel«, befahl Maara. »Geh die anderen holen.«

Gehorsam bewegte sich der Junge auf den Ausgang zu, aber in diesem Moment ertönten Damiáns und Guederics Schritte im Flur, als hätten sie Maara gehört. Als sie Zejabel in der Tür zu dem angrenzenden Zimmer sahen, blieben die Brüder wie angewurzelt stehen. Souanne fiel ein, dass die Zü eine angeheiratete Tante der beiden war, doch sie bezweifelte stark, dass sie einander glücklich in die Arme fallen würden. Vielmehr lag plötzlich eine gewisse Anspannung in der Luft.

»Es ist lange her …«, begann Damián verlegen. »Was ist mit Josion?«

»Es geht ihm gut«, wiederholte Zejabel. »Er schläft noch, aber er wird sicher bald aufwachen. Eben hat er sich schon bewegt.«

»Wo ist meine Mutter?«, fragte Guederic ohne Umschweife. »Und wo sind die anderen? Was ist geschehen?«

Die Gesichtszüge der Zü verhärteten sich. Die anderen ahnten, dass es nicht aus Feindseligkeit geschah, sondern weil Zejabel keine guten Nachrichten brachte.

»Ich will warten, bis mein Sohn wach ist. Dann erzähle ich euch alles.«

Souanne kannte Guederic mittlerweile gut genug, um zu wissen, dass er sich mit einer solchen Antwort nicht zufriedengeben würde. Ohne zu zögern durchquerte er den Saal und wollte an Zejabel vorbei ins Zimmer. Mit ausgestrecktem Arm versperrte sie ihm den Weg.

»Ich verbiete dir, meinen Sohn zu wecken. Er braucht seinen Schlaf. Und wenn es einen ganzen Dekant dauert, bis er aufwacht, du wirst dich gedulden, und zwar ohne Widerworte. Vergiss nicht, dass du hier in meinem Haus bist.«

Guederic hielt ihrem Blick einen Moment lang stand, bevor er zurückwich und sich hilfesuchend zu seinen Freunden umsah. Doch selbst die sonst so rebellische Maara begehrte nicht auf. Für die Wallatten, wie für die meisten anderen Völker des Ostens, die man zu Unrecht als Barbaren bezeichnete, war es eine der höchsten Tugenden, seinem Gastgeber Respekt zu zollen. Die Kriegerprinzessin hatte offenbar nicht die Absicht, sich darüber hinwegzusetzen.

»Können wir Josion wenigstens sehen?«, brummte Guederic verärgert.

Zejabel zögerte, senkte aber schließlich den Arm, und Guederic drängte sich an ihr vorbei. Ohne genau zu wissen, warum, folgte Souanne ihm. Gleich hinter der Schwelle blieb sie ehrfürchtig stehen. Es handelte sich um einen kleinen Lesesaal: An allen Wänden standen Regale mit in Leder gebundenen Büchern. Josion lag auf einer gepolsterten Liege, die Decke bis zum Kinn hochgezogen. Sein Gesicht hatte tatsächlich wieder etwas mehr Farbe, auch wenn er für seinen von Natur aus dunklen Teint immer noch erstaunlich blass war.

Guederic wagte sich weiter ins Zimmer vor. Souanne wich ihm nicht von der Seite, sowohl aus Neugier als auch, um ihn davon abzuhalten, etwas Unüberlegtes zu tun. Ein beißender Geruch hing in der Luft, eine Mischung aus fremdartigen Gewürzen, hochprozentigem Alkohol und Pflanzenextrakten. Auf einem niedrigen Tisch neben Josions Krankenlager standen ungefähr zehn Fläschchen, daneben lagen mehrere Löffel und Pipetten. Mit einem Kopfnicken wies Guederic Souanne auf eine niedrige Kommode hin, dessen Türen offen standen. Sie war bis zum Rand gefüllt mit Phiolen der unterschiedlichsten Größen und Farben. Guederic nahm eine davon in die Hand, entstöpselte sie und roch an der Flüssigkeit. Angewidert verzog er das Gesicht und verschloss das Fläschchen hastig wieder. Souanne sah nervös zur Tür, wo sich ihre Freunde drängten. Anscheinend traute sich sonst niemand, das Zimmer zu betreten.

»Lass uns gehen!«, sagte sie angespannt. »Komm schon! Sonst wecken wir Josion noch!«

Guederic stellte die Phiole zurück an ihren Platz, wandte sich zu Souanne um und sah sie eindringlich an. Plötzlich sah sie ihn in einem neuen Licht. Bisher hatte sie nur Verachtung für den jungen Mann übrig gehabt: Er war ein Angeber, der mit großen Worten seine Unsicherheit überspielte. Doch jetzt las sie in seinem Blick viel mehr, als er sonst von sich zeigte. Zum ersten Mal seit dem Kampf von vergangener Nacht sahen sie einander in die Augen.

Zum ersten Mal auch, seit Souanne einen Menschen

kaltblütig getötet und dabei ungeahnte Lust empfunden hatte.

Wie im Fieber wandte sie sich ab und drängte sich zwischen den anderen hindurch aus dem Zimmer. Sie wollte nur noch weg von ihnen – vor allem von Guederic. Also hatte sie es nicht geträumt: Er hatte sie auf ihre Tat angesprochen, als sie von dem Erlebnis noch ganz berauscht gewesen war. Er wusste Bescheid. Schlimmer noch, er hatte bereits Ähnliches erlebt, und damit stand er ihr von allen am Nächsten.

Ausgerechnet Guederic.

Während die Erben darauf warteten, dass Josion aufwachte, beschäftigten sie sich mit allerlei Dingen. Niemand wollte einfach nur tatenlos herumsitzen. Vor allem Najel hatte alle Hände voll zu tun, denn seine Schwester trug ihm immer neue Aufgaben auf: Erst schickte sie ihn Wasser holen, dann befahl sie ihm, ihre herumliegenden Sachen einzusammeln und ihre Säcke und Bündel neu zu schnüren. Als er damit fertig war, forderte sie ihn auf, ihre Lowa zu säubern. Diese Arbeit war die unangenehmste von allen: Die Klinge war schwarz vor getrocknetem Blut, kleine Hautfetzen klebten an dem Eisen. Doch Najel unterdrückte seinen Ekel und erfüllte die Aufgabe, ohne zu murren. Als die Waffe blitzblank war, polierte er sie unaufgefordert und trug sorgfältig eine dünne Schicht Fett auf.

Ihm war sehr daran gelegen, seiner Schwester diesen Gefallen zu tun. Er ahnte, nein, er wusste genau, warum Maara ihn derart herumkommandierte. Für die Prinzessin war das eine willkommene Gelegenheit, ihm klarzumachen, wer das Sagen hatte, und ihn gleichzeitig dafür zu bestrafen, einen Verrat begangen zu haben. Denn anders konnte man es nicht nennen.

Najel bereute die Entscheidung, die ihn zum Verräter gemacht hatte, keineswegs. Er hatte höchstens leichte Gewissensbisse, weil er seinem Vater den Gehorsam verweigert hatte. Die meiste Zeit jedoch versuchte er, nicht allzu viel an Ke'b'ree zu denken, zumindest nicht an den Auftrag, den er ihm und seiner Schwester erteilt hatte. Kein Zweifel, der Befehl des Wallattenkönigs war eindeutig gewesen – aber er hatte nicht vorhersehen können, in welcher Situation sich seine Kinder befanden: Vielleicht hätte er es sich dann ebenfalls anders überlegt. Und überhaupt – welchen Grund mochte Ke'b'ree gehabt haben, so etwas anzuordnen?

Sosehr sich Najel auch den Kopf zerbrach, er begriff nicht, warum sein Vater ihnen aufgetragen hatte, Guederic zu töten.

Zum Glück hatten sie die Sache nicht zu Ende gebracht. In der vergangenen Nacht hatten Najel und Maara Guederic durch die finsteren Gänge der Burg verfolgt und sogar kurz mit ihm gekämpft, doch sie waren nicht in der Lage gewesen, ihm den Todesstoß zu versetzen. Zum einen aus Ehrgefühl: Die Wallatten waren Krieger, keine Mörder. Zum anderen aus Freundschaft: Sie hatten zu vieles gemeinsam durchgestanden, um in Guederic noch einen Feind zu sehen. Najel senkte als Erster die Waffe, und kurz darauf ließ auch Maara von Guederic ab. Von ihren Gefühlen überwältigt, hatten sich die drei unter Tränen umarmt. Auch Guederic wusste nicht, warum König Ke'b'ree seinen Tod wünschte. Najel war überzeugt, dass der Lorelier die Wahrheit sagte. Indem sich die Geschwister dem Befehl ihres Vaters widersetzten, hatten sie einen Unschuldigen verschont.

Maara dachte bestimmt genauso, auch wenn sie es nie zugeben würde. Najel kannte seine Schwester fast so gut wie sich selbst: Sie würde ihn für seinen Ungehorsam bestrafen, auch wenn sie insgeheim der Meinung war, dass er richtig gehandelt hatte. So war Maara nun einmal, und Najel war wie immer bereit, alle Schikanen über sich ergehen zu lassen. Zumal er sicher war, das Richtige getan zu haben.

Fast sicher.

Immerhin war es den Geschwistern gelungen, ihr Geheimnis zu wahren. Durch Zejabels Auftauchen gleich nach dem Kampf hatten die anderen keine Gelegenheit gehabt, Najel und Maara zu fragen, warum sie für kurze Zeit verschwunden waren. Auch Guederic hatte den Zwischenfall mit keinem Wort erwähnt, zumindest bisher nicht. Wahrscheinlich würde er sich irgendwann seinem Bruder anvertrauen, aber bis dahin wäre etwas Gras über die Sache gewachsen.

Auch dessen war sich Najel *fast* sicher.

Natürlich hing das Wohlwollen der anderen davon ab, was Zejabel zu erzählen hatte. War sie Ke'b'ree begegnet? Wusste sie, wo sich der Wallattenkönig aufhielt? Konnten die Geschwister darauf hoffen, ihren Vater bald wiederzusehen? Doch Zejabels trauriger und zugleich grimmiger Gesichtsausdruck deutete auf schlechte Nachrichten hin ...

Najel hoffte inständig, dass Josion bald aufwachen würde, denn bisher waren alle Versuche, seiner Mutter eine Auskunft zu entlocken, vergeblich gewesen. Reglos saß die

Zü am Bett ihres Sohns und schwieg eisern. Vermutlich hatte sie die ganze Nacht an seiner Seite ausgeharrt. Ab und zu erwachte sie aus ihrer Starre, um eine geöffnete Phiole unter Josions Nase zu schwenken. Jedes Mal hofften die anderen, die alles aufmerksam durch die offene Tür verfolgten, Josion würde endlich die Augen aufschlagen. Doch nichts geschah, und bald war ein ganzer Dekant verstrichen, seit Zejabel die Tür geöffnet hatte.

Irgendwann wussten die Gefährten nichts mehr mit sich anzufangen. Sie hatten alle nützlichen Arbeiten erledigt – zumindest jene, für die sie sich nicht allzu weit von der Zü und ihrem Sohn entfernen mussten. In der Annahme, dass sie die Burg bald verlassen würden, hatten sie ihre Bündel und Säcke gepackt, hatten lustlos gefrühstückt und in der Vorratskammer ihren Reiseproviant aufgestockt, nachdem Zejabel mit einem stummen Nicken ihr Einverständnis gegeben hatte. Anschließend waren alle gemeinsam hinunter in den Waffensaal gegangen, in dem sich der Kampf abgespielt hatte. Sie durchsuchten die Leichen der Angreifer, fanden aber keinen Hinweis auf ihre Herkunft oder ihre Absichten. Sie brachten die unangenehme Aufgabe so schnell wie möglich hinter sich, abgestoßen von dem grauenhaften Anblick, der sich ihnen bot. Jetzt liefen Maara und Damián unruhig im Gemäldesaal auf und ab, während Souanne in einer Ecke ein wenig Schlaf nachholte. Lorilis und Guederic wiederum waren in die Reisetagebücher ihrer Vorfahren vertieft.

Gedankenverloren betrachtete Najel eines der Gemälde an den Wänden des Saals. Das Bild zeigte seinen Vater, seine Mutter Lyn'a'min und seine Großmutter Che'b'ree. Der Junge hatte keine der beiden Frauen kennengelernt, denn die Wallattenkönigin war bei seiner Geburt gestorben. Niss hingegen, die Malerin, hatte ihre Modelle persönlich gekannt. Für Najel waren die Gesichter nicht weniger wirklich, nur weil sie der Vergangenheit angehörten. In seinen Augen waren die Gemälde ein einzigartiger Schatz, sehr viel kostbarer als die Burg, in der sie hingen.

Trotzdem wandte er sich ohne zu zögern ab, als Josion im Nebenzimmer zu husten begann.

Der Geruch scharfer Gewürze nahm Josion den Atem. Gleich darauf verschwand die Phiole wieder, die jemand unter seiner Nase hin- und hergeschwenkt hatte, und er holte tief Luft. Ihm war, als würde sein Körper von tausend feinen Nadeln durchstochen. Instinktiv spannte er jeden Muskel an und presste die Zähne zusammen, bis die Schmerzwelle über ihn hinweggerollt war. Danach fühlte er sich wie befreit: Er war zwar immer noch schwach, aber sein Körper war endlich zur Ruhe gekommen. Dieses letzte Aufbäumen des Schmerzes war ein Nachhall der Qualen, die er in der Nacht erlitten hatte – Qualen, die etwas mit schwarzer Magie zu tun haben mussten.

Er erinnerte sich lebhaft daran, auf der Schwelle des Todes gestanden zu haben. Josion hatte sich sogar gefragt, ob er nicht schon gestorben war. Außerdem hatte er einen äußerst seltsamen Traum gehabt, in dem seine Mutter erschienen war und ihn gerettet hatte. Der Traum war erstaunlich lebensecht gewesen. Darin hatte Zejabel ihn zur Burg getragen, an seinen verdatterten Freunden vorbei. Anschließend hatte sie ihn im Lesesaal auf eine Liege gebettet.

Und das Polster eben dieser Liege spürte er jetzt im Rücken!

Wie vom Blitz getroffen riss er die Augen auf und fuhr hoch. Es war kein Traum gewesen! Er lag tatsächlich auf einer Liege. Damián, Guederic und die anderen standen in der Tür und wandten ihm müde und besorgte Gesichter zu, und neben ihm kniete Zejabel, eine Phiole in der Hand.

Widerstreitende Gefühle bestürmten Josion: Er lebte, zumindest das wusste er jetzt, und auch die anderen waren mit dem Leben davongekommen. Allerdings war es ausgerechnet seine Mutter, die ihn gerettet hatte – seine Mutter, die er seit vier Jahren nicht gesehen hatte.

Zejabel hatte um die Augen herum einige Falten bekommen – und sogleich fühlte er sich schuldig. Von Gefühlen überwältigt, verbarg er das Gesicht in den Händen und schluchzte auf. Er wusste nicht, ob seine Mutter das Bedürfnis hatte, ihn zu trösten; zumindest wagte sie nicht, ihn zu berühren. So weinte er einen Augenblick allein, ohne dass sich jemand seiner annahm.

Allerdings beruhigte er sich rasch wieder; schließlich war er von klein auf zu nichts anderem erzogen worden. Dieser Gedanke weckte seinen Stolz – und den Groll, den er gegen Zejabel hegte. Er nahm die Hände vom Gesicht, wischte sich ungeduldig die Tränen von den Wangen und vergewisserte sich schnell, dass tatsächlich alle den Angriff überlebt hatten. Als er sie in der Tür stehen sah, kam er sich auf seiner Liege plötzlich dumm vor, wie ein verzärteltes Kind. Josion warf die Decke zurück, setzte sich mit so viel Würde wie möglich auf und kämpfte gegen das Schwindelgefühl an, das ihn ergriff.

Schließlich wagte er es, seine Mutter anzusehen. Sie wandte rasch den Kopf ab, doch was er in ihrem Blick hatte lesen können, ließ ihm das Blut in den Adern gefrieren. Tränen traten Zejabel in die Augen, und ihr Kinn begann zu zittern. Josion wünschte sich weit fort, um nicht die eine Frage stellen zu müssen. Er wollte die Antwort nicht hören, aber er hatte keine Wahl.

»Was ist mit Vater?«, fratge er tonlos. »Wo ... wo ist er?«

Zejabel gelang es noch einen Moment, die Fassung zu bewahren, bevor sie ihrem Sohn in die Arme sank und sich schluchzend an ihn klammerte.

»Er ist tot!«, rief sie unter Tränen. »Sie sind alle tot! Alle!«

Es herrschte tiefes Schweigen, nur unterbrochen von den Schluchzern, die Zejabel am Hals ihres Sohns erstickte. Alle waren wie versteinert. Selbst Maara, die sich bislang vor allem über die vielen Tränen aufgeregt hatte, stand da wie vom Blitz getroffen. Auch ihr Vater Ke'b'ree war in Zejabels Gesellschaft gewesen ...

Sie sind alle tot. Was sagte die Zü da bloß? Sie sind *alle* tot, wiederholte Maara in Gedanken. Die Wallattin sah ihre Gefährten nicht mehr, nahm weder ihre Anwesenheit noch ihre Erschütterung wahr. In ihrem Kopf gab es nur noch diese vier Worte. *Sie sind alle tot.* Diese vier Worte und die Angst vor den Worten, die noch folgen würden.

In diesem Moment zerriss Damiáns Stimme die angespannte Stille. Seinem brüchigen Ton und dem gepressten Atem war anzuhören, dass er ebenso verängstigt und aufgewühlt war wie die anderen.

»Was ... Wie meinst du das? Wovon redest du?«

Zejabels Kopf ruhte noch einen Moment an der Schulter ihres Sohns, bevor Josion sie sanft fortschob. Auch er wollte die Antwort hören. Er hatte das leichenblasse Gesicht und den fiebrigen Blick eines Menschen, der fürchtete, alles verloren zu haben. *Josion hat immerhin noch seine Mutter*, dachte Maara mit einem Anflug von Neid. Bei diesem Gedanken schossen ihr Tränen in die Augen. Nach dem Tod ihrer Mutter hatte Maara viel an Lyn'a'mins Grab geweint. Sie wollte nicht auch noch ihren Vater verlieren. Nicht jetzt schon.

Zejabel warf ihrem Sohn einen letzten verzweifelten Blick zu, wischte sich über die Augen und wandte sich endlich den anderen zu, die schweigend dastanden. Sie sah Damián an, der immer noch auf eine Antwort wartete.

»Du hast gehört, was ich gesagt habe«, sagte Zejabel ernst. »Mein Mann, deine Eltern und all eure Angehörigen sind tot. Es tut mir leid.«

Bei diesen letzten Worten begann Zejabels Lippe wieder zu zittern, und sie stand kurz davor, abermals in Tränen auszubrechen. Sie wandte sich ab und rang um Fassung, während die letzte Generation der Erben von Ji verzweifelt versuchte, die Schreckensnachricht zu verwinden.

Maara hatte das Gefühl, bei wachem Verstand einen Alptraum zu durchleben. In ihr zerbrach etwas. Sie war wie erstarrt und wurde zu einer reinen Beobachterin, als ginge sie das alles nichts an.

Damián schien nicht zu wissen, wie ihm geschah: Er hatte eine tiefe Furche auf der Stirn, als weigerte auch er sich, die Bedeutung von Zejabels Worten zu verstehen. Guederics Augen waren schwarze Höhlen, sein Blick finsterer denn je. Lorilis hatte sich in Souannes Arme geflüchtet und weinte mit bebenden Schultern, während die Graue Legionärin dem Mädchen mechanisch über den Kopf strich. Zu mehr schien sie nicht in der Lage zu sein. Josion wiederum sah seine Mutter an, als wäre sie eine Fremde, als wäre ihre Nachricht für andere Ohren bestimmt oder als hätte sie sich einen schlechten Scherz erlaubt und würde ihre Worte jeden Moment lachend zurücknehmen.

Plötzlich ergriff jemand Maaras Hand. Vielleicht hielt die Person ihre Hand aber auch schon länger, ohne dass sie es gemerkt hatte. Verwirrt blickte sie zur Seite und sah in Najels bleiches Gesicht. Ihr Bruder wirkte noch verlorener, als sie sich fühlte. Seine tieftraurige Miene erinnerte sie an seine Kindheit. Auch damals hatte sie den Anblick des unglücklichen Jungen nicht ertragen können, denn der Tod ihrer Mutter hatte ihr selbst viel zu sehr zu schaffen gemacht. Diese Erinnerung holte sie schlagartig zurück in die Wirklichkeit. Maara ballte all die Trauer, die in ihr aufstieg, zu einer harten Kugel zusammen und verwandelte sie in Wut, so wie sie es immer getan hatte. Sie riss sich von Najel los und schüttelte eine Faust vor Zejabels Gesicht.

»Lügnerin!«, rief sie zornig. »Seit gestern Abend bist du hier und hast kein Wort gesagt! Ich glaube, du hast dir diese Geschichte ausgedacht, um uns vor deinen Karren zu spannen!«

Zejabel starrte sie herausfordernd an, was der Kriegerprinzessin nur recht war. Zumindest würden so keine Tränen mehr fließen.

»Niemals würde ich eine so grausame Lüge verbreiten«, sagte Zejabel. »Man hat mich meine ganze Kindheit über belogen, und ich werde mich hüten, dasselbe zu tun.«

»Und wir sollen dir einfach so glauben?«, zischte Maara. »Bitte, sparen wir uns doch das Gerede! Was willst du von uns? Was ist deine Absicht? Stehen wir in diesem Kampf überhaupt auf derselben Seite?«

Die einstige Kahati senkte den Blick, und Maara glaubte schon, gewonnen zu haben, doch Zejabel machte einen Satz auf sie zu und drückte sie brutal gegen die Wand. In diesem Moment gab es für die Kriegerprinzessin nur noch zwei Dinge auf der Welt: Zejabels irrer Blick, irgendwo zwischen Wut und Verzweiflung, und die kalte Stahlklinge, die die Zü ihr gegen den Hals drückte.

»Dein Vater war mein Freund!«, schrie Zejabel außer sich vor Zorn. »Ich lasse nicht zu, dass irgendwer das Gegenteil behauptet. Schon gar nicht du!«

Mindestens ebenso beeindruckt wie verärgert, spannte Maara die Muskeln an, um zum Gegenangriff überzugehen. Zejabel spürte ihren Widerstand und drückte die Klinge noch fester an ihren Hals, vermutlich ein Reflex, den sie während ihrer Ausbildung zu Zuïas Mörderin erworben hatte. Aus dem Augenwinkel sah Maara, wie Najel seinen Stock in Kampfbereitschaft brachte. Die Lage war kurz davor zu eskalieren.

»Sie lügt nicht«, sagte Josion und brachte damit alle zum Erstarren.

Sämtliche Blicke wandten sich ihm zu, nur Zejabel ließ ihre Gegnerin nicht aus den Augen. Josions Tonfall war ernst, und seine Stimme klang weder unsicher noch wütend. Voller Entsetzen begriff Maara, dass er bereits begonnen hatte, um seinen Vater zu trauern.

»Meine Mutter lügt nie«, wiederholte er. »Was sie sagt, kann nur wahr sein.«

Guederic ballte die Fäuste, bis seine Handknöchel weiß hervortraten. Er musste unbedingt etwas von der Wut loswerden, die in ihm kochte. Er hätte nichts dagegen gehabt, wenn Zejabel und Maara gegeneinander gekämpft hätten – am liebsten hätte er sich selbst in eine Rauferei gestürzt! Doch Josion hatte diese Hoffnung zunichtegemacht. Schon wich Zejabel zurück und gab die Kriegerin frei, die ihr einen letzten wutentbrannten Blick zuwarf. So war Guederic dem Gefühlsgewitter, das unvermittelt über ihn hereingebrochen war, schutzlos ausgeliefert. Nichts konnte ihn von seinem Schmerz ablenken. Bald würde der Kummer übermächtig werden, und Guederic wusste nicht, wie er das aushalten sollte.

»Aber ... wann? Was ist passiert?«, fragte Damián mit leichenblasser Miene.

Zejabel machte eine entschuldigende Geste in Maaras Richtung. Dann legte sie ihren Dolch auf einer Kommode ab und lehnte sich gegen das Möbelstück. Einige Gefährten wurden die Knie weich, und sie mussten sich setzen. Lorilis rutschte an der Wand hinab, bis sie auf dem Boden saß, und vergrub das Gesicht in den Händen. Souanne, die starr nach vorne schaute, ließ sich neben Josion auf der Liege nieder. Die anderen rührten sich nicht, sondern blickten Zejabel erwartungsvoll an.

»Vor vier Tagen«, begann die Zü endlich mit ihrer Erzählung, »mietete Amanón ein Boot, um zur Insel Ji überzusetzen. Es handelte sich um einen kleinen Kutter, gerade groß genug, dass wir alle darin Platz fanden. Wir waren vierzehn. Auf dem Meer brach ein Feuer an Bord aus. Der Kutter sank innerhalb weniger Dezillen ...«

Unwillkürlich stellte sich Guederic die alptraumhafte

Szene vor: Seine Eltern, Großeltern und ihre Freunde, die verzweifelt gegen die Flammen kämpften ... Das tosende Meer, das nur darauf wartete, sie zu verschlingen ... Die Panik und Verzweiflung, die an Bord herrschten ...

Guederic presste sich die Fäuste an die Schläfen, als könnte er die schrecklichen Bilder auf diese Weise vertreiben. Im nächsten Moment ließ er die Hände sinken, weil er merkte, dass er wie ein Kleinkind wimmerte. Zum Glück beachtete ihn keiner der anderen: Alle waren mit ihrem eigenen Kummer beschäftigt.

»Aber ... du hast das Unglück überlebt«, sagte Damián. »Vielleicht konnten sich ja auch noch andere an Land retten ...«

Die Zü schüttelte den Kopf und war abermals den Tränen nah. Damián wartete, bis sie sich wieder beruhigt hatte: Ein Bericht, der ständig von Schluchzern unterbrochen wurde, nützte ihm nicht viel. Außerdem brauchten sie alle etwas Zeit, um der grausamen Wahrheit ins Gesicht zu sehen.

»Das kann nicht sein«, murmelte Guederic. »Nach allem, was sie durchgemacht haben. Nach all den Gefahren, die sie bestanden haben. Ein Schiffbruch ... Ich glaube es nicht! Sie können nicht tot sein. Sie können nicht auf diese Weise gestorben sein!«

»Hast du es denn mit eigenen Augen gesehen?«, fragte Maara. »Hast du beobachtet, wie sie ertrunken sind? Hast du ihre Leichen gesehen?«

Die Worte der Kriegerin waren brutal, aber sie sprach nur aus, was alle dachten. Abermals ballte Guederic die Fäuste. Für seinen Geschmack ließ sich Zejabel zu viel Zeit, um ihre Fragen zu beantworten, dabei waren sie doch wirklich nicht kompliziert! Sicher, sie war aufgewühlt, aber sie musste doch begreifen, dass jede Verzögerung die Situation für sie alle nur verschlimmerte.

»Nein, sie starben nicht vor meinen Augen ... Aber macht euch keine falschen Hoffnungen. Das würde es euch nur schwerer machen, ihren Tod zu akzeptieren und um sie zu trauern. Ich sah, wie das Feuer ausbrach und wie der Kutter sank. Ein solches Unglück kann niemand überlebt haben.«

Ein Schatten der Verständnislosigkeit huschte über die Gesichter. Guederic reagierte als Erster:

»Wie soll ich das verstehen? Du warst gar nicht mit an Bord?«

Zejabels Blick trübte sich. Es gelang ihr zwar, die Tränen zu unterdrücken, nicht aber, ihre Gewissensbisse zu verbergen.

»Ich hatte das Beiboot genommen«, murmelte sie. »Eine ganze Weile, bevor das Feuer ausbrach ...«

Sie verstummte für einen Moment, und als sie weitersprach, bebte ihr Kinn: »Es war das einzige Beiboot ... Ich hätte ... Wenn ich bei den anderen geblieben wäre ... dann würden sie jetzt noch leben!«

Damián wagte nicht, sich zu rühren. Schon die Vorstellung, auch nur einen winzigen Schritt zu machen, machte ihm panische Angst. Die Welt schien aus den Fugen geraten zu sein, und es war, als könnte sich jeden Moment die Erde unter ihm auftun und ihn verschlingen. Dann würde er in bodenlose Finsternis fallen und nie mehr zurück an die Oberfläche kommen. Ihm war furchtbar schwindelig, und ein überwältigendes Gefühl von Einsamkeit stieg in ihm auf. Noch schlimmer war die abgrundtiefe Verzweiflung, die ihn angesichts der Katastrophe packte. Sein Leben war zerstört. Seine Eltern und Großeltern ... tot! Und dann auch noch auf so grausame und zugleich lächerliche Art – nach all den Gefahren, die sie bestanden hatten.

Niemals hätte er gedacht, dass eine solche Tragödie möglich wäre. Erst vor wenigen Dekanten hatte er seinem Bruder gestanden, dass ihm die Vorfälle der letzten Tage Angst machten. Doch dieses Gefühl war nichts gewesen im Vergleich zu dem, das ihn jetzt packte. Er trauerte um seine Eltern und musste zugleich jede Hoffnung auf Unterstützung von außen aufgeben: Niemand würde der jüngsten Generation Erben zu Hilfe kommen. Kein erfahrener Kämpfer, kein Ratgeber würde ihnen den Weg weisen. Niemand würde ihnen sagen, welche Kämpfe sie besser mieden und welche sie um jeden Preis austragen mussten. Zejabel schien jedenfalls nicht in der Lage zu sein, diese Aufgabe zu übernehmen.

Plötzlich konnte Damián wieder klar denken, und er sah Zejabel mit neuen Augen: Die Zü trug denselben Namen wie er. Sie war keine Fremde, sondern seine Tante. Auch wenn sie nicht durch die Bande des Bluts vereint waren, so doch durch die Bande der Liebe. Seit drei Tagen trauerte Zejabel um ihren Mann. Zudem quälte sie ihr Gewissen, weil sie überzeugt war, am Tod jener Menschen schuld zu sein, die ihr alles bedeuteten. Damián hätte nicht mit ihr tauschen wollen. Zejabel musste noch viel erschütterter sein als er selbst.

Seltsamerweise half ihm dieser Gedanke, sich zu beruhigen. Die Welt um ihn herum fügte sich wieder zusammen. Er durfte nicht aufgeben, musste herausfinden, was mit ihren Eltern geschehen war. Er musste wissen, ob das alles nicht nur ein schrecklicher Irrtum war.

»Erzähl«, bat er mit tonloser Stimme. »Von Anfang an.«

Zejabel nickte, das Gesicht immer noch in den Händen vergaben. Es dauerte einen Moment, bis sie aufhören konnte zu schluchzen. Als sie dann den Blick hob, hatte sich ihr Gesichtsausdruck verändert. Sie wirkte erleichtert. Endlich hatte sie ihnen ihre Schuld gebeichtet: Nun konnte sie auch den Rest erzählen. Die Zeit der Trauer war vorbei. Zejabel würde nicht mehr weinen. Im Gegenteil, sie konnte es kaum erwarten, zur Tat zu schreiten.

»Alles fing vor einer halben Dekade ein«, begann sie. »Eine Taube traf auf der Burg ein und überbrachte uns eine Nachricht von Amanón. Er forderte uns auf, ihn in Berce zu treffen.«

»In Berce?«, fragte Maara.

»Ein Küstendorf im Süden Loreliens«, erklärte Josion. »Ganz in der Nähe der Insel Ji.«

»Ihr habt euch nicht mit den anderen im Haus meiner Eltern in Lorelia getroffen?«, fragte Damián verblüfft.

»Nein. Dein Vater wusste, dass wir länger brauchen würden als die anderen, um in den Süden Loreliens zu reisen, selbst wenn wir sofort aufbrachen. Deshalb hat er uns gleich nach Berce bestellt, den Ort, an den er die anderen führen wollte. Hätten sich seine Pläne geändert, hätte er uns einfach einen Boten entgegengeschickt.«

Damián nickte traurig. Ein solcher Weitblick war typisch für Amanón. Wie sollte er nur den Gedanken ertragen, seinen Vater nie wiederzusehen?

»Einen Tag später trafen Nolan und ich in Berce ein«, fuhr Zejabel fort. »Cael erwartete uns am Dorfrand. Er führte uns zu einem kleinen Strand, und wir bestiegen ein Ruderboot, das uns zu dem Kutter brachte. Amanóns Nachricht war bereits ein Hinweis darauf gewesen, dass etwas Schlimmes vorgefallen war. Dass sich all meine ehemaligen Gefährten in Lorelia versammelt hatten, bestätigte meine Befürchtungen. Allerdings hatte ich nicht damit gerechnet, auch Kebree auf dem Kutter anzutreffen.«

Bei diesen Worten wanderte ihr Blick zu Najel und Maara. Die Kriegerin versteifte sich, weil sie offenbar befürchtete, Zejabel könnte sich abfällig über ihren Vater äußern. Doch ihr kam kein böses Wort über die Lippen.

»Nachdem wir an Bord gegangen waren, steuerte Yan die Insel an. Der Kutter war recht schwerfällig, und wir segelten gegen den Wind, deshalb fürchteten wir, die Insel nicht vor Sonnenuntergang zu erreichen. Immerhin hatten wir so genug Zeit, einander Bericht zu erstatten.«

Zejabel verstummte und schien nach den richtigen Worten zu suchen. Schließlich fuhr sie fort: »Sicher habt ihr auch schon darüber gesprochen: Es war Kebree, der Alarm geschlagen hat. Er reiste von Wallos nach Lorelia, mit einem Umweg über Arkarien, um Bowbaq Bescheid zu sagen. Seine Kinder begleiteten ihn.«

Abermals musterte Zejabel die beiden Wallatten mit unergründlicher Miene.

»Er behauptete, euch den Grund der Reise nicht verraten zu haben. Stimmt das?«

»Natürlich!«, empörte sich Maara. »Mein Vater ist ... Er ist kein Lügner!«

Die Erschütterung der Kriegerprinzessin war spürbar. Erst mitten im Satz hatte sie gemerkt, dass es passender gewesen wäre zu sagen: »Mein Vater *war* kein Lügner.«

»Und?«, drängte Guederic. »Was hatte Ke'b'ree Wichtiges zu erzählen?«

Die Zü warf ihm einen seltsamen Blick zu. Sie schien hin und her gerissen zwischen dem Impuls, ihn in den Arm zu nehmen oder ihm an die Gurgel zu springen. Plötzlich hatte Damián Angst um seinen kleinen Bruder, obwohl es dafür keinen vernünftigen Grund gab. Schließlich tat Zejabel nichts anderes, als ihn schweigend zu mustern.

»Das wisst ihr doch längst«, sagte sie schließlich. »Oder ahnt es zumindest. Was war all die Jahre lang unsere größte Angst? Was ist das Schlimmste, was uns passieren kann? *Sombre ist zurück.*«

Die Worte hallten in Lorilis' Ohren wie das Sirren eines Fallbeils. Eine scharfe Klinge, die auf sie herabsauste, ein Geräusch, das sie bis in den Tod begleitete. Dabei war sie nicht tot, sondern saß immer noch mit dem Rücken zur Wand auf dem Boden des Lesesaals. Ihre Augen brannten, weil sie zu viel geweint hatte, und sie fühlte sich hundeelend, aber sie war quicklebendig – im Gegensatz zu ihren geliebten Eltern. Irgendwie fühlte sich Lorilis schuldig an ihrem Tod. Sie wusste, dass es dafür keinen Grund gab, aber das Gefühl war stärker als die Vernunft. Alles war so himmelschreiend ungerecht. Hatte das Schicksal nichts anderes im Sinn, als das Leben unschuldiger Menschen zu zerstören? Für die Erben von Ji war Zejabels Nachricht der schwerste Schlag, den es geben konnte. Alles, wofür Generationen vor ihnen gekämpft hatten, war zunichtegemacht. Alle Hoffnung war dahin. Dieser Gedanke war so grausam, dass Lorilis überhaupt nicht auf die Idee kam, die Folgen für ihr eigenes Leben zu bedenken.

»Unmöglich«, sagte Damián. »Ich habe das Tagebuch meines Vaters gelesen. Sombre ist tot. Alle Götter sind tot. Sie haben sich zusammen mit dem Jal aufgelöst.«

»Die Götter sind *verschwunden*«, verbesserte ihn Zejabel. »Aber wir wissen nicht, was genau mit ihnen geschah. Eryne hatte manchmal Visionen von einer anderen Welt.«

»Dem Jal«, sagte Damián.

»Nein, nicht vom Jal. Von einer noch ferneren Welt, einer Welt jenseits des Jal. Von dem Ort, an dem die Seelen der Sterblichen eigentlich ihre letzte Ruhe finden sollten, statt ins Dara oder Karu einzugehen.«

»Eure religiösen Spitzfindigkeiten interessieren mich nicht«, brauste Maara auf. »Was ist wirklich geschehen? Was hat mein Vater gesagt?«

Wieder ließ sich die Zü mit der Antwort Zeit. Sie schien ihre Worte mit Bedacht wählen zu wollen. Lorilis wartete ergeben, bis Zejabel zu sprechen anhob. Denn ganz gleich, was sie erzählen würde, nichts konnte Niss und Cael, Yan und Léti, Bowbaq, Corenn, Grigán und die anderen zurückbringen. Trotzdem war das Mädchen überrascht, als die Zü plötzlich sagte:

»Keb war einem Mann begegnet, der behauptete, Usul zu sein.«

Die anderen brauchten einen Moment, um diese Nachricht zu verdauen, aber die Reaktionen ließen nicht lange auf sich warten.

»Das kann nicht sein«, sagte Damián verwirrt.

»Der allwissende Gott?«, vergewisserte sich Najel. »Der Gott, den Yan … äh … der tot ist, weil …«

Der Junge verstummte verlegen, aber er musste den Satz nicht beenden. Lorilis erinnerte sich sehr genau an diesen Teil der Vergangenheit ihres Vaters, auch wenn sie erst am Abend zuvor davon erfahren hatte: Cael hatte Usul getötet, in einem jener Momente, als er von seinem inneren Dämon beherrscht wurde.

»Was redest du da?«, fragte Maara unwirsch. »Wann soll das gewesen sein? Und wo?«

»Das weiß ich nicht. In einer eurer Provinzen. Jemand erzählte deinem Vater von einem Mann, der als Einsiedler am Ufer eines Sees lebte und halb verrückt war. Niemand hatte ihn je zuvor zu Gesicht bekommen. Doch seit ein paar Dekaden bewegte er sich nicht mehr vom Fleck. Die Bewohner der Umgebung, die mit ihm gesprochen hatten, behaupteten, er beherrsche sämtliche Sprachen und Dialekte der bekannten Welt. Vor allem aber könne er in die Zukunft sehen. Als Keb erfuhr, dass sich der Mann Usul nannte, beschloss er, ihm einen Besuch abzustatten.«

»Daran kann ich mich gar nicht erinnern«, sagte Maara argwöhnisch. »Vater hat den Mann mit keinem Wort erwähnt.«

»Er wollte dich wahrscheinlich schonen«, warf Josion ein. »Bis gestern war ich der Einzige unserer Generation, der von dem schrecklichen Geheimnis unserer Vorfahren wusste.«

Zejabel runzelte die Stirn, bevor sie weitersprach.

»Keb nahm eine Waffe mit, als er den Mann aufsuchte, doch dieser erwies sich als harmlos. Er wirkte wahrhaftig wie ein Verrückter, lebte im Dreck und ernährte sich von rohem Fisch. Und er sprach tatsächlich mehrere Sprachen, allerdings wild durcheinander, so dass er kaum zu verstehen war. Einige Worte stachen jedoch aus dem Gebrabbel hervor: die Namen eurer Eltern. Vor allem Caels Name kam immer wieder vor. Der Mann schien schreckliche Angst vor Cael zu haben.«

Plötzlich stand Lorilis im Mittelpunkt der Aufmerksamkeit. Sie straffte die Schultern und tat so, als bemerkte sie die Blicke der anderen nicht.

»Keb war immer noch nicht überzeugt, dass der Alte tatsächlich Usul war, aber die Begegnung ließ ihm keine Ruhe. Daher beschloss er, den Mann nach Wallos zu bringen.«

»Was? Er nahm ihn mit in den Palast?«, rief Maara. »Dann hätte ich ihn ja sehen müssen!«

»Dein Vater ließ äußerste Vorsicht walten«, erklärte Zejabel. »Selbst seine treuesten Gefolgsleute bekamen Usul nicht zu Gesicht.«

»Das ist unmöglich! Wie hätte er das bewerkstelligen sollen? Im Palast wäre der Alte doch aufgefallen!«

»Aber nicht in den ehemaligen Verließen.«

Diese Antwort ließ die Prinzessin verstummen. Die Kerker gehörten zur unrühmlichen Vergangenheit des wallattischen Königreichs, weshalb man in Maaras Familie nicht gern von ihnen sprach.

»Er hat den Alten in ein finsteres Loch gesperrt?«, empörte sich Guederic. »Auf einen bloßen Verdacht hin?«

»Ich hätte nicht anders gehandelt«, entgegnete Zejabel. »Jetzt, wo ihr das Geheimnis eurer Eltern kennt, könnt ihr vielleicht seine Tragweite ermessen. Das Schicksal der Welt liegt in den Händen der Erben von Ji. Außerdem wollte Kebree um jeden Preis seine Kinder schützen. Usuls Rückkehr konnte ein Zeichen dafür sein, dass die Götter zurückgekehrt waren. Die Götter und die Dämonen ...«

Niemand wagte mehr, einen Einwand zu erheben, und alle hatten es eilig, den Rest der Geschichte zu hören.

»Keb hielt den Mann gut zwei Monde lang im Palast gefangen. Er brachte ihm Essen und setzte sich so oft wie möglich zu ihm, um seinem Gebrabbel zu lauschen. Leider bekam er nicht viel aus ihm heraus. Der Mann behauptete kein einziges Mal, ein Gott zu sein, aber er sprach von so vielem, was er eigentlich nicht wissen konnte, dass Kebree schließlich doch zu der Überzeugung gelangte, es mit Usul zu tun zu haben.«

»Und dann?«, fragte Damián. »Was hat Keb mit ihm gemacht?«

»Hat er ihn getötet?«, fragte Souanne.

In der Stimme der Grauen Legionärin lag eine seltsame Gier. Souanne bemerkte das Unbehagen ihrer Gefährten und machte eine entschuldigende Geste, bevor sie beschämt die Augen niederschlug.

»Darüber hat Keb tatsächlich nachgedacht«, fuhr Zejabel fort. »Er wollte kein Risiko eingehen. Wenn er den Mann laufen ließ, bestand die Gefahr, dass er unser Geheimnis in aller Welt verbreitete. Aber er konnte den Alten ja auch nicht bis zu dessen Tod einsperren.«

»Und, was hat er getan?«, fragte Damián.

»Die Entscheidung wurde ihm abgenommen. Eines Tages, als Keb seinen Gefangenen besuchte, war der Alte völlig außer sich. Er flehte Keb an, ihn auf der Stelle freizulassen, was er vorher noch nie getan hatte. Er ging sogar auf ihn los, aber Keb blieb hart. Zu viel stand auf dem Spiel, also ließ er den Mann in seiner Zelle zurück. Am nächsten

Morgen war Usul verschwunden. Weder Schloss noch Gitterstäbe wiesen irgendwelche Spuren auf. Keb war völlig unklar, auf welchem Weg der Mann entkommen konnte.«

Zejabel sah die anderen reihum eindringlich an, bevor sie weitersprach.

»Daraufhin machte sich Keb auf den Weg nach Lorelia, um uns eine Nachricht zu überbringen. Er wollte uns berichten, was Usul am letzten Tag vor seinem Verschwinden wieder und wieder gesagt hatte: *Er ist zurück. Er kommt näher. Er wird uns alle töten.*«

Najel versuchte krampfhaft, seine zitternden Hände stillzuhalten. Vor Anstrengung brach ihm der kalte Schweiß aus. So viele schlechte Nachrichten in weniger als einer Dezime! Wie schaffte es Maara nur, den Kopf hoch zu tragen und sich an dem Gespräch zu beteiligen? Er selbst hatte bisher kaum etwas gesagt. Am liebsten wäre er auf die Knie gesunken und hätte losgeheult. Die anderen hätten ihm einen solchen Ausbruch sicher verziehen, schließlich war er der Jüngste der Gruppe, und auch Lorilis hatte ihren Tränen freien Lauf gelassen. Doch der Wallatte wollte sich seiner Trauer nicht hingeben. Ke'b'ree hätte das gar nicht gefallen. Er hätte seinem Sohn befohlen, zu den Waffen zu greifen und seiner Schwester, der neuen Königin von Wallatt, zur Seite zu stehen. Und Najel wollte das Andenken seines Vaters ehren, so gut er konnte – vor allem, nachdem er Ke'b'ree in der vergangenen Nacht verraten hatte. Außerdem durfte er angesichts der Kämpfe, die auf ihn zukamen, keine Schwäche zeigen.

Plötzlich fiel Najel auf, dass er nicht der Einzige war,

der schwieg. Seit Zejabels unheilvoller Prophezeiung hatte niemand auch nur ein Wort gesagt.

»Aber ... das ist ja entsetzlich«, murmelte Josion schließlich.

»Oder es war nur das wirre Gestammel eines Verrückten«, entgegnete Guederic.

»Zumal wir nicht sicher sein können, dass der Alte tatsächlich von Sombre sprach«, pflichtete ihm Damián bei.

Zejabel runzelte die Stirn und schüttelte ungeduldig den Kopf.

»Keb war jedenfalls davon überzeugt. Er hatte sehr viel Zeit mit Usul verbracht. Genug, um in seinem Gefangenen den einstigen Gott zu erkennen. Wer anders als Sombre hätte dem Mann solche Angst einjagen können?«

»Mein Vater?«, fragte Lorilis vorsichtig.

»Früher einmal vielleicht. Aber Cael ist längst nicht mehr von seinem Dämon besessen. Als ich deinen Vater in Berce wiedergesehen habe, war er so menschlich wie du und ich.«

Betretenes Schweigen machte sich breit, während Lorilis abermals ein paar Tränen über die Wangen rollten.

»Das ist doch absurd«, befand Guederic. »Das alles ist nur passiert, weil irgendein Irrer ein paar zusammenhanglose Worte gestammelt hat? Wie hoch ist die Wahrscheinlichkeit, dass er die Wahrheit sagt? Oder dass Keb sein Gebrabbel richtig verstanden hat? Eins zu Tausend?«

»Vielleicht sogar noch geringer«, räumte Zejabel ein. »Aber es gab nur eine Möglichkeit, uns Gewissheit zu verschaffen.«

»Ihr musstet zur Insel segeln und das Grab des Dämons öffnen«, murmelte Damián.

Najel spürte einen kalten Hauch im Nacken. Sicher handelte es sich nur um einen Luftzug – oder seine Einbildung spielte ihm einen Streich. Seit sie von Sombre sprachen, schien es in dem Lesesaal kälter geworden zu sein.

»Genau das hatte Amanón vor«, bestätigte Zejabel.

»Aber warum zog Keb die anderen überhaupt in die Sache mit rein? Er hätte doch auch allein zur Insel fahren können! Oder zusammen mit meinem Vater …«

»Kebree bewies seine Loyalität, indem er uns alle benachrichtigte. Er hatte keine Wahl. Die Entscheidung, eine solche Reise gemeinsam anzutreten, trafen wir schon vor langer Zeit. Sie beruhte auf einer stillschweigenden Übereinkunft. Die Erben haben immer zusammengehalten.«

»Nur eure Kinder habt ihr zurückgelassen«, sagte Maara bitter. »Ich hätte mich meinem Vater widersetzen und euch begleiten sollen!«

»Dann wärst auch du jetzt tot«, konterte Zejabel. »Euch nichts zu sagen, war nicht meine Idee, aber … Mittlerweile weiß ich, dass ich einen Fehler begangen habe. Die Last dieses Erbes ist zu schwer zu tragen. Indem sie euch aus allem heraushielten, haben euch eure Eltern das Leben gerettet.«

Sie versuchte, Josions Blick einzufangen, aber ihr Sohn starrte zu Boden.

»Jetzt stecken wir jedenfalls bis zum Hals in der Sache drin«, bemerkte Guederic. »Ich weiß nicht, ob tatsächlich ein Dämon hinter uns her ist. Aber die Kerle, die uns schon zweimal angegriffen haben, werden nicht so schnell von uns ablassen.«

Najel überlief ein Schauer. Er hatte gewusst, in welcher

Gefahr sie schwebten, aber es aus Guederics Mund zu hören, war noch etwas ganz anderes.

»Und warum bist du nicht bei den anderen auf dem Kutter geblieben?«, fragte Damián weiter. »Ist auf der Überfahrt irgendwas vorgefallen?«

Zejabel biss sich auf die Lippen. Offensichtlich machte ihr Gewissen ihr schwer zu schaffen.

»Es dauerte eine ganze Weile, bis Kebree uns alles erzählt hatte. Wir waren bereits ein gutes Stück von der Küste entfernt, hatten Ji aber noch lange nicht erreicht. Als Nächstes weihte uns Amanón in sein Wissen ein: Er sprach von der Neugründung zahlreicher Sekten, vom Kampf der Grauen Legion gegen die religiösen Geheimbünde, von seiner Sorge, dass die Dämonisten immer mehr Anhänger fanden …«

»Ich befasse mich in der Grauen Legion mit genau diesen Vorfällen«, sagte Damián. »Vater hatte Recht, es wird von Jahr zu Jahr schlimmer.«

»Ich bekam es mit der Angst zu tun«, gestand die Zü. »Das alles erschien mir furchterregender als Sombres mögliche Rückkehr. Die Menschen sind zu noch viel grausameren Dingen fähig als die Ungeheuer des Karu. Ich spreche aus eigener Erfahrung. In Gegenwart von Nolan und unseren Freunden fühlte ich mich sicher, aber … Ich hatte schreckliche Angst um meinen Sohn. Um euch alle. Ich bereute zutiefst, dass wir unsere Kinder zurückgelassen hatten.«

»Ich kann sehr gut auf mich selbst aufpassen!«, brach es aus Josion hervor. »Du hättest bei Vater bleiben müssen!«

Mehr sagte er nicht, denn plötzlich schien ihm aufzugehen, wie bösartig seine Worte klangen. Er sprang von der

Liege auf, durchquerte mit großen Schritten das Zimmer und lehnte sich an die Wand. Dann verschränkte er die Arme und senkte den Kopf, als wollte er seiner Mutter nie wieder ins Gesicht sehen.

»Mittlerweile weiß ich, dass es ein Fehler war!«, sagte Zejabel mit zitternder Stimme. »Aber ich konnte an nichts anderes mehr denken. Schließlich bat ich die anderen, mit dem Beiboot zurück ans Festland rudern zu dürfen. Sie ließen mich gehen. Ich glaube, sie waren froh zu wissen, dass einer von uns auf unsere Kinder aufpassen würde. Ich konnte ja nicht ahnen …«

»Wie kam es denn überhaupt zu dem Feuer an Bord?«, fragte Maara.

»Ich weiß es nicht. Ich war schon ein gutes Stück entfernt, als das Feuer ausbrach. Die Sonne war untergegangen, und in der Dunkelheit sah ich die Flammen am Horizont. Ich kehrte sofort um und ruderte zu den anderen zurück, aber es war zu spät. Der Kutter sank lange, bevor ich ihn erreichte. Ich konnte die Unglücksstelle nicht mehr finden. Ich weiß nicht mal, wo genau sie gestorben sind …«

Sie verstummte für einen Moment und kämpfte mit den Tränen. Najel starrte stumm vor Trauer und Entsetzen ins Leere.

»Vielleicht nahm sie ja ein anderes Schiff an Bord«, meinte Guederic. »Oder sie sind bis zu der Insel geschwommen.«

»Wir waren noch zu weit von Ji entfernt«, murmelte Zejabel. »Und weit und breit war kein anderes Schiff in Sicht, sonst hätte ich in der Dunkelheit Laternen gesehen. Nachdem ich mehrere Dekanten lang vergeblich nach Nolan und den anderen gesucht hatte, ruderte ich zurück zum Festland. Ich wollte wenigstens ... meinen Sohn retten.«

Josion starrte weiterhin beharrlich zu Boden. Plötzlich ärgerte sich Najel über die Sturheit des jungen Mannes. Er konnte sich glücklich schätzen, überhaupt noch eine Mutter zu haben! Wie konnte er es wagen, sie so respektlos zu behandeln! Schließlich hätte sie ihr Leben riskiert, um zu ihm zu kommen. Zejabel war allein übers Meer gerudert und hatte das gesamte Königreich Lorelien durchquert, um ihren Sohn zu beschützen. Anschließend hatte sie eine Nacht lang an seiner Seite gewacht und ihm mit ihrer Heilkunde das Leben gerettet!

Doch als Najel einfiel, dass sein Vater vielleicht noch am Leben wäre, wenn Zejabel anders gehandelt hätte, wusste er nicht mehr, was er denken sollte.

»Ich ritt zu dem geheimen Keller in Benelia«, fuhr Zejabel fort. »Es war niemand da, und auch Leichen fand ich keine, aber viel getrocknetes Blut. Ich betete zu Eurydis, so wie ich es schon lange nicht mehr getan hatte, dass es nicht euer Blut war. Dann ritt ich zur Burg, in der Hoffnung, euch hier zu finden ... Das ist alles, was ich weiß. Und das mit euren Eltern ... Es tut mir so leid. Es tut mir schrecklich leid.«

Niemand gab eine Antwort. Hin und her gerissen zwischen dumpfer Wut und tiefer Trauer hatte keiner der Gefährten ein tröstendes Wort für die Unglückliche übrig. Najel konnte den Anblick der vom Schicksal gezeichneten Zü nicht ertragen. Obwohl er fürchtete, die Knie könnten ihm versagen, ging er zu Zejabel hinüber und legte ihr unbeholfen eine Hand auf die Schulter. Dann hob er die andere Hand und berührte ihre Wange. Für einen Moment lehnte Zejabel das Gesicht dagegen, und in ihrem Blick lag tiefe Dankbarkeit. Gleich darauf trat auch Damián zu ihnen, um seiner Tante etwas Trost zu spenden. Diese Gesten schienen der einstigen Kahati ihren Mut und ihre Tatkraft zurückzugeben. Beherzt stieß sie sich von der Kommode ab, an der sie gelehnt hatte.

»Auf der Burg können wir nicht bleiben«, sagte sie. »Wir müssen so schnell wie möglich von hier fort. Ihr könnt mir unterwegs erzählen, was euch widerfahren ist.«

Nach einem letzten Blick auf ihren Sohn marschierte sie aus dem Zimmer. Josion hingegen behandelte sie weiterhin wie Luft.

Die Säcke und Bündel der jungen Leute waren längt gepackt und zusammengeschnürt, und so musste nur noch Zejabel ihre Reisevorbereitungen treffen. Die Zü verschwand in den Gemächern, die sie bis vor kurzem mit Nolan geteilt hatte, und ließ die anderen mit ihren schwarzen Gedanken allein. Jetzt grübelten alle über die furchtbaren Enthüllungen der letzten Dekanten nach. Vor allem Josion war tief erschüttert. Seine schlimmsten Ängste waren Wirklichkeit geworden: Sein Vater war tot, und der Dämon war zurückgekehrt. Außerdem hatte er seine Mutter wiedergesehen, auch wenn das natürlich wesentlich weniger tragisch war.

Er machte Zejabel keine Vorwürfe, weil sie das Ruderboot genommen hatte, das ihren Gefährten wahrscheinlich das Leben gerettet hätte. Zumindest hatte er nicht die Absicht, die Sache noch einmal zu erwähnen. Allerdings hatte Josion schon nach den ersten Dezillen ihres Wiedersehens feststellen müssen, dass sich Zejabel nicht verändert hatte. Sie war immer noch fest davon überzeugt, als Einzige im Besitz der Wahrheit zu sein. Daraus zog sie dann ihre Schlüsse und zwang anderen ihre Entscheidungen auf.

Josion war unsicher, ob er Zejabel folgen sollte, denn seine hart erkämpfte Freiheit wollte er nur ungern aufgeben. Nicht ohne Grund hatte er die Burg der Familie de Kercyan vier Jahre zuvor verlassen. Allerdings wusste er auch nicht, welchen Weg er sonst einschlagen sollte. Die Geschehnisse der Nacht hatten ihm zu denken gegeben: Sein Alleingang hätte ihn fast das Leben gekostet. Er war es gewohnt, als Einzelkämpfer loszuziehen, aber diesmal hatte er dadurch die Lage seiner Freunde nur verschlimmert. Er nahm sich fest vor, diesen Fehler nicht noch einmal zu begehen. Josion musste sich an den Gedanken gewöhnen, einer Gemeinschaft anzugehören.

Auch wenn Zejabel offenbar vorhatte, die Führung dieser Gemeinschaft zu übernehmen.

Während die Gefährten auf die Rückkehr der Zü warteten, betrachteten sie ein letztes Mal die Bilder, auf denen ihre Eltern und Großeltern zu sehen waren. Der Moment war umso bewegender, als sie sich die Gemälde diesmal in dem Wissen ansahen, dass die Porträtierten tot waren. Josion hingegen musste sich nicht nur von seinem toten Vater verabschieden, sondern auch von der Burg, auf der er aufgewachsen war. Jetzt, nach Nolans Tod, wollte er nie wieder an diesen Ort zurückkehren. Falls er die nächsten Tage überhaupt überlebte …

In diesem Moment trat Damián zu ihm und fragte, ob er die Tagebücher ihrer Vorfahren mitnehmen dürfe. Er stellte die Frage aus reiner Höflichkeit, schließlich konnte sie die Schriften nicht einfach zurücklassen, für den Fall, dass ihre Feinde die Burg durchsuchten. Josion nickte. Die Frage seines Cousins brachte ihn auf den Gedanken, dass sie vielleicht noch weitere Dinge von der Burg mitnehmen sollten. Waffen waren das Erste, was Josion in den Sinn kam. Er hatte sich bereits mit einem Zarratt bewaffnet, einem Dolch, der über eine Eisenkette mit einer schweren Keule verbunden war. Um sich selbst musste er sich also keine Sorgen machen, zumal die besten Waffen der Welt nichts nützten, falls tatsächlich ein Dämon hinter ihnen her war.

»Deine Mutter braucht aber lange«, meinte Maara nach einer Weile. »Du solltest mal nachsehen gehen.«

»Sie wird kommen, wenn sie so weit ist«, entgegnete Josion ruhig.

Plötzlich bemerkte er die Ungeduld der anderen. Guederic und Najel hatten bereits ihre Rucksäcke geschultert, Damián lief unruhig im Saal auf und ab, und Souanne stand am Fenster und seufzte in regelmäßigen Abständen gereizt. Mehr noch als er selbst hatten seine Freunde das Bedürfnis, die Burg so schnell wie möglich zu verlassen und etwas frische Luft zu atmen, um den Schmerz zu betäuben. Ihnen zuliebe beschloss Josion, die Gemächer seiner Eltern aufzusuchen. Jeder Schritt kostete ihn große Überwindung – dort lauerten so viele Kindheitserinnerungen ... Wie sollte er es verkraften, nie wieder das Lächeln seines Vaters zu sehen? Mit diesem Gefühl war er offenbar nicht allein: Durch die Tür hörte er Zejabel weinen. Als er zweimal leise anklopfte, verstummte das Schluchzen abrupt.

»Ich komme«, rief seine Mutter.

Ihre Stimme klang erstaunlich hart für jemanden, der gerade noch geweint hatte. Josion wandte sich um und wollte zu den anderen zurückgehen, als die Tür aufsprang. Im ersten Moment erkannte Josion die Gestalt im Rahmen nicht wieder. Seinen Reflexen folgend spannte er alle Muskeln an und duckte sich, um einem Angriff zu entgehen. Erst als er bemerkte, dass es Zejabel war, entspannte er sich wieder und starrte sie verblüfft an.

Sie trug ihr rotes Kahati-Gewand.

Seit dem Verschwinden des Jal vor über zwanzig Jahren hatte Zejabel es nicht mehr getragen. Als Josion noch ein Junge war, hatte sie ihm das Kleid gezeigt, um ihre Erzählungen zu veranschaulichen, aber er hatte es nie an ihrem Körper gesehen.

Die Bedeutung der Geste entging ihm nicht: Die Erben von Ji führten abermals Krieg gegen Sombre, und Zejabel würde in der vordersten Reihe kämpfen – und zwar in dem Gewand, in dem sie den Dämon schon einmal besiegt hatte. Nötigenfalls schien seine Mutter in dem Kleid in den Tod gehen zu wollen.

»Ich bin bereit«, sagte sie fest.

Josion ließ ihr den Vortritt. Angesichts dieser in Rot gekleideten Frau mit dem stahlharten Blick fühlte er sich abermals wie ein kleines Kind. Wie *ihr* kleines Kind.

Josion hasste dieses Gefühl.

Souanne war so in Gedanken versunken, dass sie nicht gleich den Kopf wandte, als Zejabel und Josion den Saal betraten. Erst als es plötzlich still wurde, zwang sie sich, ihren Platz am Fenster aufzugeben. Wie den anderen verschlug ihr der Anblick die Sprache. Die Zü war bis an die Zähne bewaffnet und hatte ihre Reisekleider gegen ein blutrotes Gewand eingetauscht. Zwei breite Lederarmbänder schützten ihre Handgelenke, und an ihrem Gürtel waren ein fremdartiger Dolch und mehrere Wurfmesser befestigt. Über ihrer rechten Schulter hing ein Köcher voller gefiederter Pfeile. In der linken Hand hielt Zejabel einen Mantel und ein kleines Reisebündel, in der rechten einen Langbogen und ihren Speer. In diesem kriegerischen Aufzug würde die Zü kaum unbemerkt bleiben, doch dann dämmerte Souanne, dass das wohl Zejabels geringste Sorge war. Sie zog in den Krieg, daran bestand kein Zweifel.

Da gab es nur ein Problem: Souanne hatte nicht vor, so schnell wieder zu kämpfen.

Das war so ziemlich das Einzige, dessen sie sich sicher war. Ansonsten waren ihre Gedanken ziemlich wirr und widersprüchlich. Sie konnte sich einfach nicht entscheiden, welchen Weg sie einschlagen wollte, während die anderen bereits über den bevorstehenden Aufbruch sprachen.

Die Nachricht von Amanóns Tod machte ihr viel stärker zu schaffen, als sie gedacht hätte. Der Anführer der Grauen Legion war für sie mehr als nur ein ranghöherer Offizier gewesen. Er hatte sie durchs Leben geführt und eine schützende Hand über sie gehalten. Nun, da er tot war, stand Souanne völlig allein da. Bei wem sollte sie jetzt Rat suchen? Wer würde sie durch die Höhen und Tiefen der Existenz begleiten, wer würde an dunklen Tagen für sie da sein? Die Menschen, mit denen sie die erschütterndsten Momente ihres Lebens verbracht hatte, waren alle in diesem Saal versammelt. Doch ihre Familien waren seit

Jahrzehnten befreundet, während sich Souanne nur durch einen unglücklichen Zufall in ihrer Gesellschaft befand.

Zumal sich Souanne seit heute Nacht selbst fremd war.

Immer wieder musste sie an das berauschende Gefühl denken, das sie beim Töten der beiden Angreifer durchströmt hatte. Wenn sie wenigstens einfach abwarten könnte, bis sie den unseligen Vorfall vergessen hätte ... Doch ein krankhafter Drang trieb sie dazu an, weitere Leben auszulöschen. Gegen diesen Impuls anzukämpfen, kostete sie so viel Kraft, dass sie kaum an etwas anderes denken konnte. Deshalb war sie zu dem Schluss gekommen, dass sie weitere Kämpfe um jeden Preis vermeiden musste.

Nur leider schien das Schicksal die Erben geradewegs neuen Kämpfen entgegenzuführen.

Plötzlich bemerkte Souanne, wie die anderen einer nach dem anderen den Saal verließen. Sie hatte nichts von ihrem Gespräch mitbekommen, aber irgendwer hatte offenbar das Zeichen zum Aufbruch gegeben. Der Moment der Entscheidung war gekommen. Sollte sie den anderen folgen und ihr Leben und ihren Verstand aufs Spiel setzen, indem sie sich einer Horde von Angreifern und einem unsterblichen Dämon entgegenstellte? Oder sollte sie ihren eigenen Weg gehen? Sie könnte von Lorelia wegziehen und sich irgendwo auf dem Land niederlassen, fernab des Kriegs, der zwischen Göttern und Sterblichen tobte. Dort wäre es wahrscheinlich einfacher, ihrem Morddrang zu widerstehen. In jedem Fall würde sie nie wieder in der Grauen Legion dienen können. Der Kommandant war tot. Souanne hatte ihren Auftrag, Damián nach Benelia zu begleiten und für seinen Schutz zu sorgen, so gut es ging erfüllt. Sie hatte sich ihre Freiheit wahrlich verdient! Einer plötzlichen Eingebung folgend und ohne weiter nachzudenken, rief sie den Erben hinterher: »Wartet!«

Die anderen wandten sich überrascht zu ihr um und sahen sie aufmerksam an.

Souanne musste es ihnen sagen, jetzt gleich. Sie musste ihnen sagen, dass sich ihre Wege hier trennten.

Dann aber begegnete sie Guederics Blick. Er war der Einzige, mit dem sie über ihren rätselhaften Trieb sprechen konnte. Vielleicht war er auch der Einzige, der ihr helfen konnte, sich davon zu befreien.

»Wartet ... Wartet auf mich«, stammelte sie.

Beschämt warf sie sich ihren Umhang über die Schultern und schulterte den Rucksack. Die anderen hatten sich bereits wieder in Gang gesetzt, mit Zejabel an der Spitze. Die Würfel waren gefallen: Souanne hatte ihr Schicksal endgültig mit dem der Erben verbunden. Es gab kein Zurück mehr, aber womöglich war das schon seit einer ganzen Weile so. Zweifellos, seit Amanón sie gebeten hatte, seinen Sohn nach Benelia zu begleiten.

Zumindest musste sie sich jetzt nicht mehr mit der Ungewissheit herumquälen. Souanne kämpfte nach wie vor mit ihren Ängsten, aber wenigstens bekam sie jetzt wieder mit, was um sie herum geschah. So wunderte sie sich über die Richtung, die ihre Gefährten einschlugen: Warum gingen sie nicht nach draußen? Mussten sie nicht die Pferde einfangen? Stattdessen drangen sie durch ein Gewirr an Gängen immer tiefer ins Innere der Burg vor. Nach einer Weile kam der Weg der Grauen Legionärin bekannt vor. Gleich darauf bestätigte sich ihre Vermutung: Zejabel führte sie zu dem Waffensaal, in dem der nächtliche Kampf stattgefunden hatte.

Beim Betreten des Saals schwiegen die Erben ehrfürchtig. Die Leichen ihrer Angreifer lagen in getrockneten Blutlachen am Boden – da, wo sie sie zurückgelassen hatten. Zejabel und Josion, für die der Anblick neu war, betrachteten die Toten mit harten Mienen. Souanne bemühte sich krampfhaft, die beiden Männer, die durch ihre Hand gestorben waren, zu ignorieren. Sie hatte es eilig, von hier wegzukommen.

»Vielleicht sollten wir ...«, begann Damián, »vielleicht sollten wir die Leichen außerhalb der Burg vergraben.«

»Das wäre Zeitverschwendung«, sagte Zejabel kalt. »Dafür sind wir nicht hier.«

Sie ging zu einem der Fenster, öffnete es sperrangelweit und hakte den Flügel in eine Öse an der Wand.

»Die Raben werden sich darum kümmern.«

Ohne mit der Wimper zu zucken, stieg Zejabel über mehrere Leichen hinweg und marschierte auf einen Waffenschrank zu.

Souanne fragte sich, welche Kostbarkeit sich darin verbergen mochte. Als die Zü einen länglichen, in eine Decke eingeschlagenen Gegenstand hervorholte, runzelte Souanne verständnislos die Stirn. Was hatte sie damit vor? Vermutlich handelte es sich um ein Schwert, aber war Zejabel nicht schon bewaffnet genug?

»Ist das ...«, fragte Damián.

Die einstige Kahati nickte, bevor sie wieder über die Leichen hinwegstieg und zu ihnen zurückkehrte. Als sie das Schwert entblößte, rechnete Souanne damit, ein Wunderwerk der Schmiedekunst zu erblicken oder zumindest eine auf Hochglanz polierte Klinge, aber die Waffe sah vollkommen gewöhnlich aus und das Metall war stumpf. Erst als die Zü das Schwert in die Luft reckte, dämmerte Souanne, was sie da vor sich hatte. Ein Schauer überlief sie.

»Saats Schwert«, sagte Josion und bestätigte so Souannes Vermutung. »Cael vertraute es meinen Eltern an, damit sie es zusammen mit den Tagebüchern und Gemälden hüten.«

»Das Schwert hat all seine Macht verloren«, erklärte Zejabel. »Seine einzige Besonderheit ist, dass es aus Gwel besteht, so wie die Steine, die wir aus dem Jal mitgenommen haben. Abgesehen davon ist es nur noch ein Symbol. Das gilt auch für den Speer, den ich Zuïa abgenommen habe.«

Sie wies auf die langstielige Waffe, die auf ihrem Bündel lag. Souanne warf einen kurzen Blick darauf, dann geschah etwas Unerwartetes: Zejabel streckte ihr das Schwert entgegen.

»Du wirst es tragen«, verkündete sie. »Nimm es.«

»Was? Aber … warum?«

»Irgendjemand muss es nehmen. Ich will das Schwert nicht auf der Burg zurücklassen, und auf keinen Fall darf es den Kerlen in die Hände fallen, die hier bald aufkreuzen werden.«

Souanne wandte sich zu den anderen um und suchte in ihren nicht minder überraschten Gesichtern nach einer Erklärung. Offenbar hatte niemand etwas dagegen, dass sie die Waffe trug. Warum auch? Es war schließlich nur ein Schwert, das Zejabel ihr für eine Weile anvertraute. Trotzdem war Souanne überzeugt, dass diese Übergabe mehr zu bedeuten hatte, als die Zü zugab.

Irgendetwas drängte sie, das Schwert an sich zu nehmen, und zwar jetzt gleich, solange man es ihr darbot. Die plötzliche Gier, die sie überfiel, machte Souanne Angst.

Eins wusste sie jedoch mit Sicherheit: Ihr unerklärlicher Drang hing mit dem Blutrausch der vorigen Nacht zusammen. Außerdem ahnte Souanne, dass Zejabel etwas darüber wusste. Das alles konnte kein Zufall sein.

Dennoch konnte Souanne dem Drang nicht widerstehen: Sie streckte die Hand vor und schloss die Finger fest um das Heft des Schwerts. Das berauschende Gefühl, das sie durchströmte, vertrieb ihre letzten Zweifel – nicht aber ihre Fragen. Während die anderen auf die Tür zugingen, hielt Souanne Zejabel mit einer Handbewegung zurück. Sie wartete, bis ihre Gefährten außer Hörweite waren, und stellte dann die eine Frage, die ihr seit Tagen auf der Seele brannte: »Hat Amanón gesagt, warum ich euch begleiten soll? Warum hat er mich in die Sache hineingezogen?«

Zejabel warf ihr einen unergründlichen Blick zu.

»Das war reiner Zufall. Sonst nichts.«

Mit diesen Worten ließ sie Souanne stehen. *Josion irrt sich, was seine Mutter angeht,* dachte die Graue Legionärin bitter. *Zejabel lügt sehr wohl, und zwar so gerissen wie jeder andere.*

Jetzt musste sie nur noch herausfinden, welcher Teil von Zejabels Geschichte gelogen war – und warum die einstige Kahati ihnen nicht die Wahrheit sagte.

Obwohl der Mit-Tag näher rückte, war die Luft von dem nächtlichen Gewitter noch kühl. Maara atmete tief ein, um Körper und Geist von allem Unheil zu reinigen. Sie hatte eindeutig zu viel Zeit in der düsteren Burg verbracht. Es waren zwar nur wenige Dekanten gewesen, aber ihr kam es vor, als hätte sie seit Tagen den Himmel nicht gesehen. Seit die Kriegerin durch den unterirdischen Gang in die Burg der Familie de Kercyan eingedrungen war, schien sich die Welt von Grund auf verändert zu haben. Maara hatte erfahren, dass es die Götter tatsächlich gab, ihre Herrschaft jedoch der Vergangenheit angehörte. Auch Dämonen hatten unter den Menschen gelebt – taten es vielleicht noch immer. Ihr eigener Vater war an Kämpfen und Geschehnissen beteiligt gewesen, die das Antlitz der Welt verändert hatten, und die Sterblichen hatten von all dem nichts mitbekommen.

Am Schlimmsten war jedoch das Wissen, dass sie nicht nur die Mutter, sondern auch den Vater verloren hatte. Maara war jetzt Vollwaise.

Und damit war sie die neue Herrscherin von Wallatt.

Das beschäftigte sie momentan zwar nur am Rande, aber sie kam trotzdem nicht umhin, daran zu denken. Die Vorstellung machte ihr Angst. Sie fühlte sich einem so würdevollen Amt nicht gewachsen. Maara hatte immer gedacht, dass sie genug Zeit haben würde, sich auf ihre Rolle als Thronfolgerin vorzubereiten – mindestens noch ein bis zwei Jahrzehnte. Keb zu Ehren würde sie trotzdem ihr Bestes geben. Dabei hatte sie nicht einmal Zeit, in Ruhe um ihren Vater zu trauern. Es gab so viele Entscheidungen zu treffen, dass ihr der Kopf schwirrte. Abermals holte sie tief Luft und versuchte, ihre Gedanken zu ordnen.

Die Gefährten betraten nun den Innenhof der Burg. Sie hatten ihre Waffen gezückt, schließlich mussten sie jederzeit mit einem weiteren Hinterhalt rechnen. Allerdings stießen sie nur auf die Leichen der Männer, die Josion und Zejabel in der Nacht niedergestreckt hatten. Hastig durchsuchten sie die Toten, fanden aber nichts, was Aufschluss darüber gab, wer die Männer waren oder in wessen Dienst sie standen. Dann überquerten sie die Zugbrücke, drangen in den Wald vor und begannen, nach den Pferden zu suchen. Nach einer Weile hatten sie alle bis auf drei eingefangen, und während sich Najel und Souanne auf die Suche nach den Tieren machten, berichteten die anderen Zejabel von den Ereignissen der vergangenen Tage. Die einstige Kahati hüllte sich in Schweigen, bis die Gefährten mit ihrer Erzählung fertig waren, und selbst dann brütete sie noch einige Dezillen vor sich hin, bevor sie etwas sagte.

»Das Zeichen, das die Männer auf der Stirn tragen, ist auch mir unbekannt. Sollten sie tatsächlich einer religiösen Sekte angehören, kann es diese noch nicht lange geben.«

»Es handelt sich um ein ethekisches Schriftzeichen«, erklärte Damián. »Das Alphabet der Etheker wird seit Jahrtausenden nicht mehr benutzt. Das kann kein Zufall sein. Leider war mein Vater vermutlich der Einzige auf der Welt, der diese Sprache lesen und übersetzen konnte ...«

»Wahrscheinlich hat das Zeichen sowieso nichts zu bedeuten«, brummte Guederic. »Die Kerle sind doch völlig durchgedreht! Ihr Anführer hat es vermutlich auf irgendeinem schimmeligen Manuskript entdeckt und beschlossen, seine Männer damit zu bemalen, weil es so schön rätselhaft aussieht.«

Der Gedanke war zwar tröstend, aber Maara wollte sich keinen falschen Hoffnungen hingeben.

»Ich glaube nicht, dass die Kerle wahnsinnig sind. Sie kämpfen nicht wie religiöse Fanatiker, die bereit sind, für ihren Glauben in den Tod zu gehen. Im Gegenteil, sie scheinen sehr darauf bedacht, am Leben zu bleiben.«

»Vielleicht lässt ihre Opferbereitschaft ganz einfach zu wünschen übrig«, scherzte Guederic.

»Ich glaube eher, dass es sich um bezahlte Söldner handelt. Die Kerle sind keine Gläubigen«, beharrte Maara. »Wir haben zweimal gegen sie gekämpft. Keiner von ihnen hat auch nur ein Stoßgebet gen Himmel geschickt, keiner den Namen eines Unsterblichen ausgesprochen. Ich kann mir nicht vorstellen, dass sie einem Dämon dienen.«

Sie verstummte, als Najel und Souanne mit den letzten drei Pferden zurückkehrten.

»Aber die Männer *müssen* mit einer höheren Macht in Verbindung stehen«, widersprach Zejabel. »Wie hätten sie euch sonst so leicht finden können? Einige von euch trugen keine Gwelome am Körper – nur deshalb konnte Sombre euch aufspüren.«

»Aber warum kommt der Dämon dann nicht selbst, um uns zu massakrieren? Das ist doch völlig unlogisch. Ich glaube, dass mein Vater für nichts und wieder nichts gestorben ist. Die Männer, die hinter uns her sind, sind gewöhnliche Sterbliche, und sie haben es auf Amanón, seine Familie oder die Graue Legion abgesehen, nicht aber auf die B'ree. Wir hätten von Anfang an in Wallos bleiben sollen! Die Vorfälle haben nichts mit den alten Geschichten vom Jal zu tun.«

Eisiges Schweigen trat ein. Maara begriff, dass sie wieder einmal vorangeprescht war, ohne nachzudenken.

»Du willst also deinen eigenen Weg gehen?«, fragte Damián besorgt. »Das wäre viel zu gefähr…«

»Ich will wissen, was meinem Vater zugestoßen ist«, fiel ihm die Kriegerin ins Wort. »Ich will alle Küsten absuchen, an der er gestrandet sein könnte, ich will herausfinden, warum der Kutter gesunken ist, und ich will seinen Mord rächen, falls ich einen Schuldigen finde!«

Ihre Gefährten nickten beifällig. Erst jetzt ging Maara die Tragweite ihrer Worte auf. Sie waren einfach so aus ihr herausgesprudelt wie Lava aus einem brodelnden Vulkan. Große Erleichterung erfüllte sie. Endlich hatte sie einen Weg, dem sie folgen konnte.

»Unterschätzt die Macht unserer Feinde nicht«, warnte Zejabel. »Diesmal hat Sombre euch vielleicht nur Handlanger auf den Hals gehetzt, aber das ändert nichts an der Tatsache: Der Dämon ist zurückgekehrt. Dein eigener Vater war fest davon überzeugt. Denk nur an die beiden Hexer, die euch in Benelia und hier auf der Burg angegriffen haben ... Dabei dürfte es eigentlich keine Magie mehr geben. Das macht ja wohl deutlich, welche Gefahr uns droht.«

Unwillkürlich warfen Maara und die anderen Lorilis einen raschen Blick zu. Das Mädchen schien im Boden versinken zu wollen.

»Dann ist es also beschlossene Sache?«, fragte Josion. »Wir reiten nach Berce? Das ist unser nächstes Ziel?«

»Nein, unser Ziel ist die Insel Ji«, widersprach seine Mutter. »Wir müssen Sombres Grab öffnen. Das ist der einzige Weg, Gewissheit zu bekommen.«

»Aber dort erwarten uns bestimmt die Komplizen der Männer von gestern Nacht«, warf Damián ein. »Sobald sie erfahren, dass der Angriff gescheitert ist, werden sie zur Insel segeln und uns dort auflauern. Vielleicht wissen sie auch schon längst Bescheid.«

Maara sah Zejabel herausfordernd an. Sie war nicht bereit, ihren Racheplan so schnell wieder zu verwerfen.

»Ich weiß«, antwortete die Zü und sah Damián tief in die Augen. »Ich hoffe es sogar.«

Mehr sagte sie nicht. Sie presste nur die Zähne zusammen und packte ihren Speer so fest, dass ihre Fingerknöchel weiß hervortraten. Für Maara war das ein gutes Zeichen. Endlich hatte sie eine Gemeinsamkeit mit Zejabel entdeckt: Sie beide träumten davon, ihren Kummer im Blut ihrer Feinde zu ertränken.

Sie waren nun schon seit einem guten Dekant unterwegs, aber obwohl Josion und seine Mutter vorsichtshalber einen kaum bekannten Weg gewählt hatten, konnte sich Damián einfach nicht entspannen. Dass sie ihren Feinden begegneten, war zwar höchst unwahrscheinlich, aber das hinderte ihn nicht daran, sich vor Sorgen verrückt zu machen. Er schien dazu verdammt, keine Ruhe zu finden.

Seit Zejabel zu ihnen gestoßen war, hatte sie mehr und mehr die Führung übernommen. Ihm blieb nicht einmal die Illusion, frei wählen zu können, auf welchem Weg sie sich in Schwierigkeiten stürzten. Allerdings hätten die anderen sicher auch ohne Zejabel beschlossen, nach Ji zu segeln, weil sich ihre Eltern nach dem Schiffbruch auf die Insel gerettet haben könnten. Sie durften nichts unversucht lassen, um ihre Familien zu retten, selbst wenn das bedeutete, sich geradewegs in die Höhle des Löwen zu begeben. Doch auch dieser Gedanke konnte ihn nicht beruhigen. Damián hatte das mulmige Gefühl, dass sie etwas Wichtiges außer Acht ließen, auch wenn ihm nicht einfiel, was das sein könnte. Gewiss, Zejabel war älter und erfahrener als er und eine sehr viel bessere Kämpferin, aber sie neigte dazu, nur ihrem Instinkt zu folgen und übereilte Entscheidungen zu treffen. Letztlich hatte ihre Impulsivität zum Tod seiner Eltern geführt. Einer solchen Gefahr wollte Damián sich und die anderen nicht aussetzen. Gern hätte er seiner Tante die Führung ihrer kleinen Schar überlassen, aber nicht, wenn das ihren Untergang bedeuten konnte.

Nach langem Grübeln fiel ihm plötzlich ein, welche Frage sie bisher außer Acht gelassen hatten. Er musste sofort mit den anderen darüber reden, also rief er ihnen zu, dass es an der Zeit sei, Rast zu machen und eine Kleinigkeit zu essen. Die anderen waren sofort einverstanden, brachten die Pferde zum Stehen, saßen ab und ließen sich im Schatten einer Baumgruppe nieder. Damián wartete nicht einmal, bis sie den ersten Bissen genommen hatten, sondern kam gleich zur Sache.

»Was glaubt ihr, warum Sombre hinter uns her ist?«

Sieben müde Gesichter drehten sich in seine Richtung. Die Freunde wechselten fragende Blicke. Da ohnehin niemand großen Hunger hatte, verloren sie sofort das Interesse an den Vorräten, die sie von der Burg mitgenommen hatten.

»Wir sind seit Generationen verfeindet«, meinte Guederic. »Das dürfte als Erklärung ja wohl reichen.«

»Aber Sombre hat nichts von uns zu befürchten«, widersprach Damián. »Wer der Erzfeind ist, ist längst bekannt: Es war Nolan. Der Dämon wurde besiegt, und das Jal verschwand. Es gibt keine Prophezeiung mehr, die mit unseren Familien zusammenhängt, versteht ihr? Wenn Sombre tatsächlich zurück ist, kann ihn niemand mehr aufhalten. Wir haben kein machtvolles Schwert, keine Geheimwaffe, nichts, was gegen ihn wirkt. Unsere Eltern konnten wenigstens noch an das Wunder glauben, das ihnen prophezeit worden war. Aber wir sind nur gewöhnliche Sterbliche. Wir können den Kampf gegen Sombre nicht gewinnen.«

Die Gesichter seiner Freunde wurden noch länger. Damián tat es leid, sie derart zu entmutigen, aber er hatte keine Wahl. Nur so konnte er ihnen anschließend ein wenig Hoffnung zurückgeben.

»Aus irgendeinem Grund muss Sombre euch aber fürchten«, meinte Zejabel. »Schließlich wird er euch nicht grundlos aufgespürt und angegriffen haben.«

»Vielleicht ist er auf Rache aus«, meinte Maara. »Vielleicht will er ganz einfach seine einstigen Feinde und ihre Nachkommen ausmerzen …«

»Möglich«, antwortete Damián. »Aber ich glaube, dass er in einem solchen Fall selbst gekommen wäre. Es sei denn natürlich, er hat überhaupt nichts mit der ganzen Sache zu tun. Dann sind all unsere Überlegungen hinfällig. Aber nehmen wir einmal an, Sombre steckt hinter den Angriffen. Wenn es ihm also nicht um Rache geht, um was dann?«

Lorilis und Souanne zuckten mit den Schultern, was Damián als Aufforderung zum Weitersprechen verstand.

»Ich weiß es auch nicht. Aber wir müssen es unbedingt herausfinden. Vielleicht gibt es ja doch etwas, das wir dem Dämon entgegensetzen können. Vielleicht fürchtet Sombre uns tatsächlich, aus einem Grund, den wir noch nicht kennen. Vielleicht endet seine Geschichte und die unserer Familien nicht mit dem Verschwinden des Jal.«

»Ganz schön viel vielleicht«, brummte Guederic.

»Mehr haben wir nicht. Zumindest wäre das eine Erklärung für die Geschehnisse der letzten Tage. Aber es bleibt die Frage, warum uns der Dämon seine Mörder auf den Hals hetzt, anstatt uns eigenhändig zu töten. Anders gefragt: Was hat er von uns zu befürchten?«

Befriedigt stellte Damián fest, dass seine Freunde nachdenkliche Gesichter machten.

»Aber der Erzfeind ist bekannt, das hast du doch selbst gesagt«, konterte Maara. »Und Nolan ist tot, zu unserem Unglück. Es ist alles vorbei.«

»Im Gegenteil!«, rief Damián. »Es fängt gerade erst an! In der Nacht, als das Jal zu existieren aufhörte, begann für die Menschen ein neues Zeitalter. Ein Zeitalter, von dem Priester, Dichter und Weise seit langem gekündet hatten, auch wenn niemand wusste, wie es aussehen würde. Nicht einmal die Götter – weder Usul noch die Undinen noch Eurydis – konnten sagen, wie es nach ihrem Verschwinden in der Welt zugehen würde, denn eine solche Prophezeiung lag jenseits ihrer Macht. Deshalb waren alle Beschreibungen vom Zeitalter von Ys reine Vermutungen. Und wie wir alle wissen, leben wir keineswegs in einem Paradies. Vielleicht ist es für die Seelen der Verstorbenen anders, vielleicht können *sie* endlich anderswo als im Jal Ruhe finden. Aber für die Lebenden hat sich die Welt nicht wie erhofft verändert. Die Götter haben sich geirrt.«

Er verstummte, um Luft zu holen und den anderen etwas Zeit zum Nachdenken zu geben. Dann fuhr er fort: »Wir müssen vergessen, was wir über die Unsterblichen zu wissen meinen. Kebree war fest davon überzeugt, Usul begegnet zu sein? Ich glaube ihm! Ein Mann, der so viele Gefahren überstanden und so viel Leid erlebt hat, stellt eine solche Behauptung nicht leichtfertig auf. Meiner Meinung nach kann es durchaus sein, dass Sombre zurückgekehrt ist. Und nicht nur er: alle Götter und Dämonen.«

»Darüber haben wir uns wohl alle schon Gedanken gemacht«, meinte Josion. »Worauf willst du hinaus?«

»Wir stehen am Anfang eines neuen Zeitalters, über das wir nichts wissen. Folglich ist alles möglich. Wir haben keine Ahnung, was vor uns liegt, was wir tun können und was wir fürchten müssen. Wir glauben, dem Dämon hoffnungslos unterlegen zu sein, aber er scheint davor zurückzuschrecken, uns anzugreifen. Warum? Gibt es vielleicht einen neuen Erzfeind? Sind nach dem Verschwinden des Jal vielleicht neue Prophezeiungen ausgesprochen worden? Und wenn ja, von wem? Was hat uns Sombre voraus? Anders gefragt: Was weiß er, das wir nicht wissen?«

Wieder verstummte Damián, weil ihm von seinen eigenen Überlegungen schwindelig wurde. Es gab so viele Möglichkeiten, beängstigende wie ermutigende. Seinen Gefährten war anzusehen, dass es ihnen nicht viel anders ging. Immerhin hatte er ihnen etwas Mut machen können.

»Neue Prophezeiungen?«, wiederholte Maara. »Wovon redest du?«

»Es ist nur so eine Vermutung«, wiegelte Damián ab. »Aber wir sollten der Möglichkeit nachgehen. Schließlich konnte Usul in die Zukunft sehen, und Kebrees Gefangener behauptete, Usul zu sein. Das ist das Einzige, was wir mit Sicherheit wissen. Vielleicht stoßen wir ja, wie unsere Eltern damals, auf Weissagungen, die uns weiterhelfen.«

»Schade, dass wir den irren Alten nicht befragen können«, sagte Guederic halb im Scherz.

Damián jedoch nickte ernst.

»Du willst nach Usul suchen?«, fragte sein Bruder ungläubig. »Und wie willst du das anstellen? Selbst Keb ist es nicht gelungen, ihn einzusperren! Der Alte ist einfach aus seiner Zelle verschwunden, und wir haben keine Ahnung, wo er jetzt ist. Genauso gut könnte er tot sein!«

»Wenn er noch lebt«, entgegnete Damián, »gibt es nur einen Ort auf der Welt, wo er Zuflucht suchen würde: die Insel, die jahrtausendelang sein Zuhause war – und sein Gefängnis.«

»Du willst uns doch wohl nicht bis ins Schöne Land schleppen?«, brauste Maara auf. »Nur weil die winzige Möglichkeit besteht, dort einen irren Alten zu finden? Du hast wohl vor Müdigkeit den Verstand verloren! Es wäre Wahnsinn, eine so lange Reise zu unternehmen, und dann ...«

»Der irre Alte ist vielleicht der Einzige, von dem wir etwas Brauchbares erfahren können«, fiel ihr Damián ins Wort. »Sowohl unsere Großeltern als auch unsere Eltern haben Usul aufgesucht. Zwei Mal schon waren seine Prophezeiungen eine unschätzbare Hilfe. Usul ist mit dem Schicksal unserer Familien verbunden, ob wir es wollen oder nicht. Es stimmt, wir leben in einem neuen Zeitalter, und die Verbindung zwischen Usul und den Erben wurde vielleicht gelöst, als die Götter aus der Welt verschwanden. Aber was, wenn nicht? Was, wenn der Mann, der sich Usul nennt, uns tatsächlich ein paar Antworten liefern kann? Und sei es nur die Bestätigung, dass unsere Eltern wirklich tot sind? Ich finde jedenfalls keinen Frieden, solang ich keine Gewissheit habe, und euch geht es sicher nicht anders.«

Das feierliche Schweigen, das auf seine Worte folgte,

sprach Bände. Damián hatte mit nichts anderem gerechnet, und auch die Einwände, die die anderen gleich darauf vorbrachten, überraschten ihn nicht.

»Beide Begegnungen mit Usul sind nicht gerade glücklich verlaufen«, sagte Josion. »Usuls Insel scheint unter dem Schutz einer rätselhaften Macht zu stehen. Außerdem erweisen sich Usuls Prophezeiungen oft als schwere Bürde.«

»Und wer sagt, dass wir sie verstehen würden?«, pflichtete ihm Maara bei. »Falls Usul überhaupt ins Schöne Land zurückgekehrt ist!«

»Ich finde, wir sollten zuerst auf Ji nachsehen«, warf Lorilis schüchtern ein. »Nur für den Fall, dass unsere Eltern den Schiffbruch überlebt haben und sich auf die Insel retten konnten …«

»Natürlich«, sagte Damián besänftigend. »Als Erstes steuern wir Ji an. Das verspreche ich.«

Er zögerte kurz, bevor er weitersprach.

»Aber vorher würde ich gern einen Abstecher nach Lorelia machen, um die Aufzeichnungen meines Vaters über die Etheker zu holen.«

Alle starrten ihn verblüfft an.

»Aber die liegen doch in Amanóns Arbeitszimmer im Hauptquartier der Grauen Legion«, entgegnete Guederic. »Du kannst dich dort nicht blicken lassen, das wäre viel zu gefährlich.«

»Ich weiß. Aber ich weiß auch, dass Vaters Aufzeichnungen uns eine große Hilfe wären, und sei es nur, um das Zeichen auf der Stirn unserer Angreifer zu verstehen. Wie auch immer, wir haben noch bis morgen Abend Zeit, darüber nachzudenken. Der Weg in den Süden ist lang.«

Aus Angst, seine Gefährten könnten sich weigern, ihm nach Lorelia zu folgen, wollte er sie zu keiner Entscheidung drängen. Die Erben waren von den Geschehnissen der vergangenen Tage erschüttert, und er hatte ihnen schon genug abverlangt. Also setzte Damián ein hoffnungsfrohes Gesicht auf und sah die anderen reihum aufmunternd an. Dabei fiel ihm auf, dass Zejabel schon seit einer ganzen Weile kein Wort mehr gesagt hatte. Sie verfolgte das Gespräch schweigend und mit gerunzelter Stirn. Plötzlich fürchtete sich Damián vor ihrer Reaktion. Würde sie all seine Überlegungen mit scharfen Worten abtun? Doch dann verzogen sich die Lippen seiner Tante zu einem leichten Lächeln.

»Du bist wirklich ganz der Sohn deines Vaters«, sagte sie anerkennend.

Wenige Dezillen später bat ihn Zejabel, das Signal zum Aufbruch zu geben. Damián dankte ihr mit einem Nicken. Mit dieser beiläufigen Bemerkung übertrug Zejabel ihm die Führung der Gruppe. Damián war über ihren Rückzug erleichtert, doch schon im nächsten Augenblick packten ihn Zweifel: Würde er der Aufgabe gewachsen sein?

Die Dekanten nach dem Mit-Tag vergingen wie im Fluge. Sonst langweilten lange Ritte Guederic immer, aber heute war er erstaunt, wie schnell sich die Sonne dem Horizont zuneigte. Der Tag war ruhig verlaufen: keine unvermutete Begegnung, kein Zwischenfall, nicht mal ein Regenschauer. Sie hatten alle Zeit der Welt gehabt, über die Geschehnisse der letzten Tage nachzugrübeln. Jeder war in seine eigenen Gedanken versunken gewesen, und so hatten sie kaum ein Wort gewechselt. Als Damián irgendwann vorschlug, nach einem Platz für ihr Nachtlager Ausschau zu halten, kam es Guederic vor, als erwache er aus einem Traum. Plötzlich merkte er, dass ihm Rücken und Nacken schmerzten und seine Wunde am Oberschenkel pochte. Es war tatsächlich an der Zeit, eine Rast einzulegen.

Bei der nächsten Gelegenheit führte Damián sie vom Weg hinunter, und nach wenigen Dezillen stießen sie auf einen verlassenen Bauernhof. Die Gebäude waren völlig verfallen, nur der alte Getreidespeicher war noch in einem passablen Zustand. Sie würden also ein Dach über dem Kopf haben – ein unverhofftes Glück. Maara und Zejabel vergewisserten sich, dass die Gebäude leer waren, bevor die Erben darangingen, ihr Nachtlager aufzuschlagen.

Am meisten Zeit nahm die Pflege der Pferde in Anspruch. Guederic war das nur recht, denn er hatte überhaupt keine Lust, sich schon jetzt in der staubigen Scheune zu verkriechen, in der es vermutlich vor Ratten nur so wimmelte. Er bot sogar an, sich um Damiáns Pferd zu kümmern, was dieser dankend annahm, weil er auf das Scheunendach klettern wollte, um es auf Einsturzgefahr zu überprüfen. Guederic nahm Bürste und Striegel, zog die beiden Pferde ein Stück von den anderen fort und machte sich an die Arbeit.

Mittlerweile war die Sonne fast hinter dem Horizont verschwunden. Guederic wollte eine Weile allein sein und in Ruhe nachdenken, auch wenn er dabei immer mehr in Schwermut versank. Doch zweifellos war es besser, seinen Kummer zuzulassen, als ihn zu unterdrücken. *Seine Eltern waren tot.* Eryne *war tot.* Es war zu schrecklich, um wahr zu sein, aber er musste der Wahrheit ins Gesicht sehen: Niemand erwartete sie auf Ji oder anderswo. Wenn Zejabel davon überzeugt war, dass seine Eltern tot waren, dann musste es stimmen, schließlich war sie Zeugin des Unglücks gewesen. Guederic würde um seine Eltern trauern und dann Abschied von ihnen nehmen.

Dazu brauchte er jedoch etwas Zeit für sich, und so war er alles andere als begeistert, als Souanne auf ihn zukam.

Die Graue Legionärin hatte sich zunächst um ihr eigenes Pferd gekümmert, ebenfalls ein ganzes Stück von den anderen entfernt, aber nun war sie schon seit einigen Dezillen fertig und warf Guederic immer wieder verstohlene Blicke zu. Als sie zu ihm herüberkam, setzte er eine abweisende Miene auf. Er wusste genau, worüber sie sprechen wollte, und ihm stand nun wirklich nicht der Sinn nach einem solchen Gespräch.

»Kann ich … Kann ich dir helfen?«, fragte Souanne leise.

Sie hielt immer noch ihren Striegel in der Hand. Guederic beachtete sie nicht, in der Hoffnung, dass sie einfach wieder gehen würde. Doch Souanne fasste sein Schweigen als Zustimmung auf: Sie trat auf die andere Seite von Damiáns Pferd und begann, das Tier zu striegeln. Eine Weile arbeiteten beide stumm vor sich hin.

»Wegen letzter Nacht …«, sagte Souanne schließlich. »Ich habe mich noch gar nicht für deine Hilfe bedankt. Vielleicht hast du mir das Leben gerettet. Also: Danke.«

Guederic suchte krampfhaft nach einer passenden Antwort. Am liebsten hätte er Souanne mit den Worten fortgeschickt, dass er allein sein wollte, aber dann fiel ihm ein, wie er das missliche Gespräch abwenden konnte.

»Gern geschehen«, sagte er. »Wir haben unser Bestes gegeben. Wir haben uns gegenseitig das Leben gerettet.«

»Wir hatten viel Glück«, pflichtete ihm Souanne bei.

Sie schwieg einen Moment und schluckte, bevor sie weitersprach: »Weißt du noch, was du während des Kampfs zu mir gesagt hast?«

»Nein, keine Ahnung«, log Guederic. »Im Kampfgetümmel kann ich alles Mögliche gerufen haben. Du hast mich vielleicht nicht mal richtig verstanden.«

»Das glaube ich kaum«, entgegnete Souanne steif. »Du weißt genau, wovon ich spreche.«

Guederic riss der Geduldsfaden. Zornig warf er den Striegel zu Boden, marschierte um das Pferd herum und baute sich vor Souanne auf. Seine Wut schmolz jedoch dahin, als er die Erschöpfung und Angst in ihren Augen sah. Sie war nicht gekommen, um ihn zu ärgern, sondern weil sie Halt suchte und wissen wollte, was mit ihr geschah. Guederic erinnerte sich noch gut daran, wie verloren er sich selbst vor einigen Tagen gefühlt hatte.

»Ich … Äh, ich …«, stammelte er.

Guederic scharrte nervös mit den Füßen, bevor er seinen ganzen Mut zusammennahm. Er war nicht sicher, ob dies die richtige Entscheidung war.

»Du darfst niemandem etwas davon sagen, verstanden? Ich habe keine Lust, dass die anderen mich ansehen wie ein … wie ein …«

»Wie ein Ungeheuer?«, beendete Souanne den Satz.

Guederic nickte und bereute bereits, überhaupt davon angefangen zu haben. Doch jetzt war es zu spät.

»Was geschieht mit mir?«, fragte Souanne verzweifelt. »Habe ich den Verstand verloren?«

»Beschreib mir erst mal, was du während des Kampfs empfunden hast.«

Sie riss die Augen auf, zögerte eine ganze Weile, kam der Bitte aber schließlich nach. Mit schamrotem Gesicht und niedergeschlagenem Blick gestand sie, dass es sie auf abscheuliche Art berauscht habe, ihre Feinde zu töten. Im Moment ihres Todes sei ihr eine Energiewelle durch den Körper gefahren, und seither sehne sie sich nur danach, dieses Gefühl noch einmal zu spüren.

»Ich weiß, dass es abscheulich ist«, murmelte sie. »Und da ich immer noch zwischen Gut und Böse unterscheiden kann, nehme ich an, dass das Problem nicht von mir selbst kommt, wenigstens nicht nur. Ich habe Angst, von einem Dämon besessen zu sein. So wie Lorilis' Vater damals.«

»Nein. Was mit uns passiert, ist nicht dasselbe. Ich höre keine Stimme in meinem Kopf. Und du auch nicht, nehme ich an.«

Souanne nickte. Sie wirkte bereits etwas gefasster. Guederic ahnte, woran das lag: Er hatte zugegeben, dasselbe wie sie durchzumachen. Guederic musste zugeben, dass auch er erleichtert war. Zumindest waren sie nicht völlig allein mit ihren Ängsten.

»Aber was kann es dann sein?«, beharrte Souanne. »Hat uns jemand mit einem Fluch belegt? Sind wir im Bann schwarzer Magie?«

»Ich weiß es nicht«, gestand Guederic. »Ich weiß nur, dass der Drang nach ein paar Tagen nachlässt. Und man kann ihm widerstehen, wenn man wirklich will. Das finde ich irgendwie beruhigend. Wenn man den Drang beherrschen kann, kann er nicht allzu gefährlich sein. Ich hoffe einfach, dass er irgendwann von selbst verschwindet.«

Souanne sah ihn ungläubig an, ihr Gesicht war plötzlich wieder verschlossen. Guederic glaubte seinen Worten im Grunde selbst nicht. Der Drang, den Rausch noch einmal zu spüren, war unglaublich mächtig, und auch wenn es Guederic beim letzten Kampf gelungen war, ihn zu unterdrücken, war er alles andere als sicher, ob er auch beim nächsten Mal die Oberhand behalten würde.

»Wir sollten aufeinander aufpassen«, sagte er unvermittelt. »Wir müssen einander beistehen. Auf keinen Fall dürfen wir noch einmal einen Menschen töten. Zu zweit wird es einfacher sein, dem Drang zu widerstehen.«

Souanne nickte mit einem gezwungenen Lächeln und beendete das Gespräch, indem sie wortlos davonging. Da begriff Guederic, dass er sich geirrt hatte: Souanne war ihr Blutrausch zwar zuwider, aber sie hatte sich noch nicht damit abgefunden, ein für alle Mal darauf verzichten zu müssen.

Sie waren übereingekommen, kein Feuer zu entzünden, um nicht unnötig auf sich aufmerksam zu machen, aber sobald die Sonne untergegangen war, wurde es bitterkalt, und so beschloss Damián, seine Grundsätze über Bord zu werfen. Die verfallenen Gebäude gaben genug Brennstoff her, und so klaubten die Erben rasch einen Haufen trockenes Holz zusammen, das sie im Hof zu einem Stapel schichteten. Kurz darauf versammelten sich alle um die tanzenden Flammen.

Das Feuer war eine Wohltat. Obwohl sie von den Strapazen der Reise todmüde waren, stand niemandem der Sinn danach, schlafen zu gehen. Sie waren heilfroh, dass die Flammen Dunkelheit und Einsamkeit verscheuchten. Ohne ihre Wärme und ihr Licht wären sie alle wohl bis zum Morgen in Schwermut versunken. Lorilis hoffte sogar, dass sie am Feuer übernachten würden, denn sie hatte keine Lust, in dem düsteren Getreidespeicher zu schlafen. Er mochte zwar ein Dach über dem Kopf bieten, aber der Modergeruch und die beklemmende Atmosphäre erinnerten sie an eine Gruft – und das war wirklich das Letzte, woran sie heute Abend denken wollte.

Die stiebenden Funken und das Knacken des Holzes hatten eine beruhigende Wirkung. Die Erben ließen sich auf ihren Decken und Mänteln nieder, und endlich fiel etwas Anspannung von ihnen ab. Sie unterhielten sich über Banalitäten, überlegten, wie alt der Bauernhof sein mochte, und betrachteten den Mond, dessen helles Licht für den kommenden Tag einen klaren Himmel versprach. Lorilis beteiligte sich nicht an den Gesprächen, sondern lauschte ganz einfach den Stimmen der anderen. Langsam breitete sich ein wohliges Gefühl in ihr aus, und die Lider wurden ihr schwer. Vielleicht sollte sie sich hinlegen und ein Weilchen die Augen schließen ... Doch als Maara eine Bemerkung zu ihren Eltern machte, war sie mit einem Schlag hellwach.

»Vielleicht sitzen mein Vater und die anderen in diesem Moment ebenfalls um ein Feuer ... Am Strand von Ji ...«

Maaras Blick verlor sich in den Flammen. Plötzlich merkte die Kriegerin, dass sie laut gedacht hatte, und lächelte geniert in die Runde. Aber es war zu spät, der Schaden war angerichtet.

»Hoffen wir es«, murmelte Damián.

Er schien selbst nicht so recht daran zu glauben, und seine Worte bewirkten das genaue Gegenteil von dem, was er bezweckte: Die Erben versanken in dumpfes Brüten.

Nach einer Weile brach Josion das Schweigen: »Als unsere Großeltern verschwunden waren und im Jal festsaßen, schickte Yan der jüngeren Generation eine magische Nachricht – mit Hilfe seiner magischen Kräfte. Dadurch hatten unsere Eltern die Gewissheit, dass unsere Großeltern noch lebten und ihre Suche nicht vergeblich war. Das hat ihnen unglaublich viel Mut gemacht.«

»Nur schade, dass es keine Magie mehr gibt«, meinte Maara sarkastisch.

Kaum hatte sie den Satz beendet, kniff sie die Augen zusammen und musterte Lorilis argwöhnisch. Plötzlich stand das Mädchen im Mittelpunkt der Aufmerksamkeit. Sie bekam eine Gänsehaut. Jetzt war es so weit. Bisher war sie dem unliebsamen Gespräch über ihre seltsamen Kräfte entgangen, aber sie hatte immer gewusst, dass das nicht ewig so weitergehen konnte. Lorilis ahnte, welche Fragen die anderen ihr stellen würden und welche Wunder sie von ihr erwarteten. Der Gedanke, dass sie ihnen nicht helfen konnte, schnürte ihr die Kehle zusammen. Mit Müh und Not gelang es ihr, die Tränen zurückzudrängen. Für den heutigen Tag hatte sie genug geweint.

»Ich … ich kann das nicht«, sagte sie leise. »Ich weiß nicht mal, was eigentlich passiert ist … Ich habe keine Ahnung, wie ich das angestellt habe … Ich kann es nicht steuern …«

»Wovon redest du?«, fragte Zejabel verständnislos.

Lorilis fiel ein, dass die Zü bei dem Kampf in dem Waffensaal nicht dabei gewesen war. Dasselbe galt für Josion.

Damián erklärte beiden, dass Lorilis einen Angreifer mit einer Art Energieblitz außer Gefecht gesetzt hatte. Hätte er den Vorfall nicht mit eigenen Augen beobachtet, wäre er sicher davon überzeugt gewesen, ein Blitz des nächtlichen Gewitters habe in den Saal eingeschlagen. Doch als direkter Zeuge des Vorfalls konnte er eine natürliche Ursache ausschließen. Auch wenn das eigentlich unmöglich war, schien Lorilis magische Fähigkeiten zu besitzen.

»Vielleicht ziehe ich voreilige Schlüsse«, sagte Damián. »Schließlich haben wir noch nicht darüber gesprochen ... Aber du streitest es doch nicht ab, oder?«

Lorilis zögerte einen Moment, aber es wäre sinnlos gewesen zu leugnen, was alle gesehen hatten. Sie starrte zu Boden und nickte langsam. Als ihre Freunde schwiegen, hob sie den Blick. Zejabel machte ein höchst seltsames Gesicht, und alle schienen auf die Reaktion der Zü zu warten. Plötzlich fürchtete sich Lorilis vor dem, was sie sagen würde.

»Die Tochter von Niss und Cael«, murmelte Zejabel nachdenklich. »In der Ahnenlinie von Yan, Corenn und Bowbaq ... Solltest du auch nur über ein Zehntel ihrer Gaben verfügen ...«

Ihre Worte machten Lorilis Angst, auch wenn das sicher nicht Zejabels Absicht war. Plötzlich ging die Zü auf die Knie und kam auf allen vieren zu ihr herübergekrochen. Lorilis war wie gelähmt. Sie wagte nicht, sich zu bewegen, während die einstige Kahati ihr tief in die Augen schaute. Ihre Gesichter waren einander so nah, dass sich ihre Atemluft vermischte. Das Ganze dauerte nur wenige Momente, aber Lorilis kam es wie eine Ewigkeit vor. Schließlich wich Zejabel zurück.

»Sie hat tatsächlich eine Gabe«, sagte die Zü und kehrte an ihren Platz zurück.

»Ach ja?«, fragte Guederic spöttisch. »Und das kannst du ihr an den Augen ablesen?«

»Sieh doch selbst. Ihre Augen wechseln je nach Stimmung die Farbe, wie Gwelome. Als ich Lorilis näher kam, färbte sich ihre Iris grau.«

Wieder wandten sich alle Gesichter dem Mädchen zu. Lorilis wurde rot und schlug den Blick nieder. Sie verstand die Welt nicht mehr. Ihre Augen waren immer dunkelbraun gewesen.

»Das kann nicht sein«, protestierte sie. »Das hätte ich doch bemerkt. Oder die Menschen um mich herum, daheim im Matriarchat.«

»Vermutlich haben deine Augen erst kürzlich begonnen, ihre Farbe zu verändern«, erklärte Zejabel. »Zur selben Zeit, als sich deine Gabe offenbarte.«

»Woher weißt du das alles?«, fragte Josion seine Mutter. »Ich habe noch nie davon gehört. Selbst in Amanóns Tagebuch steht nichts davon.«

Die Zü lächelte rätselhaft.

»In vier Jahren Abwesenheit hast du eben eine Menge verpasst.«

»Das ist unmöglich!«, beharrte Lorilis. »Meine Augen können doch nicht einfach die Farbe ändern. Was hat das zu bedeuten? Was passiert mit mir?«

»Nichts Schlimmes«, versicherte Zejabel. »Aber vorsichtshalber solltest du die Gabe, die du geerbt hast, besser kennenlernen. Ich könnte dir dabei helfen …«

»Du willst sie ausbilden?«, rief Josion entrüstet. »Du weißt nicht mal, wie diese Art von Magie wirkt.«

Seine Mutter antwortete nicht, sondern lächelte nur geheimnisvoll. Aber Josion ließ sich nicht besänftigen: Erbost verschränkte er die Arme und wandte seiner Mutter den Rücken zu.

»Könntest du ihr wirklich was beibringen?«, hakte Damián nach.

»Vielleicht, vielleicht auch nicht. Das hängt von mehreren Dingen ab.«

Diese Worte brachten Lorilis in Rage. Es war schon schlimm genug, dass die anderen mit dem Finger auf sie zeigten wie auf ein seltsames Tier, aber dass sie nun auch noch über ihren Kopf hinweg Entscheidungen trafen, schlug dem Fass den Boden aus.

»Mich fragt wohl niemand!«, rief sie. »Ihr könnt mich nicht dazu zwingen, irgendwas zu lernen! Ihr habt mir keine Befehle zu erteilen!«

Plötzlich fühlte sie sich wie ein trotziges Kind, aber ihre Gefährten sahen sie mit ganz neuen Augen an. Wie eine Erwachsene.

»Natürlich können wir dir nichts befehlen«, sagte Damián. »Niemand wird dich zwingen, etwas zu tun, was du nicht willst. Aber es könnte wichtig sein, verstehst du?«

»Es könnte uns helfen, unsere Eltern wiederzufinden«, pflichtete ihm Maara bei, »oder ihnen zumindest eine Nachricht zukommen zu lassen, wenn ich das richtig verstanden habe.«

Lorilis schüttelte traurig den Kopf.

»Ich kann das nicht«, murmelte sie. »Ich weiß nicht, wie es geht. Ich habe keine Ahnung, worauf ich mich konzentrieren muss oder wo in mir ich diese rätselhafte Kraft finden kann! Ihr versteht das nicht. Es ist ja nicht so, als ob man einfach eine Tür öffnet oder einen Deckel anhebt ...«

»Vielleicht doch«, widersprach Zejabel. »Hast du es denn schon mal versucht?«

Diese Frage brachte Lorilis aus der Fassung. Sie musste zugeben, dass sie die geheimnisvolle Kraft bisher immer nur in Lebensgefahr genutzt hatte, um dem sicheren Tod zu entgehen.

»Wahrscheinlich geht es leichter, als du denkst«, fuhr Zejabel fort. »Hier bist du in Sicherheit. Das sind viel bessere Umstände als bei einem Kampf. Leider weiß ich, dass du keinen Kontakt zu deinen Eltern aufnehmen kannst, denn sie sind tot. Trotzdem kostet es nichts, es zu versuchen.«

»Aber was genau soll ich machen?«, fragte Lorilis verzweifelt. »Soll ich ein Gebet sprechen?«

»Nur du kannst den Weg finden. Du könntest beispielsweise damit anfangen, dich auf die Toten zu konzentrieren, und schauen, ob ein Bild in dir aufsteigt. Oder du könntest versuchen, ihnen etwas mitzuteilen, sozusagen in Gedanken.«

Lorilis schüttelte unwillig den Kopf, überzeugt, dass sie ein solches Wunder niemals würde vollbringen können. Die gespannten Gesichter der Erben machten sie traurig. Innerhalb weniger Momente war Lorilis zu dem rettenden Strohhalm geworden, an den sich die anderen klammerten. Obwohl alle vor Ungeduld und Neugier platzen mussten, saßen sie stumm und reglos da. Sie fürchteten wohl, die Konzentration des Mädchens zu stören. Angesichts ihrer hoffnungsvollen Blicke beschloss Lorilis, das Unmögliche zu wagen. Sie schloss die Augen und versuchte, eine ihr völlig unbekannte Magie heraufzubeschwören.

Im ersten Moment kam sie sich lächerlich vor. Der Gedanke, dass sie im Mittelpunkt der Aufmerksamkeit stand, lenkte sie ab. Dennoch war sie fest entschlossen, ihr Bestes zu geben, und so bemühte sie sich krampfhaft, ihre Umgebung auszublenden. Immer tiefer versank sie in eine Art Trance – anders konnte sie es nicht nennen. Doch jedes leise Stoffraschen, jedes weit entfernte Krächzen eines Nachtvogels störte ihre Konzentration. Schließlich öffnete sie die Augen und seufzte ungeduldig.

Als Lorilis die enttäuschten Gesichter der anderen sah, unternahm sie sofort einen zweiten Versuch. So leicht würde sie nicht aufgeben, auch wenn sie nicht glaubte, irgendetwas ausrichten zu können. Aber sie war immer eine eifrige Schülerin gewesen, die sich freute, etwas Neues zu lernen.

Nachdem Lorilis zwei weitere Male gescheitert war, beschloss sie, es auf andere Weise zu versuchen: Sie richtete ihre Aufmerksamkeit auf eine einzige Sache, statt krampfhaft zu versuchen, ihre gesamte Umgebung auszublenden. Naheliegenderweise fiel ihre Wahl auf das Feuer: Sie hörte das beruhigende, fast melodische Knacken des Holzes, spürte die Hitze der Flammen auf der Haut und roch den Rauch und die Asche. Also konnte sie nur noch der Geschmackssinn von dem Feuer ablenken, was aber auszuschließen war. Mit dieser Technik kam Lorilis auf Anhieb sehr viel weiter.

Sie war überrascht, wie angenehm der Zustand war. Lorilis nahm nichts mehr wahr außer dem Knistern der Flammen und der betäubenden Wärme auf ihrer Haut und fühlte sich auf wohlige Art geborgen. Es war eine völlig neue Erfahrung, und ihr gingen eine Menge Fragen durch den Kopf: Was genau geschah mit ihr? Mit welchen Worten ließ sich dieser merkwürdige Zustand zwischen

Wachen und Schlaf beschreiben? Würde sie sich fortan immer wieder in ihn versetzen können? Und warum hatte sie noch nie davon gehört? Wussten die Menschen überhaupt, dass es so etwas gab? Wenn ja, dann vermutlich nur einige wenige Eingeweihte. Wenn sie es recht bedachte, war es ihr erstaunlich leichtgefallen, diesen Zustand zu erreichen. Zejabel hatte Recht: Lorilis hatte eine Gabe. Und sie musste unbedingt mehr darüber herausfinden.

In diesem Moment fiel ihr wieder ein, warum sie dieses Experiment machte. Lorilis war schon viel weiter gekommen, als sie gedacht hatte, und die unerwartete Aussicht auf Erfolg versetzte sie in einen Rausch. Konnte sie in diesem Zustand tatsächlich Verbindung zu ihren Eltern aufnehmen? Fieberhaft konzentrierte sie sich noch etwas mehr, auch wenn sie Angst vor dem hatte, was sie entdecken würde. Bilder von Niss und Cael zogen im Takt ihres immer schneller schlagenden Herzens vor ihren Augen vorbei, und Lorilis versank in einem Strudel aus Erinnerungen an ein glückliches Leben. Bald verlor sie die Kontrolle über den Bilderstrom. Doch obwohl die vielen, längst vergessen geglaubten Augenblicke schwierig zu steuern waren, konnte Lorilis nach einer Weile eine gewisse Reihenfolge ausmachen. Mit vor Anspannung zusammengepressten Kiefern wartete sie darauf, die letzten Momente im Leben ihrer Eltern zu sehen ... Schließlich war es so weit.

Mit einem Mal verlangsamte sich ihre Vision spürbar, als würde die Magie von selbst wissen, wonach Lorilis suchte. Das Mädchen wurde in eine grauenvolle Szene hineingezogen: Für den Bruchteil einer Dezille befand sie sich auf dem Schiff, direkt hinter ihren Eltern. Es war

Nacht, und die Hitze war unerträglich. Zwei Generationen von Erben, insgesamt dreizehn Menschen, hatten auf dem lichterloh brennenden Deck einen Kreis gebildet. Sie hielten sich an den Händen, die meisten hatten die Augen geschlossen, und manchen liefen stumme Tränen über die Wangen. Lorilis wollte sie berühren, ihnen etwas zurufen, aber sie konnte sich nicht rühren. Sie war nur eine hilflose Beobachterin. Von panischem Schrecken erfüllt stieß sie das Bild von sich. Sie wollte auf keinen Fall mit ansehen, wie ihre Eltern und Großeltern bei lebendigem Leib verbrannten. Abrupt zog sie sich aus der Szene zurück. Lorilis wollte nur noch fort von der mörderischen Feuersbrunst.

Doch als sie die Augen öffnete, blickte sie immer noch in ein züngelndes Flammenmeer.

Von allen Gefährten glaubte Najel vermutlich am meisten an Lorilis' Erfolg, schließlich hatte er als Einziger ihre Fähigkeiten schon bei dem Kampf in dem Schuppen in Benelia beobachtet. Er war überzeugt, dass Lorilis über eine erstaunliche Gabe verfügte. Seit das Mädchen mit konzentriertem Blick in die Flammen starrte, wurde er immer aufgeregter. Trotzdem bemühte er sich krampfhaft, stillzusitzen, denn anfangs schien Lorilis jedes Geräusch und jede Bewegung zu stören und ihr die Aufgabe zu erschweren. Doch seit einigen Dezillen war ihr Gesicht vollkommen ausdruckslos und entspannt, so dass die anderen schon fürchteten, sie sei eingeschlafen.

Doch während sie sich noch darüber austauschten, ob sie das Mädchen wecken sollten, verkrampfte sich Lorilis. Erst runzelte sie nur die Stirn, doch gleich darauf stand ihr nacktes Grauen ins Gesicht geschrieben. Zejabel sprang auf, um sie aus ihrer Trance zu wecken, doch in diesem Moment explodierte das Lagerfeuer. Es schwoll auf seine fünf- bis sechsfache Größe an, und die Druckwelle schleuderte die Erben nach hinten, was ihnen vermutlich das Leben rettete. Najel spürte, wie ihm der Feuerball über das Gesicht fuhr. Brandgeruch breitete sich aus. Kaum waren die Flammen wieder auf ihre ursprüngliche Größe zusammengeschrumpft, vergewisserte sich der Junge, dass seine Haare und Kleider nicht brannten. Dann sah er sich nach seinen Freunden um, vor allem nach Maara und Lorilis.

Seiner Schwester war nichts Schlimmes zugestoßen, nur ihre Haarspitzen waren angesengt. Die anderen waren ebenfalls weitgehend unverletzt. Sie waren noch einmal mit dem Schrecken davongekommen.

Lorilis hingegen schien einen schweren Schock erlitten zu haben. Ihr Kinn zitterte, die Augen waren weit aufgerissen. Es dauerte eine ganze Weile, bis sie ein paar Worte stammeln konnte. Während die Gefährten darauf warteten, dass sie wieder sprechen konnte, starrte Najel auf den Rauch, der von ihren Kleidern aufstieg. Plötzlich bemerkte er etwas Merkwürdiges: Auch an ihrem Rücken kräuselte sich Rauch. Es sah aus, als wäre das Mädchen eine ganze Weile von den Flammen eingeschlossen gewesen oder als wäre ihr der Feuerball geradewegs durch den Körper gedrungen.

»Es ... geht ... schon ... wieder«, würgte sie hervor.

Ihr Gesicht strafte ihre Worte Lügen. Sie ließen ihr noch etwas Zeit, sich von dem Schock zu erholen. Souanne und Zejabel stützten das entkräftete Mädchen, damit es nicht hintenüberfiel, und Najel rannte los, um etwas Wasser zu holen. Lorilis trank den Schlauch, den er ihr hinhielt, mit gierigen Schlucken leer, und Najel war froh über seine Idee. Schließlich entspannte sich ihr Gesicht etwas, und bald konnte sie ohne Hilfe sitzen. Sie hob den Blick und sah die anderen an. Ihre Miene verhieß nichts Gutes.

»Es hat nicht funktioniert«, murmelte sie. »Ich ... ich konnte nichts sehen.«

Auf ihre Worte trat skeptisches Schweigen ein. Selbst Najel war überzeugt, dass sie log. Er hatte diesen verstörten Gesichtsausdruck und den ausweichenden Blick vor ein paar Tagen schon einmal gesehen, als Lorilis herunterspielen wollte, auf welch ungewöhnliche Weise sie ihm und Josion das Leben gerettet hatte.

»Aber ... Irgendwas ist doch passiert«, sagte Damián. »Die Flammen ... Das warst du, oder?«

»Ich weiß es nicht«, beteuerte Lorilis. »Ich habe keine Ahnung, was geschehen ist.«

»Was hast du denn gespürt«?«, hakte Maara nach. »Es sah aus, als hättest du einen Alptraum, und im nächsten Moment ist das Feuer explodiert!«

»Ich weiß es nicht«, wiederholte das Mädchen. »Mir sind verschiedene Dinge durch den Kopf gegangen ... Kindheitserinnerungen ... und Träume. Ja genau, hauptsächlich Träume.«

»Was für Träume waren das?«, fragte Zejabel.

Plötzlich schien Lorilis den Tränen nah zu sein. Sie wusste nicht, wo sie hinsehen sollte, und als Najel ihren Blick auffing, hatte er das Gefühl, sie flehe ihn um Hilfe an. Sofort sprang er ihr bei, ohne zu zögern und ohne nachzudenken.

»Auch hatte ich einen Traum«, behauptete er.

Sechs verblüffte Gesichter wandten sich ihm zu. Maara wirkte leicht verärgert, dass er sich in das Gespräch einmischte.

»Einen völlig bedeutungslosen Traum«, schob Najel hinterher. »Kurz bevor die Flammen hochschlugen, muss ich eingeschlafen sein. Ich bin todmüde, und Lorilis geht es vermutlich nicht anders. Sie wird sich nicht richtig konzentrieren können, wenn sie nicht vorher etwas schläft.«

Seine Worte erzielten die gewünschte Wirkung: Die anderen blickten betreten zu Boden. Für gewöhnlich setzte Najel alles daran, sich im Hintergrund zu halten und nicht aufzufallen, aber diesmal wagte er es, den Erwachsenen ein schlechtes Gewissen zu machen.

»Die letzte Nacht war kurz«, pflichtete ihm Damián bei, »und der Ritt war anstrengend. Wir sollten alles Weitere auf morgen verschieben. Einverstanden?«, fragte er Lorilis.

Das Mädchen nickte erleichtert.

»Auf morgen?«, brauste Maara auf. »Und was ist mit den Flammen, die uns fast verbrannt hätten? Es könnte sich um den Angriff eines Dämons handeln! Wir müssen das sofort klären!«

»Das können wir nicht«, entgegnete Damián. »Vielleicht werden wir nie herausfinden, was passiert ist. Vorsichtshalber sollten wir das Feuer löschen, aber ich glaube nicht, dass wir in Gefahr sind, solange Lorilis keinen weiteren Versuch wagt.«

Ein Blick auf das verschreckte Mädchen genügte, um zu wissen, dass Lorilis ein solches Experiment auf keinen Fall allein wagen würde. Sie warf dem Feuer immer wieder ängstliche Blicke zu, wie ein Kind, dem etwas Schreckliches zugestoßen ist, das es nicht versteht. Im nächsten Moment schenkte sie Najel jedoch ein dankbares Lächeln. Also hatte sich seine kleine Notlüge gelohnt!

»Na dann, ab ins Bett!«, sagte Guederic gähnend. »Ich kann vor Müdigkeit sowieso kaum noch stehen.«

»Wir müssen eine Wache aufstellen«, wandte Zejabel ein. »Einer von uns muss die erste Schicht übernehmen.«

»Das kann ich machen«, meldete sich Najel.

»Du hast doch gerade noch gesagt, du wärst todmüde!«, fuhr ihn Maara an.

Natürlich hatte seine Schwester Recht, und im ersten Moment war er um eine Antwort verlegen. Najel wollte einfach nur ein paar Dezillen mit Lorilis allein sein, auch wenn er das nie zugegeben hätte.

»Das bin ich auch, aber das gilt für uns alle. Ich würde gern die erste Wache übernehmen, damit ich danach durchschlafen kann.«

»Einverstanden!«, sagte Damián. »Ich löse dich dann ab. Warte nicht zu lange, bis du mich weckst.«

Najel nickte und wich dem missbilligenden Blick seiner Schwester aus. Langsam erhoben sich alle und bezogen ihr notdürftiges Nachtlager in der Scheune. Bald waren die beiden Kinder allein. Reglos und schweigend saß Lorilis da, während Najel eine Weile in der Umgebung herumstrich und den Geräuschen der Nacht lauschte. Schließlich beschloss er, sich neben sie zu setzen, und nach langem Zögern wagte er, ihr tröstend einen Arm um die Schultern zu legen. Lorilis reagierte nicht.

So saßen sie stumm beieinander, ohne sich zu bewegen. Plötzlich kam es Najel vor, als wären sie die beiden letzten Menschen auf der Erde. Kein Wunder: Nach den Ereignissen der vergangenen Tage konnte man ja nur auf düstere Gedanken kommen. Dann nahm er all seinen Mut zusammen.

»Du hast unsere Eltern gesehen, nicht?«

Seine Stimme war ein kaum hörbares Murmeln. Najel war selbst nicht ganz sicher, ob ihm die Frage tatsächlich über die Lippen gekommen war. Lorilis sah ihn mit schmerzverzerrtem Gesicht an. Sie öffnete die Lippen, schien nach Worten zu suchen, begnügte sich dann aber damit, langsam zu nicken.

»Ich will es den anderen nicht sagen«, krächzte sie. »Vielleicht habe ich mich geirrt ... mir alles nur eingebildet ... Wir dürfen die Hoffnung nicht aufgeben. Ich ... ich *muss* einfach glauben, dass sie noch leben ... Unsere Eltern ... es kann nicht sein. Sie können nicht gestorben sein ... vor allem nicht so ... Der Anblick war unerträglich ...«

Sie verstummte und stierte wieder in die Flammen. Najel drückte sie fest an sich, unfähig, die richtigen Worte zu finden. Er fühlte sich zu schwach für dieses Gespräch. Das Wenige, was Lorilis von ihrer Vision angedeutet hatte, ließ ihn bereuen, überhaupt danach gefragt zu haben.

Josion löste Maara ab und übernahm die sechste Wache in dieser Nacht. Er beschloss, bis zum Morgengrauen auf dem Posten zu bleiben, länger also, als es von ihm erwartet wurde. Eine stillschweigende Übereinkunft schloss Lorilis vom Wachdienst aus: Das Mädchen war von ihrem Experiment völlig erschöpft, und bevor sie einen neuen Versuch wagen konnte, musste sie erst wieder zu Kräften kommen.

Bei Sonnenaufgang stellte Zejabel jedoch verärgert fest, dass Josion auch sie übergangen hatte. Ihre Wut reichte allerdings nicht aus, um einen Streit vom Zaun zu brechen. Josion wiederum scherte sich nicht um Zejabels Missmut. Er war einfach nicht mehr müde gewesen und hatte es deshalb für überflüssig gehalten, seine Mutter zu wecken. Mit dieser Erklärung war die Sache für ihn erledigt.

In Wahrheit wollte er jedoch um jeden Preis verhindern, mit seiner Mutter allein zu sein, auch wenn er das nie zugegeben hätte.

Zwischen ihnen lag einfach zu viel im Argen. Natürlich war er glücklich darüber, dass Zejabel überraschend auf der Burg aufgetaucht war und ihm das Leben gerettet hatte. Doch die Wiedersehensfreude war von kurzer Dauer gewesen: Schon wenige Dezimen später hatte Zejabel ihnen die schreckliche Nachricht überbracht, dass der Kutter mit seinem Vater an Bord gesunken war. Seitdem hatte Josion mehrmals Gelegenheit gehabt, sich daran zu erinnern, warum er Groll auf seine Mutter hegte – zuletzt durch die Art, wie sie Lorilis in Gefahr gebracht hatte. Er missbilligte es zutiefst, dass Zejabel das Mädchen mit einer unbekannten Magie herumexperimentieren ließ. Und hatte er nicht Recht gehabt? Die Explosion des Feuers hätte sie alle schwer verletzen können. Aber Zejabel konnte einfach nicht aus ihrer Haut. Erst hatte sie Eryne dazu angestachelt, sich zur Göttin zu entwickeln, dann hatte sie ihren eigenen Sohn dazu angetrieben, die Grenzen der menschlichen Fähigkeiten zu überschreiten, und nun drängte sie sich der kleinen Kaulanerin als Lehrerin auf! Die Vorstellung war Josion unerträglich.

Jedoch musste er zugeben, dass seine Mutter wesentlich mehr über die Insel Ji, die Etheker und das Jal wusste als alle anderen zusammen. Plötzlich kam ihm seine Ablehnung kindisch vor. War er vielleicht einfach nur eifersüchtig? Dieser Gedanke besserte seine Laune nicht gerade.

Zum Glück sprachen sie an diesem Morgen nicht über Lorilis magische Kräfte. Das Gespräch drehte sich ausschließlich darum, wohin sie als Nächstes reiten würden. Niemand hatte vergessen, dass Damián nach Lorelia wollte, um die Aufzeichnungen seines Vaters zu holen, doch nach einigem Hin und Her beschlossen sie, sich ohne Umweg zur Insel Ji zu begeben. Gewiss war das gefährlich, aber auch nicht leichtsinniger, als einfach so ins Hauptquartier der Grauen Legion hineinzuspazieren. Außerdem bestand immer noch die leise Hoffnung, auf der Insel ihre Eltern vorzufinden. Wenn sie zügig ritten, würden sie die lorelische Küste am frühen Abend erreichen. Die Aussicht, noch heute die Insel Ji zu betreten, trieb alle zur Eile an, und so saßen sie drei Dezime nach Sonnenaufgang schon wieder im Sattel.

Wie am Vortag verlief die Reise ohne Zwischenfälle, auch wenn die Erben noch immer zutiefst erschöpft waren. Außerdem rechneten sie ständig damit, hinter einer Wegbiegung auf die Kerle zu stoßen, die sie schon zweimal angegriffen hatten. An den gefährlichsten Stellen ritt Josion voraus, um sich zu vergewissern, dass sie kein Hinterhalt erwartete, und jedes Mal galoppierte seine Mutter schnurstracks hinter ihm her. Josion wusste nicht, ob sie ihn beschützen oder einfach nur verhindern wollte, dass ihre Feinde einen Sieg davontrugen, aber ihr Verhalten ging ihm gehörig auf die Nerven. Deshalb machte er jedes Mal kehrt, sobald Zejabel mit ihm auf einer Höhe war – was sie jedoch nicht davon abhielt, beim nächsten Mal wieder damit anzufangen. Mutter und Sohn standen einander in puncto Sturheit in nichts nach.

Gegen Mit-Tag beschlossen die Gefährten, ein Mahl unter freiem Himmel einzunehmen. Zwar mangelte es in der Gegend nicht an Herbergen, aber sie fürchteten, dort ihren Feinden in die Arme zu laufen, und wollten außerdem keine Zeit verlieren. Je näher sie der Hauptstadt kamen, desto mehr Reiter, Wagen und Wanderer begegneten ihnen. Vorsichtshalber verließen sie die Hauptstraße und ritten auf einsamen Nebenwegen weiter gen Osten. Manche davon waren so schmal, dass sie in einer langen Reihe hintereinander herreiten mussten, wodurch sie langsamer vorankamen als erhofft. Doch nach vielen, vielen Meilen zeichnete sich schließlich das endlose Blau des Mittenmeers am Horizont ab.

Obwohl sie das Rauschen der Wellen schon seit einer Weile hörten, waren sie überrascht, als sie mit einem Mal auf den Strand stießen. Wie gebannt starrten die Erben in die Brandung. Selbst Josion, der den Hafen von Lorelia wie seine Westentasche kannte, sah das Mittenmeer mit Augen. Aber das war auch kein Wunder: Die blauen Fluten hatten seinen Vater, seine Großeltern und deren Freunde verschlungen. Die Ozeane der bekannten Welt würden für ihn fortan ein unberechenbares Ungeheuer sein, mal sanft und friedlich, mal ein hungriger Menschenfresser. Und die Erben würden sich noch heute Abend auf die Wellen hinauswagen. Dieser Gedanke ließ Josion erschaudern, obwohl er mit Geschichten von Dämonen und bösen Magiern aufgewachsen war.

»Ich sehe die Insel nicht«, meinte Guederic. »Ist sie so weit draußen?«

»Nein, aber sie liegt weiter im Osten«, erklärte Zejabel. »Wir müssen noch ein ganzes Stück am Strand entlangreiten.«

Die Gefährten setzten sich wieder in Bewegung. Am Strand brauchten sie keinen Hinterhalt mehr zu fürchten, da sie meilenweit sehen konnten, aber trotzdem ließ ihre Anspannung nicht nach. Alle fragten sich, was sie in den nächsten Dekanten erwartete. Würden ihre Feinde ihnen auf Ji auflauern? Was würden sie in Sombres Grab vorfinden? Würden sie ihre Eltern auf der Insel antreffen oder nicht? Josion machte sich große Sorgen um Lorilis und Najel. Die beiden waren so jung, fast noch Kinder. Warum mussten sie so schwere Prüfungen auf sich nehmen? Er war wenigstens auf derlei vorbereitet worden. Kaum war ihm dieser Gedanke gekommen, schob er ihn wieder beiseite. Er weigerte sich, auch nur die geringste Dankbarkeit seiner Mutter gegenüber zu empfinden. Um sich abzulenken, sagte er das Erste, was ihm durch den Kopf ging: »Wir brauchen ein Boot. Eines, das groß genug für uns alle ist.«

»Tatsächlich?«, meinte Maara spöttisch. »Darauf wäre ich gar nicht gekommen. Gut, dass wir dich haben.«

»Wir nehmen eines der Boote, die am Strand liegen. Viele Fischer lassen sie dort über Nacht zurück«, erklärte Zejabel.

»Wir *stehlen* ein Boot?«, rief Lorilis ungläubig.

Ihre Wangen röteten sich, was ihre charmante Naivität noch betonte.

»Sollten wir nicht zurückkehren, bleiben dem Besitzer immer noch unsere Pferde«, rechtfertigte sich Zejabel.

»Es wäre zu gefährlich, uns von einem Fremden zur Insel bringen zu lassen«, pflichtete ihr Damián bei.

»Weiß einer von euch denn, wie man ein Segel setzt oder ein Boot auf Kurs hält?«, fragte Maara.

Die ratlosen Blicke der Erben hatten eine gewisse Komik. Mehrere verzogen die Lippen zu einem Grinsen. Guederic brach in nervöses Kichern aus, und die anderen ließen sich davon anstecken und prusteten los. Nur die Gesichter von Zejabel und Josion blieben wie versteinert. Josion stimmte es traurig, nicht wie die anderen lachen zu können, und vor allem bekümmerte es ihn, seiner Mutter so ähnlich zu sein. Der Heiterkeitsausbruch seiner Gefährten mochte fehl am Platz sein, aber irgendwie mussten sie ihre Anspannung schließlich loswerden.

»Wir schaffen das schon«, sagte Damián. »Bei der Grauen Legion habe ich ein bisschen was übers Navigieren gelernt. Souanne auch.«

Die junge Frau nickte. Plötzlich war ihre Heiterkeit wie weggeblasen.

»Aber was, wenn wir bis ins Schöne Land segeln müssen, um Usul zu finden?«, warf Zejabel ein. »Wie soll das gehen?«

Das Lächeln verschwand endgültig aus den Gesichtern der Erben. Josion hielt es nicht aus, sie so bedrückt zu sehen.

»Mit dieser Frage können wir uns immer noch beschäftigen, wenn es so weit ist. Schlimmstenfalls bleiben wir einfach nahe der Küste, bis wir mit den Segeln zurechtkommen. Ohnehin werden wir wohl kaum mit einem armseligen Kahn, den wir von einem Fischer gestohlen haben, den Ozean überqueren!«

Zejabel warf ihm einen wütenden Blick zu. Es war das erste Mal seit ihrem Wiedersehen, dass sie ihm in die Augen sah. Sie schaute gleich wieder weg, aber Josion hatte sehen können, was sie ihm zu verheimlichen versuchte: Hinter ihrer Wut verbargen sich Traurigkeit, Angst und Verzweiflung angesichts ihrer hoffnungslosen Lage. Deshalb also machte sich Zejabel so große Sorgen um die Navigationskünste ihrer Freunde: Sie sehnte sich nach einer führenden Hand.

Das war ein völlig neuer Gedanke für Josion, und plötzlich dämmerte ihm, dass er sich womöglich all die Jahre geirrt hatte. Vielleicht war Zejabel gar nicht darauf aus, anderen ihre eiserne Disziplin aufzuzwingen. Vielleicht war es genau andersherum: Sie wollte von anderen lernen. Lernen, wie man liebte, nachdem sie ihre Jugend damit zugebracht hatte, im Auftrag einer Dämonin zu morden. Und Nolan schien der Einzige zu sein, der Zejabels Sehnsucht hatte erfüllen können. Josion war dazu nicht in der Lage, obwohl er ihr Sohn war. Wenn das stimmte, war er im Unrecht – nicht sie.

Er ließ sich etwa dreißig Schritte zurückfallen und hielt in den folgenden Dezillen Abstand zu den anderen. Zejabel drehte sich oft zu ihm um, suchte aber nicht seine Nähe. Vielleicht begriff sie, dass alles seine Zeit brauchte.

Nur leider war Zeit etwas, das den Gefährten fehlte.

Es dämmerte bereits, als sie die Insel Ji am Horizont entdeckten. Souanne konnte den Blick kaum von der dunklen Masse im Meer abwenden. Seltsamerweise kam ihr der

Umriss vertraut vor, was aber vermutlich nur daran lag, dass die Gefährten den ganzen Tag von nichts anderem gesprochen hatten. Alles andere hingegen schien ihr in letzter Zeit fremd zu sein – sogar sie selbst. Mehrere Umstände trugen zu diesem merkwürdigen Gefühl bei.

Zum einen trug sie zum ersten Mal seit langem etwas anderes als ihre Uniform. In der grauen Legionärs-Kluft wäre sie außerhalb der lorelischen Hauptstadt zu sehr aufgefallen, und so hatte sich Souanne nur ihren grauen Umhang über die Schultern geworfen. Darunter trug sie Kleider aus dem Keller in Benelia. Zum anderen war da das Schwert, das Zejabel ihr anvertraut hatte. Die Waffe gehörte ihr nicht, aber Souanne ahnte schon jetzt, dass es sie große Überwindung kosten würde, sich davon zu trennen. Ihr eigenes Schwert hatte sie hinter sich am Sattel befestigt und trug die neue Waffe voller Stolz am Gürtel. Gleichzeitig verursachte sie ihr tiefes Unbehagen, und die widersprüchlichen Gefühle, die das Schwert in ihr auslöste, machten ihr Angst. War sie dabei, den Verstand zu verlieren? Hatten sie die Ereignisse der letzten Tage so sehr mitgenommen? Aber im Grunde wusste sie, dass es daran nicht liegen konnte. All das hatte eine andere Ursache: den rätselhaften Fluch, der auf ihr und Guederic lastete.

Seit ihrem Gespräch vom Vorabend hatte sie es vermieden, mit Guederic allein zu sein – dabei war er freundlicher zu ihr, als sie es ihm je zugetraut hätte. Allerdings bereute sie mittlerweile, sich ihm anvertraut zu haben –, ohne genau zu wissen, warum. Zum Teil lag es daran, dass sie sich für ihre Mordlust schämte, aber es gab noch einen anderen Grund: Es hatte mit Guederics Vorschlag zu tun, aufeinander aufzupassen, um der Versuchung besser zu widerstehen. Das erschien ihr voreilig. Souanne fühlte sich noch nicht dazu bereit. Schließlich hatte Guederic selbst gesagt, dass der rätselhafte Drang zu töten irgendwann von selbst verschwand. Sie wollte lieber abwarten und den Rausch vielleicht noch ein letztes Mal spüren.

Nur leider empfand sie jedes Mal, wenn sie zu diesem Schluss kam, tiefe Scham. Auch das Gefühl, sich selbst fremd zu sein, wurde immer stärker. So erfüllte Souanne die Aussicht, bald zur Insel überzusetzen, wo sie wahrscheinlich wieder auf ihre Feinde treffen würden, gleichermaßen mit Ungeduld und Schrecken. Schweigend ritt sie neben den anderen her, den Blick starr auf Ji gerichtet, blind für ihre Umgebung.

Als ihre Gefährten die Pferde zügelten, tat Souanne es ihnen gleich. Drei kleine Segelboote lagen vor ihnen am Strand. Also würden sie von hier aus zur Insel übersetzen! Der Gedanke war wie ein Schlag ins Gesicht, der sie in die Wirklichkeit zurückholte.

»Und was jetzt?«, fragte sie. »Segeln wir gleich los?«

»Vielleicht warten wir besser, bis die Sonne untergegangen ist«, meinte Damián. »Wenn wir im Dunkeln auf der Insel landen, entgehen wir vielleicht einem Hinterhalt.«

»Aber wie sollen wir uns in der Dunkelheit zurechtfinden?«, fragte Guederic. »Es wäre doch dumm, eine Meile an der Insel vorbeizuschippern, weil wir sie nicht sehen.«

»Wir können uns nach den Sternen richten«, erklärte Souanne. »Wir müssen uns nur ihre Position am Himmel merken.«

»Es geht noch viel einfacher: Ich habe einen Kompass dabei«, warf Josion ein. »Ich habe ihn von der Burg mitgenommen.«

»Dann ist es also beschlossene Sache. Wir warten bis zum Einbruch der Dämmerung«, sagte Damián.

Die Erben führten ihre Pferde durch die Dünen vom Strand weg, damit sie nicht in der Nähe der Boote herumstanden und das Misstrauen etwaiger Einheimischer weckten. Damián empfahl allen, sich etwas auszuruhen, da die nächsten Dekanten anstrengend werden würden – ein weiser Rat, aber schwierig in die Tat umzusetzen. Nachdem sie ein paar Dezillen tatenlos im Sand gesessen hatte, stand Souanne auf und schlenderte zum Meer. Sie wollte eine Weile spazieren gehen, um die Anspannung loszuwerden, aber kaum hatte sie sich ein Stück von den anderen entfernt, hörte sie hinter sich Schritte. Mit verärgerter Miene wandte sie sich um, sicher, dass Guederic ihr gefolgt war. Zu ihrer Überraschung war es jedoch die kleine Lorilis.

»Darf ich dich ein Stück begleiten?«, fragte das Mädchen höflich.

Die Legionärin wäre lieber allein gewesen, aber sie brachte es nicht übers Herz, eine so arglose Bitte abzuschlagen, also nickte sie. Mittlerweile hatte die Ebbe eingesetzt. Leider brachte Souanne der Spaziergang nicht den erhofften Frieden. Die Luft war kühl, der Wind schneidend, und die Wellen rauschten bedrohlich. Es war, als ahnte die Natur, was sie vorhatten, und wollte sie von ihrem Plan abbringen.

Lorilis lief stumm neben ihr her, was Souanne nur recht war. Doch schon zehn Schritte später war es die Legionärin, die das Schweigen brach. Lorilis hatte ein Stück Treibholz entdeckt und war mit ernster Miene davor stehen geblieben. Souanne verstand nicht gleich, warum ein gewöhnliches Stück Holz sie so sehr in den Bann zog, bis ihr wieder einfiel, dass der Kutter mit Lorilis' Eltern an Bord hier in der Nähe gesunken war. Möglicherweise war dies ein Teil des Wracks. Völlig auszuschließen war das jedenfalls nicht.

»Ich bin sicher, dass es deinen Eltern gutgeht«, sagte Souanne unvermittelt.

Sofort bereute sie ihre Gedankenlosigkeit. Wie konnte sie so etwas Banales nur sagen? Etwas, das noch dazu gelogen war? Doch in diesem Moment ging Souanne auf, dass sie tatsächlich daran glaubte. Mehr noch, sie war fest davon überzeugt, auch wenn sie sich ihre Gewissheit nicht erklären konnte – wie so vieles in letzter Zeit. Lorilis lächelte traurig. Kein Hoffnungsschimmer ließ ihr Gesicht erstrahlen. Souanne ertrug es nicht, sie so betrübt zu sehen. Sie nahm Lorilis bei den Schultern und sah ihr tief in die Augen.

»Du musst mir glauben! Ich bin fest davon überzeugt! Es ist, als … als hätte ich eine Vision gehabt.«

Das war zwar etwas übertrieben, aber Souanne wusste nicht, wie sie ihre Gewissheit sonst beschreiben sollte. Skeptisch verzog Lorilis das Gesicht. Sie schien kurz davor, Souanne etwas anzuvertrauen, überlegte es sich dann aber offenbar anders.

»Und wo sind meine Eltern, wenn sie nicht tot sind?«, fragte sie leise. »Auf der Insel?«

»Das weiß ich nicht«, gestand Souanne.

Sie bedauerte zutiefst, dem Mädchen nichts Genaueres sagen zu können. Selbst in ihren eigenen Ohren klangen ihre Worte falsch. Plötzlich stellte sich Souanne vor, wie enttäuscht Lorilis sein würde, falls sie auf Ji niemanden anträfen. Auch dieser Gedanke war ihr unerträglich.

»Wir werden deine Eltern finden«, beteuerte sie. »Deine Eltern und die anderen, die an Bord des Kutters waren. Ich werde alles dafür tun. Das verspreche ich dir.«

Diesmal mussten ihre Worte überzeugender geklungen haben, denn ein aufrichtiges Lächeln erschien auf Lorilis' Gesicht, und ihre Augen begannen zu leuchten. Souanne wusste, dass sie ihr etwas Unmögliches versprach, aber das war in diesem Moment nicht von Bedeutung. Hauptsache, sie konnte dem Mädchen ein wenig Hoffnung machen. Vielleicht konnte sie sich so von der Schandtat freikaufen, die sie bei dem Kampf auf der Burg begangen hatte.

Und von all den Schandtaten, die sie noch begehen würde.

Damián wurde von den schlimmsten Ängsten seines Lebens geplagt, bemühte sich aber krampfhaft, es nicht zu zeigen. Es gab so vieles, worüber er sich den Kopf zerbrach, so viele unbeantwortete Fragen: Was würden sie auf der Insel vorfinden? Die Überlebenden des Schiffbruchs? Ihre Feinde? Was würde geschehen, wenn sie Sombres Grab öffneten? Vielleicht begegneten sie dem Dämon sogar persönlich ... Würden die Erben die nächste Nacht überstehen? Oder würden sie den Tod finden – so wie ihre Eltern und Großeltern?

Die Zukunft war völlig ungewiss. Damián konnte gar nicht auf alle Eventualitäten gefasst sein und sich für jede einen Schlachtplan ausdenken. Er wusste nur, dass es auf der Insel wahrscheinlich wieder zu einem Kampf kommen würde und dass ihm die Aufgabe zukam, die anderen anzuführen. Zum ersten Mal in seinem Leben hatte er einen Feldzug zu planen. Sein Titel – Ritter der Grauen Legion – half ihm dabei nicht. Er musste denken und handeln wie ein Feldherr. Von ihm hingen der Erfolg ihrer Mission und das Überleben seiner Gefährten ab. Das war eine große Verantwortung für jemanden, der bisher hauptsächlich in einer Amtsstube gearbeitet hatte. Damián hoffte nur, seiner Aufgabe gewachsen zu sein.

Die Zeit bis zum Einbruch der Dunkelheit verging wie im Fluge. Damián hatte den anderen geraten, sich eine Weile auszuruhen, aber er selbst konnte nicht stillsitzen. Zu vieles war zu bedenken. Als Erstes überprüfte er den Zustand der Boote. Schließlich wollten sie nicht im letzten Moment feststellen, dass sie seeuntüchtig waren.

Nachdem er die Boote gründlich untersucht hatte, beschloss er, mit zweien zur Insel überzusetzen statt mit nur einem. Wenn es das Schicksal gut mit ihnen meinte und sie tatsächlich ihre Eltern fanden, würden sie sie so mit ans Festland nehmen können. Außerdem könnte es sich auch schon auf dem Hinweg als lebensrettend erweisen, zwei Boote zu haben – man musste sich nur einmal ansehen, was ihren Eltern zugestoßen war.

Als Nächstes überlegte Damián, was sie mit den Pferden anstellen sollten. Nachdem sie die Tiere im Wald des Herzogtums Kercyan freigelassen hatten, war es schwierig gewesen, sie wieder einzufangen. Noch einmal durften sie sich nicht auf das Glück verlassen. Hinter den Dünen entdeckte Damián eine Lösung für das Problem: eine von Bäumen gesäumte Wiese. Mit Maaras Hilfe band er die Tiere in ausreichendem Abstand voneinander an den Bäumen fest, so dass sie grasen konnten.

Als sich Damián schließlich wieder in den Sand setzte, gönnte er sich immer noch keine Ruhe, sondern blätterte in Amanóns und Corenns Tagebüchern, um alles über Ji zu lesen, was er finden konnte. Plötzlich fiel ihm ein, dass Zejabel vor ihrer Begegnung mit seinen Eltern mehrere Tage auf der Insel verbracht hatte. Nach kurzem Zögern ging er zu seiner Tante und bat sie, ihm alles zu erzählen, woran sie sich erinnerte.

Leider war ihre Beschreibung der Insel nicht besonders aufschlussreich: Ji sei ein Labyrinth aus Sand und Felsen, unterhöhlt von zahllosen Grotten. Doch zu seiner Verblüffung erfuhr Damián auch, dass die Insel fünfzehn Jahre zuvor dem Herzogtum Kercyan zugeschlagen worden war. Sein Großvater Reyan hatte sie nach einer nicht unbedingt regulären Wette vom damaligen König geschenkt bekommen. Seither gehörte die Insel zum gemeinsamen Vermächtnis der Erben.

Da er über Ji nicht mehr herausfinden konnte, beschäftigte sich Damián mit einer anderen wichtigen Frage: der Ausrüstung. Mehr oder weniger unauffällig musterte er jeden seiner Gefährten, fest entschlossen, nicht mit der nötigen Kritik zu sparen. Doch das war überflüssig: Nachdem sie eine halbe Dekade lang durchs Land gezogen und mehrere Kämpfe gefochten hatten, waren die Erben bestens ausgerüstet. Sie trugen festes Schuhwerk, bequeme Kleider und warme Mäntel. Jeder von ihnen hatte eine Waffe – und sei es, wie in Lorilis' Fall, nur ein einfacher Dolch. Außerdem hatten sie ihr Gepäck neu geschnürt, um nur das Nötigste zur Insel mitzunehmen. Den Rest hatten sie zusammen mit dem Zaumzeug und den Sätteln in den Dünen zwischen ein paar Dornenbüschen verborgen. Kurzum, die Erben waren bereit – soweit das überhaupt möglich war.

Trotzdem hatte Damián das schreckliche Gefühl, dass er etwas Wichtiges übersehen hatte.

Krampfhaft überlegte er, wie er sich noch nützlich machen konnte. Abwechselnd lief er unruhig auf und ab oder stand reglos da und starrte zur Insel hinüber. Bald verschwand die Sonne am Horizont, und es wurde dunkel. Nun war es ohnehin zu spät, um weitere Vorkehrungen zu treffen. Schon rief Zejabel alle zusammen, um das erste Boot zu Wasser zu lassen. Die Würfel waren gefallen. Ein paar Dezillen später schaukelten die Boote auf den Wellen, und Damián und die anderen kniffen die Augen zusammen, um im Dämmerlicht ihr Ziel nicht aus den Augen zu verlieren.

Es war, als ruderten sie hinaus ins Nichts.

Sie waren erst seit einer Dezime unterwegs, aber Maara konnte kaum noch stillsitzen. Das Wasser war einfach nicht ihr Element. Wallatt hatte keine Küste, und so lag die Seefahrt den Wallatten nicht im Blut. Maaras Heimat bestand hauptsächlich aus weiten Ebenen, bewaldeten Hügeln und kargen Bergen. Die Grenze lief entlang zweier breiter Flüsse, und das aus gutem Grund: Die wallattischen Krieger hatten sich nie auf das Wasser hinausgewagt, um die Länder jenseits davon zu erobern.

Die Barbarenprinzessin teilte sich ein Boot mit Najel, Zejabel und Guederic. Damián, Souanne, Josion und Lorilis saßen in dem zweiten Boot, das vorausfuhr und sie hinter sich herzog. Das Meer war ruhig, leichter Wind blähte das Segel des vorderen Schiffs. So konnte Maara nichts tun, als abzuwarten. Die Untätigkeit schlug ihr aufs Gemüt, und die Finsternis und das Klatschen der Wellen gegen den Rumpf machten sie von Dezille zu Dezille mürrischer. Sie dachte an ihren Vater, dessen Leiche vielleicht zwanzig Schritte unter ihr auf dem Meeresgrund lag. Immer wieder warf sie Guederic düstere Blicke zu, denn er hielt ihr allein durch seine Anwesenheit vor Augen, dass sie das Versprechen ihrem Vater gegenüber gebrochen hatte. Wie leicht wäre es, das jetzt gleich zu ändern! Sie müsste Guederic nur einen kräftigen Stoß versetzen, und der jüngste Spross der Familie de Kercyan würde in den dunklen Fluten versinken.

Aber das war natürlich nur ein Hirngespinst. Maara konnte Ke'b'rees Befehl nicht mehr ausführen: Mittlerweile hatte sie zu vieles mit Guederic durchgestanden. Sie verfolgten dasselbe Ziel und kämpften Seite an Seite. Niemals könnte sie ihm eine Klinge in den Bauch stoßen – nicht nach allem, was passiert war.

Es sei denn natürlich, sie fände heraus, warum Ke'b'ree seinen Tod wünschte.

Bevor ihre Laune sich weiter verschlechterte, dachte Maara schnell an etwas anderes. Schließlich war noch nicht alles verloren: Bald würden sie die Insel erreichen. Es bestand immer noch die leise Hoffnung, dass Maara dort ihren Vater fand, falls dieser den Schiffbruch wider Erwarten überlebt hatte. Und wenn nicht, könnte sie zumindest an ihren Feinden Rache nehmen. Innerhalb weniger Tage waren die Erben zweimal von einer Mörderbande angegriffen worden. Was zu viel war, war zu viel! In dieser Nacht würde Maara den Spieß umdrehen: Diesmal würde *sie* über die Männer mit dem rätselhaften Zeichen auf der Stirn herfallen.

Dieser Gedanke half Maara, sich in Geduld zu fassen. Obwohl die Überquerung des Meeresarms für ihren Geschmack viel zu lange dauerte, hatte sie nun wieder ein Ziel vor Augen.

Kurz darauf rief ihnen Damián vom anderen Boot aus zu, dass es an der Zeit war, nach der Insel Ausschau zu halten. Angestrengt starrte Maara in die Finsternis, weil sie Ji unbedingt als Erste entdecken wollte, doch leider wurde ihr diese Ehre nicht zuteil. Fast gleichzeitig machten Souanne und Guederic die anderen auf den schwarzen Umriss aufmerksam. Enttäuscht stierte Maara weiterhin in die Dunkelheit und erblickte schließlich ihrerseits die Landmasse, die sich aus den schwarzen Fluten erhob.

Der Anblick war eher ernüchternd. Sie hatte schon so viel von Ji gehört, dass Maara eine sehr romantische Vorstellung von der Insel hatte: Sie hatte sich einen unbezwingbaren Berg ausgemalt, der düster aus den tosenden Wellen ragte. In Wirklichkeit erinnerte die Insel eher an einen umgedrehten Suppenteller.

In der Dunkelheit war die Größe der Insel nur schwer zu erkennen, aber laut Zejabel konnte man sie in weniger als einem Tag zu Fuß umrunden. Auch wenn das nicht besonders groß war, reichte es, um das Geheimnis der Pforte ins Jal zu wahren: Niemand würde zufällig auf die unterirdische Grotte stoßen, in der sich die Pforte befand. Andererseits war die Insel zu klein für eine Besiedlung, zumal der Boden so felsig war, dass man nichts anpflanzen konnte. Amanóns Tagebuch zufolge waren die einzigen Menschen, die je auf der Insel gewohnt hatten, die alten

Etheker – eben jenes Volk, das die Pforte in die Steinwände der Grotte gehauen hatte. Seit dem Verschwinden der Etheker hatten nur Schmuggler auf der Suche nach einem Versteck und mehrere Generationen von Erben die Insel betreten – und ihre Feinde.

Das Ufer war noch ein ganzes Stück entfernt. Mit jeder Dezille beschleunigte sich Maaras Herzschlag ein wenig mehr. Sie sehnte sich so sehr danach, am Strand ein Feuer flackern zu sehen! Das hieße immerhin, dass zumindest einige ihrer Eltern den Schiffbruch überlebt und sich auf die Insel gerettet hatten. Doch Ji ragte stumm und finster aus dem Wasser.

Vielleicht verbarg sich ihr Vater ja auch zwischen den Felsen, weil er sich vor möglichen Feinden verstecken wollte. Vielleicht lauerte er sogar gleich dort drüben, hinter dem ersten Felsvorsprung, fast schon in Rufweite!

Fieberhaft ergriff Maara eines der Ruder, das nutzlos auf dem Boden des Boots lag, und tauchte es tief ins Wasser. Noch konnte sie den Grund nicht berühren. Verärgert verzog sie das Gesicht, nur um gleich darauf einen weiteren Versuch zu unternehmen. Beim vierten Mal schabte das hölzerne Ruderblatt endlich über Sand und Kiesel. Maara machte weiter, bis das Ruder nur noch zur Hälfte aus dem Wasser ragte. Dann beschloss sie, nicht länger zu warten: Sie schwang ein Bein über Bord und ließ sich in die Wellen gleiten.

Maara wollte die Insel unbedingt vor den anderen betreten. Immerhin hatte sie jetzt schon einmal Grund unter den Füßen, auch wenn sie anschließend Zeit verlor, weil sie sich durch die eiskalten Wellen pflügen musste, während die Boote näher an den Strand heranglitten. Aber das war ihr egal: Jetzt, wo sie endlich wieder festen Boden spürte, kehrten auch ihre Zuversicht und Tatkraft zurück.

Während die anderen vorsichtig aus den Booten stiegen, holte Maara sie ein und marschierte entschlossen an ihnen vorbei. Die Wallattenprinzessin baute sich mitten am Strand auf und stemmte die Arme in die Hüften, als hätte sie ein neues Land erobert. Und nichts anderes hatte sie vor: Sie würde die Insel in Besitz nehmen – gleich nachdem sie ihre Feinde vernichtet hätte.

Am liebsten wäre Maara sofort losgestürmt, um die Insel zu erkunden, aber sie wusste ihre Ungeduld zu zügeln. Während ihre Gefährten die Boote an Land zogen, sah sie sich erst einmal gründlich um. Dann versammelten sich die Erben um Maara. Einige waren damit beschäftigt, ihre Schuhe wieder anzuziehen, andere wrangen ihre nassen Hosenaufschläge aus, aber alle waren wachsam. Sie horchten auf das leiseste Geräusch und hielten nach der kleinsten Bewegung zwischen den Felsen Ausschau. Müssten sie wieder kämpfen? Oder würden sie ihren Eltern unter Freudentränen in die Arme fallen? Zum Glück war der Himmel sternenklar, und der Mond schien hell. So konnten sie den Strand absuchen, ohne über die herumliegenden Felsen zu stolpern.

»Niemand da«, sagte Guederic nach einer Weile bitter. »Wir sind umsonst gekommen.«

Er sprach aus, was alle dachten. Doch Maara weigerte sich, die Suche nach ihren Eltern so schnell aufzugeben.

»Sie könnten überall auf der Insel sein. Vielleicht sind sie sogar in einer der unterirdischen Grotten. Wir dürfen nicht gleich beim ersten Strand den Mut verlieren.«

»Das meinte ich nicht«, antwortete Guederic. »Ich bin

bereit, jeden Stein auf dieser vermaledeiten Insel umzudrehen, genau wie du. Aber ... Ich bin überzeugt, dass unsere Eltern nicht hier sind. Ich kann nicht mal erklären, woher diese Gewissheit kommt.«

Auf seine Worte folgte dumpfes Schweigen. Die Kriegerin verfluchte Guederic: Das war nun wirklich nicht der richtige Moment für Schwarzmalerei. Sie mussten sich an jede noch so kleine Hoffnung klammern.

»Wir sollten zu Sombres Grab gehen«, sagte Zejabel. »Wie ihr wisst, glaube ich nicht an das Wunder, auf das ihr hofft. Aber sollte jemand wider Erwarten den Schiffbruch überlebt haben, würde er oder sie dort auf uns warten.«

»Findest du im Dunkeln überhaupt den Weg?«, fragte Maara skeptisch.

Josion stieß ein belustigtes Schnauben aus, als wäre die Frage unglaublich dumm. Herausfordernd sah die Wallattin ihn an, aber Zejabel erstickte den aufkommenden Streit im Keim, indem sie Maaras Frage mit einem knappen Nicken beantwortete.

»Na, dann mal los«, sagte die Kriegerin. »Worauf warten wir noch?«

»Wir müssen vorsichtig sein«, bremste Damián ihren Elan. »Offenbar ist die Insel ein wahres Labyrinth. Wir könnten uns verlaufen, uns aus den Augen verlieren oder in einen Hinterhalt geraten.«

»Das wussten wir auch schon vor der Überfahrt«, konterte Maara. »Und allzu lange irgendwo herumzustehen, ist mindestens genauso gefährlich.«

»Du hast Recht. Aber ich wüsste einfach gern vorher, in was für ein Gebiet wir vordringen. Wir sollten uns einen Aussichtspunkt suchen, um die Insel auszuspähen.«

Er wies auf einen etwa dreißig Schritt hohen Granitfelsen im Westen. Die dem Landesinneren zugewandte Seite fiel schroff ab, als hätte ein Riese mit seinem Schwert ein Stück abgehackt, doch der zum Meer abfallende Hang war weniger steil.

»Da willst du hoch? In der Dunkelheit wirst du nicht viel erkennen können«, murrte Maara. »Nicht einmal den Strand hier.«

»Aber ich könnte sehen, ob jemand ein Lagerfeuer angezündet hat«, erklärte Damián. »Unsere Eltern oder unsere Feinde ...«

Plötzlich fand Maara die Idee brillant, auch wenn sie zu stolz war, es zuzugeben.

»Also gut, ich mache es«, sagte sie. »Wartet hier auf mich.«

Ungeduldig warf sie ihren Rucksack zu Boden. Endlich hatte sie etwas zu tun.

»Du kannst nicht allein gehen«, bremste Damián. »Ich ...«

»Ich begleite sie«, fiel ihm Guederic ins Wort.

Ohne auf Zustimmung oder Widerspruch zu warten, trabten die beiden Freiwilligen los. Damit hatte Maara nicht gerechnet. Als sie sich kurz zu Guederic umwandte, sah sie ihn lächeln. Sie fragte sich, was in ihm vorging. Hatte er endgültig den Verstand verloren?

Bis zum Fuß des Felsens wechselten sie kein Wort miteinander, sondern konzentrierten sich ganz auf ihre Aufgabe. Nachdem sie die beste Route gewählt hatten, begannen sie mit dem Aufstieg. Die ersten beiden Drittel bezwangen sie mühelos, nur auf dem letzten Stück mussten sie beim Klettern die Hände zur Hilfe nehmen. Schließlich gelangten sie oben auf ein kleines Felsplateau.

Maara bewegte sich vorsichtig auf den Rand zu, der in der Dunkelheit fast nicht zu sehen war. Auf keinen Fall durfte sie ausrutschen oder stolpern. Schließlich ging sie auf die Knie, kroch langsam vor bis zur Kante und sah in die Tiefe. In dieser Position verharrte sie, bis Guederic neben ihr war. Beide starrten eine Weile hinunter in die Finsternis.

»Kein Feuer«, bemerkte Guederic schließlich. »Schade ...«

»Nein. Aber das muss nichts heißen. Von hier aus sehen wir nur einen kleinen Teil der Insel.«

»Ja, ja, natürlich.«

Sein herablassender Tonfall ging ihr gehörig gegen den Strich. In der Hoffnung, Guederic beweisen zu können, dass er Unrecht hatte, starrte die Wallattin noch eine ganze Weile ins Dunkel. Guederic wartete nicht auf sie. Er kroch drei oder vier Schritte rückwärts und rappelte sich auf. Plötzlich kniff Maara die Augen zusammen. Das konnte nicht sein ... Doch, sie hatte richtig gesehen!

»Komm zurück«, befahl sie.

Aus Furcht, den dunklen Umriss aus den Augen zu verlieren, wagte sie nicht, sich umzudrehen. Zum Glück war Guederic neugierig geworden und folgte ihrer Aufforderung.

»Da drüben!«, sagte Maara und streckte zitternd die Hand aus. »Vor der Küste im Wasser!«

»Du meinst den großen Felsen da?«, fragte Guederic.

»Sieh genau hin! Das ist kein Felsen, das ist ein Schiff! Ein *riesiges* Schiff!«

Im ersten Moment dachte Guederic, Maara hätte sich getäuscht. Vielleicht ließ die Sehnsucht nach ihrem Vater sie irgendwelche Dinge sehen ... Gleich darauf stieß er jedoch einen Fluch aus. Sie hatte Recht! Nur wenige Hundert Schritte vom Ufer entfernt zeichnete sich der Umriss eines gewaltigen Segelschiffs gegen die dunkle Wasseroberfläche ab. Was hatte es dort zu suchen? Warum ankerte es vor Ji? Mehrere Möglichkeiten schossen ihm durch den Kopf, eine erschreckender als die andere.

»An Bord brennt kein Licht«, bemerkte er. »Das ist seltsam.«

»Vielleicht ist das Schiff verlassen«, murmelte Maara.

Sie brauchten nur einen kurzen Blick zu tauschen, um diese Vermutung zu verwerfen. Niemand würde ein so großes Schiff ohne Bewachung zurücklassen – außer vielleicht in einem Hafen.

»Zum Glück sind wir weiter südlich an Land gegangen«, meinte Maara. »Sonst wären wir direkt auf das Schiff zugesteuert.«

»Womöglich hat die Besatzung genau das beabsichtigt. Es sei denn, das Schiff hat überhaupt nichts mit uns zu tun. Wie auch immer, die Mannschaft muss irgendwas zu verbergen haben ...«

»Meinst du, es sind Piraten?«

Guederic schüttelte den Kopf. Er war sicher, dass das Schiff Ärger bedeutete, auch wenn er nicht wusste, welchen.

»Piraten würden sich nicht so nah an die lorelische Küste herantrauen. Mit etwas Glück sind es nur Schmuggler. Aber seien wir ehrlich: Wahrscheinlich ist es ein Schiff unserer Feinde.«

Maara nickte und runzelte die Stirn.

»Dann sind sie offenbar mit einer ganzen Armee angerückt ...«

Beide schwiegen eine Weile, bevor Maara nachdenklich murmelte: »Vielleicht sind ja auch unsere Eltern an Bord ... Als Gefangene dieser Verrückten.«

Guederic war vom Gegenteil überzeugt, aber er wusste, dass Maara nicht viel von seinen Ahnungen hielt. Also antwortete er nicht, sondern kroch ein Stück zurück, stand auf und begann mit dem Abstieg. Sie mussten Damián und die anderen so schnell wie möglich warnen. Maara folgte ihm hastig. Das letzte Stück rannten sie sogar den Abhang hinunter, obwohl die Gefahr bestand, in der Dunkelheit zu stürzen. Gleich darauf stießen sie wieder zu ihren ungeduldig wartenden Gefährten.

Die anderen begriffen sogleich, dass etwas vorgefallen war. Maara und Guederic erzählten atemlos, was sie von dem Berg aus entdeckt hatten.

»Wir müssen uns das Schiff aus der Nähe ansehen«, sagte Maara entschlossen. »Nur so können wir herausfinden, was es damit auf sich hat!«

»Das ist viel zu gefährlich«, befand Damián. »Bestenfalls entdecken wir ein oder zwei Wachen am Strand, schlimmstenfalls nehmen uns die Männer gefangen.«

»Außerdem ist es recht unwahrscheinlich, dass unsere Eltern an Bord sind«, pflichtete ihm Josion bei.

»Eine winzige Chance ist besser als nichts!«, beharrte Maara.

»Aber wenn wir unseren ursprünglichen Plan verfolgen, haben wir viel mehr Aussicht auf Erfolg«, widersprach Damián. »Lasst uns zu Sombres Grab gehen. Hinterher können wir immer noch überlegen, wie es weitergeht.«

Guederic wartete gespannt auf die Antwort der Barbarenprinzessin. Würde sie auf stur schalten, ihren kleinen Bruder bei der Hand packen und zum Sturm auf das feindliche Schiff ansetzen? Dazu wäre sie durchaus in der Lage. Sollte es dazu kommen, würde er sie begleiten. Er wusste selbst nicht genau, warum. Eigentlich fand er, dass sein Bruder Recht hatte. Sie mussten sich an den Plan halten. Warum war er dann bereit, Maara blind zu folgen?

Guederic wagte noch nicht, seine Gefühle zu benennen. Selbst seine Verwirrung mochte er sich kaum eingestehen. Aber seit er mit Maara gekämpft hatte … Seit sie ihre Lowa drohend über seinem Kopf geschwungen hatte … Seit sie sein Leben verschont hatte und in Tränen ausgebrochen war …

In den letzten Tagen hatte er ihre verzweifelten Bemühungen beobachtet, sich inmitten einer Gruppe Fremder zu behaupten. Maara war stark und temperamentvoll. Sie war wie ein Licht im Dunkel der letzten Tage. Die hübsche Kriegerin ging ihm nicht mehr aus dem Kopf.

Doch zum Glück musste er sich nicht zwischen ihr und seinem Bruder entscheiden. Maara machte eine ungeduldige Bewegung und stieß einen Fluch in ihrer Muttersprache aus, beugte sich dann aber dem Beschluss der Mehrheit – wenn auch mit sichtlichem Widerwillen.

»Wenn das Schiff später nicht mehr da ist, dann …«, knurrte sie.

Sie beendete den Satz nicht, sondern überließ es Damián und Josion, sich vorzustellen, wie ihre Rache aussehen würde. Guederic schenkte ihr ein aufmunterndes Lächeln, auf das sie nicht reagierte. Ihre abweisende Haltung kränkte ihn nicht, denn ihm war klar, dass er von allen Gefährten am härtesten um Maaras Vertrauen und Freundschaft würde kämpfen müssen.

Er würde ihr einfach etwas Zeit lassen.

Schweigend marschierten sie in einer Reihe hinter Zejabel her. Lorilis entdeckte ein ungeahntes Talent an sich selbst: Obwohl sie in der Dunkelheit kaum etwas sah, schlich sie leise wie eine Katze zwischen den Felsen hindurch. Vielleicht konnte sie auf diese Weise ja verhindern, dass ihre Feinde sie entdeckten. Andererseits schienen die mysteriösen Angreifer immer genau zu wissen, was die Erben taten und wo sie sich aufhielten. War es da nicht dumm zu glauben, sie könnten unbemerkt über die Insel spazieren?

Aber sie hatten keine Wahl, sie mussten es versuchen. So war jeder Schritt, den sie taten, ein kleiner Sieg – oder ein Aufschub, je nachdem, wie man es sah. Lorilis bemühte sich, nicht allzu sehr über die Frage nachzugrübeln, denn wenn sie ihren Gedanken freien Lauf ließ, sah sie vor ihrem geistigen Auge einen Dämon aus dem Grab steigen und sich auf sie stürzen. Um nicht wie gelähmt stehen zu bleiben oder schreiend davonzulaufen, konzentrierte sie sich auf ihre Füße und verbannte die Ängste in den hintersten Winkel ihres Kopfes.

Seit Lorilis gelernt hatte, sich auf etwas Bestimmtes zu konzentrieren, konnte sie ihre Gedanken mit erstaunlicher Leichtigkeit in eine bestimmte Richtung lenken. Und wenn sie wollte, konnte sie auch ihre Sinne mühelos schärfen: In diesem Zustand sah, hörte und roch sie sehr viel mehr als sonst. Nicht, dass sie plötzlich schärfere Augen, bessere Ohren oder eine feinere Nase gehabt hätte. Nein, sie durchschaute einfach, welche Kräfte die Welt im Inneren zusammenhielten. In diesem Zustand spürte Lorilis das Fließen der Energien und verstand instinktiv, welche Kräfte einander anzogen oder abstießen. So wie jeder weiß, dass kochendes Wasser Dampf erzeugt, begriff Lorilis nun, wie die Erde, die Luft und sogar ihr eigener Körper auf ihre Umgebung einwirkten.

Dieses Wissen war faszinierend, manchmal auch regelrecht berauschend – und höchstwahrscheinlich gefährlich. Das hatte der Vorfall mit dem Feuer in der vergangenen Nacht bewiesen. Lorilis wusste, dass sie an der Explosion der Flammen schuld war, aber sie wollte den anderen nichts davon sagen.

Schließlich hatten die schon genug Sorgen. Sie waren vollauf damit beschäftigt, Zejabel zu folgen, nach möglichen Feinden Ausschau zu halten und jedes Geräusch zu vermeiden.

Seit über einer Dezime waren die Erben nun schon unterwegs, aber nichts wies darauf hin, dass sie ihrem Ziel näher kamen. Zejabel schlug unzählige Haken, und allmählich fürchtete Lorilis, dass sie sich verlaufen hatten. Doch die Zü schritt weiterhin unbeirrt voran und bog ohne das leiseste Zögern mal links, mal rechts in einen Trampelpfad zwischen den Felsen ein. Lorilis fand es erstaunlich, wie gut sie sich in der Finsternis orientieren konnte. Zejabel blieb nur stehen, um ihre Gefährten auf ein Hindernis aufmerksam zu machen: Mal zeigte sie schweigend auf einen losen Stein, mal auf eine Stelle, wo Regenwasser den Fels ausgehöhlt hatte, dann wieder auf ein Paar Kreischmöwen, die in einer Nische brüteten. Um die Vögel nicht aufzuscheuchen und so ihre Feinde auf sich aufmerksam zu machen, mussten die Erben öfters umkehren und einen anderen Weg nehmen. So verloren sie kostbare Zeit. Zum Glück stießen sie auf immer weniger Vögel, je weiter sie ins Innere der Insel vordrangen – die Möwen nisteten vor allem in der Nähe des Wassers.

Nach einiger Zeit fiel Lorilis ein, dass sie überhaupt nicht wusste, wo Sombre begraben war. Lag der Dämon in einem Sarg in der Erde? Oder ruhte seine Leiche in einer Grotte, dessen Öffnung mit einem Felsbrocken verschlossen war? Befand sich sein Grab neben der Pforte ins Jal? Nein, sicher nicht, denn das hätte Zejabel erwähnt. Aber wo war es dann? Wie lange mussten sie noch durch das Felslabyrinth laufen?

Als Zejabel ein paar Dezillen später stehen blieb, hoffte Lorilis, dass sie ihr Ziel erreicht hatten. Mit ihrem Speer wies die Zü auf einen schmalen Spalt, durch den sich ein Erwachsener gerade eben mit eingezogenem Kopf zwängen konnte. Dahinter tat sich eine Höhle auf. Die einstige Kahati winkte ihre Gefährten zu sich.

»Wir müssen diese Höhle durchqueren«, flüsterte sie. »Das heißt, wir brauchen Laternen. Aber wartet, bis wir drin sind, bevor ihr sie anzündet.«

»Ist es noch weit?«, fragte Damián.

»Wir sind fast da. Jetzt kommt das gefährlichste Stück. Ich werde vorausgehen. Josion, du bleibst direkt hinter mir, und du, Maara, gehst als Letzte.«

»Du hast mir keine Befehle zu erteilen«, zischte die Kriegerin mit mühsam unterdrückter Wut. »*Niemand* hat mir Befehle …«

»Das mag ja sein«, fiel ihr Zejabel ins Wort. »Aber ich bitte dich nicht ohne Grund darum, hinten zu gehen. Wie ich gehört habe, vollbringst du mit der Lowa wahre Wunder. Ich brauche jemanden, auf den ich mich verlassen kann. Jemanden, der uns nach hinten absichert.«

Maaras Gesicht blieb ausdruckslos, aber sie protestierte nicht mehr. Lorilis schämte sich plötzlich, nichts zum Schutz der Gruppe beitragen zu können. Wenn es zu einem Kampf kam, war sie eher eine Last als eine Hilfe. Selbst Najel konnte sich mit seinem Stock verteidigen, obwohl er jünger war als sie. Lorilis hingegen blieb nichts übrig, als sich hinter den anderen zu verschanzen und ihnen möglichst nicht in die Quere zu kommen.

Dann drangen sie in die Höhle ein, und Guederic und Zejabel entzündeten ihre Laternen. Obwohl sie die Dochte so weit wie möglich herunterdrehten, hatte das Flackern etwas Bedrohliches. Die beiden Laternen waren vermutlich die einzigen Lichter im Umkreis von mehreren Meilen und würden sicher sämtliche Mörder und Dämonen anziehen, die sich auf der Insel befanden. Selbst die Tatsache, dass ihr Licht nicht durch die Felswände nach draußen drang, konnte Lorilis nicht beruhigen.

Rasch setzten sich die Erben in der von Zejabel angeordneten Reihenfolge in Bewegung. Die Höhle entpuppte sich als schmaler Gang mit feuchten Wänden. Hier unten war es bitterkalt, und Lorilis zitterte am ganzen Leib, jedoch nicht nur vor Kälte: Je näher sie ihrem Ziel kamen, desto größer wurde ihre Angst. Vielleicht stand sie schon in wenigen Dezillen dem Dämon gegenüber! Wie lange würde er wohl brauchen, um sie zu töten? Weniger als eine Dezille? Vielleicht würde er ihren Todeskampf aber auch verlängern und sie grausam foltern …

Die Anspannung der Erben war geradezu mit Händen greifbar. Es kam Lorilis vor, als wäre der unterirdische Gang ein Tor zu einer fremden Welt. Hier unten herrschte eine völlig andere Stimmung als im Felslabyrinth draußen. Bisher waren sie in tiefem Schweigen durch die finstere Nacht marschiert, und nun tappten sie im Schein der Laternen durch einen Gang, von dessen Wänden ihre Schritte und das Geräusch ihrer Atemzüge widerhallten. Alles hier unten erinnerte an eine Gruft.

Zum Glück war der Gang nicht besonders lang. Schon nach etwa dreißig Schritten begann er anzusteigen: Sie näherten sich ihrem Ziel. Als es immer steiler hinaufging, wurde Lorilis klar, dass sie sich mittlerweile ein ganzes Stück oberhalb des Strands befinden mussten. Ein Schwall salziger Meeresluft wehte zu ihnen herab, und gleich darauf blitzte der Sternenhimmel am Ende des Gangs auf. Abermals hieß Zejabel die Gefährten Halt machen.

»Es ist besser, wenn wir eine Laterne löschen«, flüsterte sie. »Und gebt acht, der Boden ist feucht und rutschig!«

Obwohl niemand etwas sagte, ging die Zü nicht sofort weiter. Sie blieb noch eine ganze Weile reglos stehen und zwang die anderen so, es ihr gleichzutun.

Lorilis spitzte die Ohren. Kein Geräusch war zu hören, weder die gedämpften Stimmen ihrer Eltern noch das wütende Fauchen des Dämons. Niemand schien sie am Ausgang der Höhle zu erwarten, es sei denn, wer auch immer dort lauerte, hielt sich versteckt.

Gleich darauf nickte Zejabel Josion knapp zu und setzte sich wortlos wieder in Bewegung. Ihr Sohn schien das

Zeichen mühelos zu verstehen: Er huschte an ihre Seite und bezog hinter Zejabels linker Schulter Stellung. Plötzlich entdeckte Lorilis, dass Mutter und Sohn Waffen in der Hand hielten. Sie hatte gar nicht mitbekommen, wie sie sie gezogen hatten. Im nächsten Moment sprangen beide ohne Vorwarnung aus dem Gang nach draußen, wie Raubtiere, die über eine Beute herfallen. Lorilis' Herz krampfte sich zusammen. Würde es wieder zu einem Kampf kommen? Doch niemand stellte sich Zejabel und Josion in den Weg. Die beiden standen einfach nur reglos da und starrten auf etwas, das Lorilis nicht sehen konnte.

Die anderen schlossen rasch zu ihnen auf. Als Lorilis unter den Sternenhimmel hinaustrat, blieb auch sie wie vom Donner gerührt stehen.

Kein Zweifel: Sie hatten Sombres Grab erreicht.

Es war leer.

Najel war seiner Schwester nicht von der Seite gewichen, und so trat er als einer der Letzten aus dem Gang. Wie gebannt starrte er auf das leere Grab. Ihre schlimmste Befürchtung hatte sich bewahrheitet: Der Dämon war von den Toten auferstanden!

Hektisch sah sich der Junge nach allen Seiten um, weil er plötzlich fürchtete, Sombre könnte von hinten über sie herfallen. Die düstere Atmosphäre des Orts verstärkte seine Angst noch: Der Gang mündete auf ein kleines Felsplateau, das ringsum von drei bis vier Schritt hohen Wänden umgeben war. Die Ebene selbst maß im Durchmesser etwa fünfzehn bis zwanzig Schritt und erinnerte an eine

Kampfarena von Barbaren. In der Mitte dieses gruseligen Orts war ein Haufen loser Steine aufgetürmt, der Überrest einer Steinpyramide, die ihre Eltern und Großeltern über Sombres Grab errichtet haben mussten.

»Und was jetzt?«, knurrte Maara. »Können wir endlich nachsehen, was mit dem Schiff los ist?«

Najel kannte diesen Tonfall. So hörte sich Maaras Stimme immer dann an, wenn sie wütend oder enttäuscht war. Insgeheim hatte seine Schwester immer noch gehofft, Ke'b'ree an Sombres Grab vorzufinden.

»Erst sollten wir hier alles absuchen«, meinte Damián. »Vielleicht haben unsere Eltern uns eine Nachricht hinterlassen, einen Hinweis, der uns zu ihnen führt …«

»Aber sie waren doch gar nicht hier!«, rief Maara aufgebracht. »Seid ihr taub? Ich sage euch, sie sind an Bord dieses verdammten Schiffs!«

»Nein, wir sind nicht taub«, sagte Zejabel gepresst. »Und unsere Feinde auch nicht. Also schrei hier nicht so rum.«

Najel machte sich auf das Schlimmste gefasst. Wenn seine Schwester in Rage geriet, war sie unberechenbar. Und Zejabel schien ebenfalls kurz davor, die Beherrschung zu verlieren. *Sie* hatte gegen Sombre gekämpft. *Sie* wusste, zu welchen Gräueltaten der Dämon fähig war. Was mochte sie angesichts des offenen Grabs ihres einstigen Feindes empfinden? Würden die beiden Frauen aufeinander losgehen?

Zum Glück verhinderte Damián eine Prügelei, indem er die Aufmerksamkeit aller auf sich zog: Zuerst kletterte er auf einen der Felsbrocken, die um das Grab herum verstreut lagen, und sah sich aufmerksam um. Dann ließ er sich wagemutig in die im Boden klaffende Felsspalte hinab und bat Guederic um die Laterne, um die letzte Ruhestätte des Dämons zu untersuchen.

»Und, irgendwas Besonderes?«, fragte Josion schließlich.

»Nein. Nichts. An den Wänden sind keine Kratzer zu sehen. Wenn sich Sombre aus eigener Kraft befreit hätte, müssten irgendwelche Spuren zu sehen sein.«

»Und was bedeutet das?«, fragte Maara. »Dass irgendwer ihm geholfen hat?«

»Vielleicht wurde die Leiche auch nur umgebettet«, murmelte Damián. »Womöglich waren es sogar unsere Eltern …«

»Was? Warum sollten sie so etwas tun?«

»Das ist nur so eine Idee«, meinte Damián. »Denkbar ist alles Mögliche. Sollten unsere Eltern das Unglück wider Erwarten überlebt haben, wollte sie Sombres Leiche vielleicht in Sicherheit bringen, nachdem sie das Schiff, das vor der Insel ankert, entdeckt hatte.«

»Aber wohin? Und warum?«, beharrte die Kriegerin.

»Keine Ahnung. Wer weiß, was geschah, nachdem Zejabel mit dem Beiboot ans Festland gerudert ist. Vielleicht konnten sich unsere Eltern tatsächlich auf die Insel retten. Vielleicht waren sie der Meinung, dass Sombres Grab nicht mehr sicher war, und wollten verhindern, dass der Leichnam ihren Feinden in die Hände fällt!«

»Das ist aber eine sehr zuversichtliche Einschätzung der Lage«, warf Souanne ein. »Genauso gut können wir davon ausgehen, dass Sombre sich auf dem Schiff befindet. Oder zumindest seine Leiche.«

»Dann lasst uns endlich nachsehen gehen«, drängte Maara.

Najel war sicher, dass sie ihren Willen bekommen würde. Wenn sich die Prinzessin von Wallos etwas in den Kopf gesetzt hatte, konnte sie niemand davon abbringen.

»Wir können nicht ernsthaft in Erwägung ziehen, ein Schiff von dieser Größe anzugreifen«, schmetterte Damián den Vorschlag ab. »Wir wissen nicht mal, wie viele Männer an Bord sind.«

»Dann lasst es uns herausfinden! Worauf warten wir noch?«

»Einverstanden«, sagte Zejabel plötzlich. »Kehren wir zum Strand zurück.«

Najel verfolgte den Streit der Erwachsenen aufmerksam. Dass sich die Zü auf Maaras Seite schlug, war überraschend. Im nächsten Moment wurde er kurz abgelenkt, weil er im Gang ein Geräusch zu hören meinte. Er spitzte die Ohren, hörte aber weiter nichts und kam zu dem Schluss, dass er sich geirrt hatte. Daraufhin wandte er sich wieder Damián zu, der nach wie vor auf Maara und Zejabel einredete.

» ... ja gar nichts dagegen, das Schiff genauer unter die Lupe zu nehmen. Aber wir müssen überlegen, was Sombres leeres Grab zu bedeuten hat. Wenn tatsächlich unsere Eltern die Leiche umgebettet haben, wo könnte sie jetzt sein? Sicher in der Höhle mit der Pforte ins Jal. Ich finde, wir sollten zuerst dort nachsehen.«

»Unsere Eltern sind nicht auf Ji«, entgegnete Guederic. »Weder auf der Insel noch auf dem Schiff, davon bin ich fest überzeugt.«

»Aber deine Überzeugung beruht auf einer Vorahnung, nicht auf Tatsachen«, konterte Maara. »Wenn wir schon dabei sind, wild herumzuspekulieren, habe ich auch etwas beizutragen.«

Najel war neugierig darauf, was seine Schwester zu sagen hatte, aber wieder meinte er, ein Geräusch aus dem Gang zu hören. Langsam bewegte er sich auf die Öffnung zu, den erhobenen Stock in der Hand. Er war bereit zuzuschlagen, egal, wen oder was er dort vorfinden würde.

»Habt ihr schon mal bedacht, dass die Mannschaft des Schiffs unsere Eltern nach dem Unglück aus dem Wasser gefischt haben könnte?«, fuhr Maara fort. »Vielleicht haben sie sogar den Brand gelegt, um den Kutter zu versenken!«

»Zejabel hat weit und breit kein anderes Schiff gesehen«, rief ihr Guederic in Erinnerung.

»Es war finstere Nacht!«, entgegnete Maara. »Was, wenn an Bord keine Laterne brannte, so wie heute Nacht?«

Najel hätte seiner Schwester gern aufmunternd zugeblinzelt, aber er wurde von Dezille zu Dezille unruhiger. Er konnte das Geräusch, das er zu hören meinte, einfach nicht orten ... Spielte ihm seine Fantasie einen Streich? War es das Echo seiner eigenen Schritte? Ein Tier auf der Suche nach Nahrung? Oder was sonst?

»Das könnte natürlich sein«, gestand Damián. »Aber ich glaube einfach nicht, dass unsere Eltern ihren Feinden in die Falle gegangen sind. Wir müssen erst auf der Insel suchen, bevor wir ...«

Plötzlich vibrierte Najels Trommelfell auf eine ihm wohlbekannte Weise. Die Schwingung übertrug sich auf seinen ganzen Körper. Diesmal hatte der Junge kein Geräusch gehört, sondern eine Stimme. Schlimmer noch, die Stimme eines Mannes. Jemand hatte »Los!« gesagt.

»Vorsicht!«, brüllte er.

Der Gang stürzte mit lautem Poltern ein.

Durch sein jahrelanges Kampftraining reagierte Josion blitzschnell: Er warf sich zu Boden und zog Lorilis im Fallen mit sich – etwas unsanft zwar, aber ein paar Kratzer waren weniger schlimm, als das Mädchen schutzlos der Gefahr auszuliefern. Aus dem Gang drang das ohrenbetäubende Poltern herabstürzender Steine. Nachdem die Gefährten dekantenlang jedes Geräusch vermieden und nur im Flüsterton gesprochen hatten, kam Josion das Getöse umso lauter vor. Der Krach versetzte ihn in Panik. Sicher war er noch auf der anderen Seite der Insel zu hören.

Zum Glück kehrte rasch wieder Stille ein, und die Erben rappelten sich auf, um nachzusehen, was passiert war. Als Erstes vergewisserten sie sich, dass sie alle unverletzt waren, dann näherten sie sich dem Tunnel, dem einzigen Zugang zu dem Felsplateau. Die Staubwolke, die aus dem Gang aufstieg, verhieß nichts Gutes. Josion bewegte sich auf die abgestellte Laterne zu, als Zejabel ihn mit einer kurzen Kopfbewegung zu sich beorderte. Er nahm die Lampe und trat neben seine Mutter vor die Öffnung. Beide hatten ihre Waffen gezogen.

Sie bückten sich zum Schutz gegen den aufwirbelnden Staub und drangen so weit wie möglich in den Gang vor. Josion und Zejabel ahnten längst, was sie vorfinden würden.

Und richtig: Gegen Ende des Gangs, unweit des Spalts, durch den sie sich wenige Dezimen zuvor gezwängt hatten, schnitt ihnen ein Haufen Steinbrocken den Rückweg ab. Natürlich könnten sie ihn nach und nach abtragen – allerdings bestand die Gefahr, dass die restliche Decke einstürzte und sie unter sich begrub, ganz davon abgesehen, dass ihre Feinde wahrscheinlich auf der anderen Seite warteten.

Mutter und Sohn wechselten einen kurzen Blick und kehrten zu den anderen zurück.

Die erwarteten sie ungeduldig.

»Der Weg ist versperrt«, berichtete Josion ernst. »Najel, was ist geschehen?«

Verstört sah der Junge ihn an. Während des Einsturzes hatte er direkt neben der Öffnung gestanden und musste die Druckwelle mit voller Wucht abbekommen haben. Doch er erholte sich rasch wieder von dem Schreck und wedelte aufgeregt mit den Armen.

»Ich habe jemanden sprechen hören! Unten im Gang.«

Die anderen starrten ihn verblüfft an.

»Aber da ist niemand«, meinte Zejabel.

»Ich bin mir ganz sicher! Jemand hat ›Los!‹ gesagt.«

Die Mienen seiner Gefährten verfinsterten sich. Josion spürte einen Energiestoß durch seinen Körper fahren, wie immer, wenn Gefahr drohte. Also war der Gang nicht von selbst eingestürzt. Sie saßen in der Falle. Sie mussten, so schnell es ging, einen Weg nach draußen finden!

Hastig ließ Josion den Blick über die umliegenden Wände schweifen. Bisher hatte er nicht bemerkt, wie sehr der Felskessel einem Gefängnis glich. Er entdeckte eine Wand, die nicht ganz so hoch wie die anderen war, und rannte darauf zu. Im Laufen wickelte er die Kette seines Zarratt ab und schleuderte die Keule, die an einem Ende befestigt war, in die Höhe. Gleich beim ersten Versuch hatte er Glück: Die Keule verkantete sich in einer Spalte, und Josion zog sich in Windeseile an der Kette die Wand hoch. Er ahnte, nein, er *wusste*, dass das Schicksal seiner Freunde von seiner Schnelligkeit abhing. Schon hörte er auf der anderen Seite der Felswände Füße scharren. Sie waren umzingelt! Die Kerle, die ihnen die Falle gestellt hatten, wollten ihre Opfer jetzt gefangen nehmen. Oder sie gleich töten ...

Würde er rechtzeitig oben ankommen? Es war eine Frage von wenigen Herzschlägen. Als er mit der Hand über die Kante fasste, hörte er jemanden fluchen. Er hatte verloren. Ein harter Gegenstand sauste auf Josions Finger nieder, mit denen er sich am Fels festklammerte. Er schrie auf, ließ los und fiel rückwärts ins Leere. Mit einem dumpfen Aufprall landete er auf dem Steinboden, sprang aber sofort wieder auf und versuchte, den stechenden Schmerz zu verdrängen, wie seine Mutter es ihn gelehrt hatte. In diesem Moment spürte er jemanden an der Kette ziehen. Wieder überließ er sich seinen Reflexen und holte die Waffe mit einem Ruck ein, bevor der Gegner sie ihm entwinden konnte.

Er sah sich rasch um und musste feststellen, dass sie tatsächlich in der Falle saßen. Acht Männer standen oben auf den Felsen, und weitere warteten vermutlich auf der anderen Seite. Offenbar hatten sie Leitern benutzt, sonst wären sie nicht so schnell oben angekommen. Auf der Stirn der Kerle prangte das ihm mittlerweile wohlbekannte Zeichen. Drei richteten eine Armbrust auf die Gefährten, vier weitere waren mit Lanzen bewaffnet. Der achte Mann hingegen war unbewaffnet. Er musste einer der Hexer sein, der die Kerle begleitete.

Josion sah sich nach den anderen um. Maara fluchte zwischen zusammengebissenen Zähnen, Lorilis war völlig verloren, und Najel versuchte, sich mutig zu geben, wirkte aber mehr denn je wie ein kleiner Junge. Damián wiederum suchte verbissen nach einem nicht vorhandenen Ausweg, während Souanne und Guederic die Männer wütend anfunkelten. Die beiden sahen aus, als hätten sie sich am liebsten auf die Kerle gestürzt und ihnen mit bloßen Händen den Hals umgedreht. Nur Zejabel blieb merkwürdig ruhig. Sie wirkte gefasst, als ginge sie das alles nichts an. Hatte sie sich schon mit ihrer Niederlage abgefunden? Josion hatte den Eindruck, dass seine Mutter von ihm enttäuscht war. Wenn er die Felswand schneller erklommen hätte, würden sie jetzt nicht in der Falle sitzen. Er hätte einen oder zwei der Angreifer aus dem Weg räumen können, und seine Gefährten hätten Zeit gehabt, zu ihm hochzuklettern. Doch dafür war es jetzt zu spät. Das Spiel war aus.

Allerdings wirkten die Kerle seltsam verunsichert. Auch wenn ihre Wachsamkeit nicht nachließ, wandten sie sich immer wieder nervös zu dem Mann um, der ihr Anführer sein musste. Der Unbewaffnete machte ein verärgertes, wenn nicht gar leicht besorgtes Gesicht.

»Hört gut zu«, rief er zu ihnen herunter, »ich stelle die Frage nur zwei Mal. Hört ihr? Zwei Mal! *Wo sind die anderen?*«

Sein Einschüchterungsversuch hatte nicht die gewünschte Wirkung: Statt Angst machte er den Erben neue Hoffnung. Sie blieben stumm, und ihre Augen begannen zu glänzen. *Die anderen? Welche anderen? Meinte der Mann etwa ihre Eltern? Befanden sie sich also doch auf der Insel? War diese Falle ursprünglich für die ältere Generation Erben gedacht gewesen?*

»Keine Antwort?«, rief der Mann ungeduldig. »Na schön, wie ihr wollt.«

Er streckte die Hand aus, spreizte die Finger und zielte auf Lorilis. Plötzlich leuchteten seinen Augen in einem übernatürlichen Licht. Bevor sich irgendjemand ihm in den Weg stellen konnte, schoss ein Blitz aus seiner Handfläche und warf das Mädchen zu Boden. Lorilis kam nicht mal mehr dazu, einen Schrei auszustoßen. Sie sackte in sich zusammen wie eine Stoffpuppe. Souanne kniete sich hin und beugte sich besorgt über sie.

»Zweiter Versuch«, sagte der Hexer. »Das ist eure letzte Chance. *Wo sind die anderen?*«

Josion wog seine Waffe in der Hand. Er schätzte die Entfernung zum Tunnel und versuchte herauszufinden, welcher Armbrustschütze am unaufmerksamsten war. Nein, in den Gang konnten sie nicht flüchten, zumal ihnen das nur einen kurzen Aufschub verschafft hätte. Während er sich umsah, begegnete er dem Blick seiner Mutter. Diesmal war ihr Gesicht sehr viel ausdrucksvoller. Zejabel wies mit einer fast unmerklichen Kopfbewegung auf die Laterne am Boden und ihren Speer, der danebenlag. Blitzartig verstand Josion, was sie vorhatte. Was er für Gleichgültigkeit gehalten hatte, war in Wahrheit kalte Berechnung: Die einstige Kahati wollte ihre Freunde um jeden Preis retten, und wenn sie dafür ihr eigenes Leben opferte.

Das konnte Josion nicht zulassen, und zweifellos ahnte Zejabel, dass er versuchen würde, sie aufzuhalten. Deshalb wartete sie auch nicht länger, sondern schritt gleich zur Tat. Es war wie in einem Alptraum. Plötzlich spannte sie alle Muskeln an, duckte sich und setzte wie ein Panther zum Sprung an. Die Männer ließen ihre Armbrüste schnalzen und schossen ihre tödlichen Pfeile ab, doch Zejabel hatte längst in einer geschmeidigen Bewegung ihren

Speer vom Boden aufgehoben, die Spitze durch den Lampenbügel geschoben und das Geschoss dem Hexer entgegengeschleudert.

Die Laterne traf mit voller Wucht auf etwas Hartes und zerbarst. Es wurde stockdunkel. Alle schrien auf, aber Josion behielt einen kühlen Kopf und warf seinen Dolch in die Richtung, in der er einen Angreifer vermutete. Er hoffte nur, die anderen würden die Verwirrung ebenfalls ausnutzen. Das war ihre einzige Hoffnung.

Allein seiner Mutter war es zu verdanken, dass sie neuen Mut schöpfen konnten. Aber was, wenn Zejabel längst von Armbrustbolzen durchbohrt am Boden lag?

Als Zejabel ihren Vorstoß machte, schlug Damiáns Herz heftig. Im ersten Augenblick packte ihn furchtbare Angst: So eine Tat konnte ihnen allen den Tod bringen. Mit der Lampe erlosch das einzige Licht auf der Insel. Immerhin waren sie so unsichtbar – wenn auch nur für kurze Zeit. So lange, bis sich die Augen der Kerle an das Halbdunkel gewöhnt hätten. Plötzlich glaubte Damián, das Blut seiner Ahnen in seinen Adern zu spüren: Nachdem sie so weit gekommen waren, würden sie sich jetzt doch nicht widerstandslos geschlagen geben! Um ihn herum erklangen Geschrei und Kampfgetümmel, als wäre er der Letzte, der noch zögerte. In Wahrheit hatten die anderen auch nicht schneller reagiert, doch die allgemeine Verwirrung ließ es so erscheinen.

Für Damián begann der Kampf, als ihn etwas an der Schulter streifte. Mit Schaudern begriff er, dass einer der Mörder gerade versucht hatte, ihn mit einem Speer zu durchbohren! Damián stand mit dem Rücken zur Felswand, und sein Gegner stach wie wild in seine Richtung. Der junge Mann bot ihm keine zweite Gelegenheit. Er sprang zur Seite und streckte die Arme nach vorne ins Dunkel aus, um die herabsausende Waffe zu packen. Leider handelte er sich auf diese Weise lediglich einen tiefen Schnitt an der Hand ein und musste zurückweichen, um schlimmere Verletzungen zu vermeiden.

Langsam gewöhnten sich seine Augen an die Dunkelheit. Im Schein der Sterne sah er, dass die Männer oben auf den Felsen Verstärkung bekommen hatten – und ganz in der Nähe lauerte sein Angreifer. Verzweiflung und Gewissensbisse überfielen ihn.

Er hätte Zejabel genauer befragen sollen … Es war unvorsichtig gewesen, dass alle gleichzeitig in den Tunnel gegangen waren …

Damián konnte sich nicht vorstellen, wie sie aus dieser Schlacht siegreich hervorgehen sollten. Aber um ihn herum kämpften seine Gefährten erbittert, also warf auch er sich wieder ins Getümmel, damit wenigstens die anderen ein paar Momente länger durchhalten konnten.

Sehr bald würden die Mörder wieder Herr der Lage sein. Sie waren zahlenmäßig und taktisch überlegen, und die Erben hatten keine Rückzugsmöglichkeit. Ihre einzige Chance war es, die Gegner zu einem Kampf auf Augenhöhe zu zwingen. Sie mussten die Schlacht auf das Felsplateau rings um das leere Grab verlagern. Entschlossen rannte Damián auf seinen Gegner zu, um ihn zu Fall zu bringen. Allerdings war es so dunkel, dass er nicht wagte, noch einmal nach dem Speer zu greifen – zumal der Mörder diesmal bestimmt damit rechnete. So tauchte Damián im letzten Moment unter der Waffe weg und prallte unsanft gegen die Felswand.

Damiáns Schulter knackte laut, aber er spürte nur einen leichten Schmerz und machte schnell einen Satz nach hinten. Keinen Moment zu früh, denn sein überrumpelter Angreifer verlor das Gleichgewicht und fiel Damián vor die Füße. Sofort sprang der Kerl laut fluchend wieder auf und nahm ihn mit der Speerspitze ins Visier. Mit einem so schnellen Gegenangriff hatte Damián nicht gerechnet. Gegen den langstieligen Speer konnte er mit seinem Schwert nicht viel ausrichten.

Das überstürzte Handeln seines Gegners war Damiáns Rettung. Der Mörder hätte Damián bestimmt erwischt, wenn er nicht vor Wut über seinen Sturz blind drauflos gestochen hätte. Zu seiner eigenen Überraschung konnte Damián dem Angriff mit einer schnellen Seitwärtsbewegung ausweichen. Leider war er nicht geistesgegenwärtig genug, die Chance zu einem Gegenschlag zu nutzen. Keinen Herzschlag später stand der Kerl ihm schon wieder gegenüber.

Dieses Mal führte er den Angriff besonnener. Es war offensichtlich, dass er seine Waffe nicht zum ersten Mal benutzte: Er war ein Meister im Speerkampf. Seine Attacken kamen nun viel gezielter – und schneller. Damián gelang es nicht, die kurzen, schnellen Stiche gegen Oberkörper, Gesicht und Beine mit seinem Schwert zu parieren, und so musste er immer weiter zurückweichen. Wenn es so weiterging, war er verloren. Früher oder später würde Damián in einem kurzen Moment der Unachtsamkeit aufgespießt werden oder beim Rückzug im Halbdunkel auf dem engen Felsplateau straucheln.

Immer wieder musste er an den seltsamen Verlauf des letzten Kampfs denken. Die Angreifer, die in die Burg der Familie de Kercyan eingedrungen waren, hatten ihn verschonen wollen, während dieser hier nicht zögern würde, ihn zu töten. Hatten sich die Pläne seiner Feinde geändert? Hatte Damián für sie jeden Wert verloren? Oder scherte sich der Kerl einfach nicht um die Befehle seiner Oberen?

Ein weiterer Gedanke schoss ihm in den Kopf, während er verzweifelt um sein Leben kämpfte. Vielleicht war alles auch nur ein schreckliches Missverständnis. Dieser Hinterhalt war offenbar nicht für die junge Generation bestimmt gewesen. Gewiss hatten die Männer keine besonderen Anordnungen für den Umgang mit Damián, Guederic und den anderen erhalten. Sie handelten nach eigenem Gutdünken und schienen nicht darauf aus zu sein, Gefangene zu machen.

Was bedeutete, dass es bei diesem Kampf um Sieg oder Tod ging.

Souanne kniete neben Lorilis und hielt sich den Kopf. Sie war unfähig, sich zu rühren und starrte fassungslos auf den reglosen Körper des Mädchens, entsetzt über die Ungerechtigkeit und Grausamkeit dieser Welt. Die Götter waren also tatsächlich zur gleichen Zeit verschwunden wie das Jal. Wie sonst hätten sie solch eine Abscheulichkeit dulden können? Wie sonst war es möglich, dass die höheren Mächte, die den Menschen doch angeblich wohlgesinnt waren, ein Waisenkind mit einem Herzen aus Gold solchen Qualen aussetzten? Die Sterblichen waren vollkommen sich selbst überlassen, das stand fest. Diese Erkenntnis machte die Welt nur noch trostloser.

Durch einen glücklichen Zufall war Lorilis zwar noch am Leben, aber ihr Atem war so schwach, dass Souanne jeden Moment mit dem Schlimmsten rechnete. Die Arme hatte offensichtlich starke Schmerzen. Im Licht der Lampe war ihr schaurig verzerrtes Gesicht zu sehen gewesen, und seit Dunkelheit herrschte, hatte sich daran wahrscheinlich nichts geändert. Lorilis war nach wie vor ohne Besinnung und den Angreifern schutzlos ausgeliefert.

Dieser Gedanke rief Souanne ihre eigenen Erlebnisse in Erinnerung. Nach dem Verlust ihrer Mutter hatte sie sich furchtbar unglücklich und verletzlich gefühlt … Ein Mann hatte ihr damals geholfen, er hatte sie zur Grauen Legion geholt und fortan über sie und ihren Werdegang gewacht: Amanón. Zwischen der kleinen Kaulanerin und dem lorelischen Kommandanten gab es zwar kein enges Verwandtschaftsverhältnis, aber sie teilten das Geheimnis von Ji, wodurch sie zu ein- und derselben Familie gehörten. Und auch sie selbst gehörte mittlerweile zu dieser Familie. Es hatte erst zu dem grausamen Zwischenfall mit Lorilis kommen müssen, damit Souanne dies erkannte. Sie hatte sich lange verloren geglaubt, einsam unter Fremden: In Wahrheit hatte sie endlich ihren Platz gefunden.

Das Geräusch von Schritten ließ sie aus ihrer Erstarrung aufschrecken, und einen Wimpernschlag später war die junge Frau zurück in der Wirklichkeit. Überall um sie herum tobte der Kampf. Die Feinde waren mittlerweile noch zahlreicher als zuvor, und einer von ihnen bewegte sich mit gezogenem Schwert auf sie zu.

Souannes Stimmung änderte sich so schnell, wie man

einen Hebel umlegt. Sie stieg über Lorilis' Körper hinweg und zog Saats Schwert – *ihr* Schwert –, um den lebensbedrohlichen Hieb ihres Gegners abzuwehren. Dies gelang ihr mit erstaunlicher Leichtigkeit, dabei konnte sie ihre Schwertkampftechnik in wenigen Tagen nicht übermäßig verbessert haben. Die Kraft und Gewandtheit, mit der Souanne die Waffe schwang, rührten vielmehr von einem Gefühl her, das Hunger ähnelte – es war derselbe nagende Hunger, der Raubtiere dazu bewegt, auf die Jagd zu gehen und auch noch die schnellste Beute zu erlegen. Im Unterschied zu Raubtieren war Souanne jedoch nur darauf aus, ihre Angreifer zu töten.

Sie versuchte sich einzureden, dass sie nur Lorilis rächen wollte, aber insgeheim wusste sie, dass es nicht stimmte. Sie wusste es spätestens seit dem Gespräch mit Guederic. Sie beide teilten ein hässliches Geheimnis, eine Art Fluch, der sie bei jeder Gelegenheit, die sich bot, zum Töten anstachelte. Dabei bestand die eigentliche Erfüllung nicht darin, ihre Gegner niederzumetzeln. Der Rausch stellte sich erst ein, wenn die Kraft der Getöteten sie durchfuhr, oder genauer gesagt, mit ihrer eigenen Kraft verschmolz.

Auch jetzt, als sie den Hals des Mörders mit dem Schwert durchbohrte, spürte sie es. Trotz der Dunkelheit sah sie, wie der Mann die Augen verdrehte, während ihm Blut in Strömen über die Brust lief ... Doch nicht einmal dieser furchtbare Anblick verdarb ihr den Genuss: Eine Welle der Energie fuhr ihr in den Körper. Der Kerl war kaum zu Boden gesackt, als sie mit glänzenden Augen und von unbändigem Verlangen erfüllt bereits nach dem nächsten Opfer Ausschau hielt. Tief in ihrem Inneren wusste sie, dass die Freude, die sie spürte, wenn sie einen Sieg davontrug, keine gute war. Doch war sie nicht in der Lage, sich zu beherrschen, und noch dazu sicher, dass auch Guederic der Versuchung verfallen war, obwohl sie ihn gerade nicht sehen konnte.

Dieser rätselhafte Rausch, der sie überkam, vernebelte ihre Gedanken. Statt nah bei Lorilis zu bleiben und sie zu schützen oder zu schauen, wer von ihren Gefährten am dringendsten Hilfe brauchte, rannte die Legionärin auf die Felswand zu und setzte zum Sprung an. Es gelang ihr zwar nicht, die obere Kante mit den Händen zu packen, doch sie erwischte im Flug einen Mörder mit dem Schwert am Bein und trennte ihm den Unterschenkel ab. Der Mann brüllte auf, hielt sich mit beiden Händen den Stumpf und stürzte kurz darauf hinunter in die Arena. Souanne gab ihm mit zwei schnellen Stichen den Rest. Sie tat dies weder aus Mitleid noch um ihren Gefährten zum Sieg zu verhelfen: Sie tat es einzig, um das berauschende Gefühl abermals zu spüren, das immer viel zu kurz andauerte.

Souanne wollte zu einem weiteren tödlichen Sprung ansetzen, aber der nächste Feind stand zu weit oben, außerhalb ihrer Reichweite. Enttäuscht sah sie sich um und entdeckte Damián, der von einem Speerkämpfer bedroht und in die Enge getrieben wurde. Ohne nachzudenken ging sie schnurstracks zu dem Kerl und erledigte ihn mit einem gewaltigen Hieb in den Rücken. Sie schloss kurz die Lider, um das überwältigend schöne Gefühl auszukosten. Als sie die Augen wieder öffnete, sah sie direkt in Damiáns Gesicht. Sie meinte Tadel und Sorge in seinem Blick zu lesen. Immerhin hatte sie ihm gerade das Leben gerettet! Was gab ihm also das Recht, sie so anzustarren?

»Souanne? Ist alles in Ordnung?«, fragte er außer Atem.
»Alles bestens!«, erwiderte sie mit sich überschlagender Stimme.

Die Legionärin hatte nicht einmal mehr ihre eigenen Stimmbänder im Griff. Verwirrt und leicht beschämt wandte sie sich ab und widmete sich erleichtert dem nächsten Gegner, der auf sie zustürmte. Es bereitete ihr nach wie vor keinerlei Mühe, die Angriffe abzuwehren. Sie musste sich einfach nur von ihren finstersten Gelüsten leiten lassen. In einem Aufblitzen von Klarheit verstand die junge Frau, dass der Hunger, der sie anspornte, unersättlich war. Schlimmer noch, er wurde sogar immer größer. Je mehr Männer sie tötete, umso dringlicher wurde ihr Verlangen … Zugleich wurde die Erfüllung, die sie durch den Akt des Tötens erfuhr, mit jedem Mal schwächer und dauerte immer kürzer.

Diese Erkenntnis in Verbindung mit Damiáns Missbilligung schmälerte ihr Vergnügen beträchtlich. Plötzlich hatte sie es gar nicht mehr eilig, ihren Gegner ins Jenseits zu befördern, obwohl sich ihr mehrere Gelegenheiten boten. Als sie sich schließlich doch dazu durchrang, hielt das wonnige Gefühl nur so kurz an, dass sie fast in Tränen ausbrach. Damián, der Ritter der Grauen Legion und Sohn des Mannes, den sie am meisten verehrte, hatte ihr einen verächtlichen Blick zugeworfen, und dieser Blick brannte sich in ihr Gewissen wie ein glühendes Eisen. Damián hatte ihre Freude am Töten gesehen, ihr Grinsen, als sie rücklings einen Mann erschlug. *Und es hatte ihn mit Abscheu erfüllt!* Souanne erkannte sich selbst nicht mehr wieder. Was für ein Monster war sie geworden?

Plötzlich sprangen die Angreifer alle gleichzeitig von

der Felswand, offensichtlich entschlossen, dem Kampf ein Ende zu bereiten. Reflexartig hob Souanne den Arm, ließ ihn aber sofort wieder sinken. Sie warf Saats Schwert zu Boden, und die Waffe fiel klirrend auf den harten Fels vor Sombres Grab.

Dann wartete Souanne nur noch darauf, dass sie jemand von ihrem Fluch befreite.

Mit fliegenden Haaren und schweißnassem Körper verteidigte sich Maara nach allen Seiten. Noch nie hatte sie so heftig gekämpft. Ihr wichtigster Antrieb war die Angst: Die Erben waren dem Tod nah. So war sie direkt nach Zejabels Ablenkungsmanöver in die erste Reihe vorgeprescht, und als die Mörder dann von den Felsen heruntersprangen und das Grab umzingelten, ließ sie ihrer Wut und Verzweiflung freien Lauf. Jeder Lowahieb, jedes Abwehren der feindlichen Klingen mit dem Schild schien von der Hand ihres Vaters geleitet. Hinter der Raserei der jungen Barbarenprinzessin verbarg sich der Schatten Ke'b'rees, des Königs von Wallos, und alle Mörder, die in Reichweite ihrer Lowa kamen, mussten dies teuer bezahlen.

Maara hatte bereits vier oder fünf Männer verwundet, manche, die so schlau waren, sich rasch zurückzuziehen, nur leicht, andere tödlich. Nicht weit von ihr entfernt vollbrachte Josion ähnliche Großtaten. Er hatte sich schützend vor den reglosen Körper seiner Mutter gestellt. Die Gefährten wussten nicht, ob Zejabel noch lebte. Im Kampfgetümmel blieb ihnen keine Zeit, sich um die Zü zu kümmern. Als die verbliebenen Angreifer die sechs kämpfenden Erben plötzlich umzingelten, wusste Maara, dass sie verloren hatten. Ihre Feinde waren einfach zu zahlreich. Dennoch focht sie entschlossen weiter, um möglichst viele von ihnen mit in den Tod zu reißen.

Sie hatte nicht vor, ihre Stellung aufzugeben, und Josions Unterstützung an ihrer Seite war ihr höchst willkommen. In diesem Moment fiel klirrend ein Schwert auf den Felsboden, und Maara sah kurz zur Seite, um nachzuschauen, was das Geräusch verursacht hatte. Fluchend stieß sie die beiden Männer zurück, gegen die sie sich zur Wehr setzte, und rannte hinüber zu Souanne. Sie kam gerade noch rechtzeitig, um den Schwertschlag zu vereiteln, der die Graue Legionärin der Länge nach aufgeschlitzt hätte. Mit einer schwungvollen Bewegung krachte sie dem Angreifer ihre Lowa auf den Schädel.

»Was machst du denn?«, schrie sie. »Nimm dein Schwert, verteidige dich!«

»Ich ... ich kann nicht«, stammelte Souanne.

»Du spinnst!«

Mit einem wallattischen Fluch brachte Maara Souanne hinter sich in Sicherheit und wehrte die nächste Attacke eines heranstürmenden Feindes ab. In diesem Moment stürzten sich die beiden Männer, die sie abgeschüttelt hatte, um der Legionärin zu helfen, erneut auf sie. Maara wusste, dass sie allein gegen drei keine Chance hatte. Trotzdem biss sie die Zähne zusammen und versuchte verzweifelt, jeden Schlag zu parieren. Doch es war aussichtslos: Schon kam einer der Angreifer von hinten auf sie zu und verwundete sie an der Seite. Die Kriegerin rächte sich mit einem wuchtigen Schlag gegen seine Schulter, auch wenn das nichts mehr nützte. Trotz ihres eisernen Willens konnte sie nicht verhindern, dass der Schmerz ihre Bewegungen verlangsamte und ihre Abwehr schwächte. Maara stürzte sich in eine Reihe verzweifelter Angriffsmanöver und hoffte inständig auf einen glücklichen Zufall oder wenigstens eine Verschnaufpause.

Vergeblich. Die Mörder wurden immer siegessicherer und gingen kein unnötiges Risiko mehr ein. Sie beschränkten sich darauf, ihr geschwächtes, angeschlagenes Opfer weiter zu ermüden. Maara erwog, einen Selbstmordangriff zu starten: Sich auf einen der Widerlinge stürzen und ihm den Schädel einhauen, auch wenn die beiden anderen sie dann hinterrücks niedermetzelten ... Also gut, es war entschieden. So würde sie zumindest ehrenvoll in den Tod gehen. Bevor sie losrannte, hätte sie am liebsten noch einmal zu Najel hinübergesehen, aber dazu gab es keine Gelegenheit: Die kleinste Unaufmerksamkeit wäre ihr sofortiges Ende gewesen.

So sah sie auch nicht, dass Souanne zögerlich ihr Schwert wieder aufhob, bemerkte nicht, wie sich die Graue Legionärin zaudernd, fast schamhaft, neben sie stellte. Als die Klinge der Lorelierin dann aber mit Wucht gegen die Schwerter der Angreifer klirrte, konnte die Kriegerin einen wilden Jubelschrei nicht zurückhalten. Ihre Wut und ihr Rachedurst schallten laut durch die Arena. Mehr brauchte es nicht: Plötzlich spürte Maara wieder ungeahnte Kräfte.

Bald stellte sie verblüfft fest, dass Souanne in diesem Fünferduell die stärkste Kämpferin war. Dabei hatte sie immer geglaubt, der Legionärin in der Waffenkunst überlegen zu sein. Aber das war jetzt unwichtig! Die erschöpfte und verletzte Kriegerin war einfach nur froh über Souannes Geschick.

Ihre Angreifer bekamen es mit der Angst zu tun, und diese unverhoffte Wendung erfüllte die Wallattin mit Genugtuung. Gleich darauf gelang es Souanne sogar, einen ihrer Gegner zu entwaffnen. Verblüfft starrte der Mann auf seinen Speer, der durch die Luft segelte und zwei Schritt weiter links zu Boden fiel. Maara rechnete damit, dass Souanne ihn mit dem Schwert durchbohrte, doch nach einigen Augenblicken des Zögerns, die ihr wie eine Ewigkeit vorkamen, wandte sich die Lorelierin einem anderen Gegner zu. Der verschonte Mann hatte natürlich nichts Besseres zu tun, als seine Waffe aufzuheben und weiterzukämpfen. Maara überzog den Mörder, aber auch Souanne mit den übelsten wallattischen Flüchen, die ihr in den Sinn kamen. Als es wenig später zu einer ähnlichen Situation kam, wartete Maara nicht, sondern ließ ihre Lowa auf den Kopf des Angreifers krachen. Ihr war, als hätte sie die Legionärin »Danke« murmeln hören, doch inmitten des Kampfgetümmels hätte sie nicht darauf schwören können …

Bald aber wusste die Kriegerin, dass sie sich nicht getäuscht hatte. Souanne vollführte mit ihrer Klinge wahre Wunder, aber vor dem letzten tödlichen Stoß schreckte sie jedes Mal zurück. Maara ging durch den Kopf, dass sie einiges zu besprechen haben würden …

Zumindest, wenn sie diese Nacht überlebten.

Guederic hatte sein Schwert nicht gleich zu Beginn des Kampfs gezogen. Mit der Waffe in der Hand würde es umso schwerer sein, der Versuchung zu widerstehen. Wie gern hätte er sich auf die Kerle gestürzt … Wie lustvoll wäre es gewesen, sie für die Ereignisse der letzten Tage bezahlen zu lassen ... Am liebsten hätte er sie mit dem Schwert durchbohrt, ihnen jeden Knochen einzeln gebrochen und sie zu guter Letzt mit bloßer Hand erwürgt. Doch er wusste genau, dass er seinen niederen Instinkten auf keinen Fall nachgeben durfte, denn sonst drohte er sich selbst zu verlieren. Das war ihm schon auf ihrem Ritt zur Burg klargeworden, nachdem er in dem Schuppen in Benelia mehrere Männer getötet hatte. Guederic stand vor zwei Möglichkeiten: Er konnte diesen unheilvollen Drang bekämpfen oder sich ihm ganz und gar ausliefern, ohne zu wissen, wohin ihn das führte.

Im Grunde hatte er die Entscheidung längst getroffen. Soweit ihre Lage es zuließ, wollte er trotz seiner Sehnsucht nach dem Rausch nicht mehr töten. Allerdings kam das in einem Kampf, in dem die Erben stark unterlegen waren, einem Todesurteil gleich. Was also tun? Guederic zögerte kurz, wartete, bis sich seine Augen an das Halbdunkel gewöhnt hatten, und griff dann nach einem der vielen herumliegenden Steine, mit denen Sombres Grab bedeckt gewesen war. Mit aller Kraft schleuderte er ihn in Richtung eines Angreifers.

Der Stein traf ins Schwarze: Er knallte dem Mann mitten vor die Brust. Der verlor das Gleichgewicht und fiel hintenüber, so dass er aus Guederics Blickfeld verschwand. Der Lorelier fragte sich, ob er den Kerl getötet hatte, doch bald war er sicher, dass dem nicht so war. Hätte er ihn umgebracht, wäre ihm abermals dieser rätselhafte Energiestoß durch den Körper gefahren, und das war nicht passiert. Also musste sein Feind bewusstlos sein oder die Flucht ergriffen haben. Vielleicht bereitete er aber auch schon den nächsten Angriff vor ... Wie auch immer, in jedem Fall lebte er.

Bestärkt von diesem Erfolg musste Guederic nicht lange überlegen, wie er sich nützlich machen konnte. Er sammelte Stein um Stein und schleuderte sie den Kerlen entgegen, wobei er vor allem die Armbrustschützen ins Visier nahm. Diese hoben zum Schutz die Arme und waren so außerstande, ihre Waffen nachzuladen. So rettete er wahrscheinlich einigen seiner Gefährten das Leben.

Doch das Ganze hatte auch einen Nachteil. Als sich die Angreifer diesem Steinhagel ausgesetzt sahen, sprangen drei von ihnen in die Arena hinunter und rannten direkt auf Guederic zu. Dieses Mal hatte er keine andere Wahl, als sein Schwert zu ziehen und sich gegen die Männer zu verteidigen. Doch er war nach wie vor wild entschlossen, um keinen Preis zu töten.

Glücklicherweise machte ihn seine Mordlust wendiger und schneller, und so konnte sich Guederic gut gegen die wütenden Attacken der Männer behaupten – zumindest anfangs. Denn sobald er seine niederen Instinkte unterdrückte, ließen seine Schnelligkeit und Wendigkeit wieder nach. Verzweiflung stieg in ihm auf. Musste er seine Seele opfern, um zu überleben? War das sein Schicksal? War er dazu verdammt, ein Ungeheuer zu werden, genauso verachtenswert wie die Dämonen, gegen die seine Eltern einst gekämpft hatten?

Kurz fragte er sich, ob Souanne von ähnlichen Gedanken gequält wurde, aber er war zu verzweifelt, um sich ernsthaft darum zu sorgen. Allmählich wurden ihm die Arme schwer. Die Angriffe seiner Gegner wurden hingegen immer gewagter und gefährlicher. Bald würde er einen

Hieb oder Stoß nicht parieren können, und das wäre sein Ende. Guederic sammelte die wenige Kraft, die ihm noch blieb, und machte drei blitzschnelle Vorstöße. Beim ersten Mal verletzte er einen Mörder am Oberschenkel. Beim zweiten Mal wurde sein Angriff abgewehrt, aber beim dritten Mal erwischte er einen Kerl an der Seite.

Der Getroffene taumelte zurück, sank auf die Knie und hielt sich die stark blutende Wunde. Guederics niedere Triebe drängten ihn dazu, die beiden verbliebenen Gegner beiseitezustoßen, um dem Mann am Boden den Todesstoß zu versetzen. Es gelang ihm jedoch mit knapper Not, dem Verlangen zu widerstehen und sich auf seine Verteidigung zu konzentrieren. Jedoch hatte seine Zurückhaltung einen hohen Preis: Wieder schwanden Guederics Kräfte.

Der Mörder mit der Oberschenkelwunde wurde ihm dann auch gleich wieder gefährlich. Statt dass ihn seine Verletzung zur Vorsicht anhielt, rief sie Rachegelüste in ihm wach, die Guederic sogleich in Bedrängnis brachten. Mehrmals war er versucht, seinem Drang zum Töten nachzugeben. Nicht, um sich erneut daran zu berauschen, sondern einfach, um zu überleben! Guederic durchlebte die schwierigsten Momente dieses Kampfs. Um nicht die Beherrschung zu verlieren, rief er sich alles ins Gedächtnis, was sein Leben ausmachte: Seine Eltern … Seinen Bruder … Die schönen Tage mit den Waisenkindern in Lorelia … Das alles konnte doch nicht einfach an dem leeren Grab eines Dämons enden!

Guederic ballte die Fäuste, wie früher, als er regelmäßig in Kneipenschlägereien verwickelt gewesen war. Er holte aus und donnerte seinem Gegner bei der erstbesten Gelegenheit die linke Faust ins Gesicht.

Den Mann, der sich einzig auf den Tanz ihrer Schwerter konzentriert hatte, traf der Schlag völlig unvorbereitet. Als der Kerl zurücktaumelte und gleich darauf zu Boden ging, wo er reglos liegen blieb, fühlte sich Guederic wie neugeboren.

Er nutzte das Überraschungsmoment und warf sich auf den letzten verbliebenen Angreifer. Beide versuchten, dem anderen die Waffen zu entreißen, während sie sich am Boden wälzten und mit den Fäusten aufeinander eindroschen. Guederic schleuderte sein Schwert von sich, um die Hände frei zu haben. Endlich fühlte er sich ganz in seinem Element. Im Faustkampf war er schon immer der Beste gewesen. Er stellte seine Fertigkeiten ein weiteres Mal unter Beweis, wobei er auch Tritte und andere unfaire Techniken anwandte, die er auf den Straßen Lorelias gelernt hatte. In kürzester Zeit hatte er seinen Gegner entwaffnet, einen seiner Arme unter dem Knie eingeklemmt und hielt den anderen fest umklammert. Nun konnte er den wehrlosen Mann nach Herzenslust vermöbeln.

Nach etwa zehn Schlägen hielt er jedoch inne. Die Versuchung, den Kerl einfach totzuprügeln, wurde übermächtig. Guederic biss die Zähne aufeinander, um ihr nicht nachzugeben, und riss den Mann an den Haaren, um ihn aus seiner Benommenheit zu holen.

»Wo sind meine Eltern?«, schnauzte er ihn an. »Rede, oder ich bringe dich um!«

Der Kerl hatte schon einen ganz glasigen Blick. Guederic schüttelte ihn heftig, bis sich die Lippen des Mannes bewegten.

»Untergegangen ...«, japste der Besiegte. »Der Kapitän ... ließ uns suchen ... nichts ...«

Wieder verlor er das Bewusstsein, diesmal länger. Tränen des Entsetzens liefen Guederic über die Wangen. Er griff nach einem gewaltigen Stein und hielt ihn seinem Gegner einen Moment lang über den Kopf. Doch die Erinnerung an seine Mutter hielt ihn davon ab, dem Mörder den Schädel zu zerschmettern, und er warf den Stein zur Seite. Dann wandte er sich zu seinem Bruder um und ließ von seinem Opfer ab, um Damián bei seinem Kampf zu unterstützen.

Wie gern wäre er weit, weit fort gewesen. Die Insel Ji brachte den Erben nur Unheil.

Najel hatte sich zu Boden geworfen, sobald die Armbrustschützen die ersten Pfeile auf Zejabel abgeschossen hatten. Das war die richtige Entscheidung gewesen: Er hatte direkt hinter der Zü gestanden, genau in der Schusslinie, und mindestens ein Bolzen war nur knapp an seinem Kopf vorbeigesaust. Vor Entsetzen darüber, dem Tod so nah gewesen zu sein, konnte er sich eine ganze Weile nicht regen. Das Geschrei der Kämpfenden um ihn herum zwang ihn jedoch, allen Mut zusammenzunehmen und den Kopf zu heben. Es war nicht seine Art, sich feige tot zu stellen, um dem Kampf zu entgehen. Die Erben waren so sehr in der Unterzahl, dass sie auf seinen Beitrag nicht verzichten konnten, so klein er auch war.

Durch sein Zögern schenkten ihm die Angreifer keinerlei Aufmerksamkeit. So konnte sich Najel aufrichten und versuchen, einen Überblick über die Lage zu bekommen, ohne sofort angegriffen zu werden oder ins Visier der Armbrustschützen zu geraten. Seine Freunde waren in arger Bedrängnis. Mehrere Kerle waren bereits außer Gefecht gesetzt, doch mindestens genauso viele lebten noch. Jeder der Erben musste es mit mindestens zwei Angreifern aufnehmen: Sie kämpften zu fünft gegen zehn Männer.

Da er vorerst keinen Zweikampf auszutragen hatte, beschloss Najel, nach den Verletzten zu sehen. Vorsichtig kroch er zu Zejabel hinüber. Die Vorstellung, dass sie tot sein könnte und mit offenen Augen ins Leere starrte, erfüllte ihn mit Schrecken. Die Zü lag reglos auf der Seite, ein paar Schritte hinter ihrem Sohn, der verzweifelt versuchte, die Angreifer von ihr fernzuhalten. Mit pochendem Herzen drehte der Junge die Unglückliche auf den Rücken. Der Anblick des Blutes an Wange und Schläfe versetzte ihm einen Stich. Rasch untersuchte er den Rest ihres Körpers, entdeckte aber keine weiteren Verletzungen. Was war geschehen? Hatte sie sich bei ihrem Sturz die Stirn aufgeschlagen? Hatte ein Armbrustbolzen sie gestreift? Hektisch fühlte der junge Wallatte nach Zejabels Puls. Als er ihn fand, lächelte er erleichtert.

Die Zü musste unglaubliches Glück gehabt haben. Oder sie hatte höchst außergewöhnliche Reflexe und war den tödlichen Geschossen ausgewichen ... Später, wenn sie wieder bei Bewusstsein wäre, würde er sie danach fragen können. Das hieß, falls sie jemals wieder zu Bewusstsein kam. Alles hing davon ab, wie der Kampf ausging.

Najel befand es für sinnlos, weiter an Zejabels Seite zu wachen. Aus einem Rucksack ganz in der Nähe holte er einen Trinkschlauch und beträufelte ihre Lippen mit ein wenig Wasser. Gleich darauf kroch er geduckt zu Lorilis hinüber, die seit Beginn des Kampfs ebenfalls sich selbst überlassen war.

Das Mädchen war beängstigend blass. Auch bei ihr

musste Najel allen Mut zusammennehmen, um nach dem Puls zu tasten. Anfangs glaubte er tatsächlich, sie sei tot. Da er sich aber unmöglich mit einer solchen Schreckensnachricht abfinden wollte, fühlte er auch noch am anderen Handgelenk nach. Er glaubte, ganz schwach etwas zu spüren, vergewisserte sich aber noch einmal, dass das Pochen nicht nur Wunschdenken war.

Endlich hatte er Gewissheit: Lorilis hatte den Blitzschlag überlebt. Ihr Herz schlug noch immer, wenn auch langsam und schwach – aber sie lebte! Der Junge konnte dem Drang nicht widerstehen, seine Erleichterung mit den anderen zu teilen. Er sprang auf, hielt sich die Hände als Schalltrichter vor den Mund und schrie: »Sie leben! Alle beide! Sie leben!«

Diese Neuigkeit verfehlte ihre Wirkung nicht. Maara stieß einen ihrer Triumphschreie aus, ein lautes Freudengeheul. Die anderen waren ähnlich beflügelt, und sofort schien ein Sieg der Erben nicht mehr fern, obwohl sie weiterhin in der Unterzahl waren!

Josion setzte einen seiner Gegner mit einem gezielten Schlag seines Zarratt außer Gefecht. Guederic warf sich kopfüber einem anderen Mörder entgegen und schleuderte ihn auf den Felsboden, so dass er reglos liegen blieb. Die Kerle zogen sich immer weiter zurück, verunsichert von dem erbitterten Widerstand der jungen Leute, die sie längst besiegt glaubten. Außerdem schlug ihnen wohl die geheimnisvolle Atmosphäre auf die Stimmung. Sie mussten sich fragen, wer diese Heranwachsenden sein mochten, die dem Tod mühelos entkamen? Was hatten sie an dem Grab zu suchen? Waren sie überhaupt gewöhnliche Sterbliche?

Einen der Kerle schienen solche Fragen allerdings nicht zu scheren: Er ließ von Josion ab und rannte geradewegs auf Najel zu. Zweifellos wollte er dem Jungen heimzahlen, dass er den anderen mit seinem Ruf Mut gemacht hatte. Najel überlief es eiskalt. Mit unsicherer Hand tastete er nach seinem Stock, den er neben Lorilis abgelegt hatte. Noch während er die Waffe aufhob, stand der Mann schon über ihm.

Laut krachend knallte das Schwert gegen den Holzstab. Najel behielt dennoch einen klaren Kopf und rief sich die Lektionen seiner Waffenmeister in Erinnerung. Er achtete darauf, die Schwerthiebe nur längsseits zu parieren, da die Klinge seinen Stock sonst zerteilt hätte wie ein Stück Brennholz. Er wusste auch noch, wo er die Hände hinsetzen musste, damit er keine Finger verlor. Doch angesichts der Verbissenheit seines Gegners konnten ihn diese mageren Kenntnisse nicht lange am Leben halten. Es war, als hätte der Kerl einen persönlichen Hass auf ihn, als wäre Najel das letzte Opfer, das er vor der sich anbahnenden Niederlage mit in den Tod nehmen wollte.

Der Junge wünschte inbrünstig, dass Maara, Damián oder einer der anderen ihm zu Hilfe eilten, aber seine Gefährten hatten mit ihren eigenen Gegnern alle Hände voll zu tun. Vermutlich wussten sie nicht einmal, in welcher Gefahr er schwebte. Najel parierte die Schläge so gut es ging. Er wich zurück und duckte sich weg, blieb dabei aber immer zwischen Lorilis und dem Angreifer. Er bereute bitter, so laut geschrien zu haben. Der Kerl würde keinen Moment zögern, das wehrlose Mädchen zu töten, das las Najel in seinem Blick. Der Junge fühlte sich für Lorilis verantwortlich und würde nicht zulassen, dass der Wüstling ihr zu nahe kam – auch wenn er sich selbst dadurch in Gefahr brachte.

Najel wartete umsonst auf ein Wunder. Nach einigen besonders brutalen Attacken gelang es dem Mann mit dem rätselhaften Zeichen auf der Stirn, ihn am Handgelenk zu verletzen und ins Straucheln zu bringen. Najel fiel und saß nun mit dem Stock in der Hand auf dem Felsboden. Er war verloren ...

Das alles war umso grausamer, als die anderen ihn nur wenige Momente später gerettet hätten. Die Erben waren kurz davor, den Kampf zu gewinnen, aber er würde es nicht mehr erleben.

Schon holte der Mörder breit grinsend zum letzten Schlag aus. Najel schloss die Augen und konzentrierte sich auf die Erinnerung an seinen Vater und das Bild seiner Mutter, die er nie gekannt hatte. Doch der Tod ließ auf sich warten. Stattdessen hörte Najel einen lauten Knall. Er riss die Augen auf.

Sein Angreifer lag leblos am Boden, von seinem Körper stieg Rauch auf. Neben ihm stand Lorilis, bleich und noch etwas wackelig auf den Beinen, aber aufrecht. Sie hatte die Hand in Richtung von Najels Angreifer ausgestreckt. Langsam wandte sie sich dem Jungen zu.

»Diese Magie ... Ich weiß jetzt, wie das geht, glaube ich.« Entsetzen stand ihr ins Gesicht geschrieben.

ZWEITES BUCH

DER WISSENDE

Die Rückkehr zum Festland erwies sich als schwere Prüfung. Immer wieder sahen sich die Erben furchtsam um. Jeden Moment mussten sie damit rechnen, dass das Schiff ihrer Feinde aus der Finsternis auftauchte und die Verfolgung aufnahm. Ihre Ruderboote waren viel zu langsam, um es mit einem solchen Großsegler aufzunehmen. Sollte er ihnen tatsächlich folgen, war ihre einzige Hoffnung, in der Dunkelheit unentdeckt zu bleiben.

Die Gefährten hatten keine Zeit gehabt, Nachforschungen über die Absichten ihrer Feinde anzustellen. Gleich nach dem Kampf hatten sie die Felswände erklommen und waren durch das Labyrinth gehastet. Sie wollten nur noch weg vom Grab des Dämons. Die Frage, ob sie einen oder zwei Gefangene mitnehmen sollten, um sie später zu befragen, war rasch geklärt. Die wenigen Angreifer, die noch lebten, waren besinnungslos oder schwer verletzt und wären ihnen auf der Flucht nur zur Last gefallen. Sie hatten schon genug Mühe mit dem Transport von Zejabel, die noch nicht wieder aufgewacht war. Außerdem hatten sie keine Zeit zu verlieren. Sie wussten nicht, wie viele Angreifer geflohen waren und ihren Anführern Bericht erstattet hatten. Womöglich war bereits ein neuer Trupp Kerle auf dem Weg zu ihnen – schlimmstenfalls angeführt von Sombre höchstpersönlich!

Also waren die Erben zurück zum Strand gehastet, hatten schleunigst ihre Boote ins Wasser geschoben und waren losgesegelt. Seitdem glitten sie durch die dunkle Nacht, die Angst im Nacken.

Auch den Gedanken, einen Angriff auf das feindliche Schiff zu unternehmen, hatten sie schnell wieder verworfen. Mit einer Bewusstlosen war dieses Wagnis nur schwer vorstellbar, und nachdem Guederic ihnen von den Worten seines Gegners berichtet hatte, war es ohnehin sinnlos. Vorausgesetzt, der Mann log nicht, befanden sich ihre Eltern nicht an Bord. Selbst ihre Feinde wussten nicht, was aus ihnen geworden war. Offenbar waren sie tatsächlich mit dem brennenden Kutter untergegangen. Doch das wollte niemand hören, schon gar nicht heute Nacht, nach der Entdeckung des leeren Grabs.

Abgesehen von Zejabel war Lorilis die Einzige, für die die Bootsfahrt durch die Nacht nicht ein einziges Grauen war. Das Mädchen befand sich in einem seltsamen Schwebezustand zwischen Wachen und Schlaf, und die Wirklichkeit drang nicht ganz zu ihr durch. Die jüngsten Ereignisse hatten sie stark mitgenommen. Nachdem der rätselhafte Blitz sie getroffen hatte, litt sie so furchtbare Schmerzen, dass sie glaubte zu sterben. Gleich darauf war sie in eine Art Zwischenwelt abgetaucht, die sie nicht mit Worten beschreiben konnte – dazu war das Erlebte noch zu frisch. Sie würde eine ganze Weile brauchen, um die Erfahrungen zu verarbeiten. Beim Aufwachen hatte sie jedenfalls das kristallklare Gefühl, *anders* zu sein. Es war, als wäre sie irgendwo angekommen. Als wäre sie bisher unwissend und blind durch dichten Nebel geirrt und als hätte sich der Schleier jetzt gelüftet.

Die neue Weltsicht war ihr nicht ganz unbekannt. Seit

dem Kampf im Keller von Benelia hatte sie diese Klarheit bereits ein paarmal aufblitzen sehen. Bisher hatte sie den Zustand allerdings weder bewusst herbeiführen noch lang darin verweilen können. Doch jetzt war alles anders. Lorilis war überzeugt, dass die neue Wahrnehmung der Welt sie von nun an nicht mehr verlassen würde. Das war keine unangenehme Vorstellung – ganz im Gegenteil. Sie hatte den Eindruck, gewachsen zu sein, sich entwickelt zu haben, und zwar zum Guten. Die Welt erschien ihr weniger rätselhaft als zuvor, denn sie hatte jetzt ein intuitives Verständnis von ihren Kräften und spürte, was sich anzog und was sich abstieß. Der Schwindel, der ihr anfangs zu schaffen gemacht hatte, war verschwunden. Lorilis hatte sich auch an die Lawine neuer Sinneseindrücke gewöhnt, so wie ein Kind ganz natürlich lernt, sich aufzurichten und die ersten eigenen Schritte zu gehen.

Nein, von dem Wissen selbst ging keine Gefahr aus. Nur von seinen Anwendungsmöglichkeiten.

Deshalb machte sich Lorilis große Sorgen. Die Macht, die einem diese Wahrnehmung der Welt verlieh, war unermesslich. Und die Feinde ihrer Eltern, die jetzt auch *ihre* Feinde waren, hatten gezeigt, dass sie ebenfalls einige dieser Fertigkeiten besaßen und nicht davor zurückschreckten, sie brutal einzusetzen. Vermutlich war Lorilis' Fähigkeit überhaupt erst durch den Kontakt zu ihnen zum Vorschein gekommen. Schließlich hatte sie die ersten Veränderungen gespürt, als sie in Benelia gegen einen Hexer gekämpft hatte. Der Blitz, der sie auf der Insel niedergestreckt hatte, hatte ihre Verwandlung nun offenbar vollendet. Vielleicht hatte er ihre Entwicklung auch beschleunigt und dabei ein paar Stufen übersprungen. War das gefährlich? Höchstwahrscheinlich – wie alles, was mit der neuen Magie zusammenhing.

So folgte ein Gedanke auf den anderen. Lorilis fragte sich, woher ihre Feinde ihre Kräfte haben mochten. Irgendwer musste sie in die Kunst der schwarzen Magie eingeführt haben, zumindest all jene, die eine Begabung dafür zeigten. Wer, wenn nicht der von den Toten auferstandene Dämon selbst, hätte das tun können? Wer sonst war in der Lage, übernatürliche Kräfte heraufzubeschwören und sie auf gewöhnliche Sterbliche zu übertragen? Wer sonst konnte Geheimnisse ausgraben, die die Menschen möglicherweise dazu brachten, sich selbst zu vernichten? Ein einziger Name kam ihr in den Sinn: Sombre.

Der Gedanke, dass ihre rätselhaften Kräfte möglicherweise von dem Dämon selbst stammten, verwirrte Lorilis zutiefst. Verzweifelt suchte sie nach einer anderen Erklärung. Vielleicht handelte es sich ja auch um eine Art Unfall. Ihre Feinde hatten bestimmt nicht die Absicht gehabt, ihre Kräfte auf sie zu übertragen! Das würde bedeuten, dass sie ihre Entwicklung nur einem dummen Zufall zu verdanken hatte – oder, je nach Sichtweise, einem Glücksfall. Der Dämon hatte sicher nicht gewollt, dass Lorilis diese Gabe an sich entdeckte. Vielleicht hatte Sombre seinen Feinden dadurch sogar eine der wenigen Waffen in die Hände gegeben, mit denen er zu besiegen war.

Erschreckt darüber, was das für sie bedeutete, schob sie den Gedanken beiseite. Das waren alles nur Hirngespinste, Nachwirkungen ihrer Ohnmacht. Vielleicht trübte auch einfach die Erschöpfung ihr Urteil.

Für den Bruchteil einer Dezille hatte sie sich als die neue Erzfeindin gesehen. Eine Erzfeindin, von der keine Prophezeiung gekündet hatte, der aber bald die Aufgabe zukommen würde, die bekannte Welt zu retten!

Lorilis schwor sich, den anderen kein Wort von all dem zu erzählen. Es war schon schwierig genug, ihren Feinden zu entkommen und am Leben zu bleiben. Sie wollte keine Erwartungen wachrufen, die sie nicht erfüllen konnte.

Josion sprang ins Wasser und kämpfte sich durch die Brandung bis zum Strand. Dann rannte er hinauf zu den Dünen und winkte seinen Gefährten in den Booten zu: Sie waren an der richtigen Stelle gelandet. Ohne Leuchtturm oder sonstige Orientierungshilfen war der Strand mitten in der Nacht nicht einfach zu finden gewesen. Sein Kompass war eine große Hilfe gewesen, doch sie waren trotzdem leicht vom Kurs abgekommen und hatten noch eine Weile an der Küste entlangrudern müssen. Endlich hatten sie das Festland erreicht. Alle waren zu Tode erschöpft, erschüttert von den schlechten Neuigkeiten und zum Teil verletzt, aber immerhin lebten sie. Als sie in der Falle saßen, hatten sie nicht mehr daran geglaubt, entkommen zu können.

Allerdings war das Schicksal von Zejabel nach wie vor ungewiss: Sie war noch immer nicht aufgewacht.

Josion hatte ihre Kopfwunde untersucht und verbunden und dabei festgestellt, dass sie nicht sehr tief war. Das bereitete ihm Sorgen. Der Armbrustbolzen musste sie ungünstig getroffen haben, um sie so lange Zeit außer Gefecht zu setzen. Je mehr Dezimen verstrichen, desto banger wurde ihm. Noch hatte niemand laut ausgesprochen, was alle beschäftigte: Würde Zejabel jemals wieder zu sich kommen?

Josion verbot sich, über diese Frage nachzudenken. Er wartete nicht, bis die anderen die Boote an den Strand gezogen hatten, sondern brachte seine Mutter durch die Wellen schnellstmöglich an Land. Er hatte sie immer für eine unbesiegbare Kriegerin gehalten, doch jetzt wirkte ihr Körper beängstigend leicht und verletzlich. In bedrücktem Schweigen trug er sie hinter die ersten Dünen, außer Sichtweite vom Strand, und legte sie an einer windgeschützten Stelle in den Sand. Wenig später stießen die anderen zu ihnen.

Endlich konnten sich die Erben ein wenig Ruhe gönnen, auch wenn sie von dem Kampf immer noch ganz erschüttert waren. Sie hatten eigentlich nicht vorgesehen, die Nacht zwischen den Dünen zu verbringen, aber sie hatten keine Wahl. Der Tag war lang gewesen, und sie brauchten dringend etwas Schlaf. Ganz davon abgesehen konnten sie Zejabel schlecht auf dem Rücken eines Pferds transportieren. Wenn sie sie einfach quer über einen Sattel legten, wäre das vermutlich ihr Ende gewesen.

Inmitten ihrer Taschen, Waffen und ausgebreiteten Decken warteten die Erben auf die Morgendämmerung. Ihr betretenes Schweigen schlug Josion aufs Gemüt. Das Nachtlager um seine Mutter herum glich einer Totenwache, ein Gedanke, der ihm unerträglich war.

»Schlaft, wenn ihr könnt«, sagte er. »Ich halte Wache.«

»Das musst du nicht«, antwortete Maara. »Meine Wunde an der Hüfte tut ziemlich weh, und der Schmerz wird mich ohnehin wach halten. Schlaf du doch ein wenig.«

»Danke für das Angebot, aber nicht jetzt. Erst wenn wir möglichst weit weg sind von hier.«

Was er eigentlich sagen wollte, war: »Wenn meine Mutter wieder reiten kann«, darüber waren sich alle im Klaren.

»Möglichst weit weg von hier, eine gute Idee«, sagte Guederic. »Aber wohin? Was machen wir jetzt?«

Die Frage galt vor allem seinem Bruder, und auch die anderen sahen erwartungsvoll Damián an, der nachdenklich in die Ferne starrte. Er ließ sich mit der Antwort Zeit. Bestimmt hätte er lieber später in Ruhe darüber nachgedacht, bei Tag, und nicht so kurz nach den dramatischen Erlebnissen der Nacht. Doch jetzt musste er sich durchringen, etwas zu sagen.

»Unsere Möglichkeiten sind begrenzt«, erklärte er. »Entweder wir verstecken uns irgendwo und hoffen, nicht gefunden zu werden, oder wir entschließen uns zu kämpfen, bis wir wissen, wer hinter dem Ganzen steckt.«

Er machte eine Pause und wartete auf den einen oder anderen Kommentar, aber im Grunde war die Entscheidung schon getroffen. Bisher hatten die Feinde die Gefährten überallhin verfolgt, wo sie glaubten, in Sicherheit zu sein. Es schien unmöglich, ihnen zu entkommen. Ihre beste Verteidigung war der Angriff.

»Wir müssen herausfinden, wer der Anführer der Kerle ist, welche Absichten er verfolgt, und wie wir ihn bekämpfen können«, fuhr Damián fort. »Falls es tatsächlich Sombre ist, können wir nur noch auf ein Wunder hoffen.«

»Aber wir müssen auch Nachforschungen darüber anstellen, was mit unseren Eltern passiert ist«, fügte Maara hinzu.

Damián nickte halbherzig. Josion beschloss, ihm zu

Hilfe zu kommen. Die Erben konnten es sich nicht erlauben, Zeit mit der Suche nach Toten zu vergeuden.

»Du hast gehört, was Guederic erzählt hat«, sagte Josion zu Maara. »Sogar unsere Feinde halten sie für tot. Wir müssen es hinnehmen und uns jetzt um uns selbst kümmern. Das hätten unsere Eltern so gewollt.«

»Sie halten unsere Eltern zwar für tot«, entgegnete Najel, »aber sie suchen trotzdem nach ihnen. Das heißt, sie sind sich nicht sicher ... Wir dürfen die Hoffnung nicht aufgeben.«

»Wir geben nicht auf«, versprach Damián. »Das Schicksal unserer Eltern hängt ohnehin mit dem unserer Feinde zusammen. Alles, was wir über die Kerle herausfinden, wird uns auch einen Hinweis darauf geben, was ihnen zugestoßen ist ...«

»Und wie willst du das anstellen?«, bohrte Maara nach. »Willst du wirklich diesen Irren befragen, der sich für Usul hält? Das ist reine Zeitverschwendung!«

»Etwas anderes haben wir nicht. Außerdem war dein Vater davon überzeugt, es mit dem ehemaligen Gott zu tun zu haben. Nach allem, was passiert ist, bin ich sicher, dass er Recht hatte.«

Darauf fiel der wallattischen Prinzessin nichts mehr ein. Sobald jemand Kebree erwähnte, war sie bereit, alle Entscheidungen zu akzeptieren. Damián schien das schnell verstanden zu haben. Josion warf seinem Cousin einen bewundernden Blick zu. Er selbst wäre nicht so geduldig mit Maara gewesen, er hätte nicht alles so ausführlich erklärt und die Erben auf ein gemeinsames Ziel eingeschworen. Wäre er der Anführer gewesen, wäre es wahrscheinlich spätestens jetzt mit ihrem Zusammenhalt vorbei gewesen und sie hätten sich getrennt. Doch nur zusammen konnten sie sich gegen ihre Feinde zur Wehr setzen. Allein waren sie dem Tod geweiht.

»Willst du denn Amanóns Aufzeichnungen nicht mehr holen?«, fragte er Damián.

Dieser seufzte leise, aber hörbar.

»Doch. Ich bin sicher, dass sie uns von großem Nutzen wären. Mein Vater hat nicht umsonst über zwanzig Jahre lang die Schriften der Etheker studiert. In seinen Aufzeichnungen gibt es sicher Hinweise darauf, warum die Götter nicht vollständig verschwunden sind, als das Jal zu existieren aufhörte, oder wofür das Symbol steht, das unsere Verfolger auf der Stirn tragen. Aber dazu müssten wir in das Hauptquartier der Grauen Legion gelangen. Nach dem, was wir auf der Insel erlebt haben, scheint mir das so gut wie unmöglich. Sobald wir auch nur in die Nähe der Stadt kämen, würden unsere Feinde über uns herfallen.

Josion nickte und überlegte fieberhaft, ob er den anderen einen Vorschlag machen sollte. Danach gäbe es kein Zurück mehr. Doch im Grunde hatte er keine Wahl. Es war das Einzige, was die Erben wirklich weiterbrachte – sein Spezialgebiet.

»Du bekommst deine Aufzeichnungen«, versprach er. »Ich helfe dir. Gleich morgen.«

Nach diesen Worten streckte er sich neben seiner Mutter im struppigen Gras aus und legte behutsam die Hand auf ihren Arm. Die anderen wagten nicht zu fragen, was er vorhatte – gleichwohl ahnten alle, dass sie bald wieder kämpfen müssten. Ein bisschen Schlaf konnte bis dahin nicht schaden.

Souanne wurde von den ersten Sonnenstrahlen geweckt. Es war ein sonderbares Gefühl. Sie war in der Stadt groß geworden und hatte bisher nur das Bett im Haus ihrer Mutter und später ihre Pritsche in den Unterkünften der Grauen Legion gekannt. Seit einer Dekade jedoch wurde sie jeden Morgen an einem anderen Ort wach – mit dem Gefühl, dass jeder Tag etwas wirklich Neues brachte.

An diesem Morgen war dieses Gefühl noch stärker als sonst.

Die Ereignisse der vergangenen Nacht hatten sie schlecht schlafen lassen. Erst nach mehreren Albträumen war sie zur Ruhe gekommen. Der Drang zu töten hingegen hatte spürbar nachgelassen – er war zwar noch da, aber sie schien ihn endlich beherrschen zu können. Ohne das Leid der letzten Nacht hätte sie das nicht geschafft. Sie verstand jetzt besser, was Guederic ihr hatte sagen wollen. Trotzdem war sie in einer wesentlichen Frage anderer Meinung: Der Trieb würde nicht einfach von selbst verschwinden. Er steckte tief in ihnen drin, womöglich für immer. Sie mussten versuchen, ihn so gut wie möglich zu verstehen, um ihn besser zügeln zu können.

Als Souanne die Augen aufschlug, überkam sie das Gefühl, ein neuer Mensch zu sein. Endlich frei, in gewisser Weise Herrin über ihre Triebe und ihr Geschick. Und dieses Gefühl war untrennbar mit dem Schicksal der Erben verbunden. Auch sie war jetzt eine Erbin von Ji, genau wie Zejabel, die sich vor über zwanzig Jahren der älteren Generation angeschlossen hatte.

Souannes erste Tat an diesem Morgen war ein besorgter Blick in Richtung der Zü, doch zu ihrer Überraschung war der Platz neben Josion leer. Der junge Mann wünschte ihr einen guten Morgen, freudlos zwar, aber auch nicht tieftraurig, woraus sie schloss, dass seine Mutter aufgewacht war. Im nächsten Moment sah sie Zejabel zehn Schritte weiter oben auf einer grasbewachsenen Düne sitzen. Die einstige Kahati war schon wieder angekleidet und bewaffnet. Ihr Blick ging in die Ferne, zur Insel Ji ... Souanne versuchte vergeblich, sich vorzustellen, was Zejabel durch den Kopf ging. Alles war denkbar: Sie mochte Reue empfinden, weil sie nicht mitgekämpft hatte, sie mochte sich fragen, was ihre Feinde vorhatten, mochte den Tod ihres Mannes betrauern oder erleichtert sein, dass sie bisher überlebt hatte ... Vermutlich war es eine Mischung aus allem. Wie auch immer, Hauptsache, es ging ihr besser. Nun konnten die Erben ihren Weg fortsetzen.

Mittlerweile hatte sich Souanne an das unstete Leben gewöhnt. Die Gefährten zogen durchs Land wie Nomaden, um nicht zu sagen, wie Abenteurer. Schon wenige Dezimen nach dem Aufwachen falteten sie ihre Decken zusammen, packten die Rucksäcke und zwangen schnell noch ein wenig Essen hinunter, um für den langen Ritt gewappnet zu sein. Plötzlich fiel Souanne auf, dass sie die Letzte war, die noch in ihre Decke gewickelt im Sand lag. Sie sprang auf und packte ihre Sachen in Rekordzeit zusammen – so wie sie es während ihrer Ausbildung zur Legionärin gelernt hatte.

Kaum eine Dezime später waren alle zur Abreise bereit. Sie hatten die Verbände der Verletzten erneuert, ihre Waffen gefettet und die Pferde gesattelt. Sie warteten nur noch auf das Zeichen zum Aufbruch – und dieses konnte nach ihrem Gespräch von letzter Nacht nur von Damián oder Josion kommen. Offenbar hatten die anderen noch kein

Wort über ihr weiteres Vorgehen verloren. Damián wirkte ein wenig befangen, während Josion zu seiner Mutter hinüberstarrte.

Endlich löste Zejabel den Blick vom Horizont und kam zu ihnen herüber. Sie hatte die Wunde an ihrer Schläfe unter einem roten Tuch verborgen, in der gleichen Farbe wie ihr Gewand. Mit diesem Kopfschmuck wirkte sie noch bedrohlicher als sonst. Souanne schoss durch den Kopf, dass ohne das Eingreifen der einstigen Kahati niemand der Anwesenden die letzte Nacht überlebt hätte. Sie alle verdankten ihr das Leben.

»Und was jetzt?«, fragte die Zü unumwunden. »Ihr wollt versuchen, Usul zu finden, richtig?«

»Na ja …«, sagte Damián zögerlich. »Vielleicht machen wir vorher noch einen Abstecher nach Lorelia.«

Er schilderte in wenigen Sätzen, warum Amanóns Schriften wichtig waren. Zejabel hörte ihm aufmerksam zu, schüttelte dann aber entschieden den Kopf.

»Das Risiko ist zu hoch, gemessen am möglichen Nutzen. Lorelia war Sombres letzter Schlupfwinkel. Ich bin davon überzeugt, dass die meisten Männer, die ihn zurückholen wollen, von dort stammen.«

»Aber vielleicht«, warf Guederic ein, »kommen sie gerade deshalb nicht auf die Idee, dort nach uns zu suchen.«

»Unsinn. Wir wären kaum durch die Stadttore, da hätten sie uns schon entdeckt«, entgegnete Zejabel. »Der Dämon hatte immer einflussreiche Menschen auf seiner Seite. Und kleine Halunken, die sich ihm bereitwillig unterwerfen, gibt es zuhauf. Die Mitglieder der Großen Gilde, die Anhänger der Dunklen Bruderschaft … Wir würden uns dem Feind freiwillig ausliefern.«

»Das stimmt, die Stadt durch die Tore zu betreten, wäre viel zu gefährlich«, pflichtete ihr Josion bei. »Und die meisten Tunnel, die unter den Mauern hindurchführen, sind auf Amanóns Befehl zugeschüttet worden. Aber uns bleibt noch der Weg übers Meer. Unsere Feinde können unmöglich alles Kommen und Gehen im Hafen überwachen – niemand kann es sich leisten, jeden Kahn zu durchsuchen.«

»Aber in diesen Nussschalen können wir nicht bis nach Lorelia segeln«, bemerkte Maara. »Das wäre lächerlich.«

»Du hast Recht. Wir brauchen ohnehin ein größeres Boot, um ins Schöne Land zu gelangen. Ich schlage vor, wir reiten die Küste entlang, bis wir einen geeigneten Segler finden.«

Der Plan stimmte alle nachdenklich. Souanne hatte nichts dagegen einzuwenden, auch wenn sie keine große Lust hatte, in die Hauptstadt zurückzukehren.

»Genau für solche Fälle haben uns unsere Eltern die Goldmünzen in dem Keller von Benelia hinterlegt«, sagte Josion. »Wenn das Geld nicht reicht, können wir immer noch die Pferde verkaufen oder gegen das Schiff tauschen. Und im schlimmsten Fall nehmen wir es uns einfach so und entschädigen den Besitzer später.«

Er warf seiner Mutter einen raschen Blick zu, die schweigend die Stirn runzelte.

»Gut, einverstanden«, erwiderte Damián. »Und was machen wir, wenn wir in der Stadt sind? Wie kommen wir in das Hauptquartier der Legion?«

»Nur wir beide gehen«, erklärte Josion. »Die anderen warten auf dem Schiff. Mach dir keine Sorgen, ich wurde für solche Streifzüge ausgebildet.«

Wieder schaute er zu Zejabel, diesmal mit einer gewissen Härte im Blick.

»Auf keinen Fall geht ihr ohne mich!«, rief Maara. »Ich will bei allem dabei sein, was helfen könnte, meinen Vater zu finden.«

»Je mehr wir sind, umso größer das Risiko, entdeckt zu werden«, entgegnete Josion.

»Das ist mir egal! Versucht bloß nicht, euch heimlich davonzustehlen, sonst bekommt ihr den ganzen Zorn einer wallattischen Prinzessin zu spüren! Und ich warne euch, der ist schrecklicher als jeder Dämon!«

Damián und Josion seufzten einstimmig: Sie wussten, dass sich die Kriegerin durch nichts umstimmen lassen würde. Zu ihrem Glück wollte sie niemand anderes auf ihre Mission begleiten. Schließlich gab Zejabel mit einen Nicken ihr Einverständnis, wenn auch widerwillig. Souanne hingegen war froh über den Plan. Endlich hatte sie die Gelegenheit, mit Guederic allein zu sein …

Erstaunt stellte sie fest, dass sie einem Gespräch unter vier Augen mit ihm regelrecht entgegenfieberte.

Doch auch das hing vermutlich nur mit ihrem neuen Gefühl der Freiheit zusammen.

Weniger als einen halben Dekant später hatten die Erben Erfolg. Die Küstenstraße führte durch zahlreiche Fischerdörfer, und schon in der dritten Ortschaft war das Glück ihnen hold. Damián fragte jeden Menschen, dem sie begegneten, ob er nicht von einem Boot wisse, das zum Verkauf stehe. Seine Hartnäckigkeit wurde belohnt, als ein alter Mann ihnen sein Segelschiff anbot. Der Mann hatte die

Fischerei schon seit einigen Jahren aufgegeben und sich zur Ruhe gesetzt, aber er konnte keinen Nachfolger finden. Mittlerweile hatte er sich dazu durchgerungen, sein Schiff zu verkaufen. Das Geld, das die Gefährten ihm boten, überzeugte ihn, dass dies der richtige Moment war. Innerhalb kürzester Zeit wurden sie sich einig und besiegelten das Geschäft mit einem Handschlag. Zu ihrem Glück war der alte Fischer bereit, ihre Pferde in Zahlung zu nehmen, und kaum drei Dezimen später segelten die Erben an der lorelischen Küste entlang.

Maara hatte noch immer ihre Schwierigkeiten mit dem Meer, war aber so vernünftig, nicht allzu laut zu protestieren. Zumindest war das Segelschiff sehr viel seetüchtiger und geräumiger als die Kähne, mit denen sie nach Ji übergesetzt hatten. Es war ein Doppelmaster in hervorragendem Zustand, der gut Fahrt machte. Sie tauften ihn auf den Namen *Wasserratte*, was vielleicht nicht besonders wohlklingend war, aber gut zur Wendigkeit des Seglers passte.

Es dauerte nicht lang, bis sie den Dreh heraushatten. Das Meer war ruhig, und das Navigieren fiel ihnen nicht schwer. Unter Deck gab es nur eine winzige Kajüte und eine kleine Kombüse, in der sie ihre Mahlzeiten einnehmen konnten. Dafür bot der Laderaum ausreichend Platz, um Decken zum Schlafen auszubreiten. Damián schlug vor, dass die Männer dort übernachten würden, solange sie an Bord waren, und den Frauen die Kajüte überließen, die etwas bequemer war. Auch wenn sein Angebot nett gemeint war, ging es der Wallattin gegen den Strich. Sie war eine Kriegerin und wollte nicht wie eine Prinzessin behandelt werden. Sie brauchte keinen besonderen Komfort. Missmutig machte sie sich auf die Suche nach einem Winkel, in dem sie ihre Decke ausbreiten konnte, musste das Vorhaben aber bald aufgeben. Obwohl der Vorbesitzer schon lange nicht mehr zur See gefahren war, stanken die Planken immer noch unerträglich nach totem Fisch und Brackwasser. So stolz war Maara nun auch wieder nicht, dass sie um jeden Preis allein inmitten von fauligen Ausdünstungen schlafen wollte. Also brachte sie ihr Gepäck schließlich doch in die Kajüte. Lorilis lag bereits in ihrer Koje, aber Maara gönnte sich keine Ruhe, sondern eilte sofort zurück an Deck, um den Männern nicht das alleinige Kommando an Bord zu überlassen.

Leider gab es auch dort nicht viel zu tun. Das Wetter war gut, der Kurs mühelos zu halten, und die meisten Erben befanden sich nur aus reiner Neugier an Deck. Sie erkundeten das Boot und genossen die Aussicht. Außerdem hielten sie nach dem Großsegler von der Insel Ji Ausschau, auch wenn es unwahrscheinlich war, dass sie ihm noch einmal begegneten. Es sei denn, ihre Feinde besaßen hellseherische Fähigkeiten …

Dennoch wähnten sie sich nicht völlig in Sicherheit, und jedes Mal, wenn sich in der Ferne ein Schiff abzeichnete, schlugen ihre Herzen ein wenig schneller. Bisher war ihre Sorge zum Glück grundlos gewesen. Obwohl sie alle schon seit dem Morgengrauen auf den Beinen waren, verging die Zeit vor dem Mit-Tag wie im Fluge. Als die Sonne hoch am Himmel stand, versammelten sich alle zum Essen in der Kombüse: Es war das erste Mahl, das sie an Bord einnahmen, und allen war klar, dass noch viele weitere folgen würden. Zejabel bekam jedoch keinen Bissen hinunter. Nach einer Weile erhob sie sich und verkündete, zurück an Deck gehen zu wollen. Zwar behauptete sie, das Schiff auf Kurs halten zu wollen, aber alle ahnten, was mit ihr los war: Die Versammlung in der Kombüse musste sie an jene Zeit vor zwanzig Jahren erinnern, als sie mit den Eltern ihrer jetzigen Gefährten über das Mittenmeer gesegelt war. Die Zü glaubte, die letzte Überlebende jener Generation zu sein. Schlimmer noch: Sie gab sich die Schuld am Tod der anderen. Vorerst konnte kein tröstendes Wort, kein Wort der Vergebung ihr Lachen zurückbringen.

Aber Maara wollte es wenigstens versuchen. Sie schlang ihr Essen herunter und stieg hoch an Deck. Die einstige Kahati saß am Heck des Schiffs und starrte mit leerem Blick auf den Horizont. Die Wallattin war kurz verunsichert, schob ihre Zweifel dann aber beiseite. Sie ließ sich nicht so leicht ins Bockshorn jagen. Nach außen gab sie stets die unerschrockene Kriegerprinzessin, und um diesem Bild auch jetzt gerecht zu werden, sagte sie das Erste, was ihr durch den Kopf ging: »Ich muss wissen, was du von der Sache hältst. Du kennst sowohl deinen Sohn als auch die Stadt, in die wir fahren. Hältst du unser Vorhaben für zu gefährlich?«

Müde sah Zejabel sie an. Maara wusste immer noch nicht, was sie von der Zü halten sollte. Die beiden Frauen hatten sich schon ein paarmal heftig gestritten. Andererseits war die einstige Kahati gut mit ihrem Vater befreundet gewesen, und die Wallattin bewunderte sie zumindest als Kriegerin sehr.

»Josion wird dafür sorgen, dass alles gutgeht«, versicherte Zejabel. »Wie er selbst sagt, ich habe ihn für derlei Dinge ausgebildet. Tut einfach, was er sagt, und ihr werdet es schaffen.«

»Warum kommst du nicht mit?«, fragte Maara weiter. »Ich habe dich auf der Insel gesehen. Du bist niemand, der gern im Hintergrund bleibt.«

»*Er* will es nicht«, erklärte die Kriegerin. »So einfach ist das.«

Sie machte eine Pause, schüttelte langsam den Kopf und sagte dann: »Ich tue nichts, was er nicht will. Er ist alles, was ich noch habe.«

Ihre Traurigkeit und Reue waren so deutlich zu spüren, dass selbst die stolze Maara erschüttert war. Plötzlich blitzte das Bild von Lyn'a'min, ihrer eigenen Mutter, vor ihrem geistigen Auge auf und überlagerte das Gesicht ihres Gegenübers. Wie lange diese glückliche Zeit zurücklag … Josion war ein ausgemachter Dummkopf! Letzte Nacht, als unklar gewesen war, ob Zejabel überleben würde, hatten die Gefährten genau gesehen, wie sehr er an seiner Mutter hing. Warum zeigte er ihr jetzt die kalte Schulter?

»Was ist bloß mit euch beiden los?«, fragte sie unumwunden. »Hat er sich dir gegenüber respektlos verhalten? Hast du ihn gedemütigt? Warum seid ihr zerstritten?«

Zejabel riss die Augen auf. »Wir sind nicht zerstritten! Hat er das gesagt?«

»Er hat gar nichts gesagt«, brauste Maara auf. »Nicht mehr als du. Aber bei jeder Entscheidung, die wir treffen müssen, ballen sich Gewitterwolken zusammen, und ihr schweigt euch feindselig an! So kann das nicht weitergehen!«

Der Zü verschlug es die Sprache. Sie schien es nicht gewohnt zu sein, dass jemand in solch einem Ton mit ihr sprach. Maara war sehr zufrieden mit sich. Sie war die Einzige an Bord, die sich traute, Unangenehmes zur Sprache zu bringen – und manchmal war das einfach nötig. Zejabels nachdenklicher Gesichtsausdruck war der beste Beweis dafür.

»Gut, ich werde mit ihm reden«, versprach sie.

Bei diesen Worten überlief sie ein Schauer. Maara hätte es dabei bewenden lassen können: Zejabel sah nicht mehr so aus, als würde sie sich jeden Augenblick ins Wasser stürzen. Maaras Mission war beendet. Doch einer plötzlichen Eingebung folgend, redete sie weiter.

»Denk nicht mehr an das Beiboot. Du hast es genommen, um zu uns zu kommen und uns zu beschützen. Unsere Eltern waren damit einverstanden. Niemand konnte ahnen, was passieren würde. Mein Bruder hat dir schon verziehen … und auch ich verzeihe dir.«

Zejabel nickte und wischte sich mit dem Handrücken über die Augen. Doch die Tränen kamen immer wieder.

»Ich hätte bei ihnen bleiben müssen. Ich hätte bei Nolan bleiben müssen … Ich hätte ihn nicht zurücklassen dürfen.«

Maara nickte betroffen. »Denk an die Gegenwart. Du hast zwei Aufgaben: deinen Sohn beschützen und dich an den Kerlen rächen, die deinen Mann getötet haben. Für beides kannst du auf mich zählen.«

Mit diesen Worten wandte sie sich ab und ging davon, weil sie fürchtete, sonst von ihren Gefühlen überwältigt zu werden. Nie hätte sie gedacht, dass ihre erste Freundin an Bord ausgerechnet die einstige Kahati sein würde.

Anders als am Morgen zog sich die Zeit nach dem Mit-Tag in die Länge. Je näher die Erben ihrem Ziel kamen, desto angespannter wurden sie. Ihnen begegneten immer mehr Schiffe und Boote, teilweise von ausgefallener Bauart. An der Küste waren Siedlungen und Dörfer zu sehen, und in der Ferne zeichneten sich die Umrisse der Leuchttürme ab, die Lorelia vorgelagert waren.

Sie hatten versucht, sich unterwegs auszuruhen, aber nur wenige hatten Schlaf gefunden und wenn, dann nur für kurze Zeit. Schon lange vor Sonnenuntergang fanden sich alle wieder an Deck ein. Sie betrachteten die Landschaft und beäugten jedes große Schiff misstrauisch. Maara und Guederic bedauerten sehr, keine genaue Beschreibung des Seglers ihrer Feinde liefern zu können. Leider hatten sie in der Dunkelheit vor Ji kaum mehr als dessen Umriss gesehen. So flößte ihnen jeder Drei- oder Viermaster, den sie kreuzten, Angst ein, und sie atmeten jedes Mal erleichtert auf, wenn das Schiff vorbeigefahren war.

Damián war nicht weniger bang zumute als den anderen, auch wenn er es nicht zeigen wollte. Zwischenzeitlich bereute er sogar seinen Vorschlag, sich ins Hauptquartier der Grauen Legion einzuschleichen. Aber eigentlich war er überzeugt, das Richtige zu tun. Er setzte große Hoffnung in die Aufzeichnungen seines Vaters. Hielte er die Manuskripte doch nur schon in den Händen, um Kurs gen Süden zu nehmen und Lorelia weit hinter sich zu lassen! Doch leider würde das bis zum Einbruch der Nacht warten müssen – wieder einmal mussten sie im Schutz der Dunkelheit vorgehen.

Bald kam der Hafen in Sicht, und Damián blieb keine Zeit mehr, sich zu sorgen. Er musste die *Wasserratte* in den Hafen hineinmanövrieren, was nicht ganz einfach war, da er so etwas zum ersten Mal machte. Vor allem durften sie nicht auffallen. Fast alle Gefährten hatten sich in der Kombüse versteckt, nur Najel stand mit ihm am Steuerrad. Den Segler sicher an den Anlegesteg zu bringen, war eine echte Herausforderung. Die anderen Schiffe schnitten ihnen ohne Skrupel den Weg ab und verhalfen Damián auf diese Weise zu einem Schnellkurs im Steuern. Nach einigen brenzligen Manövern und vielen Schweißperlen gelang es ihm, erfolgreich an einem Pier anzulegen. Zum Glück wusste er, welche Stege für die Boote auf der Durchreise reserviert waren, und musste nicht durch Fragen unnötig Aufmerksamkeit erregen.

Doch auch in den folgenden Dezimen blieb die Lage angespannt. Damián hatte keine Ahnung, was nach dem Anlanden für gewöhnlich zu tun war: Musste man sich in der Amtsstube des Hafenkapitäns melden, eine Liegegebühr bezahlen, auf eine Kontrolle durch die königlichen Zollbeamten warten? Zunächst wartete er einfach ab und schaute sich um. Niemand kam, weder Zivilisten noch Uniformierte, und niemand stellte ihm Fragen. Vielleicht würde er Auskunft geben müssen, wenn die *Wasserratte* für mehrere Nächte im Hafen bliebe.

Nachdem er das Geschehen eine Weile beobachtet hatte, verstand er schließlich, dass sich die Zollbeamten nur für Waren interessierten, die auf den Pier geladen wurden. Solange die Erben also keine Tonnen und Fässer vor ihrem Schiff auftürmten, würde man sie in Ruhe lassen. Ohnehin hatten sie nicht vor, lange in Lorelia zu bleiben. Sobald sie im Besitz der Aufzeichnungen waren, würden sie die Segel setzen.

Im Moment blieb ihnen nichts anderes übrig, als auf den Einbruch der Dunkelheit zu warten. Da saßen sie also zu acht auf engstem Raum und mussten sich irgendwie die Zeit vertreiben. Guederic verließ die *Wasserratte* wagemutig, um Vorräte für sie einzukaufen. Er betrat den erstbesten Laden in der Nähe des Anlegers, und sein Bruder ließ ihn keine Dezille aus den Augen. Alle freuten sich wie die Kinder über die Lebensmittel, die er hinunter in die Kombüse brachte.

Najel war eine Zeit lang damit beschäftigt, Maara alles zu erklären, was er über das Manövrieren des Schiffs gelernt hatte. Die Kriegerin konnte es nur schwer ertragen, anderen das Steuer zu überlassen – sie wollte selbst navigieren können, wenn nötig bis ins Schöne Land. Währenddessen hatte Lorilis die Tagebücher ihrer Ahnen zu Ende gelesen und reichte sie an Souanne weiter, die ebenfalls neugierig auf deren Inhalt war. Josion wiederum hatte sich schlafen gelegt – sehr zu Zejabels Unmut, die offensichtlich mit ihm sprechen wollte. Damián war tief beeindruckt davon, wie ruhig sein Cousin wirkte. Er selbst war viel zu aufgeregt, um Schlaf zu finden, und das würde sich gewiss erst wieder ändern, wenn sie das Königreich Lorelien weit hinter sich gelassen hätten.

Die Sonne näherte sich dem Horizont, und im Hafen ging es nun sehr viel weniger geschäftig zu. Als sich die Dämmerung über die Stadt senkte, waren nur noch wenige Menschen unterwegs: ein paar Fischer, die ihre Netze reparierten, Händler, die nach einer Herberge suchten, umherstreifende Kinder und ein paar tratschende alte Frauen. Ein Trupp Zollbeamter, der für die Nachtwache eingeteilt war, schlenderte über den Kai. Seltsamerweise wurde Damián umso angespannter, je weniger Trubel im Hafen herrschte. Der Aufbruch stand nun kurz bevor …

Es ging sogar wesentlich schneller los, als er gedacht hatte. Nach dem Abendessen, das die Erben gemeinsam einnahmen, verkündete Josion zur allgemeinen Überraschung, dass es Zeit war zu gehen.

»Was, jetzt schon?«, fragte der Ritter erstaunt. »Es ist doch noch gar nicht richtig dunkel.«

»Das ist der beste Zeitpunkt, glaub mir. Die meisten Einwohner sitzen bei Tisch oder sind anderweitig beschäftigt. Am frühen Abend sind die Straßen nicht besonders belebt, aber auch nicht so menschenleer, dass wir auffallen würden. Und die Miliz beginnt ihre Patrouillen immer erst zum achten Dekant. Wir könnten die ganze Stadt mit einer Armbrust in der Hand durchqueren, und niemand würde sich daran stören. Später ist das anders. In der Nacht wäre es viel riskanter.«

»Dann also los«, rief Maara.

Sie sprang auf und ging ihren Mantel holen. Damián beneidete die Kriegerin um ihre Sorglosigkeit. Er selbst hätte lieber erst noch einen detaillierten Schlachtplan entworfen und genau besprochen, welchen Weg sie nahmen und was sie im Fall eines Angriffs tun würden. Doch dazu war nun keine Gelegenheit mehr. Bestimmt war es besser so: Solche Gedankenspiele hätten nur dazu gedient, den Aufbruch hinauszuzögern.

Sogar der Abschied war kürzer und schmerzloser, als er gedacht hatte. Sein kleiner Bruder sagte Lebewohl und schenkte ihm sein typisches schiefes Grinsen. Josion wiederum würdigte Zejabel kaum eines Blickes, bevor er auf den Anlegesteg sprang. Maara trug Najel noch auf, bis zu ihrer Rückkehr wach zu bleiben und im schlimmsten Fall auf eigene Faust in die Heimat zurückzukehren.

Gleich darauf standen Damián, Josion und Maara auf dem Pier. Zum ersten Mal seit langem gingen die Erben getrennte Wege.

»Wir schaffen das«, versprach Josion. »In weniger als einem Dekant sind wir zurück.«

Damián nickte, wenn auch mit einem Kloß im Hals. Sein Cousin schien sich vor allem selbst Mut machen zu wollen.

Sobald sein Bruder außer Sichtweite war, verschwand das Lächeln von Guederics Gesicht. Er hatte sein Bestes gegeben, um Damián den Abschied nicht allzu schwer zu machen, aber jetzt musste er nicht länger so tun, als wäre ihm leicht ums Herz. Diese Trennung gefiel ihm ganz und gar nicht, und er hasste das quälende Warten, das nun begann. Außerdem hasste er den Grund, der ihn davon abgehalten hatte, sich dem kleinen Trupp anzuschließen. In ihm lauerte immer noch die Mordgier, und auf keinen Fall wollte er Josion und die anderen beiden in Gefahr bringen, weil er sich nicht beherrschen konnte.

Vielleicht sollte er noch einmal mit Souanne darüber reden. Der Moment war ideal. Zejabel war an Deck, um den Hafen zu überwachen, und die beiden Kinder räumten in der Kombüse die Reste des Abendessens fort. Die Graue Legionärin saß am Bug – weit genug von Zejabel entfernt. Guederic war überzeugt, dass Souanne diesen einsamen Ort nicht ohne Hintergedanken gewählt hatte. Sie sehnte sich offenbar genauso wie er nach diesem Gespräch, denn sie hatte ihm den ganzen Tag über bedeutungsvolle Blicke zugeworfen. Als er auf sie zukam, zeichnete sich ein Lächeln auf ihren Lippen ab. Guederic fand sie plötzlich sehr schön. Ohne ihre Uniform, ohne die Spuren von Müdigkeit und Anspannung im Gesicht besaß sie sehr viel Charme. Allerdings war Guederic gegenwärtig nicht in der Stimmung zu flirten. Zu viele wirre Gedanken gingen ihm durch den Kopf.

»Ich bin gespannt, wann die anderen wiederkommen«, sagte er statt einer Begrüßung.

Souanne nickte, und ihr Lächeln wurde schmal. Er bereute seinen kühlen Ton sofort, aber es war zu spät, ihre Stimmung war gekippt. Deshalb fackelte er nicht lange und fragte unumwunden: »Hast du dieses Gefühl seit unserem Gespräch noch einmal gehabt?«

Sie nickte, ohne zu zögern. »Ja, mehrmals. Vor allem am Anfang des Kampfs auf Ji ... Ich konnte es einfach nicht unterdrücken. Später wurde es besser. Ich glaube, ich habe es jetzt im Griff.«

»Aber es ist immer noch da, richtig?«, vergewisserte sich Guederic.

Er kannte die Antwort bereits, und sie widersprach ihm nicht.

»Ich hätte mich dem Drang fast völlig hingegeben«, gestand Guederic. »Während des Kampfs verließen mich plötzlich die Kräfte ... Und da blieb mir nur ein Ausweg ...«

»Ein anderes Leben zu rauben?«, murmelte Souanne.

Überrascht und leicht angewidert starrte er sie an. *Ein anderes Leben zu rauben.* So hatte er die Sache noch nie gesehen. Das klang noch schrecklicher, als es tatsächlich war, und doch schien es ihm die beste Beschreibung für das Phänomen zu sein. Wie sonst sollte er die Energie erklären, die seinen Körper beim Tod eines Opfers durchfuhr?

Irgendwoher musste die Kraft, die er danach in seinen Gliedern spürte, ja kommen ... *Ein anderes Leben rauben.* Souanne und er waren tatsächlich zu Ungeheuern geworden. Es war noch schlimmer, als er gedacht hatte.

»Wie bist du auf die Idee gekommen, es so zu nennen?«

»Ich weiß es nicht. Für mich war das recht schnell klar. Offenbar hast du nicht gemerkt, dass es ...«

Sie hielt verlegen inne und sagte dann in einem Atemzug: »Es fühlt sich für Männer und für Frauen eben nicht gleich an. Bestimmt liegt es daran.«

Guederic nickte. Jetzt sah auch er verschämt zur Seite. Mittlerweile hatte er verstanden, dass sie von sexueller Lust sprach – tatsächlich kam der rätselhafte Rausch beim Töten diesem Gefühl sehr nah.

»Du hast Recht«, sagte er nachdenklich. »Das ist es ...«

Gleich darauf musste er lachen.

»Wie wird das alles noch enden?«, fragte er. »Wenn es erneut zu einem Kampf kommt, werden uns die anderen irgendwann Fragen stellen. Und wenn wir dem Drang nachgeben ...«

»Vielleicht passiert gar nichts«, sagte Souanne.

»Meinst du wirklich? Das glaube ich leider nicht.«

Sie wiegte zustimmend den Kopf. Auch sie spürte, dass es äußerst gefährlich wäre, sich dem Trieb hinzugeben.

»Wir stehen schon jetzt viel zu sehr unter seinem Einfluss«, erklärte Guederic. »Ich bin extra nicht mit an Land gegangen, um meinen Bruder nicht in Gefahr zu bringen. Ich hasse das. Ich will mein Leben unter Kontrolle haben.«

»Aber wir sind doch gerade dabei, die Kontrolle zurückzugewinnen. Wir müssen Geduld haben ... Ich weiß jetzt, dass der Drang nicht von allein verschwindet. Ich habe mich damit abgefunden. Vielleicht ist das Ganze ja auch zu irgendwas gut.«

»Ach ja? Wozu denn?«

»Es macht uns stärker«, sagte Souanne entschieden.

Guederic schaute ihr einen Moment lang tief in die Augen, um sich zu vergewissern, dass sie tatsächlich dazu bereit war, auf das Töten zu verzichten. Er sah, dass sie es ernst meinte.

»Aber die Kraft vergeht recht schnell wieder. Gestern Nacht geriet ich mehrmals in Bedrängnis. Um sie wieder voll zu spüren, müsste ich abermals töten. Und das will ich in Zukunft nicht, auch wenn unsere Feinde es verdient haben.«

»Ich spreche nicht nur von Körperkraft«, erklärte Souanne.

Guederic warf ihr einen verwunderten Blick zu.

»Du weißt, was ich meine. Diese geheimnisvollen Kenntnisse, die wir plötzlich haben, ohne zu wissen, woher. Du warst fest überzeugt, dass deine Eltern nicht auf der Insel waren, das hast du mehrmals gesagt. Und wir haben sie tatsächlich nicht gefunden. Hattest du solche Ahnungen früher auch schon?«

»Nein, aber ich verstehe nicht, was das mit … mit unserem rätselhaften Trieb zu tun hat. Ich hätte mich ja auch täuschen können.«

»Beides gehört zusammen«, widersprach Souanne. »Ich weiß es, ich spüre es, genauso wie ich spüre, was mit uns passiert, wenn wir jemanden töten. Wir sind auch *da drinnen* stärker geworden.«

Sie tippte sich mit dem Zeigefinger an die Stirn, was Guederic noch weiter verwirrte.

»Nehmen wir einmal an, es stimmt«, sagte er. »Du hattest also eine ähnliche Vorahnung, verstehe ich das richtig?«

Souanne blickte beschämt zu Boden.

»Vielleicht hätte ich es dir schon früher sagen sollen. Aber ich wusste bisher nichts von deinen Vorahnungen, und wir hatten seit der Insel noch keinen ruhigen Moment zu zweit. Hör mir gut zu, Guederic. Ich bin sicher, dass deine Eltern leben.«

Guederic musste sich an der Reling festhalten, so sehr wühlte ihn die Nachricht auf.

»Ich kann es nicht erklären, und ich habe keine Ahnung, wo sie sind, aber ich bin mir absolut sicher, dass sie leben! Noch nie habe ich solche Gewissheit gespürt.«

»Wir müssen es den anderen sagen«, stotterte er. »Damián muss es erfahren … und Maara und Lorilis …«

»Ich habe es Lorilis schon gesagt«, sagte Souanne, »aber sie hat mir nicht geglaubt. Die anderen können sich nicht vorstellen, was wir spüren. Sie stecken nicht in unserer Haut, sie haben kein Verständnis dafür …«

»Wir müssen es ihnen sagen«, wiederholte er. »Das könnte alles ändern.«

»Es würde überhaupt nichts ändern, Guederic. Was würden wir anders machen als jetzt? Es würde nur dazu führen, dass uns die anderen für gefährlich oder verrückt halten. Ich will nicht als Monster gelten, verstehst du? Ich habe keine Familie, ich habe nicht einmal mehr die Legion. Genaugenommen sind alle Leute, die mir wichtig sind, auf diesem Schiff. Ich will sie nicht verlieren. Ich will dir nur helfen, deinen Vater wiederzufinden. Versprich mir, den anderen nichts zu sagen, ich flehe dich an! Und vergiss nicht: Du hattest mich um dasselbe gebeten.«

Guederic zögerte eine ganze Weile. Widersprüchliche Gefühle bestürmten ihn. Schließlich nickte er, weil er es nicht übers Herz brachte, Souanne ihre Bitte abzuschlagen. Er war ihr so dankbar für die Hoffnung, die sie ihm gemacht hatte. Innerlich jubilierte er!

Von Euphorie überwältigt sprang er auf, packte die junge Frau und drückte sie an sich. Als sie sich bereitwillig an ihn lehnte, folgte er seinem Impuls und küsste sie flüchtig auf den Mund. Der Kuss überraschte sie beide. Sie gingen sofort wieder auf Abstand und lächelten, wagten es jedoch nicht mehr, sich in die Augen zu sehen.

Für gewöhnlich geriet Guederic bei derlei Dingen nicht in Verlegenheit. Warum war es diesmal anders? Bestimmt war es nur die Freude über die Nachricht, dass seine Eltern lebten …

»Ich … ich gehe mal nachsehen, was Zejabel macht«, stammelte er.

Souanne hielt ihn nicht zurück. Sie wirkte ebenfalls völlig verdattert über das, was passiert war. Die beiden nickten sich zum Abschied zu und gingen auseinander – die Zukunft war ungewisser denn je.

Als Josion durch die vertrauten Straßen Lorelias lief, überkam ihn tiefe Wehmut. An jeder Kreuzung überfielen ihn Erinnerungen. Er wohnte zwar erst seit vier Jahren in der Hauptstadt, doch es war der Beginn seines freien Erwachsenenlebens gewesen, und der junge Mann kannte die Stadtviertel hier ebenso gut wie den Wald rings um die Burg seiner Eltern. Wie oft war er diesen Weg schon gegangen … Bei Tag und bei Nacht …

Weil er die Stadt in- und auswendig kannte, wusste er auch genau, wie sie am besten an ihr Ziel gelangten. Er mied alle Straßen mit Wirtshäusern, hielt sich von den Kasernen der Miliz fern und machte einen Umweg um alle Gassen, die für Überfälle und Messerstechereien berüchtigt waren. Dadurch brauchten sie zwar etwas länger, aber das nahm er gern in Kauf. Nur drei Dezimen später standen die drei Gefährten auf dem Platz der Reiter, an dem das Hauptquartier der Grauen Legion lag. Kein einziges Mal wurden sie aufgehalten, angesprochen oder auch nur misstrauisch angeschaut. Alles verlief reibungslos, genauso wie sie es geplant hatten. Aber der schwierigste Teil kam erst noch.

»Wir bleiben einen Moment hier stehen«, erklärte Josion, »und tun so, als würden wir uns unterhalten. Dann können wir besser sehen, wer rein- und rausgeht.«

Maara verdrehte die Augen, zeigte aber guten Willen, indem sie alles aufzuzählen begann, was ihr an der Hauptstadt der Oberen Königreiche gefiel oder nicht gefiel. Die Liste der Dinge, die ihr gegen den Strich gingen, war bedeutend länger als die der Vorzüge, aber die beiden Lorelier nahmen es ihr nicht übel. Sie hatten ohnehin nur Augen für das Kommen und Gehen vor dem Palast, der sich über die gesamte Westseite des Platzes zog und über fünf Stockwerke in die Höhe ragte. Alle angrenzenden Bauten verblassten neben so viel Erhabenheit.

»So hoch bin ich noch nie geklettert«, überlegte Josion halblaut.

»Wie meinst du das?«, fragte Damián besorgt. »Ist das etwa dein Plan? Außen an der Fassade bis zum Arbeitszimmer meines Vaters hochzuklettern?«

»Natürlich nicht«, erwiderte sein Cousin. »Aber bis in den zweiten Stock müssen wir mindestens klettern. Die unteren Fenster sind alle vergittert. Und durch den Haupteingang oder durch die Nebengebäude können wir das Gebäude auch nicht betreten.«

»Stimmt, da stehen überall Wachen«, murmelte Damián. »Rund um die Uhr. Ich bin tausendmal an ihnen vorbeigelaufen.«

»So ein Unsinn«, brauste die Kriegerin auf. »Du bist doch immer noch ein ranghöherer Legionär, oder nicht? Warum klopfen wir nicht einfach an, sie machen uns auf und …«

»Wir müssen uns vor jedem Fremden in Acht nehmen. Außerdem betritt nachts für gewöhnlich niemand das Gebäude. Wenn ich mich jetzt bei den Wachen melde, ziehe ich zwangsläufig Aufmerksamkeit auf mich, und wer weiß, was dann passiert«, gab Damián zu bedenken.

»Wir dürfen keine Spuren hinterlassen«, pflichtete ihm Josion bei. »Bei einem Verbrechen, das niemand bemerkt, werden auch keine Nachforschungen angestellt. Wir gehen rein, nehmen mit, was uns interessiert, und verschwinden wieder.«

Damián musterte ihn stirnrunzelnd. Lange würde sein Cousin seine Neugier nicht mehr zügeln können. Josion beschloss, die Karten gleich auf den Tisch zu legen. Er hatte viel zu lange damit gewartet.

»Ja, ich habe so was schon mal gemacht«, gestand er. »Mehrmals. Hier in Lorelia.«

»Was? Du bist ein Dieb?«, rief Maara. »Als Sohn eines Priesters?«

»Ich habe nie etwas gestohlen. Zuerst war es nur ein

Spiel. Als ich noch auf der Burg lebte, bin ich oft auf die Türme raufgeklettert. Nach meinem Umzug in die Stadt habe ich damit weitergemacht, diesmal auf den Dächern der Häuser. Bestimmt, weil ich ein wenig Heimweh hatte. Es war ein schöner Zeitvertreib. Ich hatte mich gerade von meiner Mutter abgewendet und war völlig allein. Da oben ... Zwischen Himmel und Erde ... Das war ein tolles Gefühl.«

Vermutlich würde er bald bereuen, sich den anderen anvertraut zu haben, aber die Worte sprudelten einfach so aus ihm heraus. Es tat gut, endlich jemandem davon zu erzählen! Er geriet regelrecht ins Schwärmen und berichtete von den erhebenden Momenten, wenn er von Dach zu Dach sprang und dabei den Eindruck hatte, seine dunklen Erinnerungen hinter sich zu lassen. Besser gesagt, die eine dunkle Erinnerung, die an den Dämon nämlich, die ihn in seiner Kindheit Tag und Nacht verfolgt hatte.

»Ich hatte nichts Böses im Sinn. Mehrere Monate ging das so, und es war alles ganz harmlos. Doch eines Nachts sah ich in einer Sackgasse vier Jungen eine Katze quälen. Sie hatten Kerzen angezündet und ein Pentagramm auf den Boden gemalt. Mit einem Mal fiel mir wieder ein, was meine Mutter erzählt hatte. Der Kampf unserer Eltern gegen die Sekten der Dämonisten und die Dämonen, die im Karu heranwuchsen und durch die Gebete der Sterblichen immer mächtiger wurden. Ich konnte nicht mehr an mich halten, hangelte mich hinunter in die Gasse und schlug sie zusammen.«

»Alle vier?«, fragte Maara ungläubig.

Josion lächelte verlegen. Ja, alle vier. Es war ein Kinderspiel gewesen. Für den Sohn der einstigen Kahati waren solche Handgemenge kaum der Rede wert.

»Von da an tat ich es immer wieder«, gestand er. »Immer, wenn sich die Gelegenheit dazu bot. An der königlichen Universität wimmelte es nur so von Rohlingen, die zu jeder Schandtat bereit waren und nicht den kleinsten Funken Anstand besaßen. Man musste nur ein bisschen die Fühler ausstrecken und schon war man zu einer Versammlung irgendeiner neuen, finsteren Sekte eingeladen. Ich wollte dem Treiben nicht tatenlos zusehen. Wir können doch die Menschen nicht immer wieder dieselben Fehler machen lassen. Vielleicht ist Sombre nur deshalb zurückgekehrt ...«

Er verstummte. Zum ersten Mal hatte er sein Innerstes preisgegeben. Was hatte ihn dazu getrieben? Die besondere Atmosphäre der dunklen Gassen? Die bevorstehende Tat? Die aufmerksamen Mienen seiner Gefährten? Wahrscheinlich ein bisschen von allem.

Besorgt wartete er auf Damiáns und Maaras Reaktion. Er zweifelte nicht daran, dass sein Kampf gegen die Anhänger der Dämonen richtig gewesen war, doch wusste er auch, wie radikal sein Vorgehen auf andere wirken konnte. Kompromisslosigkeit hatte immer auch ihre Schattenseiten.

»Ich habe bei der Legion eine ziemlich abstruse Geschichte gehört«, berichtete Damián. »Es ging um einen schwarz maskierten Rächer, der mit Ketten bewaffnet durch die Straßen zieht. Warst du das etwa?«

Das Grinsen, mit dem er die Frage stellte, erleichterte Josion. Er konnte sich wieder entspannen.

»Ja, ich mit meinem Zarratt. Die Kette, an deren Enden

mein Dolch und meine Keule befestigt sind, ist gar nicht so lang, aber nachts im Feuerschein kann sie schon gefährlich aussehen ...«

Damián lachte laut auf: »Was für eine Familie! Mit etwas Pech hättest du auf meinen Befehl hin im Gefängnis landen können ... Und dort wärst du mit Sicherheit Guederic begegnet! Oder du hättest ihn bei einer seiner Wirtshausschlägereien retten können.«

»Und da heißt es von meinem Volk, wir seien Barbaren«, spottete Maara. »Meiner Meinung nach verkompliziert ihr euch das Leben. Ihr stellt einen Haufen Regeln auf, und dann schafft ihr es nicht, sie einzuhalten.«

Die beiden Männer lachten über die Bemerkung, verstummten aber schnell wieder. So lustig waren Maaras Worte gar nicht gewesen. Es lag eine große Weisheit darin, die man in den Oberen Königreichen offenbar längst vergessen hatte. War tatsächlich ein Übermaß an Gesetzen schuld am Unglück der Menschen? Gerieten die Lorelier in die Fänge von Sekten, weil sie ihrem starren Alltag entkommen wollten? Gab es wirklich zu viele Verbote?

In dieser Nacht würden die Erben jedenfalls einige davon brechen.

Die Reste des Abendbrots und das benutzte Geschirr waren längst abgeräumt, und in der Kombüse der *Wasserratte* herrschte tiefe Stille. Nach Najels Erfahrung war so etwas immer ein Vorbote dafür, dass bald etwas passieren würde. Der Junge langweilte sich so sehr, dass er fast auf einen Zwischenfall hoffte.

Seit über einem halben Dekant rutschte er unruhig

auf der Bank herum und wartete auf die Rückkehr seiner Schwester. Er hätte lieber etwas Sinnvolles getan, aber sie hatten nicht einmal mehr Pferde, um die er sich hätte kümmern können. All seine Gefährten an Bord waren mit sich selbst beschäftigt. Zejabel und Guederic überwachten den Pier, jeder auf einer Seite des Schiffs. Souanne wiederum hatte sich nach einem kurzen Aufenthalt an Deck in die Kajüte zurückgezogen, und Lorilis saß tief über ihr Schreibheft gebeugt und sah selbst beim Eintunken der Feder kaum vom Papier hoch. Najel wollte sie nicht stören, und so begann er, in Corenns Tagebuch zu blättern. Doch er war nicht in der Stimmung zu lesen und legte das Buch bald wieder weg.

Nachdem er eine kleine Ewigkeit an die Decke gestarrt hatte, riss ihm der Geduldsfaden. Er stand auf und setzte sich dem Mädchen direkt gegenüber. So musste sie ihn kurz ansehen. Sie schenkte ihm ein blasses Lächeln.

»Ich will nicht darüber reden, was auf der Insel passiert ist«, sagte sie rasch. »Über diese Magie. Das habe ich auch Damián schon gesagt. Ich muss erst darüber nachdenken.«

»Kein Problem, aber ich wollte dir wenigstens danken. Ohne dich wäre ich jetzt vielleicht …«

»Und ich habe gehört, du hättest mich beschützt, als ich bewusstlos am Boden lag«, unterbrach sie ihn. »Dann sind wir quitt. Reden wir nicht mehr davon.«

Auch wenn ihr das Thema sichtlich unangenehm war, schien sie zu bereuen, ihm nicht schon eher gedankt zu haben. Najel fand ihre Befangenheit charmant. Nur selten traf er jemanden, der noch schüchterner war als er.

»Was schreibst du da eigentlich?«, fragte er weiter. »Ein Reisetagebuch, wie Amanón und Corenn?«

Das Mädchen schaute ihn verwirrt an. Jetzt war er derjenige, der verlegen die Augen niederschlug. Woher nahm er sich das Recht, sie mit Fragen zu löchern? Wie konnte er so aufdringlich sein? Doch Lorilis' Antwort machte ihm klar, dass er ihren Blick falsch gedeutet hatte: »Auf die Idee bin ich noch gar nicht gekommen … Ich schreibe meinen Eltern einen Brief. Auf diese Weise bin ich beschäftigt und … Man weiß ja nie … Falls mir etwas passiert und sie noch leben …«

Sie machte eine vage Handbewegung, als wollte sie sagen: »Dann erfahren sie wenigstens, was wir durchgestanden haben, und haben eine Erinnerung an mich …«

»Mir wäre gar nicht eingefallen, einen Bericht über unsere Reise zu schreiben«, erklärte sie weiter. »Aber es stimmt, so etwas könnte nützlich sein …«

Nachdenklich schaute sie auf den Stapel bereits vollgeschriebener Seiten. Najel fürchtete, sie könnte sich die Blätter schnappen, alles zerreißen und noch einmal von vorn anfangen. Er kannte Lorilis mittlerweile recht gut, und ihm war nicht entgangen, dass sie immer ihr Bestes geben wollte.

»Wir werden deinen Eltern unsere Geschichte von Angesicht zu Angesicht erzählen«, versprach er. »Ich bin sicher, dass sie noch leben. Sogar unsere Feinde suchen nach ihnen.«

»Ich hoffe es … Aber wo sind sie dann? Warum haben wir immer noch nichts von ihnen gehört? Schließlich hatte Zejabel keinen großen Vorsprung. Warum sind sie nicht auch zur Burg gekommen?«

»Wir werden den Grund schon noch herausfinden«, versicherte Najel, obwohl ihm klar war, wie gewagt diese Aussage war. Aber an diesem Abend wollte er kein Schwarzseher sein, wenigstens nicht bis zu Maaras Rückkehr.

»Alles wird gut«, sagte er mit Nachdruck. »Deine Eltern und Großeltern sind von ihren Feinden einmal quer durch die bekannte Welt gejagt worden, und sie haben überlebt. Sie konnten ihre Feinde sogar besiegen! Ich glaube, jetzt sind wir an der Reihe. Vielleicht ist das Schicksal unserer Familien wie ein Seil, das jede Generation weiterknüpfen muss ... Du weißt schon, wie ich das meine. Meine Schwester fände einen solchen Vergleich schrecklich«, sagte er mit einem schiefen Lächeln.

»Aber wir haben keine Ahnung, wohin uns dieses Seil führt«, entgegnete Lorilis. »Unsere Eltern hatten wenigstens die Prophezeiung vom Erzfeind. Wir wissen nicht einmal, wer unsere Feinde sind ...«

»Vielleicht erfahren wir von Usul mehr.«

Er glaubte selbst nicht so richtig daran, aber er durfte die Angst nicht die Oberhand gewinnen lassen.

»Bisher haben alle von uns die Kämpfe überlebt«, fuhr er fort. »Das ist doch ein gutes Omen, oder? Die Geschichte wird sich wiederholen. Wir werden unsere Feinde besiegen, und alles wird wieder gut.«

»Darauf würde ich nicht schwören«, murmelte das Mädchen. »Unsere Eltern und Großeltern hatten viel Glück. Aber das heißt gar nichts. Außerdem war das noch vor dem Verschwinden des Jal. Womöglich sind die Regeln, nach denen das Seil des Schicksals geknüpft wird, inzwischen andere.«

Sie seufzte, griff nach ein paar beschriebenen Seiten und hielt sie Najel hin.

»Wenn sich die Geschichte wirklich wiederholt, dann

müssten meine Kinder in zwanzig Jahren diese Seiten lesen, um einer neuen Generation Feinde zu entkommen. Das will ich aber nicht. Am liebsten wäre mir, wenn das alles nie passiert wäre. Ich will, dass meine Eltern zurückkommen. Ich will, dass unsere Feinde im Meer versinken. Ich will, dass die ganze Sache ein für alle Mal beendet ist und wir nie wieder kämpfen müssen …«

Sie war zu ergriffen und hielt inne. Ihre Worte hatten auch Najel aufgewühlt, aber er wollte sich nicht so einfach geschlagen geben.

»Vielleicht ist der Kampf unserer Generation ja tatsächlich der letzte«, sagte er. »Und unsere Kinder, äh, ich meine, *deine* Kinder können in Frieden leben.«

Sein Versprecher ließ ihn erröten, aber Lorilis war offenbar zu erschüttert, um etwas davon mitzubekommen. Traurig nickte sie und legte die Blätter zurück auf den Tisch. Abermals sah sie dem Jungen tief in die Augen, und Najel begriff, dass sie ihm jetzt ihr Geheimnis anvertrauen würde. Das Geheimnis, das sie seit jener Nacht mit sich herumtrug, als die Gefährten in dem Getreidespeicher des verfallenen Bauernhofs übernachtet hatten.

»Ich habe unsere Eltern auf dem untergehenden Kutter gesehen, Najel. Es war, als hätte ich direkt hinter ihnen gestanden. Ich hörte das lodernde Feuer, das Knacken des Holzes und den Wellenschlag gegen den Rumpf … Ich würde so gern glauben, dass sie noch leben, ich bete mit aller Kraft um ein Wunder, ich will nicht, dass sie tot sind, aber … Aber ich weiß einfach nicht, wie sie ein solches Inferno hätten überleben sollen. Leider wiederholt sich die Geschichte dieses Mal nicht. Keine wohlmeinende höhere Macht wacht über uns, leider.«

Darauf wusste Najel keine Antwort. Er hatte keinen Zweifel daran, dass Lorilis die Wahrheit sagte – und diese schreckliche Vorstellung ließ ihn erstarren. Er fühlte sich, als hätte er soeben zum zweiten Mal erfahren, dass sein Vater tot war.

Verunsichert durch sein Schweigen machte Lorilis eine entschuldigende Geste. Bestimmt hatte sie genau deshalb ihr Geheimnis für sich behalten: um die anderen nicht noch trauriger zu machen. Er konnte es ihr nicht verübeln.

Nach einer Weile wandte sich das Mädchen wieder ihrem Schreibheft zu. So hatte eben jeder seine Art, mit seinen Ängsten umzugehen.

Indes stieg Najel hoch an Deck zu Zejabel und Guederic. Auch die beiden starrten schweigend vor sich hin, was ihm sehr entgegenkam.

Alle drei warteten auf die Rückkehr eines geliebten Menschen. Noch nie hatte Najel seine Schwester so sehr vermisst wie in diesem Moment.

Sie hatten bereits zwei Runden um den Platz der Reiter gedreht: Zunächst waren sie im Wandelgang an den reich verzierten Fassaden der Häuser vorbeigeschlendert, dann hatten sie durch die angrenzenden Gassen einen großen Bogen um den wichtigsten Platz Lorelias geschlagen. Allmählich verlor Maara die Geduld. Außerdem zweifelte sie am Nutzen dieses Manövers – und sie scheute nicht davor zurück, diese Meinung kundzutun.

»Ich frage mich wirklich, was wir hier machen«, maulte sie. »Wir laufen und laufen und entfernen uns immer weiter vom Palast!«

Josion antwortete nicht gleich. Er schaute immer wieder hoch zu den Dächern, außer wenn einer der wenigen nächtlichen Passanten an ihnen vorbei nach Hause eilte.

»Ich versuche, einen Weg für uns zu finden«, erklärte er. »Wir können nicht einfach so an der Fassade hochklettern, das wäre viel zu gefährlich. Wir müssen uns dem Gebäude über die Dächer der umliegenden Häuser nähern.«

»Ich hoffe doch sehr, dass wir uns nicht an irgendwelchen Regenrinnen durch die halbe Stadt hangeln müssen«, brummelte die Kriegerin.

»*Du* wolltest mitkommen«, erinnerte sie Josion. »Wenn du Angst hast, kannst du ja unten auf uns warten.«

»Ich habe keine Angst! Ich langweile mich, das ist alles!«

Innerlich schickte Maara noch eine ganze Reihe wüster Flüche und Beleidigungen hinterher, aber sie war vernünftig genug, sie nicht laut auszusprechen. Diesem Luftakrobaten würde sie schon zeigen, dass eine wallattische Prinzessin vor nichts zurückschreckte!

Ein paar Schritte weiter blieb Josion plötzlich stehen. Maara glaubte schon, dass er endlich mit seinen Beobachtungen fertig war, aber er drehte sich hastig zu ihr um und wollte ihre Hand greifen.

»Was machst du da?«, protestierte sie und zog empört den Arm weg.

»Eine Patrouille kommt!«, flüsterte er. »Bei einem Liebespaar werden sie nicht so schnell misstrauisch.«

»Das kannst du vergessen! Verstecken wir uns lieber«, antwortete die Kriegerin abfällig.

Sie hatte kaum zu Ende gesprochen, als vier Uniformierte aus einer nahen Gasse kamen. Mit einem rachsüchtigen Lächeln in Josions Richtung trat Maara neben Damián und hakte sich bei ihm unter. Sie ging sogar so weit, ihm den Kopf an die Schulter zu legen, nur um Josion eins auszuwischen. Wohlverdient, wie sie fand …

Josion zuckte jedoch nur leicht die Schultern und begann eine nichtssagende Unterhaltung mit seinen Gefährten. Die Wachen warfen ihnen einen kurzen Blick zu und gingen an ihnen vorbei.

Als sich Maara wieder von Damián lösen wollte, gerieten beide in eine peinliche Lage. Vielleicht war er immer noch völlig überrascht von ihrer Geste, oder er wusste ganz einfach nicht, wohin mit seinen Armen, aber für einen Moment schien er sie nicht freigeben zu wollen. Sein Zögern war ebenso kurz wie der verstörte Blick, den sie daraufhin wechselten. Zum Glück bekam Josion nichts von all dem mit. Doch Maara warf dieser kurze Zwischenfall für eine ganze Weile aus der Bahn. Erst verhielt sich Guederic ihr gegenüber alles andere als normal, und jetzt fing auch noch sein Bruder an!

War das ein Annäherungsversuch gewesen? Die Prinzessin hatte in solchen Dingen wenig Erfahrung. Wenn ihr zu Hause in Wallos ein Mann gefiel, sagte sie es ihm ohne Umschweife und bekam immer, was sie wollte. Ohne eine ausdrückliche Aufforderung hätten die Untertanen ihres Vaters es jedoch nie gewagt, ihr den Hof zu machen … Die jetzige Situation war vollkommen neu für sie.

Unwillkürlich dachte sie darüber nach, welchem Sohn der Familie de Kercyan sie den Vorzug geben würde. Sehr schnell fiel ihre Wahl auf Guederic. Seine spitzbübische Art war sehr charmant, und sie fühlte sich eindeutig zu ihm hingezogen, ein Gefühl, das sie nicht einfach ignorieren konnte. Leider war er jedoch auch ein Fremder, den

Ke'b'ree zum Tode verurteilt hatte, und ohne den Grund dafür zu kennen, würde sie sich nie auf ihn einlassen können.

Ohnehin war dies weder der richtige Moment noch der richtige Ort, um über solche Fragen nachzudenken. Also schlich Maara weiter hinter Josion her, während Damián still und nachdenklich neben ihr ging. Zum Glück dauerte dieser unangenehme Zustand nicht lange an. Josion hatte einen Ausgangspunkt für ihre Klettertour gefunden.

»Wir können am Fachwerk hoch bis zu dem Vorsprung dort klettern, und von da bis zum Dach des Nachbarhauses. Oben laufen wir dann bis zu dem Haus da hinten, und dann sind wir schon ganz in der Nähe vom Palast.«

»Bist du sicher?«, murmelte Damián. »Es sieht gar nicht so nah aus ... Ich kann das Gebäude von hier aus nicht sehen ...«

»Es ist da hinten, neben dem alten Theater«, beruhigte ihn sein Cousin. »Vertrau mir. Wenn man einmal oben ist, sind die Entfernungen viel kürzer.«

Gesagt, getan: Josion schaute sich kurz um und hechtete dann regelrecht die Wand hinauf. Er klammerte sich an einen dicken Balken, der in drei Schritt Höhe aus dem Haus ragte, und schwang sich behände hinauf.

Maara überkamen immer größere Zweifel. Sie glaubte kaum, diese Übung mit der gleichen Gewandtheit ausführen zu können, und seufzte erleichtert, als Josion seine exotische Waffe nahm und die Kette zu den anderen hinunterließ.

»Schnell«, zischte er. »Das ist der gefährlichste Moment.«

Die Kriegerin ließ sich nicht lange bitten. Sie straffte die Schultern, packte die Kette und zog sich zu dem Vorsprung hoch. Kurze Zeit später war auch Damián oben.

Josion konnte sein Zarratt wieder einholen, und die beiden anderen folgten ihm den schmalen Sims entlang.

Maara musste anerkennen, dass Josion ein hervorragender Kletterer war. Zejabels Sohn bewegte sich mit katzenhafter Anmut über die Schindeln und Giebel. An den schwierigsten Stellen wartete er und reichte seinen Gefährten die Hand. Vermutlich wäre er ohne sie sehr viel schneller vorangekommen. Maara kam sich immer dümmer vor. Dass Damián Josion begleitete, hatte wenigstens einen guten Grund, schließlich musste er ihn im Hauptquartier der Legion in das richtige Arbeitszimmer führen. Maara hingegen war völlig fehl am Platz. Sie hätte es zwar nie zugegeben, aber ihre Gegenwart war nicht nur sinnlos, sondern auch gefährlich.

Zum Umkehren war es jetzt allerdings zu spät, und so richtete sie ihre ganze Aufmerksamkeit darauf, keinen falschen Schritt zu machen, der möglicherweise das Ende ihres Unternehmens bedeutet hätte. Gleich darauf kletterte sie auf Josions Aufforderung hin noch etwas höher, und wieder biss die Kriegerin die Zähne zusammen und bemühte sich, keine Schwäche zu zeigen. Mittlerweile war der Palast der Legion in Sicht. Er ragte vor ihnen auf wie ein geduckter Riese im Herzen der schlafenden Stadt. Jetzt mussten sie nur noch ins Innere gelangen.

»Was befindet sich hinter diesem Fenster da, dem dritten von rechts?«, fragte Josion.

Damián dachte eine Weile nach, während er sich zugleich ausmalte, was für schlimme Folgen es haben würde, wenn er sich irrte. Schließlich schüttelte er bedauernd den Kopf.

»Ich weiß es nicht genau«, gestand er. »Das zweite Stockwerk kenne ich nur schlecht. Es könnte ein kleines Besprechungszimmer sein. Oder die Amtsstube daneben ...«

»Hauptsache, es ist keine Wachstube!«, warf Maara ein.

»Die Wachen haben ihr Quartier unten«, erklärte Damián. »Zumindest das weiß ich genau. Sie machen natürlich Kontrollgänge durch die anderen Stockwerke, aber ... Mit etwas Glück entkommen wir ihnen mühelos.«

»Ich will nur vermeiden, dass wir direkt in einen Flur oder ein Treppenhaus einsteigen«, sagte Josion. »Von dort aus würden unsere Schritte durchs ganze Gebäude hallen. Die Wachen könnten uns bemerken. Und in einem abgeschlossenen Raum sollten wir auch nicht landen. Ich kann zwar einfache Schlösser knacken, aber das würde uns nur unnötig aufhalten.«

»Was ist eigentlich mit dem Schlüssel zum Arbeitszimmer deines Vaters?«, erkundigte sich Maara bei Damián.

»Ich habe Souanne danach gefragt«, erklärte Josion. »Amanón gab diesen Schlüssel nie aus der Hand. Das ist sicher der beste Beweis dafür, dass die Dokumente in seinen Schränken von großer Bedeutung sind ... Wir können nur hoffen, dass seit seinem Verschwinden niemand diese Schränke geöffnet hat. Wir werden sicher die Tür aufbrechen müssen. Ihr haltet Wache und passt auf, dass uns niemand bemerkt.«

Maara und Damián nickten einhellig. Die Kriegerin beschied sich nur ungern mit der herabwürdigenden Rolle einer einfachen Wachsoldatin, aber sie protestierte nicht: Josion schien genau zu wissen, was er tat, während Maaras Anwesenheit überflüssig war und sie sich den anderen noch dazu aufgedrängt hatte.

»Falls etwas schiefgeht«, sagte Damián, »versucht bitte,

die Lage genau einzuschätzen. Die Wachen arbeiten nicht unbedingt für unsere Feinde. Sie sind vielleicht ehrenwerte Legionäre, nicht anders als Souanne, mein Vater und ich ... Versucht, nicht unnötig Blut zu vergießen.«

Josion nickte, um sein Einverständnis zu geben, aber Maara runzelte verärgert die Stirn. Sie musste nicht nur Befehle entgegennehmen, nun wurde sie auch noch aufgefordert, sich im Kampf zurückzuhalten.

Mittlerweile bereute sie bitter, mitgekommen zu sein. Den lorelischen Brüdern war sie keine Hilfe – vielleicht wären sie zu zweit sogar besser zurechtgekommen.

Sie hätte auf dem Schiff bei ihrem Bruder und den anderen bleiben sollen. Plötzlich fragte sie sich, was Guederic wohl gerade machte. Diesen Gedanken fand sie mindestens so befremdlich wie alles, was sie seit ihrer Fahrt zur Insel Ji erlebt hatte.

Ausgerechnet jetzt, wo sie bereits über die Dächer liefen, stellte Damián fest, dass er nicht schwindelfrei war. Zunächst hatte er seine Zittrigkeit auf den Schlafmangel geschoben und auf die Anspannung wegen des bevorstehenden Einbruchs. Doch schließlich musste er der Wahrheit ins Gesicht sehen. Die Höhe löste schreckliche Beklemmung in ihm aus, und er sehnte sich danach, endlich wieder mit beiden Beinen fest auf dem Boden zu stehen.

Im Grunde bewies Damián großen Mut. Er verbarg seine Höhenangst, so gut es ging, und zögerte nur unmerklich, wenn es wieder einmal galt, über einen schmalen Sims zu balancieren oder auf ein angrenzendes Dach zu springen. Während sein Cousin von Vorsprung zu Vorsprung glitt wie ein Schatten, stand Damián der Schweiß auf der Stirn, und sein Herz geriet immer wieder ins Stolpern. Er verachtete sich für seine Schwäche, aber was konnte er tun? Jedenfalls blieb ihm nichts, außer die Panik weiter in Schach zu halten. Er war jedenfalls heilfroh, dass sein Cousin die Führung übernommen hatte. Mit knapper Not gelang es Damián, sich immer nur auf den nächsten Schritt zu konzentrieren und nicht zur Straße hinunterzusehen.

Die nächste Etappe war eine noch größere Herausforderung. Nach einer waghalsigen Kletterpartie über die Dächer erreichten die drei endlich die Rückseite des Palasts – aber das nächstgelegene Fenster war immer noch gut drei Schritt entfernt.

Für Josion war das kein Problem: Mit einem Satz sprang er über die Kluft und landete sicher auf dem kaum zwei Hand breiten Sims. Dann nahm er seinen Dolch und hebelte geschickt das Fenster auf, ohne die Scheibe zu beschädigen. Josion sprang hinunter in das dunkle Gebäude und tauchte wieder auf, nachdem er sich vergewissert hatte, dass niemand im Zimmer war.

Jetzt waren seine Gefährten an der Reihe.

Maara folgte ihm als Erste – wie immer.

Für sie schien das eine Art Spiel zu sein: Sie wollte unbedingt beweisen, dass sie Josion in nichts nachstand. Ihr gelang der Sprung auf das Sims, ohne ins Taumeln zu geraten oder durch das offene Fenster ins Zimmer zu fallen. Hilfsbereit streckte Josion ihr den Arm entgegen, aber sie weigerte sich standhaft, seine Hilfe in Anspruch zu nehmen. Dann wandten sich beide zu Damián um und warteten, dass auch er sprang.

Er ließ sich keine Zeit zum Nachdenken – das hätte alles nur noch schlimmer gemacht. Damián trat zwei Schritte zurück, atmete tief ein, nahm Anlauf und sprang über den Abgrund.

Seine Panik dauerte nur einen Wimpernschlag. Schon war er auf der anderen Seite und sein Cousin fing ihn auf, um verräterische Geräusche zu vermeiden. Einen Augenblick später stand Damián in der Schreibstube. Ein vertrauter Geruch stieg ihm in die Nase, nach altem Parkett, frischem Bohnerwachs und Tinte. Er hatte sich noch nicht wieder ganz von seinem Sprung erholt, da überfiel ihn Wehmut. Würde er irgendwann wieder so leben wie früher? Könnte er jemals wieder ein normales Leben führen? Schwierig zu sagen. Mit jedem Tag, der verging, ließ er seine alte Existenz weiter hinter sich – nie hätte er gedacht, dass er eines Tages in das Hauptquartier der Grauen Legion einbrechen würde, um die Aufzeichnungen seines eigenen Vaters zu stehlen. Und jetzt stand er hier und schickte sich an, wie ein Dieb die Tür zu Amanóns Arbeitszimmer aufzubrechen! Welche Überraschungen hielt die Zukunft wohl noch für ihn bereit?

Bei diesem Gedanken schweifte sein Blick zu Maara. Er konnte nicht leugnen, wie sehr ihre flüchtige Berührung ihn beschäftigte. Und das, obwohl er in der wallattischen Prinzessin bisher nur eine Leidensgenossin gesehen hatte ... Maara war sehr hübsch, unbestritten, aber sie waren so verschieden, dass eine Liebesbeziehung absurd schien.

Genauso absurd, wie mitten in der Nacht in ein Gebäude einzubrechen, in dem er bis vor kurzem gearbeitet hatte.

Josion bewegte sich auf die Tür zu, und das Geräusch

seiner Schritte riss Damián aus der Träumerei. Sein Cousin legte ein Ohr an das Holz und hob warnend die Hand, bevor er den Knauf drehte. Das Schloss war nicht verriegelt, genauso wie Damián es vermutet hatte. Sie befanden sich in einer Abstellkammer neben einem Besprechungszimmer. An den Wänden stapelten sich Stühle, Papiervorräte und verstaubte Akten. Hier waren sie verhältnismäßig sicher, was im Rest des Gebäudes nicht der Fall war.

»Geh du vor«, flüsterte Josion und öffnete die Tür.

Damián folgte seiner Anweisung und schob sich durch den Spalt. Ohne das gewohnte Treiben von Legionären und Schreibkräften wirkte der Flur größer als sonst. Es war beängstigend ruhig. Das spärliche Licht, das durch die Fenster auf der anderen Gebäudeseite hereinfiel, änderte nichts an der düsteren Atmosphäre. Aufs Äußerste gespannt wagte sich Damián drei Schritte auf den Flur hinaus, damit seine Gefährten ihm folgen konnten. Jeden Augenblick rechnete er mit herbeistürmenden Wachen, dabei war der Palast still wie ein Grab.

»Wo lang jetzt?«, zischte Josion.

Damián zeigte die Richtung an und schlich voraus. Die wenigen Schritte über den Flur waren für ihn eine wahre Qual. Erst als sie eines der drei Treppenhäuser erreichten, das zu den anderen Stockwerken führte, entspannte er sich ein wenig. Nun mussten sie nur noch nach ganz oben …

Doch je höher sie stiegen, desto nervöser wurde er wieder. Das Echo ihrer Schritte hallte durch den Treppenschacht, ganz gleich, wie sehr sie sich bemühten, leise aufzutreten. Damián blieb zwei Mal stehen, um zu lauschen, aber sein Cousin schob ihn weiter. Zu Recht: Je schneller sie den fünften Stock erreichten, desto eher konnten sie sich verstecken.

Endlich erreichten sie den letzten Treppenabsatz, und jetzt blieb auch Josion stehen und lauschte. Nach einigen Momenten nickte er beruhigt. Dann führte Damián sie zum eigentlichen Ziel. Das Arbeitszimmer des Kommandanten der Grauen Legion lag ganz am Ende eines Flurs, der länger zu sein schien als das Gebäude selbst. Als Damián an seiner eigenen Schreibstube vorbeikam, zögerte er kurz, aber ein Abstecher dort hinein brächte ihnen keinen Nutzen – im Gegenteil. Jede Dezille war kostbar.

Endlich standen sie vor Amanóns Arbeitszimmer. Josion drehte den Knauf, aber die Tür war verschlossen. Er kniete sich auf den Boden, entrollte ein kleines Werkzeugetui und machte sich an dem Schloss zu schaffen. Die Dunkelheit erschwerte ihm die Arbeit, und Damián bekam plötzlich Zweifel, ob sein Cousin der Aufgabe gewachsen war. Das alles dauerte ihm viel zu lang: Jeden Moment konnte ein Trupp Wachen auf sie zugerannt kommen. Und es gab nicht einmal eine Fluchtmöglichkeit, es sei denn, sie sprangen durch eines der Fenster nach draußen – ein Gedanke, den Damián sofort wieder verdrängte.

Das Kratzen und Klappern der kleinen Zangen und Haken im Schloss schien durchs ganze Gebäude zu hallen. Damián kam es vor, als könnte man die Geräusche noch unten auf dem Platz der Reiter hören. Maara hatte sich direkt neben Josion postiert und brachte ihre Ungeduld mit Seufzern und Füßescharren zum Ausdruck. Endlich gab das Schloss nach.

Damián lächelte erleichtert, doch dann überstürzten sich die Ereignisse.

Die Tür flog auf, und zwei Gestalten schnellten hervor. Einer der Männer zog Josion, der wehrlos am Boden kniete, einen Schlagstock über den Kopf. Der Arme brach stöhnend zusammen. Er verlor zwar nicht die Besinnung, war aber vorerst außer Gefecht gesetzt. Der zweite Mann packte Maara von hinten. Sie wehrte sich verzweifelt und kämpfte wie ein Tiger, musste sich aber geschlagen geben, als der Unbekannte ihr einen Dolch an den Hals setzte.

Damián war in dieser Zeit gerade einmal dazu gekommen, sein Schwert zu ziehen. Überrumpelt hob er die Waffe, um Maara beizuspringen, doch dann hielt er inne: Der Angreifer drückte Maara die scharfe Klinge so fest an den Hals, dass Blut hervorquoll und sie aufschrie.

Damián wusste nicht mehr ein noch aus. Wenn er eine falsche Bewegung machte, würde der Kerl Maara vor seinen Augen die Kehle durchschneiden. Aber wozu hielt er eine Waffe in der Hand, wenn sie ihm nichts nützte? Der zweite Angreifer hatte derweil von Josion abgelassen und war zurück in das Büro gegangen. Dort ließ er eine Lampe aufleuchten, die bisher mit klein gedrehter Flamme hinter der Tür versteckt gewesen war. Das grelle Licht blendete Damián, aber er zwang sich, die Lider offen zu halten. Seine Gegner musterten die drei Erben aufmerksam. Damián sah seine schlimmsten Befürchtungen bestätigt: Die Männer trugen das Zeichen ihrer Feinde auf der Stirn.

»Wirf dein Schwert weg, oder ich steche sie ab wie ein Schwein!«, drohte der Schurke, der Maara in seiner Gewalt hatte.

Die Beleidigung entflammte Maaras Kampfgeist. Sie

wandte sich im Griff des Mannes, bis dieser ihr eine weitere Schnittwunde am Hals zufügte.

»Damián, lauf weg! Kümmere dich um meinen Bruder!«, schrie ihm die Kriegerin zu.

Damiáns Herz pochte heftig. Josion wand sich immer noch am Boden, und der Mann mit der Lampe näherte sich ihm mit erhobenem Schlagstock. Womöglich hatte der Lärm die Wachen alarmiert, aber war deren Erscheinen überhaupt wünschenswert? Man musste davon ausgehen, dass sie diesen Hinterhalt mitgeplant hatten. Damián war ganz auf sich allein gestellt. Zum ersten Mal seit dem Beginn ihres Abenteuers konnte er sich mit niemandem beraten.

Plötzlich wünschte er sich inständig, dass Souanne bei ihm wäre – wie an jenem Tag, als sie gemeinsam auf der Suche nach Guederic ganz Lorelia durchkämmt hatten. Damals hatten sie beide noch die graue Legionärsuniform getragen ...

»Wirf dein Schwert weg!«, wiederholte Maaras Angreifer. »Und runter auf die Knie!«

Der Kerl mit dem Schlagstock blinzelte hinterhältig und kam drohend immer näher. Wollte er Josion den Rest geben? Oder über Damián herfallen? Wenn der Kerl ihm die Lampe ins Gesicht schleuderte, wäre Damián ihm hilflos ausgeliefert. Der Angreifer könnte ihn einfach totschlagen ...

Doch plötzlich hatte Damián die Gewissheit, dass die Kerle etwas ganz anderes vorhatten.

Seiner Eingebung folgend, drehte er sein Schwert um, setzte den Griff an die Wand und drückte sich die Spitze gegen die Brust.

»Lass die Frau los!«, befahl er. »Lass sie los, oder ich bringe mich um!«

Als die Männer nervöse Blicke wechselten, wusste Damián, dass er sich nicht geirrt hatte. Maara hingegen riss entgeistert die Augen auf. Sie musste fürchten, dass Damián den Verstand verloren hatte.

»Das wagst du nicht«, zischte der Schlagstockträger.

Damián tat so, als würde er sich gleich in die eigene Klinge stürzen, doch er fand seine Vorstellung selbst nicht besonders überzeugend. Er rannte zum nächsten Fenster, schlug mit dem Heft seines Schwerts die Scheibe ein und sprang auf die Fensterbank. Dann schob er einen Fuß über den Abgrund.

»Lass sie los!«, schrie er. »Lass sie gehen, oder ich springe! Das schwöre ich!«

Beim Anblick der Glassplitter unten auf dem Platz der Reiter brach ihm der Angstschweiß aus. Er musste wirklich wie ein Verrückter wirken – oder zumindest wie jemand, der zum Äußersten entschlossen war. Die Angreifer schienen sein Ablenkungsmanöver jedenfalls ernst zu nehmen, denn beide rannten los, um ihn aufzuhalten. Der erste schubste Maara einfach aus dem Weg, während der zweite über den immer noch am Boden liegenden Josion sprang. Doch ihre Eile stellte sich als schwerwiegender Fehler heraus. Maara reagierte blitzschnell, riss ihre Lowa aus der Scheide und hieb sie ihrem Gegner in den Nacken. Josion wiederum packte den Mann, der über ihn hinwegsprang, überraschend am Knöchel und brachte ihn zu Fall. Der Kerl knallte mit dem Hinterkopf auf den harten Marmorboden, und sein Schädel brach mit einem widerlichen Knacken.

Ungläubig betrachtete Damián die Folgen seiner Finte. Beide Angreifer lagen am Boden. Sie waren tot, oder zumindest fast. Josion richtete sich vorsichtig auf und betastete mit schmerzverzerrtem Gesicht die riesige Beule an seinem Schädel, während Maara Damián mit einem so finsteren Blick fixierte, dass er sich auf einen heftigen Streit einstellte. Er verstand ihre Reaktion nur zu gut: Er hätte seine Gefährten schon viel früher ins Vertrauen ziehen sollen. Er hätte ihnen von dem Verdacht erzählen müssen, dass ihre Feinde sein Leben um jeden Preis verschonen wollten. Doch so richtig war ihm das erst während dieses Kampfs klargeworden. Er gelobte sich, die anderen so schnell wie möglich einzuweihen.

Erst einmal jedoch kletterte er vorsichtig wieder zurück in den sicheren Flur. Die Tiefe streckte ihre tödlichen Arme nach ihm aus, und er wollte ihr auf keinen Fall in die Fänge gehen.

Nach ihrem Gespräch mit Guederic hatte sich Souanne in der Kajüte verkrochen, aber es gelang ihr einfach nicht, ihre Gedanken zu ordnen. Seit sie sich den Erben angeschlossen hatte, war ihr Leben furchtbar kompliziert!

Zur Abwechslung war sie jedoch nicht mit der rätselhaften Mordgier beschäftigt, unter der sie seit Tagen litt. Etwas ganz anderes bedrückte sie, und die Überschwänglichkeit vom Morgen war verflogen.

Ihre Unruhe ging auf Guederics Kuss zurück und auf das Gefühl, das er in ihr ausgelöst hatte.

Eigentlich war die Erinnerung daran gar nicht unangenehm – ganz im Gegenteil, auch wenn er sie völlig überrumpelt hatte. Souanne musste sich eingestehen, gewisse Gefühle für den jungen Mann entwickelt zu haben, die ihr bisher unbekannt gewesen waren. Im Grunde hätte sie sich einfach an dem Kuss erfreuen können, selbst wenn es eine einmalige Sache gewesen sein sollte.

Warum aber bereute dann ein Teil von ihr, was geschehen war?

Obwohl sie sich über die Frage lange den Kopf zerbrochen hatte, kam sie einfach nicht dahinter. Aber irgendwie war es, als hätten Guederic und sie nicht das Recht, sich dem Austausch von Zärtlichkeiten hinzugeben, als hätten sie wider die Natur gehandelt. Was war so schlimm an einem flüchtigen Kuss?

Alles Grübeln brachte sie jedenfalls nicht weiter. Sie beschloss, die Kajüte zu verlassen, um etwas frische Luft zu schnappen. Der Moment war gut gewählt: Sie kam gerade rechtzeitig an Deck, um Josions, Maaras und Damiáns Rückkehr mitzuerleben.

Zejabel, Guederic und Najel liefen ihnen entgegen, und auch Lorilis kam aus der Kombüse gestürzt. Keiner der drei Rückkehrer schien verletzt, aber ihre hastigen Schritte und finsteren Gesichter versprachen nichts Gutes. Eine Vorahnung trieb Souanne hinunter auf den Anlegesteg. Sie hatte das sichere Gefühl, dass sie den Hafen bald verlassen würden, und begann deshalb, die Schiffsleinen zu lösen. Und richtig: Sobald Damián, Josion und Maara an Bord waren, machten sie sich daran, die Segel zu setzen.

Kaum zwei Dezillen später legte die *Wasserratte* vom Pier ab und fuhr langsam auf die Hafenausfahrt zu. Die beiden Leuchttürme, die den Durchgang flankierten, blickten auf sie herunter wie unberechenbare Zyklopen. Josion, Maara und Damián hatten bisher kein Wort gesagt, aber ihre bangen Blicke zur Kaimauer hinüber zeigten deutlich, wie groß ihre Angst vor Verfolgern war.

Kurz darauf passierten sie die letzte Boje des Hafens. Das Bimmeln der Glocke an ihrem Signalmast verfolgte sie noch eine ganze Weile, während die Erben aufs offene Meer hinaussegelten. Um sie herum war nichts als bleischwere Nacht.

»Was ist denn los?«, platzte Guederic heraus. »Ihr habt ja ewig gebraucht!«

»Wir wurden von einem kleinen Empfangskomitee begrüßt«, sagte Josion.

Er zeigte den anderen seine Platzwunde am Kopf. Josion hatte außerdem eine riesige Beule, die sich bereits gelblich färbte. Zejabel warf nur einen kurzen Blick darauf und verschwand dann in Richtung Kajüte. Gleich darauf kehrte sie mit einem Töpfchen Salbe zurück, dessen Inhalt sie großzügig auf der Kopfhaut ihres Sohnes verteilte. Josion ließ sich behandeln, ohne mit der Wimper zu zucken. Diese Szene musste sich in seiner Kindheit oft abgespielt haben.

»Habt ihr Amanóns Aufzeichnungen?«, fragte Zejabel.

Als Antwort hob Damián die Tasche, die er in der Hand hielt, auf Brusthöhe. Sie schien schwer zu sein, was ein gutes Zeichen war.

»Ich muss euch etwas sagen«, verkündete er. »Ich hätte es schon viel früher tun sollen, aber … Na ja, besser spät als nie.«

Ausführlich berichtete Damián von ihrem Einbruch ins Hauptquartier der Grauen Legion und von den Männern, die ihnen aufgelauert hatten. Die plötzliche Wendung der Ereignisse erstaunte alle sehr, und zur weiteren Erklärung erzählte er von den dramatischen Momenten während des Kampfs auf der Burg. Seine Worte stimmten alle nachdenklich.

»Als die Männer außer Gefecht gesetzt waren«, fuhr er fort, »konnten wir endlich in das Arbeitszimmer meines Vaters eindringen. Wir mussten die Aufzeichnungen über die Etheker nicht lange suchen. Sie lagen mitten auf seinem Schreibtisch. Ich glaube, unsere Feinde lesen schon seit vielen Nächten darin. Wahrscheinlich schließen sie sich nachts in dem Zimmer ein und verschwinden im Morgengrauen wieder. Vielleicht sind sogar die Wachen eingeweiht.«

»Sie schließen sich ein?«, fragte Souanne besorgt. »Das heißt also, sie haben den Schlüssel des Kommandanten?«

»Nein, nur einen Generalschlüssel«, antwortete Maara. »Den hier.«

Stolz zeigte sie ihre Trophäe, die sie einem der Toten abgenommen hatte. Souanne spürte Eifersucht in sich aufsteigen. Sie hätte den Kerlen auch gern den Garaus gemacht … Dann dämmerte ihr, dass ihr dieser Gedanke von ihrem schändlichen Drang zu töten eingeflüstert wurde.

»Vielleicht haben unsere Feinde aber auch einen Teil der Aufzeichnungen mitgenommen«, überlegte Lorilis. »Zum Beispiel alles, was für uns von Interesse sein könnte …«

»Das glaube ich nicht«, sagte Damián. »Außer den Aufzeichnungen auf dem Schreibtisch war das Zimmer penibel aufgeräumt. Vermutlich haben sie die Schriften jeden Morgen wieder zurück in den Schrank geräumt, um keinen Verdacht zu erregen. Ich bin mir allerdings sicher, dass sie Abschriften davon angefertigt haben. Sie hatten das nötige Schreibwerkzeug dabei, und auf dem Schreibtisch meines Vaters lagen halb beschriebene Seiten.«

»Sombre hat also immer einen Vorsprung vor uns«, murmelte Zejabel. »Selbst wenn uns diese Schriften Aufschluss darüber geben, wie wir ihn bekämpfen können, hat er mittlerweile bestimmt schon dafür gesorgt, uns diesen Weg zu verbauen.«

»Nicht unbedingt«, widersprach Damián.

Er steckte die Hand in die Tasche und zog einen Stapel Seiten hervor, die mit feinen, regelmäßigen Buchstaben bedeckt waren. Souanne erkannte sofort die Schrift des Kommandanten der Grauen Legion.

»Mein Vater hätte seine Aufzeichnungen nie für jeden offen zugänglich herumliegen lassen«, erklärte Damián. »Dafür war er viel zu vorsichtig. Schaut selbst, alles ist verschlüsselt.«

Er reichte ein paar Blätter herum. Mit zitternder Hand griff Souanne nach einem Manuskriptbogen. Sie hatte das Gefühl, eine verbotene Schrift zu betrachten. Damián hatte Recht: Der Text war unlesbar. Er bestand zwar aus lorelischen Buchstaben, war aber vollkommen unleserlich – als wäre er in einer fremden Sprache verfasst.

»Und, hast du den Schlüssel für diese Geheimschrift?«, fragte Zejabel.

Aus Damiáns Miene sprach tiefe Verzweiflung. Maara unterdrückte einen Fluch, und Josion schüttelte entmutigt den Kopf.

»Wir hatten gehofft, *du* würdest ihn vielleicht kennen«, sagte Damián.

Als sie eine gute Dezime durch die Nacht gesegelt waren und die Küste der Oberen Königreiche weit genug hinter ihnen lag, stiegen die Erben hinab in die Kombüse. Josion bot an, an Deck zu bleiben und das Steuer zu übernehmen, weil seine Kopfwunde immer noch wehtat und die kühle Luft den Schmerz linderte. Die anderen setzten sich unten um den Tisch herum und sahen sich die Dokumente an, die sie aus dem Hauptquartier der Grauen Legion entwendet hatten. Lorilis war besonders eifrig bei der Sache. Die rätselhaften Schriften weckten ihre Neugier, und sie durchstöberte die Schreibhefte, Manuskriptseiten und losen Notizblätter aufmerksam. Doch leider fand niemand den Schlüssel zum Entziffern der Schrift. Angesichts von Amanóns Sorgfalt und Voraussicht erstaunte sie das jedoch nicht.

»Das bringt doch alles nichts!«, schimpfte Maara. »Welche Chance haben wir, diese Aufzeichnungen zu entschlüsseln, wenn nicht einmal Zejabel weiß, was darin steht? Ich finde es seltsam, dass euer Vater seinen engsten Freunden kein Vertrauen schenkte!«

»Beruhige dich!«, wiegelte Guederic ab. »Vielleicht stehen in den Aufzeichnungen ja nur Sachen, die Zejabel ohnehin weiß. Vielleicht hat Vater einfach aufgeschrieben, was vor dem Verschwinden des Jal passiert war …«

»Nein, dazu hatte er sein Reisetagebuch«, widersprach Damián. »Später interessierte er sich vor allem für die Etheker. Das war kein Geheimnis. Aber mich wundert schon, warum er seine Arbeit unlesbar gemacht hat, und das mit so viel Aufwand. Andererseits ist das ein sicherer Beweis dafür, dass wichtige Dinge drinstehen …«

»Nur haben wir leider keinen blassen Schimmer, was

wir damit anfangen sollen«, wetterte Maara. »Und wenn seine Erkenntnisse wirklich so wichtig sind, warum hat er dann den anderen nichts davon erzählt? Nicht mal seiner eigenen Frau?«

»Wir wissen nicht, ob Eryne eingeweiht war«, entgegnete Guederic. »Entschuldige meine Offenheit, Zejabel, aber soweit ich weiß, bist du nicht mehr in Lorelia gewesen, seit Josion die Burg verlassen hatte, richtig? Vielleicht hast du ein paar wichtige Zusammenkünfte unserer Eltern verpasst?«

»Wenn dem so wäre, hätte Nolan ihr davon erzählt«, gab Damián zu bedenken. »Guederic, wir können nicht davon ausgehen, dass unser Vater den anderen von seinen Entdeckungen berichtet hat. Du weißt, wie verschwiegen er sein konnte ...«

Widerwillig nickte Guederic. Währenddessen hielt Zejabel den Blick gesenkt. Fühlte sie sich von ihren einstigen Gefährten hintergangen? Dieser Gedanke machte Lorilis traurig. Sie konnte sich nicht vorstellen, dass ihre eigenen Eltern ihren engsten Freunden etwas so Wichtiges verheimlichen würden.

Doch plötzlich brach die Wahrheit über sie herein wie ein Schwall kaltes Wasser. *O doch, das würden sie,* rief sie sich in Erinnerung. Schließlich hatten Niss und Cael ihrer einzigen Tochter einen wichtigen Teil der Familiengeschichte verschwiegen – also konnte auch Amanón seinen Gefährten etwas Entscheidendes verheimlicht haben! Vielleicht hatte er einen guten Grund dafür gehabt, vielleicht hatte er sie nur schützen wollen, aber wie sich jetzt zeigte, war seine Entscheidung nicht ungefährlich.

Einer plötzlichen Eingebung folgend, holte Lorilis Corenns Tagebuch aus der Kajüte. Sie erinnerte sich an eine Passage, die beschreibt, wie Herzog Reyan das Tagebuch von Maz Achem entschlüsselt hatte. Sie fand die entsprechende Stelle rasch wieder und versuchte, die dortige Vorgehensweise auf Amanóns Aufzeichnungen anzuwenden – vergeblich. Amanón hatte nicht dieselbe Geheimschrift verwendet. Das wäre auch zu einfach gewesen ...

»Vielleicht hat Amanón die Lösung ja irgendwo in seinem Arbeitszimmer versteckt!«, brummte Maara. »Wir hätten nicht verschwinden dürfen, ohne es gründlich zu durchsuchen. Jetzt ist es zu spät! Alles war umsonst ...«

»Mein Vater hätte den Schlüssel zur Geheimschrift bestimmt nicht am selben Ort versteckt wie die Aufzeichnungen«, widersprach Damián. »Und wenn doch, hätten unsere Feinde ihn finden müssen, und dann hätten sie sich bestimmt nicht die Mühe gemacht, alles abzuschreiben. Sie hätten die Manuskripte einfach entschlüsselt.«

»Nicht unbedingt. Vielleicht haben sie die Seiten abgeschrieben, um sie später in Ruhe entziffern zu können.«

Lorilis hörte dem Streit nur mit halbem Ohr zu. Sie dachte immer noch angestrengt über das Problem nach. Wenn Amanón die Ergebnisse seiner Forschungen niedergeschrieben hatte, ob verschlüsselt oder nicht, dann doch nur, damit sie eines Tages jemand lesen konnte. Und dieser Jemand war mit großer Wahrscheinlichkeit einer der Erben. Vermutlich waren die Schriften sogar für seine Söhne bestimmt ... Aber warum hatte er ihnen dann nicht den Schlüssel gegeben?

Plötzlich fiel es ihr wie Schuppen von den Augen. Es war verblüffend einfach. Sie fragte sich, warum bisher niemand auf die Idee gekommen war. Vor allem Damián nicht.

»Ich weiß, warum unsere Feinde dich unbedingt lebend wollen, Damián«, sagte sie mit schwacher Stimme. »Der Schlüssel zu der Geheimschrift bist *du*!«

Sechs Augenpaare starrten sie entgeistert an. Plötzlich kam sie sich dumm vor, aber sie war sicher, auf dem richtigen Weg zu sein.

»Ich? Wie das?«, fragte Damián.

»Ich weiß nicht, aber du wirst es schon herausfinden! Denk doch mal nach ... Dein Vater hat dir den Schlüssel für seine Aufzeichnungen bestimmt schon vor langer Zeit übermittelt, vielleicht in Form eines Abzählreims oder Rätsels. Oder als kleines Geheimnis, das nur ihr beide kennt«, erläuterte Lorilis aufgeregt. »Er muss dich auf diesen Moment vorbereitet haben, genauso, wie er dir den Keller in Benelia gezeigt hat, in dem wir uns verstecken sollten. Schließlich hat er dir auch gesagt, wie wichtig diese Aufzeichnungen über die Etheker sind, und nur deshalb bist du überhaupt auf die Idee gekommen, sie zu holen. Im Grunde hat Amanón alles getan, um dich auf den Ernstfall vorzubereiten.«

Lorilis wunderte sich selbst, wie klar sie alles sah. Je länger sie sprach, umso einleuchtender erschien ihr diese Vermutung. Ihre Gefährten waren zwar verblüfft, widersprachen aber nicht. Alle Blicke waren jetzt auf Damián gerichtet.

»Ich habe keine Ahnung, was dieser Schlüssel sein könnte«, sagte Damián bedauernd.

»Es fällt dir schon noch ein«, meinte Guederic aufmunternd. »Die Kleine hat bestimmt Recht. Das klingt ganz nach unserem Vater.«

»Aber was könnte die Lösung sein?«, fragte Damián stirnrunzelnd. »Ich weiß nicht mal, wonach ich suchen soll! Es muss eine andere Erklärung geben!«

»Mach dir keine Sorgen«, erwiderte sein Bruder. »Auf einen Tag mehr oder weniger kommt es jetzt auch nicht mehr an. Ich wette, die Lösung fällt dir ein, wenn du am wenigsten damit rechnest.«

»Du hast gut reden ... Schließlich steckst du nicht in meiner Haut!«

»Tja, ich kann dir leider nicht helfen«, feixte Guederic. »Das hast du nun davon, dass du so ein guter Junge bist.«

Er zwinkerte seinem Bruder zu, konnte ihn aber nicht aufheitern. Damián durchforstete seine Erinnerungen verzweifelt nach dem geheimnisvollen Schlüssel, ohne so recht daran zu glauben, dass er ihn kannte.

Nach einigen Dezillen stand Najel auf, um schlafen zu gehen. Der Arme war von dem Gespräch mit Lorilis immer noch ganz erschüttert. Als Lorilis sein trauriges Gesicht sah, bereute sie, sich ihm anvertraut zu haben. Najel war ihr in den letzten Tagen sehr lieb geworden. Er hatte keins ihrer Geheimnisse verraten und versuchte immer, sie aufzumuntern, wenn sie den Kopf hängen ließ. Außerdem hatten sie einander schon zwei Mal das Leben gerettet ... Konnte es einen besseren Freund geben?

Wenig später erhob sich auch Zejabel. Sie machte ein paar Schritte auf die Treppe zu, die hinauf an Deck führte, zögerte dann aber, wünschte den anderen eine gute Nacht und verschwand in der Kajüte. Also würde Josion noch eine ganze Weile allein am Ruder stehen. Lorilis bekam Mitleid mit dem jungen Mann und beschloss, ihm Gesellschaft zu leisten. Sie warf sich ihren Mantel über und sah sich zu den vieren um, die noch in der Kombüse um den Tisch herum saßen. Die Spannung, die zwischen ihnen herrschte, war förmlich greifbar. Souanne, Maara, Guederic und Damián taten, als ordneten sie Amanóns Schriften, warfen sich dabei jedoch immer wieder verstohlene Blicke zu, nur um wegzuschauen, sobald ihnen jemand in die Augen sah. Man musste keine Hellseherin sein, um zu begreifen, dass hier Romantik im Spiel war ...

Lorilis schüttelte belustigt den Kopf und stieg dann entschlossen die Treppe hinauf. Erwachsene waren wirklich seltsam!

Die ganze Nacht lang wechselten sich die Erben am Steuer ab, und bald dämmerte der Morgen. Guederic kam in den Genuss, die Sonne über dem Meer aufgehen zu sehen. Das Schauspiel war so großartig, dass er seinen Kummer für einen Moment vergaß. Die Natur scherte sich offenbar nicht um die Sorgen der Sterblichen. Doch schon bald holte ihn die Wirklichkeit ein: In ihrem Kielwasser tauchte ein riesiges Segelschiff auf.

Es war keineswegs das erste Schiff, dem sie begegneten, aber Guederic war an diesem noch jungen Morgen besonders misstrauisch. Außerdem erinnerte ihn die Form des Schiffs an den Großsegler, den er auf der Insel Ji erspäht hatte, auch wenn er im Dunkeln nicht mehr als einen schwarzen Umriss gesehen hatte. Aber er hatte einfach ein ungutes Gefühl ... Als das unbekannte Schiff immer näher kam, hielt Guederic es für ratsam, seinen Gefährten Bescheid zu geben. Vor allem seinem Bruder.

Damián kam gerade aus dem Laderaum, wo die Männer ihr Nachtlager hatten. Nach einer kurzen Begrüßung zeigte Guederic seinem Bruder das fremde Schiff. Damián beobachtete es eine Weile stumm und zuckte dann mit den Schultern.

»Es ist nicht gesagt, dass sie uns verfolgen«, meinte er. »Wir steuern die Meerenge von Manive an, das ist die einzige Zufahrtsstraße zum westlichen Teil des Mittenmeers. Sie können genauso gut nach Romin oder in die Fürstentümer wollen.«

»Ich weiß«, murmelte Guederic. »Es ist nur ... Mir gefällt nicht, wie sie sich in unserem Kielwasser halten. Wenn sie uns einholen wollen, können wir ihnen nicht entkommen, selbst wenn wir alle Segel hissen.«

Damián runzelte die Stirn und dachte eine Weile nach.

»Lass uns näher an die Küste heranfahren«, schlug er vor. »Wenn das Schiff ebenfalls den Kurs wechselt, wissen wir, woran wir sind. Wenn nicht, müssen wir uns keine Gedanken mehr machen.«

Guederic nickte. Gemeinsam brachten sie das Schiff auf den neuen Kurs, was bei dem schönen Wetter und der ruhigen See nicht schwierig war. Als sie das Manöver gerade abgeschlossen hatten, tauchten Zejabel und Maara an Deck auf und kamen mit fragenden Gesichtern auf sie zu.

»Was ist los?«, rief die Zü. »Warum haben wir den Kurs ...«

Sie beendete den Satz nicht, als ihr Blick auf das Schiff

fiel, das ihnen folgte. Damián erklärte den beiden kurz die Lage. Maara verschwand unter Deck und kehrte gleich darauf mit ihrer Lowa in der Hand und Najel im Schlepptau zurück. Wenig später stießen auch Souanne, Josion und Lorilis zu ihnen.

Nun begann ein banges Warten. Im fahlen Morgenlicht und über die weite Entfernung war nicht gut zu erkennen, in welche Richtung das fremde Schiff unterwegs war, und nach einer Weile, die ihnen wie eine Ewigkeit vorkam, bestätigte sich der Eindruck, dass das Schiff seinen Kurs hielt. Als das große Segelschiff sie in einer Entfernung von mehreren Meilen überholte, fiel die Anspannung endgültig von den Erben ab, und alle äußerten ihre Erleichterung.

»Es tut mir leid, euch umsonst in Aufregung versetzt zu haben«, sagte Guederic. »Aber im Zweifelsfall …«

»Du hast alles richtig gemacht«, beruhigte ihn Zejabel.

Die Zü übernahm das Steuer und brachte die *Wasserratte* wieder auf den richtigen Kurs. Ihre Gefährten schauten dem Segler nach, der sich nach Westen entfernte, jeder in seine Gedanken versunken.

»Einen kleinen Zweifel habe ich immer noch«, gab Najel zu. »Was, wenn es doch das Schiff unserer Feinde war?«

Niemand machte sich über seine Bemerkung lustig. Im Gegenteil, sofort war das Misstrauen wieder da.

»Dann sind wir ihnen wohl durch die Lappen gegangen!«, rief Maara großspurig.

»Aber wenn sie es waren, haben sie jetzt einen Vorsprung«, murmelte Damián nachdenklich. »Womöglich erreichen sie Usuls Insel vor uns.«

»Was?«, brauste die Kriegerin auf. »Wir machen doch

nicht den weiten Weg, nur damit sie uns den brabbelnden Alten, der sich für Usul hält, vor der Nase wegschnappen!«

»Ausgeschlossen ist das nicht«, antwortete Damián bekümmert.

»Ich glaube nicht, dass es unsere Feinde waren! Sonst hätten sie unser Schiff gerammt, statt in großem Abstand an uns vorbeizufahren!«

»Vielleicht haben sie uns nicht erkannt«, sagte Damián. »Aber sie könnten zu demselben Schluss gekommen sein wie wir. Vielleicht sind sie ins Schöne Land unterwegs, um zu verhindern, dass wir Usul befragen. Das werden wir sehen, wenn wir Usuls Insel erreichen. Wenn wir das Schiff auch im Schönen Land kreuzen, müssen wir auf der Hut sein.«

»Das fehlte uns gerade noch!«, stöhnte die Kriegerin.

Drohend schüttelte sie die Faust in Richtung des fremden Schiffs und ging dann wieder hinunter in die Kombüse, um weiter zu frühstücken. Die anderen taten es ihr gleich, und bald standen nur noch die beiden Kercyan-Brüder an Deck. Sie starrten dem Großsegler hinterher, der nun weit vor ihnen fuhr.

»Glaubst du, dass die Gwelome tatsächlich wirken?«, fragte Guederic unvermittelt. »Ich habe das Gefühl, dass man uns überall erwartet, wo wir hinkommen. Als könnten unsere Feinde Gedanken lesen!«

»Das habe ich mich auch schon gefragt«, gestand Damián.

Er schob eine Hand in die Tasche und zog den Stein heraus, den ihre Eltern aus dem Jal mitgebracht hatten. Das Gwelom schimmerte in einer zarten Farbe zwischen Rosa und Gold und war wunderschön anzusehen.

»Die Gwelome sollen Sterbliche für Dämonen unsichtbar machen«, sagte sein Bruder. »Bis zum Verschwinden des Jal hat das auch gut funktioniert. Aber ich habe das Gefühl, dass sie diese Eigenschaft seitdem verloren haben.«

»Wie kommst du darauf?«

»Lorilis, Josion und Najel wurden von den Blitzen der Hexer getroffen, obwohl die Steine aus dem Dara sie eigentlich vor der schwarzen Magie hätten bewahren müssen. Aber die Regeln scheinen sich geändert zu haben. Vielleicht verfügen die Gwelome mittlerweile über neue Eigenschaften, aber sie schützen uns nicht mehr. Wir sind verwundbar, ganz gleich, ob wir sie am Körper tragen oder nicht.«

Er spielte noch einen Moment mit dem kostbaren Stein, bevor er ihn wieder in der Tasche verschwinden ließ. Auch wenn die Gwelome ihre Wirkung verloren hatten, wollte er offenbar auf Nummer sicher gehen. Oder er trug den Stein nur im Andenken an seine Vorfahren. Damián verabschiedete sich mit einem kleinen Lächeln von seinem Bruder und verschwand unter Deck.

Sobald Guederic allein war, zog er seinen eigenen Stein aus der Hemdtasche. Das Gwelom sah bei weitem nicht so kostbar aus wie Damiáns, das in zarten Farben geschillert hatte. Im Gegenteil: Nach einer halben Dekade glich Guederics Gwelom einem Stück Kohle mit einem glühenden Kern. Es strahlte eine seltsame Wärme aus und verbreitete einen unangenehmen Geruch. Und Guederic glaubte nicht, dass er sich das nur einbildete.

Für einen Moment hielt er den Stein in der geschlossenen Hand über das Wasser. Doch dann überlegte er es sich anders und steckte ihn wieder in die Tasche. Vor ein paar Tagen hatte er schon einmal ein Gwelom fortgeworfen, und diese Verzweiflungstat hatte ihm kein Glück gebracht.

Guederic hoffte nur, dass er die richtige Entscheidung getroffen hatte.

Die Erben rechneten damit, drei oder vier Tage ins Schöne Land zu brauchen, vielleicht auch weniger, wenn das Wetter schön blieb und der Wind günstig stand. So hatten sie zum ersten Mal seit Beginn ihres Abenteuers etwas freie Zeit. Nachdem Josion eine Weile rastlos in der Kombüse auf und ab gelaufen war, beschloss er, die Gelegenheit zu nutzen und ein wenig zu trainieren. Er hatte seine Übungen während der Jahre in Lorelia sträflich vernachlässigt. Wäre er nicht so eingerostet gewesen, hätte er die Oberkante der Felswand auf der Insel Ji vielleicht rechtzeitig erreicht oder im Palast der Grauen Legion den Hieb auf seinen Kopf abwehren können. Jedenfalls nutzte er seine Zeit am sinnvollsten, wenn er sich auf die kommenden Kämpfe vorbereitete. Allerdings ahnte er, dass sich seine Mutter bald einmischen würde.

Wie erwartet tauchte Zejabel wenige Dezillen später an Deck auf. Josion hatte sich ans Heck zurückgezogen. Er tat, als würde er sie nicht bemerken, und wärmte sich weiter mit seinem Zarratt auf. Die Waffe war wie geschaffen dafür: Mit der Kette konnte er verschiedenste Übungen absolvieren. Anschließend machte er eine Reihe Klimmzüge an einem Quermast und kräftigte seine Bein- und Bauchmuskeln. Mit den Gedanken war er jedoch woanders, nämlich bei seiner Mutter, die ihn mittlerweile unverhohlen beobachtete. Ihre Anwesenheit ging ihm gehörig gegen den Strich, und so steckte er all seine überschüssige Kraft und die aufkommende Wut in die Übungen. Um Zejabel zu ärgern, nahm er abermals den Zarratt zur Hand und ließ ihn durch die Luft wirbeln. Er wusste genau, wie sehr sie das hasste. Ihrer Meinung nach durfte man eine Klinge nur dazu verwenden, einen Feind niederzustrecken – zu sonst nichts. Überflüssige Kunststückchen hingegen waren ihr zuwider. Derlei Geschicklichkeitsübungen waren höchstens eines Gauklers würdig, nicht aber ihres Sohnes, der im Jal gezeugt worden war.

Seine Gefährten hingegen waren begeistert. Bald waren alle um Josion versammelt und applaudierten seinen Kunststücken, während Zejabel mit ausdrucksloser Miene abseits stand. Der Applaus stachelte Josion dazu an, sich selbst zu übertreffen. Er manipulierte den Zarratt, als wäre er ein Teil seines Körpers. Er warf den Dolch in die Luft und holte ihn mit einem kräftigen Ruck wieder ein, nur um ihn sofort wieder in eine andere Richtung fliegen zu lassen. Gleichzeitig warf er die wuchtige Keule in die Höhe. Beide Enden der Kette sausten in einem tödlichen Tanz um ihn herum. Endlich entspannte er sich etwas. Schon lange hatte er nicht mehr so viel Spaß gehabt. Am Ende seiner improvisierten Vorstellung konnte er es sich nicht verkneifen, sich wie ein Zirkusartist vor den anderen zu verbeugen.

Die Erben lobten ihn überschwänglich und kehrten dann zu ihren jeweiligen Beschäftigungen zurück. Nur Zejabel hatte noch kein Wort gesagt. Als sie auf ihn zukam, bereitete er sich innerlich auf eine Standpauke vor – und darauf, seine Mutter eiskalt abblitzen zu lassen.

»Du hast Fortschritte gemacht«, sagte sie jedoch wider Erwarten. »Ich bin stolz auf dich.«

Das kam so überraschend, dass es Josion die Sprache verschlug. Nicht einmal ein Wort des Danks kam ihm über die Lippen. Er nickte nur stumm, mit dem Anflug eines Lächelns.

»Aber mir ist eine Kleinigkeit aufgefallen«, fuhr sie fort. »Du neigst dazu, dein Gewicht zu sehr auf das linke Bein zu verlagern. Dein Gegner könnte das ausnutzen und dich umstoßen.«

Die Kritik stieß ihm bitter auf, aber nicht genug, als dass er einen Streit vom Zaun gebrochen hätte. Außerdem hatte seine Mutter Recht. Er kannte diese Schwäche in seiner Haltung und vergaß allzu oft, sie zu korrigieren.

»Ich würde später gern mit dir trainieren«, fuhr Zejabel fort. »So wie früher ...«

Es kostete sie offensichtlich große Überwindung, ihn darum zu bitten. Jeder hätte sich von dem flehenden Blick der einstigen Kahati erweichen lassen, nicht aber ihr eigener Sohn.

»Wie früher?«, wiederholte er scharf. »Darauf kann ich gut verzichten. Du weißt, warum.«

»Bitte, Josion. Das alles ist so viele Jahre her. Du hast mir so gefehlt. Bitte verzeih mir. Ich ... ich habe doch nur noch dich!«

Sie war den Tränen nah. Souanne, die unweit auf einer Bank saß, war so taktvoll, aufzustehen und fortzugehen. Josion kam sich plötzlich lächerlich vor, und das machte ihn noch wütender.

»Und was ist mit mir? Ich habe niemanden mehr! Vater ist tot, und du hast mir jede Möglichkeit genommen, eines Tages glücklich zu werden!«

»Josion, bitte. Ich bereue, was ich dir angetan habe, das weißt du. Ich hätte dir nicht von dem Dämon und vom Jal erzählen dürfen. Das ist mir irgendwann klargeworden! Erinnerst du dich nicht?«

»Da war es schon zu spät!«

»Sag das nicht, Josion. Als mir mein Fehler bewusst wurde, habe ich dich in Frieden gelassen. Das war doch eine glückliche Zeit, nicht? Keine Kampfübungen mehr, kein Dämon – nur du, dein Vater und ich auf der Burg. Und dieses junge Mädchen, das du getroffen hattest, Hélione. War das nicht wunderbar?«

Josion schossen Tränen in die Augen. Seine Mutter verstand ihn einfach nicht. Sie hatte ihn nie verstanden. Und zu allem Überfluss bekamen seine Gefährten unfreiwillig ein Familiendrama mit, das sich vor vier Jahren schon einmal genauso abgespielt hatte. Aber Josion konnte nicht mehr an sich halten. Er musste den Knoten zerschlagen, ein für alle Mal.

»Ich habe sie geliebt!«, rief er mit bebender Stimme. »Und ich liebe sie noch immer, wenn du es unbedingt wissen willst! Aber was für ein Leben konnte ich ihr bieten, nach allem, was du mir von der Welt erzählt hast? Ich hätte sie mit düsteren Prophezeiungen belasten müssen, mit der tödlichen Bedrohung durch einen Dämon, mit einem Fluch, der jede Generation unserer Familien trifft! Wenn ich so selbstsüchtig gewesen wäre wie du, wäre Hélione jetzt vielleicht mit uns auf diesem verdammten Boot … Vielleicht wäre sie aber auch schon längst von unseren

Feinden getötet worden! Verstehst du jetzt? Ich konnte nicht bei ihr bleiben! Du bist schuld daran, dass ich nie glücklich sein werde! Wenn man mir die Wahl gelassen hätte – ich hätte nichts wissen wollen von deiner Vergangenheit, egal, wie glorreich sie gewesen ist!«

Er wischte sich mit dem Ärmel über das Gesicht und entfernte sich mit großen Schritten, aufgewühlt von seinen eigenen Worten und der Tatsache, dass er sich vor den anderen hatte gehen lassen. Josion rechnete damit, dass seine Mutter nach seinen harschen Worten in Tränen ausbrechen würde, aber an Deck herrschte beklemmende Stille. Schließlich hielt er es nicht mehr aus und drehte sich noch einmal zu Zejabel um. Sie wirkte zwar erschüttert, aber nicht niedergeschlagen, wie er gedacht hatte. Vielmehr war sie erstaunlich gefasst.

»Ich wusste das alles, Josion«, rief sie ihm hinterher. »Was denkst du denn? Ich bin deine Mutter. Und ich bereue meine Fehler, das sagte ich bereits. Aber hast du dir schon einmal überlegt, dass du Hélione keine Wahl gelassen hast? Vielleicht hätte sie lieber dein Schicksal geteilt, als von dir verlassen zu werden.«

Josion warf ihr einen verzweifelten Blick zu und flüchtete sich in die dunkle Kombüse. Diese Frage stellte er sich jeden Tag aufs Neue – seit vier langen Jahren. Und noch immer tat sie entsetzlich weh.

Damián machte sich große Sorgen über die möglichen Folgen dieses Zerwürfnisses, aber die Stimmung an Bord blieb friedlich. Weder Zejabel noch Josion versuchten, die anderen in den Streit hineinzuziehen. Beide wirkten auch nicht besonders bedrückt, das war einfach nicht ihre Art. Sie zogen sich lediglich ein paar Dezimen lang in eine ruhige Ecke zurück, und ihre Gefährten spürten, dass es besser war, sie in Ruhe zu lassen. Gegen Mit-Tag versammelten sich alle zu einem Mahl, das Guederic und Lorilis zubereitet hatten, in der Kombüse, und nach einem kurzen Moment der Befangenheit war alles wie immer. Hin und wieder warfen sich Mutter und Sohn sogar verständnisvolle Blicke zu. Die Aussprache hatte ihnen offenbar vor Augen geführt, dass sie gar nicht so verschieden waren. Alle am Tisch hofften, dass sie sich von nun an besser verstehen würden.

Nach dem Essen vertrat sich Damián kurz die Beine an Deck, bevor er sich wieder an die Manuskripte setzte, die sie aus dem Hauptquartier der Grauen Legion entwendet hatten. Er hätte jeden Vorwand ergriffen, dieser mühevollen Kleinarbeit zu entgehen, aber sie segelten weiter ohne Vorkommnisse über das ruhige Meer, und so gab es keinen Grund, die Arbeit aufzuschieben. Damián hatte schon vor dem Mit-Tag einen ganzen Dekant mit dem Studium der Schriften zugebracht – ohne Ergebnis. Er zermarterte sich das Hirn, drehte und wendete jedes Blatt in der Hand und hoffte auf eine plötzliche Eingebung, aber es war alles vergeblich. Er zweifelte immer mehr an Lorilis' Vermutung, Amanón habe ihm den Schlüssel auf eine versteckte Art übermittelt. Vielleicht hatte er Amanóns Hinweis auch vergessen oder falsch verstanden … Möglicherweise hing das Überleben seiner Gefährten davon ab, dass er sich erinnerte – ein Gedanke, der ihm unerträglich war!

Damián hatte keine bessere Idee, als noch einmal von vorne zu beginnen. Fein säuberlich legte er die Blätter zu einem Stapel zusammen, der ebenso hoch wie breit war. Als Nächstes brachte er die Seiten in eine sinnvolle Reihenfolge. Nachdem ihre Feinde die Manuskripte durchwühlt hatten, Damián sie überstürzt vom Schreibtisch seines Vaters eingesammelt und in eine Tasche gestopft hatte und sämtliche Erben sie an Bord der *Wasserratte* in den Händen gehabt hatten, waren Amanóns Aufzeichnungen ein einziges Durcheinander.

Damián brauchte einen halben Dekant, um alles in eine einigermaßen sinnvolle Ordnung zu bringen. Manche Seiten, die von derselben Größe oder Beschaffenheit waren, konnte er einfach zuordnen, während es bei anderen schwieriger war. Die Blätter waren nicht nummeriert, was die Sache noch kniffliger machte, und nach dem Inhalt konnte Damián auch nicht gehen, da er davon keine Silbe verstand. Hartnäckig, wie er war, kam er aber schließlich zu einem recht zufriedenstellenden Ergebnis. Vor ihm lagen nun verschiedene mehr oder minder geordnete Stapel aus Schreibheften, Manuskriptseiten und losen Notizblättern.

Doch leider war er immer noch weit davon entfernt, das Geheimnis der Papiere zu lüften!

Er fühlte sich vollkommen hilflos, blätterte aber trotzdem wahllos in einem der Hefte. Es schien keinen Hinweis auf die Lösung zu enthalten, und mit Geheimschriften kannte sich Damián leider überhaupt nicht aus. Zwar gab es bei der Grauen Legion einige Spezialisten dafür, aber Damián hatte ihre Dienste nie in Anspruch nehmen müssen. Sonst hätte er vielleicht wenigstens die Grundlagen des Entschlüsselns gelernt …

Plötzlich kam ihm ein beunruhigender Gedanke. Was, wenn Amanón keine Zeit mehr gehabt hatte, ihm den

Schlüssel der Geheimschrift zu übermitteln? Lorilis mochte Recht haben, was die Pläne des Kommandanten anging, aber nichts bewies, dass er sein Vorhaben auch in die Tat umgesetzt hatte! Schließlich war Amanón durch Kebs Ankunft und die Nachricht über Sombres mögliche Rückkehr in Aufruhr geraten. Selbst Damiáns Vater war nicht unfehlbar. Er konnte vergessen haben, ihnen den Schlüssel zu verraten. Oder er hatte den Zeitpunkt für verfrüht gehalten. Oder aber er hatte Damián die Lösung dermaßen versteckt übermittelt, dass es unmöglich war, die Geheimschrift zu knacken. Damián seufzte verzweifelt. Als ob alles nicht schon kompliziert genug wäre!

Solange er nichts Wichtigeres zu tun hatte, wollte er auf keinen Fall aufgeben. Er zwang sich, die Papiere noch einmal durchzuschauen. Diesmal wählte er eine andere Herangehensweise. Statt sich auf die Geheimschrift zu konzentrieren, versuchte er sich in seinen Vater hineinzuversetzen und stellte sich vor, wie Amanón eben diese Seiten vollschrieb. Es gab nur zwei Möglichkeiten: Entweder hatte er den Text erst ganz normal zu Papier gebracht und ihn dann verschlüsselt – oder er hatte ihn direkt in der Geheimschrift verfasst. Im ersten Fall müsste es so etwas wie eine Umwandlungstafel geben –, doch die Erben hatten nichts dergleichen gefunden. Im zweiten Fall hätte Amanón eine recht simple Verschlüsselungsmethode anwenden müssen, um beim Schreiben den Faden nicht zu verlieren. Aber welche konnte das sein?

Die einzige Geheimschrift, die die Erben kannten, war die von Damiáns Urahn Maz Achem. Seinem Großvater Reyan war es einst gelungen, sie zu entschlüsseln – sehr zur Bewunderung seiner Gefährten. Maz Achem hatte in seinem Tagebuch ganz einfach jedes Wort von oben nach unten geschrieben. Der Text war dadurch völlig unverständlich, ließ sich aber trotzdem flüssig niederschreiben. Damián wandte diesen Schlüssel auf Amanóns Aufzeichnungen an – vergeblich. Selbst wenn er drei oder vier Zeilen zusammennahm, ergab sich keine verständliche Lösung.

Er probierte mehrere andere Varianten, schüttelte Buchstaben durcheinander und dachte sich die unmöglichsten Kombinationen aus, bevor er die Augen schloss und sich die Schläfen massierte. *Warum kam er nicht darauf? Welcher Hinweis würde ihn zur Lösung des Geheimnisses führen? Was konnte er tun, um sich zu erinnern? Immer vorausgesetzt, er kannte den Schlüssel tatsächlich …*

Noch einen weiteren halben Dekant zerbrach er sich den Kopf, dann raffte er ein paar Seiten zusammen und stieg entschlossenen Schrittes hoch an Deck. Er erspähte Lorilis am Großmast, sie war in ein Gespräch mit Najel vertieft. Als Damián näher kam, verfinsterte sich das Gesicht des Mädchens, ganz so, als wüsste sie, worum er sie bitten wollte.

»Ich komme zu keinem Ergebnis«, erklärte er. »Du musst mir helfen.«

»Ich? Aber wie soll ich …«

»Du musst versuchen, deine Fähigkeiten anzuwenden«, unterbrach sie Damián. »Unsere Feinde gebrauchen die Magie, um uns auszuspionieren, davon bin ich überzeugt. Sie wissen einfach immer zu gut, wo wir gerade sind. Wenn wir sie besiegen wollen, müssen wir mit denselben Waffen kämpfen.«

Mit diesen Worten streckte er ihr die Seiten hin, die er aus der Kombüse mitgebracht hatte.

»Konzentriere dich auf den Text. Du glaubst, dass mein Vater mir den Schlüssel zu der Geheimschrift anvertraut hat? Das kann gut sein. Aber du musst mir helfen, mich daran zu erinnern.«

Lorilis traute sich nicht, Damián die Bitte abzuschlagen. Seit Tagen versuchte sie, ihre geheimnisvollen Kräfte zu ignorieren, aber ewig konnte das so nicht weitergehen, das wusste sie. Ihre Gefährten waren bisher sehr geduldig mit ihr gewesen, schließlich hatte Lorilis einen Hexer besiegt und mit einer einzigen Geste zwei Angreifer außer Gefecht gesetzt. Ihre Fähigkeiten waren für die Erben von großem Vorteil, da war es nur verständlich, dass sich die anderen dafür interessierten.

Allerdings ahnte niemand, wie sehr sich Lorilis davor fürchtete, ihre Kräfte abermals zu gebrauchen.

Damiáns Bitte traf sie wie ein Blitz aus heiterem Himmel. Sie nickte stumm und nahm Amanóns Aufzeichnungen entgegen, doch sie wagte es nicht, sich sofort an die Arbeit zu machen. Deshalb gab sie vor, Ruhe zu brauchen, um sich konzentrieren zu können, und flüchtete sich in die Einsamkeit ihrer Kabine. Dort legte sie sich auf die Koje und starrte auf die rätselhafte Schrift. Sie sorgte sich um die Folgen ihres Handelns. Das letzte Mal, als sie in die geheimnisvollen Kräfte des Universums eingetaucht war, hatte ein Feuerball sie und ihre Freunde fast getötet. War es nicht unvorsichtig, ein solches Experiment mitten auf dem Meer zu wiederholen? Nach dem, was ihren Eltern widerfahren war?

Lorilis kämpfte immer noch mit heftigen Zweifeln und

neigte eher dazu, es *nicht* zu tun, als jemand dreimal leise an die Kabinentür klopfte. Noch bevor sie antworten konnte, trat Zejabel ein und lächelte ihr freundlich zu. Lorilis erwiderte das Lächeln nur zögerlich. Sie hatte den größten Respekt vor der Zü, musste aber auch zugeben, dass sie sich ein wenig vor ihr fürchtete.

»Kommst du weiter?«, fragte die einstige Kahati.

»Ich habe noch gar nicht angefangen«, gestand das Mädchen. »Um ehrlich zu sein, weiß ich nicht, worauf ich mich konzentrieren soll. Ich kenne Amanón nicht, und Damián auch erst seit kurzem. Ich habe Angst, es nicht zu schaffen.«

»Vielleicht solltest du einfach versuchen, eine Antwort auf unsere Frage zu finden.«

Lorilis warf ihr einen verwirrten Blick zu. Wie meinte sie das?

»Du musst nicht unbedingt in die Vergangenheit eintauchen und in Amanóns Erinnerungen herumstöbern«, erklärte Zejabel. »Schließlich wollen wir nur wissen, wie sich diese Schriften entziffern lassen. Mehr nicht.«

»So einfach ist es nicht«, protestierte das Mädchen. »Du verstehst das nicht.«

»Im Gegenteil«, widersprach die Zü. »Niemand hier an Bord versteht deine Kräfte besser als ich. Du hast Amanóns Tagebuch gelesen. Du weißt also, dass Zuïa mich in eine Fähigkeit eingeweiht hat, die die Entsinnung genannt wurde. Zusammen mit Eryne habe ich noch mehr darüber herausgefunden. Seit dem Verschwinden des Jal haben sich die Regeln zwar geändert, aber das Prinzip ist dasselbe geblieben. Solltest du dank deiner magischen Kräfte tatsächlich so etwas wie hellseherische Fähigkeiten haben, dann kann ich dir helfen, sie zu nutzen.«

Lorilis schwieg, teils aus Argwohn, teils aus Unsicherheit, vor allem aber aus Angst vor dem, was auf sie zukam. Zejabel würde alles tun, um sie zu der Übung zu drängen.

»Ich kann nicht einfach die Augen schließen und mich konzentrieren, um die Antwort zu erfahren«, sagte sie. »Das wäre zu einfach!«

»Richtig. Es bleibt schwierig. Aber du solltest dich auf eine einzige Frage konzentrieren, denn sonst ertrinkst du in einer Bilderflut, die dir nichts bringt – außer Kopfschmerzen«, sagte sie mit einem Grinsen. »Glaub mir, ich weiß, wovon ich spreche.«

Lorilis rang sich ein Lächeln ab. Es war das erste Mal, dass sie die Zü so gelöst erlebte. Ob das eine Folge des Streits war, den sie mit ihrem Sohn gehabt hatte? Oder wollte sie ihr, der Jüngsten, einfach zeigen, dass sie sie mochte? Wie dem auch sei, Lorilis fühlte sich durch ihre Freundlichkeit ermutigt.

»Und wie funktioniert das, diese Entsinnung? Kannst du sie noch immer benutzen?«

»Seit dem Verschwinden des Jal nicht mehr, nein. Und auch vorher beherrschte ich sie nur unzureichend. Es war eine Magie, die den Göttern vorbehalten war. Sie bestand darin, die Gedanken von Menschen zu lesen, sozusagen ihren Geist auszuspionieren. Im Zustand der Entsinnung konnte man sehen, woran ein Mensch gerade dachte, wo genau auf der bekannten Welt er sich befand und Ähnliches. Für Götter oder Dämonen war das nicht einmal mit Anstrengung verbunden, sie erhielten diese Nachrichten ständig, so wie wir atmen, ohne groß darüber nachzudenken.«

»Es klingt anders als das, was ich kann«, meinte Lorilis. »Ich sehe eher ... Bilder aus der Vergangenheit.«

Zejabel runzelte die Stirn, und plötzlich erblasste Lorilis. Sie hatte zugegeben, dass sie tatsächlich über magische Kräfte verfügte. Würde die Zü sie so lange bedrängen, bis sie ihr von der Vision des Schiffbruchs erzählte? Vermutlich nicht. Die einstige Kahati dachte einen Moment nach, bevor sie weitersprach.

»Stimmt, das ist etwas anderes. Die meisten Götter interessieren sich nicht für die Vergangenheit, sondern nur für die Gegenwart. Zuïa stöberte nie in den Erinnerungen der Menschen. Es war keine Frage des Könnens, ich glaube vielmehr, dass die Vergangenheit nur für uns Sterbliche von Interesse ist. Wir wollen, dass man sich an uns erinnert, und darum pflegen wir das Andenken an unsere Vorfahren.«

Das Mädchen konnte dieser weisen Bemerkung nur zustimmen. Zejabel erstaunte sie immer mehr. Die scheinbar unerbittliche Kämpferin war tiefgründig und einfühlsam, auch wenn man es ihr nicht ansah. Immer mehr freundete sie sich mit dem Gedanken an, Zejabels Hilfe anzunehmen. Vielleicht konnte sie so die Gefahren dieses Experiments verringern.

»Und was ist mit der Zukunft?«, fragte Lorilis neugierig. »Konnte man im Zustand der Entsinnung auch in die Zukunft sehen?«

»Nein, nur die Undinen aus dem Karu kannten die Zukunft. Sie machten damals die Prophezeiung vom Erzfeind. Den Rest der Geschichte kennst du ja ... Usul trug zwar den Beinamen ›der Wissende‹, aber seine Offenbarungen konnten den Lauf der Dinge verändern. Oft bewirkten sie das genaue Gegenteil von dem, was er ursprünglich vorhergesagt hatte. Wenn wir ihn wiederfinden, dürfen wir ihn nur nach der Gegenwart fragen.«

»Die Götter sind für die Gegenwart zuständig, die Magier für die Vergangenheit«, fasste Lorilis zusammen.

Zejabel nickte. Das Mädchen hatte das seltsame Gefühl, dass sie, ohne es zu wissen, eine erste Lektion erteilt bekommen hatte. Sie runzelte die Brauen, beschloss dann aber, dass es wohl nicht zu ihrem Nachteil war.

»Also gut«, sagte sie seufzend. »Was muss ich tun, um in die Vergangenheit zu sehen?«

»Konzentriere dich nur auf diese Manuskriptseiten«, riet Zejabel. »Frage dich nicht, welchen Schlüssel Amanón Damián wann und unter welchen Umständen gegeben hat. Versuche doch, zu dem Moment zurückzukehren, als seine Feder über das Papier glitt. Wenn du das schaffst, siehst du die Lösung vielleicht vor dir.«

Es klang ganz einfach, und Lorilis beschloss, es zu probieren. Sie nahm eine der Manuskriptseiten in die Hand und konzentrierte sich. Große Mühe bereitete ihr diese Übung nicht. Seit Lorilis auf Ji vom Blitz des Hexers getroffen worden war, waren ihre Sinne wesentlich schärfer. Bald erschienen die Energieströme des Universums vor ihrem geistigen Auge, so deutlich, wie man Adern unter der Haut sieht. Sie waren so zahlreich und so mächtig, dass der Kaulanerin ganz schwindlig wurde.

Sie besann sich und konzentrierte sich wieder auf das Papier in ihrer Hand. Selbst mit geschlossenen Augen konnte sie es sehen, wie es niemand sonst sah. Intuitiv spürte sie, welche Form es hatte, wie groß es war, wie dick. Sie fühlte seine raue Oberfläche und hörte es leise in ihren

Fingern rascheln. Lorilis roch auch seinen Duft, den Duft des Farns, aus dem es gemacht war und der vor ewigen Zeiten im Wald von Lorelia herangewachsen war. Wenn sie sich ein wenig anstrengte, konnte sie die wilde Pflanze aus jener fernen Vergangenheit sogar sehen.

Doch von dem Blatt Papier gingen noch andere Energieströme aus – Ströme, die sich von den ersten unterschieden. Der stärkste wies hinunter in den Laderaum des Schiffs und weiter noch in die Tiefen des Ozeans. Lorilis spürte, dass sie ihm nachgehen musste. Sie tauchte ein, hinab in die Vergangenheit des Papiers. Es ging rückwärts in der Zeit, angefangen von dem Moment, als sie das Blatt wenige Augenblicke zuvor vom Stapel genommen hatte. Sie sah Damián, wie er sich den Kopf über die Geheimschrift zerbrach, sah ihn das Blatt in seiner Tasche quer durch Lorelia tragen, sah, wie er es von Amanóns Schreibtisch im Hauptquartier der Grauen Legion nahm, wie es von Männern mit einem rätselhaften Zeichen auf der Stirn angefasst wurde, sah es viele Jahre lang versteckt in einem Schrank liegen ... Als Amanóns Feder mit schwarzer Tinte über seine Oberfläche glitt, hielt sie inne.

Oder bildete sie sich das alles nur ein? Lorilis hätte geschworen, dass es Wirklichkeit war. Selbst durch den Nebel ihrer Vision kam ihr die Szene lebensecht und glaubwürdig vor. Amanón saß an einem Tisch und schrieb und schrieb. Er unterbrach seine Arbeit nur, um die Feder in ein Tintenfass zu tauchen. Lorilis sah ihn nicht ganz so deutlich, als würde sie ihm über die Schulter blicken, aber doch deutlich genug, um zu erkennen, dass er keine Verschlüsselungstafel gebrauchte. Er schrieb die Worte nieder, so wie sie ihm in den Sinn kamen! Der Schlüssel war entweder unglaublich einfach, oder Amanón hatte komplett den Verstand verloren und schrieb wirres Zeug.

In diesem Moment unterbrach ihn ein Klopfen an der Tür. Eine Frau von außergewöhnlicher Schönheit trat in das Arbeitszimmer, begleitet von einem kleinen Jungen. Lorilis erkannte Eryne, die sie auf den Gemälden in der Burg gesehen hatte. Amanóns Frau machte ein ernstes Gesicht und wirkte zutiefst erschüttert.

»Ich ... ich glaube, ich habe ihn wiedergefunden«, sagte sie.

Bei diesen Worten legte Amanón das Papier in eine Schublade, und Lorilis wurde aus der Szene herausgeschleudert. Schlagartig kehrte sie zurück in ihre eigene Zeit. Irgendwer oder irgendwas verbannte sie aus dieser Vergangenheit, die nicht für ihre Augen bestimmt war! Sie konzentrierte sich noch einmal mit aller Kraft und sah abermals die Energieströme, die das Wesen des Blatts ausmachten. Erst jetzt bemerkte sie, dass viele von ihnen zum Himmel aufstiegen. Lorilis wurde von einem heftigen Gefühl überwältigt, noch stärker als das, was sie beim Anblick von Amanón empfunden hatte.

Erst als sie die Augen wieder öffnete, merkte sie, dass sie kurz davor war zu ersticken. Zejabel, die immer noch neben ihr saß, begriff sofort, was los war, und versetzte ihr einen kräftigen Schlag auf den Rücken. Nun konnte Lorilis zwar wieder atmen, aber die Todesangst war noch nicht wieder abgeklungen. Fast wäre sie in der Bilderflut ertrunken. Sie hatte sich so weit in die Vergangenheit gewagt, dass sie beinahe nicht mehr zurückgekehrt wäre.

»Und, konntest du etwas sehen?«, fragte Zejabel, als sie sich wieder etwas beruhigt hatte.

Lorilis nickte. Hoffentlich merkte Zejabel nicht, dass sie nicht vorhatte, ihr alles zu berichten.

»Ich sah, wie Amanón das Blatt beschrieb«, antwortete sie. »Aber über die Geheimschrift konnte ich nichts herausfinden.«

Zejabel sah sie eine Weile wortlos an. Vielleicht witterte sie eine Lüge, aber die Unruhe und der ausweichende Blick des Mädchens konnten auch damit zusammenhängen, dass sie so unsanft wieder zu sich gekommen war.

»Ruh dich einen Moment aus«, murmelte sie schließlich. »Ich sage Damián Bescheid.«

Lorilis nickte und streckte sich auf ihrer Koje aus. Etwas Ruhe würde ihr in der Tat guttun. Außerdem musste sie dringend über das Erlebte nachdenken.

Von einem war sie fest überzeugt: Wenn sie den Energieströmen nach oben gefolgt wäre, hätte sie in die Zukunft sehen können!

Alle hatten gesehen, wie Zejabel zu Lorilis in die Kajüte gegangen war, und warteten nun auf das Ergebnis ihrer Bemühungen. Als die Zü den anderen berichtete, dass Lorilis den Schlüssel für die Geheimschrift nicht hatte finden können, war die Enttäuschung groß. Vor allem Damián haderte damit, dass er sich nun einzig auf sein Gedächtnis verlassen musste, um die Aufzeichnungen seines Vaters zu entziffern. Doch zugleich war ihm klar, welche Gefahr Lorilis eingegangen war, und deshalb beschloss er, sie nicht mehr um diese Art von Gefallen zu bitten. Die anderen stimmten ihm zu: Niemand wollte daran schuld sein, wenn dem Mädchen etwas zustieß. Sie wollten Lorilis die Entscheidung, ob sie von ihren Fähigkeiten Gebrauch machte oder nicht, selbst überlassen. Nicht einmal Zejabel wollte sie dazu drängen, sich abermals in den Zustand der Entsinnung zu versetzen.

Najel wühlte der Bericht über den gescheiterten Versuch besonders auf. Lorilis hatte vielleicht den Schlüssel nicht gefunden, aber sie hatte eine Vision von Amanón in der Vergangenheit gehabt. Dieser Gedanke weckte eine tiefe Sehnsucht in dem Jungen ... Was hätte er darum gegeben, sich fünfzehn Jahre in die Vergangenheit zurückzuversetzen, um für einen kurzen Moment seine Mutter zu sehen, die er nie kennengelernt hatte. Ohne Zögern hätte er jedes Risiko in Kauf genommen.

Doch leider besaß er keine magischen Fähigkeiten. Das Schicksal hatte es nicht für nötig befunden, ihm so etwas mit auf den Weg zu geben. Er war und blieb derselbe, der er stets gewesen war: Najel'b'ree, ein ruhiger und einfühlsamer Junge, der sich seiner Schwester unterordnete, der künftigen Königin von Wallatt und damit auch seiner Herrscherin.

Er liebte Maara aufrichtig, aber seit er mit den anderen Erben durch die Oberen Königreiche reiste, ließen ihm einige Dinge keine Ruhe. Vor allem fragte er sich, ob sein Platz auch in Zukunft in Wallos wäre, jetzt, da König Keb nicht mehr lebte. Najel kannte die Antwort nicht. Andererseits hatte er nur noch seine Schwester, und er konnte sich nicht vorstellen, für immer von ihr getrennt zu leben. Doch der Gedanke an eine Heimkehr in sein Land machte ihn nicht froh. Er hatte so viel von der Welt gesehen, seit er Wallos verlassen hatte, so viele Abenteuer erlebt ... Das Universum war groß, und es gab noch viel Neues zu entdecken, bevor er daran denken wollte, sich irgendwo niederzulassen!

Aber er musste diese Entscheidung ja auch nicht sofort treffen. Fürs Erste segelten sie gen Westen, fort von seiner Heimat. Najel bedauerte, dass er diese friedlichen Momente nicht in vollen Zügen genießen konnte – doch die Erben wurden von so vielen Sorgen geplagt, dass sie ihr Ziel möglichst schnell erreichen wollten. Alle hofften, Usul zu finden und von dem einstigen Gott endlich ein paar Antworten zu bekommen – vor allem, was das Schicksal ihrer Eltern anging. Vielleicht würden sie dann endlich Gewissheit haben, auch wenn sie womöglich ein Leben lang von den schrecklichen Bildern des Schiffbruchs verfolgt würden.

So verging Tag um Tag, und die Gefährten entwickelten gewisse Gewohnheiten. Sie konnten nicht ständig an der Reling stehen und Trübsal blasen, selbst wenn es an Bord nicht viele Möglichkeiten gab, sich zu beschäftigen. Am umtriebigsten waren wohl Josion und Zejabel. Nach ihrer Annäherung hatten Mutter und Sohn begonnen, gemeinsam auf dem Hinterdeck zu trainieren, und ihre rasanten Übungen und ihr Geschick rissen die Erben immer wieder zu spontanem Beifall hin. Ihre Versöhnung war wirklich ein Anlass zur Freude. Zwar waren sie weit davon entfernt, einander ständig um den Hals zu fallen oder sich Komplimente zu machen, aber allein der Umstand, dass sie nicht mehr stritten, war ein Hoffnungsschimmer.

Indes zerbrach sich Damián weiterhin den Kopf über die Geheimschrift seines Vaters. Er hatte Lorilis' Theorie eigentlich schon längst verworfen: Wenn Amanón seinem Sohn tatsächlich den Schlüssel geliefert hätte, hätte er mittlerweile daran erinnern müssen. Aber er war noch nicht bereit, seine Niederlage einzugestehen. Insgeheim hegte er immer noch die Hoffnung, am Ende so erfolgreich dazustehen wie sein Großvater Reyan. Doch das Rätsel schien zu schwierig für ihn zu sein – dabei hatte er in der Grauen Legion als einer der klügsten Köpfe gegolten. Mit jedem Tag, der verging, ließ Damiáns Eifer nach. Er verbrachte immer weniger Zeit vor den Manuskriptseiten und erzählte jedem, der es hören wollte, dass die Antwort ohnehin nicht zu finden sei.

Guederic machte seinem Bruder Mut, so gut es ging, aber auch um ihn stand es nicht zum Besten. Ähnlich war es mit Souanne. Beide kapselten sich zunehmend von den anderen ab. Erst wurden sie wortkarg, dann mürrisch und schließlich reizbar – völlig grundlos, wie es schien. Sie gerieten über Nichtigkeiten außer sich vor Wut: ein Knoten, der sich nicht lösen ließ, Essen, das nicht gar gekocht war, der Wind, der nicht aus der gewünschten Richtung blies. Über solche Kleinigkeiten konnten sie mehrere Dezimen lang laut fluchen. Immerhin achteten sie darauf, ihren Missmut nicht an ihren Gefährten auszulassen – sonst wäre die Stimmung an Bord unerträglich geworden.

Souanne und Guederic gingen sich aus dem Weg und vermieden es tunlichst, irgendwo nur zu zweit zu sein. Najel überlegte, ob sie wohl gestritten hatten, auch wenn das ihr seltsames Verhalten eigentlich nicht erklären konnte. Eher wirkten die beiden Lorelier unzufrieden, ganz so, als fehlte ihnen etwas.

Auch Maara kochte vor Ungeduld. Ihre Langeweile war so groß, dass sie sogar dazu übergegangen war, Corenns und Amanóns Tagebücher zu lesen. Nie zuvor hatte Najel seine Schwester mit einem Buch in der Hand gesehen!

Doch stille Lektüre war nicht das Richtige, um den Tatendrang der Kriegerin zu stillen. Im Gegenteil – je mehr sie über die Vergangenheit erfuhr, desto größer wurde ihre Lust, ihre Feinde zu vernichten und Rache zu nehmen für alles, was sie den Erben je angetan hatten. Maara führte lange Gespräche mit Zejabel, und die beiden schworen einander, den Kerlen ihre Schandtaten hundertfach heimzuzahlen. Najel gefiel es gar nicht, wenn sie so sprachen, denn in seinen Ohren klang das immer, als nähmen sie ihren eigenen Opfertod in Kauf.

Najel hingegen verbrachte die meiste Zeit mit Lorilis. Seit sie zugegeben hatte, über magische Kräfte zu verfügen, fand er sie noch faszinierender. Vermutlich behielt sie noch immer einiges für sich, aber das nahm ihr Najel nicht übel. Er wusste, dass die Kaulanerin ihm mehr vertraute als allen anderen. Wenn sie mit ihm reden wollte, würde er ihr aufmerksam und voller Wohlwollen zuhören, so wie immer. Ansonsten genoss er es einfach, mit ihr Erinnerungen auszutauschen. Er erfuhr, womit sich eine Novizin im Matriarchat die Zeit vertrieb, und erzählte ihr im Gegenzug, wie es sich als Sohn des Königs von Wallatt lebte. Lorilis begeisterte sich dermaßen für seine Geschichten, dass er manchmal den Eindruck hatte, eine wichtige Persönlichkeit zu sein. Dieses Gefühl war neu für ihn, und es erfüllte ihn mit Dankbarkeit.

Außerdem diskutierten sie lebhaft, was sie nach der Begegnung mit Usul tun sollten. Noch hatte keiner der Erben sich dazu geäußert. Alle hofften, von dem einstigen Gott etwas zu erfahren, das ihnen den Weg wies. Anderenfalls bliebe ihnen nur noch die Hoffnung, in Amanóns Aufzeichnungen etwas Aufschlussreiches zu finden – vorausgesetzt, es gelang ihnen, die Schrift zu entschlüsseln. Scheiterten sie aber auch damit, würden die Gefährten in einer Sackgasse stecken.

Najel ging davon aus, dass Maara dann nach Wallos zurückkehren würde, in der Hoffnung, dort wie durch ein Wunder Ke'b'ree vorzufinden – oder um den Thron des Königreichs Wallatt zu besteigen. Würden die anderen seiner Schwester folgen? Nichts deutete darauf hin ... Najel hoffte inbrünstig, dass es nie zu einer solchen Entscheidung kommen würde.

Am vierten Tag der Reise erreichte die Anspannung ihren Höhepunkt. Als sie kurz nach Mit-Tag an den ersten Inseln des Schönen Landes vorbeiglitten, standen alle Erben an Deck, auf das Schlimmste gefasst. Sie suchten den Horizont nach dem Segler ihrer Feinde ab und hielten nach anderen möglichen Gefahren Ausschau. Diese Gegend des Mittenmeers stand in keinem guten Ruf. Das Schöne Land war einst sehr reich gewesen, doch in den vergangenen Jahrzehnten hatte die Inselgruppe einige harte Schläge erlitten. Seit in den Provinzen Romins ein Bürgerkrieg ausgebrochen war, hatten sich viele Opfer der blutigen Kämpfe auf Piraterie verlegt, um ihr Überleben zu sichern. Seither tummelten sich vor der Küste zwischen den Städten Manive und Trois-Rives Seeräuber. Die einheimischen Guori, die jahrhundertelang in Frieden gelebt hatten, mussten zu den Waffen greifen, um ihre Heimat zu verteidigen. Leider ohne großen Erfolg: Die Piraten eroberten eine Insel nach der anderen und verjagten die reichen Lorelier oder Goroner, die dort als zahlende Gäste der Guori gewohnt hatten. Einer von Grigáns Freunden, der lange im Schönen Land gelebt hatte, erkannte die Gefahr rechtzeitig und kehrte in die Oberen Königreiche zurück. Aber nicht alle hatten so viel Glück.

Die Plünderung ihrer Reichtümer hatte die Kultur der Guori um zweihundert Jahre zurückgeworfen. Die verschiedenen Stämme sagten sich voneinander los. Einige kehrten zum Ackerbau oder zur Fischerei zurück, während andere selbst Piraten wurden und die romische Küste unsicher machten oder schwächere Stämme überfielen. Handelsschiffe mieden diese Gegend für gewöhnlich, was die missliche Lage der Inselgruppe noch verschärfte. Die Erben wussten also nicht, was sie erwartete. Sie wussten nur, dass sie sich in gefährlichen Gewässern befanden.

Dennoch segelten sie beinahe zwei Dekanten lang unbehelligt zwischen den Inseln hindurch. War es Glück oder Schicksal? Ab und zu begegneten sie Einheimischen in ihren Kanus, doch beim Anblick der *Wasserratte* paddelten die meisten hastig davon. Nur einige wenige folgten dem Schiff so lang wie möglich mit dem Blick. Nach mehreren solchen Begegnungen bekamen es die Gefährten jedoch allmählich mit der Angst zu tun. Sie fühlten sich beobachtet, während sie an Sandbänken, Riffen und Atollen vorbeiglitten.

Das nächste Problem war, Usuls Insel zu finden. Zejabel war die Einzige, die jemals dort gewesen war, aber ihr Besuch lag über zwanzig Jahre zurück, und damals war es finstere Nacht gewesen. Zum Glück hatte sie jedoch einen hervorragenden Orientierungssinn und gab unverdrossen den Kurs vor.

Nach einem halben Dekant Zickzackfahrt durch das

Insellabyrinth lag ihr Ziel plötzlich vor ihnen. Noch bevor die Kahati etwas sagen konnte, wussten alle, dass sie Usuls Insel erreicht hatten. Der erloschene Vulkan ragte vor ihnen auf wie ein Seeungeheuer, das aus den Tiefen des Meeres auftaucht.

Ringsum herrschte Totenstille.

Als Erstes segelten sie einmal komplett um die Insel herum, um sich zu vergewissern, dass sie verlassen war, und einen geeigneten Platz zum Ankern zu finden. Das Eiland war zwar viel kleiner als Ji, aber trotzdem gab es genug Verstecke, in denen ihre Feinde ihnen auflauernd, konnten. Dass der feindliche Segler nicht zu sehen war, musste nichts heißen. Die Ruhe konnte trügerisch sein.

Maara und die anderen nahmen das Dickicht, das auf den Hängen des Vulkans wucherte, genau unter die Lupe. Beim ersten Besuch der Erben waren Horden von Ratten dort herausgekommen und hatten sich auf sie gestürzt. Etwa zwanzig Jahre später hatten Zejabel und die anderen es dann mit Riesenschlangen aufnehmen müssen. Usul hatte offenbar keine Schwierigkeiten, Wächter für seine Insel zu finden. Welche Prüfung würde die Abenteurer dieses Mal erwarten?

»Niemand zu sehen«, rief Maara ungeduldig. »Es ist besser, wir durchsuchen die Insel, solange es noch hell ist!«

Mit dem Kopf deutete sie zur Sonne, die sich allmählich dem Horizont näherte. Ihre Gefährten zögerten noch, selbst Zejabel, wie Maara stirnrunzelnd feststellte.

»Es ändert nichts, ob wir noch einen Dekant oder die ganze Nacht warten«, drängte die Wallattin. »Womöglich würden wir damit sogar die Einheimischen gegen uns aufbringen.«

»Es ist zu still«, sagte Zejabel. »Kein Vogel ist zu hören … Wie beim letzten Mal«, fügte sie leise hinzu.

Sie atmete tief ein, legte den Bogen beiseite, den sie seit dem Mit-Tag in der Hand hielt, und griff nach Zuïas Speer.

»Aber Maara hat Recht«, schloss sie. »Wir sind mit einer bestimmten Absicht hergekommen. Bringen wir es also hinter uns.«

Damián, der am Steuer stand, nickte, woraufhin sich alle an den Segeln zu schaffen machten, um das Schiff so nah wie möglich ans Ufer heranzumanövrieren. In der Nähe des Strands war das Wasser jedoch zu flach, um weiterzufahren, und so warfen sie den Anker, sprangen in das blaue Wasser der Lagune und wateten an Land. Es war seltsam, angesichts einer so überwältigend schönen Kulisse ein so beklemmendes Gefühl zu empfinden. Maara hielt ihre Lowa in der einen, den Schild in der anderen Hand. Sie war fest entschlossen, sich diesmal nicht von ihren Feinden überrumpeln zu lassen. Als sie sich umdrehte, sah sie, dass ihre Gewährten ebenfalls ihre Waffen gezogen hatten.

»Wir machen am Strand halt«, sagte Damián. »Wir gehen erst weiter, wenn wir uns vergewissert haben, dass uns im Gebüsch keine Riesenschlangen auflauern.«

Dieser Gedanke war Maara auch schon gekommen, auch wenn sie das nach all den Jahren für unwahrscheinlich hielt. Außerdem waren die Reptilien übernatürliche Kreaturen gewesen und vermutlich zusammen mit dem Jal verschwunden, genau wie alle anderen magischen Wesen. Damiáns Vorsichtsmaßnahme war ihrer Meinung nach völlig übertrieben. Plötzlich fragte sich Maara, was sie hier eigentlich machte, im knietiefen Wasser, fern von Wallos, mit der Lowa in der Hand ...

Wie hätte der wahnsinnige Alte, den ihr Vater vor einiger Zeit in den Palast von Wallos gebrachte hatte, diesen weiten Weg zurücklegen sollen? Sie würden Usul hier kaum finden. Und ohne Usul gab es auch keine neue Prophezeiung – sie hatten den weiten Weg umsonst gemacht!

Verärgert und ohne auf Damián zu hören, überquerte sie den Strand und stapfte geradewegs auf das Dickicht zu. Mit der Lowa zerschlug sie einige riesige Blätter und scheuchte so verschiedenste Insekten auf. Schlangennester fand sie jedoch keine. Ihre Gefährten folgten ihr hastig, für den Fall, dass sie eine unangenehme Überraschung erwartete. Die Kriegerin drehte sich kurz zu ihnen um und zuckte missmutig mit den Schultern. Doch plötzlich erstarrte sie und ging in Kampfstellung: Sie hatte etwas gesehen!

Die anderen hoben ebenfalls ihre Waffen. Etwas kam durch das Dickicht auf sie zu, keine zehn Schritte von Maara entfernt. Das Wesen kam näher, immer näher ... Die Kriegerin hielt ihre Lowa fest umklammert. Ganz gleich, was jeden Moment aus dem Gebüsch hervorkam, es würde nicht lange genug leben, um ihr an die Gurgel zu springen!

Im nächsten Moment taumelte eine Gestalt zwischen den Blättern hervor. Ungläubig und leicht angewidert starrte Maara auf die Erscheinung. Der Mann starrte vor Dreck. Gleichzeitig schlug ihnen ein übler Gestank entgegen, eine Mischung aus Aas, fauligem Fisch und Schweiß. Die Erben wichen ein paar Schritte zurück, vor Ekel, aber auch, weil sie einen Angriff fürchteten.

Nachdem sie auf Abstand gegangen waren, konnten sie die Kreatur genauer betrachten. Eigentlich sah der Mann aus wie ein gewöhnlicher Sterblicher von etwa zwanzig Jahren, jedoch konterkarierten einige gruselige Details diese Erscheinung: Seine Haut löste sich an mehreren Stellen und hing in Fetzen herunter, als häutete er sich. Darunter kam eine silbrig-grüne Echsenhaut zum Vorschein. Auch sein Gesicht hatte etwas Reptilienhaftes: Die Augenlider waren dick und ledrig, die Zähne sehr spitz und erstaunlich weiß für jemanden, der so schmutzig war. Die wenigen Kleider, die der Mann noch am Leib trug, waren Lumpen und bedeckten seine Blöße kaum. Seine Nägel waren lang und gelb, die Finger durch dicke Schwimmhäute miteinander verbunden. Nicht zuletzt wies sein Gang darauf hin, dass er kaum noch ein Mensch war. Die Kreatur schien nur bei jedem dritten Schritt normal aufzutreten, ansonsten machte sie seltsame Hüpfer, wobei Oberkörper und Arme wild durch die Gegend schlackerten. Maara hatte es vor Ekel die Sprache verschlagen. Sie hatten Usul gefunden.

Der Gott, wenn er denn einer war, sah überhaupt nicht so aus, wie sie sich ein allwissendes höheres Wesen vorgestellt hatte. Vielmehr wirkte der Mann komplett wahnsinnig. Er hüpfte vor den Waffen der Gefährten hin und her und leckte sich mit seiner abstoßenden Zunge die Lippen. Wiederholt schaute er zur untergehenden Sonne. Dann näherte er sich Maara und brach in schauriges Gelächter aus. Die Kriegerin musste sehr an sich halten, um ihm nicht auf der Stelle den Schädel einzuschlagen.

»Ein alter Mann ist das aber nicht gerade!«, rief Guederic. »Was hast du uns erzählt, Zejabel?«

»Auch ich sehe ihn zum ersten Mal«, erwiderte die Zü. »Und ich habe nie behauptet, dass er alt ist. Ich habe nur weitergegeben, was Keb mir erzählt hat.«

Maara war nicht in der Stimmung, sich in den Streit einzumischen. Sie konnte sich nicht vorstellen, wie ihr Vater solch eine abscheuliche Kreatur in den Palast holen und ihn unbemerkt einkerkern konnte. Und überhaupt, wie war dieses Ungeheuer aus seiner Zelle entkommen und an diesen entlegenen Ort gelangt? Er musste über magische Kräfte verfügen, die ihn durch Wände gehen und ihm Schuppen unter der Haut wachsen ließen. Dunkle Kräfte, die eigentlich zusammen mit den Dämonen des Karu aus der Welt verschwunden waren!

»Und was machen wir jetzt?«, fragte Guederic. »Ihn fesseln und an Bord bringen?«

Er hatte seinen Satz kaum zu Ende gesprochen, da sprang die Kreatur zurück und verfiel wieder in seinen abstoßenden Tanz.

»Sprecht Ihr unsere Sprache?«, vergewisserte sich Damián.

Sein Tonfall war freundlich, auch wenn er die Waffe nicht senkte. Wieder brach Usul in ein Lachen aus, das allen das Blut in den Adern gefrieren ließ. Je öfter das Ungeheuer nach den letzten Sonnenstrahlen schielte, desto ungeduldiger wurde Maara.

»Ja«, antwortete die Kreatur mit schauriger Stimme. »Selbstverständlich ...«

Usul war allein und die Gefährten zu acht, trotzdem witterten die Erben plötzlich Gefahr. Ihre Unruhe wuchs, als er hinzufügte:

»Sie kommen! Sie sind jeden Moment hier!«

»Wer kommt?«, rief Maara. »Wer? Sprich, oder ich zertrümmere dir den Schädel!«

»Oh, nein, mein Spiel folgt anderen Regeln«, antwortete Usul mit einem hämischen Kichern.

Maara tat einen Schritt in seine Richtung, aber wieder sprang er zurück. Sollte er plötzlich beschließen, in dem undurchdringlichen Dickicht zu verschwinden, würde er ihnen entwischen …

»Wir kommen nicht als Feinde«, machte Damián einen neuen Vorstoß. »Wir wollen Euch nichts Böses. Wir wollen nur an Eurem Wissen teilhaben.«

Wieder lachte das Ungeheuer dreckig. Dann zeigte es mit seinem widerlichen Finger auf Lorilis, die sich hinter Zejabel versteckte.

»Ihr Vater hat mich umgebracht«, kreischte er. »Ihr seid nicht meine Feinde? Ihr alle seid meine Feinde! *Alle!*«

Jetzt nahm sein Gesicht einen drohenden Ausdruck an. Diesmal versuchte Josion, sich ihm zu nähern, aber Usul wich ihm so flink aus wie zuvor Maara. Er schien immer genau zu wissen, was die Gefährten dachten oder vorhatten – ganz so, als wäre er tatsächlich Usul der Wissende.

Die letzten Sonnenstrahlen über dem Meer zogen ihn ganz in ihren Bann. Er sabberte jetzt wie ein Greis, und sein Blick wanderte ständig zwischen der untergehenden Sonne und den Erben hin und her.

»Lasst uns verschwinden«, murmelte Damián. »Gehen wir zurück zum Schiff.«

Er bemühte sich um einen gelassenen Tonfall, aber seine Stimme bebte vor Angst. Maara hätte die gruselige Kreatur am liebsten getötet, aber sie kam einfach nicht an ihn heran. So wichen die Erben vorsichtig zurück, ohne das Wesen, das sie belauerte, aus den Augen zu lassen.

»Zu spät«, gluckste es. »Sie kommen! Sie sind schon da!«

Usul starrte über sie hinweg aufs Meer hinaus. Maara und die anderen wirbelten herum, bereit, ihr Leben zu verteidigen. Bei dem Anblick, der sich ihnen bot, blieb ihnen vor Schreck das Herz stehen: Zehn bis zwölf Einbäume glitten durch die Wellen in Richtung Strand, und in jedem saßen vier oder fünf Einheimische in voller Kriegsmontur!

Als ihnen klarwurde, dass die Erben sie gesehen hatten, brachen die Guori in wildes Geheul aus. Sie sprangen ins Wasser der Lagune und rannten geradewegs auf die Gefährten zu. In den Händen trugen sie Fackeln und mehr oder weniger primitive Waffen. Inmitten dieses Trubels hörte Maara, wie Damián »Zum Schiff!« schrie. Jetzt hing ihr Leben davon ab, dass sie die *Wasserratte* vor den einheimischen Kriegern erreichten.

Verzweifelt rannte Maara der Horde Guori entgegen und sprang über die Wellen hinweg, ohne langsamer zu werden. Josion schloss zu ihr auf und überholte sie schließlich sogar. Das Schiff war nicht mehr weit. Sie konnten es schaffen! Maara blickte sich kurz um, um sich zu vergewissern, dass niemand fehlte. Mit hämmerndem Herz blieb sie stehen und sah sich hektisch um. Eine nie gekannte Panik packte sie: Najel war verschwunden.

Dieser verfluchte Usul hatte ihn mit sich fortgeschleift!

Die Kriegerprinzessin wollte unter lautem Rachegeheul zum Strand zurückrennen, aber dazu kam sie nicht mehr: Sechs Guori warfen sich auf sie, und sie musste um ihr eigenes Leben kämpfen.

Als der Kampf so richtig losbrach, waren mehrere ihrer Gegner bereits tot. Doch die Tränen, die Maara übers Gesicht liefen, galten nicht ihnen.

Souanne erreichte das Schiff kurz nach Josion, der sich behände an Bord gehangelt hatte. Er reichte ihr die Hand und zog sie mit einem Ruck zu sich hinauf, bevor er sich Zejabels Bogen schnappte und wie im Wahn Pfeile abzuschießen begann. Die Legionärin bewunderte seinen Mut angesichts der unvermeidlichen Niederlage. Die Guori waren deutlich in der Überzahl – und sie kamen von überall!

Souanne wollte sich jedoch nicht widerstandslos töten lassen. Sie hielt immer noch Saats Schwert in den Händen. Als sich plötzlich Finger an die Reling krallten, ließ sie die Klinge darauf niedersausen. Ein Guori fiel brüllend vor Schmerz zurück ins Wasser. Doch schon zogen sich zwei, drei, fünf andere an der Reling hoch! Souanne schlug immer wieder zu und lief von einer Seite des Schiffs zur anderen, während sich auf den Planken abgetrennte Finger und Hände zu einem abstoßenden Haufen sammelten. Bald dämmerte den einheimischen Kriegern, dass sie die *Wasserratte* auf diese Art nicht entern konnten. Einige wichen zurück, um sich leichtere Gegner zu suchen, andere begannen jedoch, brennende Fackeln an Deck zu werfen.

Die Legionärin beeilte sich, die Brandgeschosse aufzuheben und ins Wasser zu werfen, doch konnte sie unmöglich überall gleichzeitig sein. Es war nur eine Frage der Zeit, bis das Schiff Feuer fing ... In diesem Moment stürzten sich zwei tätowierte Guori, denen es gelungen war, sich über die Reling zu hangeln, unter wütendem Geschrei auf sie. Souanne ging in Abwehrhaltung. Ihre Schläfen pochten, und sie umklammerte das blutige Schwert mit aller Kraft, als sich plötzlich ein Pfeil durch den Hals des Mannes zu ihrer Rechten bohrte. Der zweite Mann starrte verblüfft auf den Sterbenden und war so für den Bruchteil einer Dezille abgelenkt. Josion nutzte die Gelegenheit und stieß ihm seinen Zarratt ins Auge. Souanne dankte ihrem Gefährten mit einem kurzen Nicken. Doch dann zeigte Josion ihr den leeren Köcher.

»Wir haben keine Pfeile mehr«, sagte er.

Die Folgen machten sich sofort bemerkbar. Ohne Pfeil und Bogen hatten die beiden überhaupt keine Chance, sich die Kriegermeute vom Leib zu halten, die auf das Schiff zugestürmt kam. Schon klammerten sich zehn bis fünfzehn Guori an die Bordwände. Souanne reagierte blitzschnell und wehrte die Männer ab, so gut es ging. Sie drosch auf alle Hände und Arme ein, die sich über die Reling schoben. Fast hatte sie den Eindruck, ihre eigenen Dämonen zu bekämpfen. Aber war es nicht auch so? Der Blutrausch drängte sie dazu, wenigstens einen ihrer Feinde zu töten, wenigstens ein Leben zu rauben, um abermals diese köstliche Kraft zu spüren! Souanne bezweifelte, dass sie der Verlockung lange widerstehen könnte, obwohl sie stolz darauf war, bislang nicht die Kontrolle verloren zu haben. Nein, sie musste stark bleiben, auch wenn das bedeutete, auf den Rausch zu verzichten. Dafür wurde sie mit einem Gefühl der Freiheit belohnt.

Sie war dermaßen mit ihrem inneren Kampf beschäftigt, dass sie beinahe auf Guederic eingeschlagen hätte, der sich an der Reling festklammerte, um einem Angreifer kräftig gegen den Kiefer zu treten. Voller Bewunderung stellte Souanne fest, dass er sich ganz ohne Schwert bis zum Schiff durchgekämpft hatte. Seine Fäuste flogen nach allen Seiten. Gerade landete er mit der Rechten einen verheerenden Schlag ins Gesicht eines weiteren Guori. Die Legionärin zog ihn rasch an Bord, damit er Josion und ihr bei der Verteidigung des Decks helfen konnte. Es war allerhöchste Zeit. Die Eingeborenen rückten immer weiter vor. Mittlerweile hatten sie den Rumpf der *Wasserratte* umstellt.

Doch auch zu dritt schafften die Erben es nicht, die Guori zurückzudrängen. Die Männer wirkten völlig entrückt. Es genügte nicht, ihnen die Finger abzuhacken oder sie an der Schulter zu verletzen, um sie zu vertreiben. Selbst die Verstümmelten versuchten weiterhin, an Bord zu klettern. Dabei verdrehten sie wie wahnsinnig die Augen und stießen gellende Schreie aus. Einem gelang es schließlich, das Schiff zu erklimmen, doch gleich darauf brach ihm Josion mit der Kette seines Zarratt das Genick. Im nächsten Moment sprangen zwei Guori über die Reling, dann drei weitere … Der Kampf verlagerte sich an Deck.

Souanne und Guederic wurden von Josion getrennt, als eine Gruppe Angreifer ihn in Richtung Bug drängte. Seite an Seite vollbrachten die beiden Lorelier wahre Kunststücke: Sie wichen den Guori geschickt aus und schlugen blitzschnell mit Schwert oder Faust zu, aber die Zahl ihrer Gegner wurde nicht kleiner – im Gegenteil. Kaum hatten sie einen Mann ins Wasser gestoßen, stand er schon wieder vor ihnen. Irgendwann sah Souanne keine andere Möglichkeit, den Kampf zu gewinnen, als ihrem rätselhaften Verlangen nachzugeben. Sie entwaffnete den nächstbesten Guori und schickte sich an, ihn mit dem Schwert zu durchbohren.

Doch Guederic kam ihr zuvor. Ohne Vorwarnung zog er sein Krummschwert und hieb es dem wehrlosen Mann in den Hals, wobei er ihm den Kopf zur Hälfte abtrennte. Aus dem Augenwinkel sah Souanne, dass auch ihn der Blutrausch gepackt hatte. Obwohl er versuchte, es zu verbergen, sah sie es ihm sofort an. Neid und Wut wallten in ihr auf, und sie verdoppelte ihre Anstrengungen. Bald bot sich ihr wieder die Gelegenheit, einen Feind zu töten. Doch wieder kam ihr Guederic dazwischen, und gleich darauf tötete er einen dritten Mann!

»Was machst du denn da?«, protestierte sie.

Ihre Blicke trafen sich nur kurz, aber der Legionärin lief ein Schauer über den Rücken. Guederics Augen glänzten fiebrig. Souanne meinte in ihnen zugleich Härte und tiefe Verzweiflung zu lesen. Wenn ihm das Töten seiner Feinde irgendeine Genugtuung verschaffte, so war es ihm jedenfalls nicht anzusehen.

»Ich tu's für dich«, rief er.

Gleichzeitig stieß er einem Guori, der gerade ausgeholt hatte, um ihm den Schädel zu spalten, das Krummschwert zwischen die Rippen.

Souanne konnte es nicht fassen: Guederic hatte beschlossen, bei diesem Kampf das Töten zu übernehmen, um sie vor sich selbst zu schützen – auf die Gefahr hin, sich damit selbst ins Verderben zu stürzen.

Damián beobachtete, wie Josion und Souanne an Bord der *Wasserratte* kletterten, und auch er selbst hätte sich längst an der Schiffswand hochhangeln können, aber noch waren nicht alle Erben beisammen. Er wollte auf die Langsameren warten und erst als Letzter an Bord gehen, so wie es einem Ritter der Grauen Legion zustand. Statt sich also in Sicherheit zu bringen, rannte er an der *Wasserratte* vorbei und warf sich einer Gruppe von sechs Guori entgegen. Er hoffte inständig, Guederic, Lorilis und den anderen auf diese Weise etwas Zeit zu verschaffen.

Die Angst beflügelte ihn. Mit gezücktem Schwert schlug er eine Bresche durch die Guori. Eine primitive Axt schrammte seinen Arm, ein Wurfspieß traf ihn am Oberschenkel, aber ansonsten blieb er unversehrt. Jetzt war seine Klinge blutüberströmt. Ein Eingeborener presste sich die Hände auf den Bauch, während ein anderer versuchte, den Blutschwall zu stoppen, der ihm aus dem Hals pulsierte. Damián schlug noch einen dritten Mann nieder und rannte dann weiter durchs Wasser vom Schiff fort, in der Hoffnung, die verbleibenden Männer würden ihm nachjagen.

Nur zwei verfolgten ihn. Der dritte Unverletzte setzte zusammen mit seinen Stammesbrüdern zum Sturm auf das Schiff an. Damián brach der kalte Schweiß aus: Die *Wasserratte* war jetzt von einer ganzen Horde Einheimischer umzingelt. Niemals würden es alle Erben zurück an Bord schaffen. Schon flogen brennende Fackeln an Deck …

Am Strand lieferte sich Maara einen erbitterten Kampf gegen eine Überzahl Gegner. Zwanzig Schritte weiter versuchte Zejabel, Lorilis vor der tödlichen Raserei der Guori zu schützen. Guederic und Najel waren nirgends zu sehen. Damián hoffte, dass sie sich irgendwo hinter dem Schiff befanden.

Er selbst geriet nun ebenfalls in Bedrängnis. Die beiden

Krieger, die ihn verfolgten, waren ihm dicht auf den Fersen und ließen sich selbst durch plötzliche Richtungswechsel nicht abschütteln. Damián blieb nichts anderes übrig, als stehen zu bleiben und sich dem Kampf zu stellen. Sein einziger Vorteil war, dass ihre Körper ungeschützt waren. Auch der Wahnsinn, dem sie offenbar verfallen waren, hätte es Damián leichter machen können, aber leider war das Gegenteil der Fall: Die Raserei schien die Guori unempfindlich gegen Schmerz zu machen und ihre Brutalität noch zu verstärken. Allmählich wurde es für Damián brenzlig. Zweimal schon hatten sie ihn mit einer überraschenden Attacke überrumpelt, und er verdankte es nur seinen blitzschnellen Reaktionen, dass er noch lebte.

Zum Glück war er durch die Ausbildung bei der Grauen Legion in Taktik geschult, wodurch er einen weiteren Vorteil vor den Männern hatte, die blindwütig drauflosschlugen. Nach einer Weile gelang es ihm, einen Guori an der Brust zu treffen. Der Mann fiel rücklings ins Wasser. Gleich darauf konnte Damián auch den zweiten außer Gefecht setzen. Fieberhaft versuchte er, sich einen Überblick zu verschaffen. In diesem Moment rammte etwas Schweres sein Bein.

Damián sprang erschreckt zur Seite, bevor er entdeckte, dass es nur ein herrenloser Einbaum war, der auf den Wellen trieb. Der Vorfall wäre nicht weiter von Bedeutung gewesen, hätte nicht am Boden des Kanus ein gefesselter und geknebelter Guori gelegen. Er war nicht tätowiert wie die anderen, und Todesangst stand ihm ins Gesicht geschrieben. Damián dachte nicht lange nach und befreite den Mann. Die Erben konnten jede Hilfe gebrauchen.

Doch der Mann erwies sich als undankbar, um nicht

zu sagen feige. Vielleicht war er aber auch nur vernünftig. Kaum war er frei, ließ er eine kurze Tirade in seiner Sprache ab und ergriff dann die Flucht. Damián hielt ihn nicht zurück. Wozu auch? Er konnte niemanden dazu zwingen, das Schicksal der Erben zu teilen …

Wenigstens half ihm diese Begegnung, ihre Lage besser zu verstehen. Die Guori waren nicht zufällig hier. Offenbar brachten sie auf der Insel Menschenopfer dar! Wie lange mochte das schon so gehen? Wahrscheinlich, seit Usul auf der Insel aufgetaucht war. Vermutlich sorgte ein mächtiger Stamm Guori in dieser Gegend für Angst und Schrecken und überfiel schwächere Eingeborenengruppen. Die Gefangenen opferten sie dann Usul. Damián stellte sich kurz die grausamen Zeremonien vor, die sie an dem Strand abhielten. Welches Schicksal erwartete ihre Opfer, nachdem sie sie Usul übergeben hatten? Wohin brachte die dämonische Kreatur die Unglücklichen und was stellte sie mit ihnen an?

Damián hoffte, die Antwort darauf nie zu erfahren. Deshalb hatten die Guori sie also angegriffen. Sie waren auf der Suche nach Menschenfleisch, um Usul zufriedenzustellen. Die Erben durften sich auf keinen Fall ergeben! Es wäre Ironie des Schicksals, wenn sie als Menschenopfer für einen Dämon endeten, der früher einmal ein Gott gewesen war.

Damián fand seinen Kampfgeist wieder und rannte los, um Maara zu helfen. Die Barbarenprinzessin schien wahre Heldentaten zu vollbringen. Um sie herum lagen mehrere Leichen. Sie kämpfte allein, und jeden Moment konnte ihr ein Angreifer in den Rücken fallen. Damián stürzte an ihre Seite und stach zwei Guori von hinten nieder –

das war vielleicht nicht besonders ehrenhaft, aber wenn sich sechs oder sieben Männer über eine einzige Frau hermachten, hatten sie nichts Besseres verdient!

Damiáns Hilfe kam keine Dezille zu früh. Maara war über und über mit Blut bedeckt. Sie hatte ihre letzten Kräfte mobilisiert, um den Angriff der Horde abzuwehren, und allmählich war sie erschöpft. Noch mehr erschütterte Damián allerdings etwas, das ihm erst jetzt auffiel: Maara weinte.

»Er hat Najel fortgeschleppt«, keuchte sie zwischen zwei Lowahieben. »*Dieser verfluchte Dämon hat meinen Bruder!*«

Diese Worte entfachten abermals Maaras Wut, und sie kämpfte wieder wie eine Löwin. Damián begriff, dass sie die Guori für Najels Verschwinden bezahlen ließ. Nun begann auch er, mit neuem Eifer auf ihre Angreifer einzuschlagen. Die Vorstellung, dass jemand dem sanftmütigen Jungen etwas antun könnte, war einfach unerträglich.

Plötzlich schoss ihm ein Gedanke durch den Kopf. Unwillkürlich musste er lächeln. Es war einfach absurd. Guederic hatte Recht: Die Erinnerungen kehrten immer dann zurück, wenn man es am wenigsten erwartete …

Ihm war soeben die Lösung eingefallen. Der Schlüssel zu Amanóns Geheimschrift.

Es war ein Alptraum. Schon die Begegnung mit Usul war schrecklich gewesen, aber was dann geschah, war das pure Grauen. Najel wurde vor Lorilis' Augen von der abscheulichen Kreatur entführt, und sie konnte nichts dagegen tun!

Alles ging furchtbar schnell. Auf Damiáns Ruf hin liefen die Erben los, um sich auf das Schiff zu retten. Lorilis hatte noch keine zehn Schritte gemacht, da war der Dämon ihr schon auf den Fersen. Sie hörte ihn in wilden Sätzen hinter ihr her durch den Sand springen. Fast spürte sie seinen stinkenden Atem im Nacken.

Najel war nicht weit von ihr entfernt. Er blieb stehen, um sie zu beschützen, und reckte der Kreatur mutig seinen Stock entgegen. Doch leider konnte er mit dieser Waffe nichts gegen das Ungeheuer ausrichten. Usul sprang Najel an, packte ihn mit seinen schuppigen Armen, und im nächsten Augenblick wälzten sich die beiden im Sand! Lorilis schrie auf und streckte die Hand aus, um Usul mit ihrem magischen Blitz zu treffen, aber nichts geschah. Diesmal schien ihre Magie nicht zu wirken, und so konnte Usul ungehindert im Dickicht verschwinden und Najel mit sich fortschleifen.

Lorilis wollte zu ihren Gefährten laufen, um sie zu warnen, doch es war zu spät. Schon strömten die Guori von allen Seiten herbei und fielen wie ein Rudel brüllender Hyänen über die Bucht und den Strand her. In Todesangst rannte Lorilis zu Zejabel hinüber und ging hinter ihr in Deckung. Dann warteten beide auf den Ansturm ihrer Feinde. Zejabel sah den Guori erhobenen Hauptes entgegen, wehrhaft wie eine Festung, während sich Lorilis hinter ihrem Rücken verschanzte und zitternd ihren Dolch umklammerte ...

Zejabel rührte sich erst, als die ersten Guori sie erreichten. Sie stieß mit ihrem Speer so schnell und treffsicher zu, dass die Männer im Lauf noch ein paar Schritte weitertaumelten, bevor sie tot zu Boden fielen. Die nächsten Angreifer waren vorsichtiger, aber das Ergebnis war dasselbe. Die Eingeborenen wirkten wie von Drogen betäubt und schienen weder Angst zu kennen noch Schmerz zu spüren. Blindlings stürzten sie sich in die Speerspitze, die Zejabel ihnen entgegenreckte.

Allerdings waren sie heillos in der Überzahl, und bald konnte die Zü ihren Speer nicht mehr schnell genug bewegen, um alle zu erstechen. Sie ließ die Waffe fallen, zog zwei Dolche aus ihrem Gürtel und begann einen blutigen Todestanz. Lorilis hatte gerade noch genug Kraft, um sich hinter Zejabels schützendem Rücken zu halten. Sie weinte um Najel, der sich für sie geopfert hatte. Sie weinte, weil er an ihrer Stelle schreckliche Qualen erleiden musste. Sie war wie gelähmt.

»Nutze deine Kräfte!«, brüllte Zejabel. »Nutze deine Kräfte, oder wir sind alle verloren!«

Die strenge Stimme der Kahati rüttelte Lorilis auf. Richtig, die Magie war ihre Waffe – eine sehr viel gefährlichere Waffe als dieser lächerliche Dolch, mit dem sie nicht umgehen konnte. Aber würde ihre Magie diesmal wirken? Gegen Usul hatte Lorilis nichts ausrichten können! War ihr letzter Versuch vielleicht zu anstrengend gewesen? Waren ihre Kräfte verbraucht?

Es gab nur einen Weg, das herauszufinden. Sie durfte nicht länger warten. Mitten im Kampfgetümmel gelang es ihr nicht auf Anhieb, sich zu konzentrieren und ihre Wahrnehmung zu schärfen. Doch schließlich hatte sie Erfolg: Sie richtete ihre ganze Aufmerksamkeit auf Usuls Insel und sah sie bald vor ihrem geistigen Auge. Lorilis beobachtete die Energieströme, die von Bäumen, Felsen, Meer und Menschen ausgingen, und wählte einen dieser Wirbel aus, der ihr stark genug erschien. Lorilis versuchte, ihn mit der Kraft ihres Geistes von seiner ursprünglichen Bahn abzulenken und ihn auf einen von Zejabels Gegnern zu richten. Als sich der Wirbel ganz in der Nähe des Mannes befand, ließ sie ihn los.

Er schnellte an seine ursprüngliche Stelle zurück, und die dabei frei werdende Energie schmetterte den Mann mit voller Wucht zu Boden.

Ermutigt von diesem Erfolg wiederholte sie das Kunststück gleich noch einmal. Aus unerfindlichen Gründen kostete es sie dreimal so viel Kraft wie beim ersten Mal. Trotzdem gelang es ihr, einen weiteren Angreifer außer Gefecht zu setzen.

Plötzlich überkam sie große Müdigkeit. Was war nur los mit ihr? Sie zwang sich, tief Luft zu holen, denn sie fürchtete, wie beim letzten Mal Atemnot zu bekommen. Nein, das Atmen bereitete ihr zum Glück keine Schwierigkeiten, aber sie war völlig entkräftet. In diesem Zustand konnte sie nicht weiterkämpfen – sie hatte einfach nicht die Kraft dazu. Die Aussichtslosigkeit ihrer Lage trieb ihr Tränen in die Augen. Dabei waren die Guori nicht einmal ihre wahren Feinde! Es konnte und durfte doch nicht alles an diesem Strand zu Ende gehen! Sie musste eine Laterne holen, die anderen zusammentrommeln und sich auf die Suche nach Najel machen! Der Arme war allein, völlig allein, und befand sich in den Fängen eines abscheulichen Dämons – des einzigen, dessen Existenz tatsächlich bewiesen war!

Lorilis beschloss, alles zu riskieren und ihre letzten Kräfte einzusetzen. Sie bückte sich nach einer Fackel, die ein Eingeborener hatte fallen lassen, und widerstand tapfer dem Schwindelgefühl, das sie umzuwerfen drohte. Sie streckte die Fackel hoch in die laue Nacht und holte tief Luft.

Dann stieß sie einen Schrei aus, so laut wie nie zuvor.

Sie zwang sich, aufrecht stehen zu bleiben, während ihre magischen Kräfte die Fackel in ihrer Hand zu einem Flammeninferno anschwellen ließen.

Usul musste Najel einen Schlag auf den Kopf versetzt haben, um ihn außer Gefecht zu setzen – oder er hatte sich an einem Felsen oder Baum gestoßen, als er versuchte, sich aus der Umklammerung des Dämons zu befreien. Usul war nicht besonders groß, aber stark wie zehn Männer. Der Junge wehrte sich verzweifelt mit Armen und Beinen, aber es nützte alles nichts. Nicht einmal schreien hatte er können, denn der Dämon hatte ihm seine stinkende Hand auf den Mund gepresst.

Und plötzlich war es um ihn herum dunkel geworden.

Seither waren Dezillen, vielleicht sogar Dekanten vergangen. Immer noch war er ganz benommen, und sein Schädel schien vor Schmerzen zu zerspringen. Najel wusste, dass er sofort wieder die Besinnung verlieren würde, wenn er sich überstürzt bewegte – aber er musste die Augen öffnen, sich aufrichten und herausfinden, wo er war. Vorsichtig bewegte er den Kopf und hörte seine Halswirbel knacken.

Es war immer noch Nacht, und Najel schien sich nach wie vor auf der Insel zu befinden. Als er sich umsah, entdeckte er, dass er auf dem Gipfel des erloschenen Vulkans lag. Und direkt neben ihm klaffte ein tiefes Loch im Boden! Wie leicht hätte er dort hineinrollen können … Welcher Wahnsinnige hatte ihn in diese gefährliche Lage gebracht? Die Antwort lag auf der Hand: Usul.

Allmählich kehrten seine Lebensgeister zurück – und damit auch die Angst. Najel wagte nicht, sich aufzusetzen, drehte jedoch den Hals, so weit es ging, um herauszufinden, ob der Dämon in der Nähe lauerte. Nicht zu wissen, wo Usul steckte, war mindestens genauso beängstigend, wie ihm direkt ins Gesicht zu sehen. Was hatte der Dämon vor? Warum hatte er Najel entführt und hierhergebracht? Der Junge tastete seinen Körper nach weiteren Verletzungen ab, aber bis auf die Beule am Kopf war er unversehrt. Usul hatte ihn nicht einmal gefesselt. Hatte er ihn vielleicht für tot gehalten?

Ein schrecklicher Gedanke krampfte ihm den Magen zusammen. *Vielleicht war Usul jetzt hinter seinen Gefährten her. Vielleicht war er an den Strand zurückgekehrt und half den Guori im Kampf gegen die Erben!*

Diese Vorstellung brachte ihn dazu, sich aufzusetzen. Vorsichtig streckte er die Beine und rappelte sich hoch. Allmählich lichtete sich der Nebel in seinem Kopf. Najel lief ein paar Schritte den Hang hinunter, bevor ihm einfiel, dass er sich besser zuerst orientierte. Er kehrte zum Gipfel zurück und ließ den Blick durch die Finsternis schweifen. In der Ferne, jenseits des Dickichts, das auf dem Hang des Vulkans wucherte, meinte er einige helle Flecken auszumachen. Das mussten die Fackeln der Guori sein. Ihn wunderte jedoch, dass sich die Lichter nicht bewegten. Najel umrundete den Krater und machte sich an den Abstieg. Was würde ihn am Strand erwarten?

Nach kaum vierzig Schritten sprang Usul hinter einem Busch hervor und verstellte ihm den Weg. Als hätte das Scheusal gewusst, dass Najel dort entlangkommen würde …

»Wieder wach? Schön, schön«, kicherte die Kreatur. »Dann kann das Spiel ja beginnen!«

Dem Jungen brach der kalte Schweiß aus. Er hatte nicht mal eine Waffe, um sich zur Wehr zu setzen. Er erwog, dem Dämon einen Stein ins Gesicht zu schleudern, doch das wieselflinke Wesen wäre dem Geschoss bestimmt mühelos ausgewichen. Da ihm nichts Besseres einfiel, zog er sich wieder auf den Gipfel zurück. Für jeden Schritt, den er zurückwich, machte der Dämon zwei auf ihn zu.

»Los, fang an«, sagte Usul. »Beeil dich! Wir haben nicht viel Zeit.«

Najel stolperte noch weiter zurück, musste jedoch aufpassen, sich von dem Dämon nicht in die Enge treiben zu lassen. Der Gipfel des Vulkans war kahl, und so konnte der Junge nicht hoffen, dort oben ein Versteck zu finden. Und um Usul davonzulaufen, fehlte ihm ganz einfach die Kraft. Der Dämon würde ihn mühelos einholen.

»Mir ist nicht nach Spielen zumute«, murmelte Najel.

Er wusste selbst nicht so recht, was er damit eigentlich sagen wollte, aber vielleicht konnte er so etwas Zeit gewinnen. Plötzlich bemerkte er, dass er wieder am Rand des Kraters stand. Es war dieselbe Öffnung, in die einst Yan und später sein Sohn Cael hinabgestiegen waren, um Usul aufzusuchen. Damals war der Gott noch ein Geschöpf des Meeres gewesen, das in einer unterirdischen, mit Wasser überfluteten Höhle gefangen war. War er womöglich dabei, sich in seine alte Gestalt zurückzuverwandeln? Während Najel noch über diese Frage nachdachte, brach die Kreatur in schepperndes Gelächter aus. Der Junge zuckte heftig zusammen.

»Natürlich willst du spielen!«, kreischte der Dämon.

»Deswegen bist du doch hier! Also los, du bist dran! Stell deine erste Frage!«

Fragen. Das war es also. Endlich begriff Najel, was Usul von ihm wollte. Warum war er nicht eher darauf gekommen?

Als der Gott noch in seiner Unterwasserhöhle gelebt hatte, war es sein einziger Zeitvertreib gewesen, die Fragen der Sterblichen zu beantworten, die ihn aufsuchten. Er enthüllte ihnen alle Geheimnisse, nach denen sie fragten, sagte ihnen aber im Gegenzug ein Ereignis aus der Zukunft vorher. Und paradoxerweise wurde durch eben diese Prophezeiung die Zukunft ungewiss. So konnte genau das Gegenteil von dem eintreten, was Usul behauptete. Ganz gleich, ob die Sterblichen alles daransetzten, dass eine erfreuliche Vorhersage eintrat, oder ein Unglück um jeden Preis abzuwenden versuchten – sie wussten niemals, ob sie nicht geradewegs ins Verderben rannten ... Dieses übernatürliche Wissen war ein schrecklicher Fluch, das hatten Yan und Cael am eigenen Leib erfahren.

Najel brannte darauf, Antworten auf bestimmte Fragen zu bekommen, aber er wollte sich deswegen nicht ins Unglück stürzen – zumal der Dämon eher wahnsinnig als allwissend wirkte. Der Junge umrundete den Krater, um auf Abstand zu der widerlichen Kreatur zu gehen. Vergeblich. Usul wich ihm nicht von der Seite, sondern kam sogar noch etwas näher.

»Stell endlich deine Frage!«, schrie Usul plötzlich außer sich vor Wut.

Der Ausbruch ließ Najel erstarren. Vor seinen Füßen klaffte der Krater und drohte ihn jeden Moment zu verschlingen. Ab und zu wehte ein widerlicher Verwesungsgeruch von unten herauf – derselbe Geruch, den Usul verströmte. Wie sollte das alles bloß enden?

Najel gab sich einen Ruck. Da er Usul sowieso nicht entkommen konnte, stellte er die eine Frage, die ihm seit Tagen keine Ruhe ließ.

»Wo ist mein Vater?«

Die Kreatur brach in schauriges Gelächter aus und leckte sich die Lippen. Speichel triefte ihr auf Kinn und Brust und ließ die Schuppen glänzen, die unter den Hautfetzen zum Vorschein kamen.

»Im Jal!«, röhrte Usul schließlich. »Wo denn sonst? So, jetzt bin ich dran!«

Ungläubig starrte Najel ihn an. Im Jal? Wie war das möglich? Den Ort gab es doch gar nicht mehr! Und wie sollte Ke'b'ree dort hingelangt sein? Hatte Usul vielleicht doch den Verstand verloren?

»Jetzt bin ich an der Reihe!«, wiederholte der Dämon. »Hör mir gut zu: Einer deiner Gefährten wird einen anderen von euch töten!«

Najel nickte zerstreut. Er war noch zu benommen von der ersten Antwort, um Usuls Vorhersage richtig zur Kenntnis zu nehmen. Der Dämon ließ ihm jedoch keine Zeit, einen klaren Gedanken zu fassen.

»Los, noch eine Frage!«, schnaubte er. »Beeil dich, sie kommen!«

Sie kommen. Diese Worte hatte der Junge schon einmal gehört. Angestrengt spähte er in die Finsternis. Waren die Guori dabei, den Vulkan zu stürmen? Abermals sah er sich hektisch nach einer Fluchtmöglichkeit um, aber es gab keine … Wenn er schon sterben musste, wollte er wenigstens noch eine Frage beantwortet haben.

»Wer ist unser Feind?«, brach es aus Najel hervor.

Usul antwortete prompt. Wieder war der Junge wie vor den Kopf gestoßen. Auch das war vollkommen unmöglich … Die Vorstellung war zu schrecklich, um wahr zu sein. In seiner Verzweiflung bemerkte Najel nicht, wie Usul an seine Seite glitt. Nun standen beide nebeneinander am Rand des Kraters. Nach einem flüchtigen Blick auf das Gebüsch hinter ihnen beugte er sich zu Najel und verriet ihm sein letztes Geheimnis.

»Einer von euch wird eine Entscheidung treffen müssen«, kreischte die Kreatur. »Entscheidet er sich falsch, ist die Welt der Sterblichen dem Untergang geweiht!«

Entsetzt riss Najel die Augen auf. Im nächsten Moment brachen mehrere Gestalten aus den Büschen hervor. Najel glaubte zu träumen: Es waren Guederic und Maara, gefolgt von den anderen!

Beim Anblick der Erben schlug Usul Najel seine Krallen in den Arm.

Die Schläfen der wallattischen Prinzessin pochten vor Anstrengung. Noch nie zuvor war sie so schnell gerannt. Gleich nachdem Lorilis die Guori mit einem riesigen Feuerball in die Flucht geschlagen hatte, waren alle Erben bis auf Zejabel und Lorilis aufgebrochen, um nach Najel zu suchen. Die Zü blieb zurück, um das Schiff zu bewachen und die junge Magierin zu beschützen, die völlig entkräftet war. Die anderen stürmten den Hang des Vulkans hoch. Doch obwohl Maara ihren Bruder um jeden Preis retten wollte, konnte sie kaum mit Guederic mithalten. Ihn schien eine noch viel mächtigere Kraft anzutreiben als sie selbst. Seine Augen waren finster wie die Nacht.

So erreichte Guederic den Gipfel als Erster, dicht gefolgt von Maara. Ihr Herz machte vor Freude einen Sprung, als sie Najel erblickte, obwohl der Dämon direkt neben ihm stand. Sie brüllte vor Wut, als die Kreatur es wagte, den Erben der B'ree mit seinen dreckigen Händen anzufassen. Zur allgemeinen Verblüffung versuchte Usul aber nicht, seinen Gefangenen fortzuziehen. Im Gegenteil, er schubste ihn weg, so dass Najel seiner Schwester vor die Füße stolperte. Ein grausames Lächeln erschien auf seinem entstellten Gesicht, dann machte Usul einen Satz und verschwand.

Der Dämon war in den Krater des erloschenen Vulkans gesprungen. Maara war das völlig gleich, sie warf sich auf ihren Bruder und küsste und umarmte ihn. Doch Najel schien ihre Freude nicht zu teilen. Maara hielt inne, schaute ihm tief in die Augen und fragte, was los sei.

»Ich weiß jetzt, wer unseren Tod will«, murmelte der Junge. »Es ist unser Großvater.«

Die Kriegerin verstand nicht recht. »Was redest du da?«

»Es ist Saat! Der schwarze Magier, der Sombre aus dem Karu in die Welt der Menschen geholt hat!«

Ein eisiger Schauer überlief Maara. Sie warf den anderen, die sich um den Krater scharten, einen hastigen Blick zu. Dann beugte sie sich zu ihrem Bruder hinunter und flüsterte ihm ins Ohr: »Sag den anderen nichts davon! Schwör es, Najel.«

Der Junge zögerte verwirrt, dann leistete er den Schwur.

AHNENTAFEL

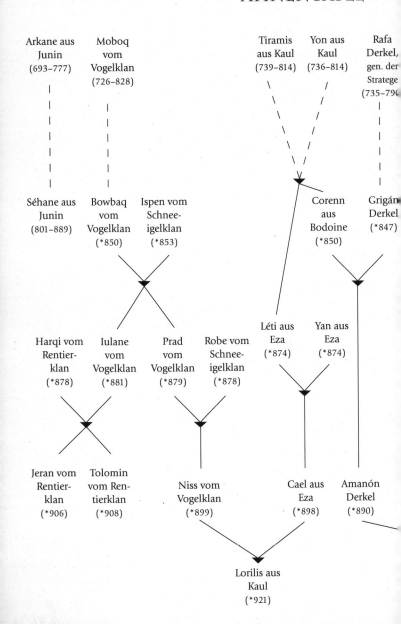

DIE WEISEN VON JI UND IHRE ERBEN

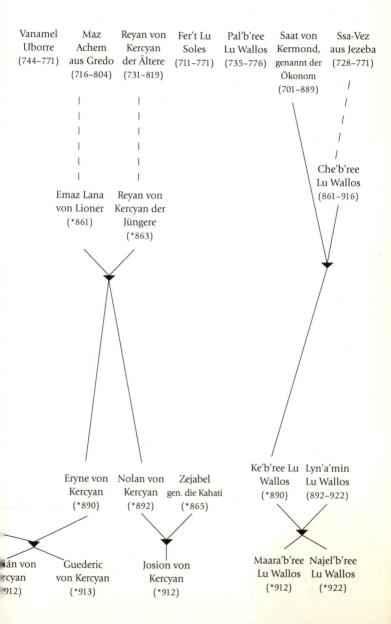

KLEINES LEXIKON DER BEKANNTEN WELT

ALIOSS

Der Anführer. Alioss ist der Gott der Familienväter, Klanchefs und Königsgeschlechter Griteh. Nur Männer der oberen Stände dürfen ihm dienen: Krieger, Priester, Edelmänner und Handwerker. Frauen, Bettlern und Verbrechern ist es verboten, auch nur den Namen des Allmächtigen auszusprechen.

Die Göttin Aliara erfüllt eine ähnliche Rolle für die weiblichen Einwohner Griteh, auch wenn sie kein so hohes Ansehen genießt. In den Unteren Königreichen muss der König jedem Tempelbau seinen Segen erteilen, und kein König würde je erlauben, dass sich Frauen in einem Tempel versammeln.

ALT

Der Alt ist der größte Fluss der bekannten Welt. Er entspringt in den höchsten Bergen des Rideau, fließt durch Itharien und Romin und mündet schließlich in den Spiegelozean.

Einer goronischen Legende zufolge werden die Toten eines Tages in riesigen Geisterschiffen den Fluss heruntergefahren kommen, um sich für alles Leid zu rächen, das ihnen zu Lebzeiten angetan wurde. Hin und wieder behauptet jemand, die Vorhut dieser Armee der Finsternis gesehen zu haben. Aus diesem Grund lassen manche Häfen nach Einbruch der Dunkelheit kein Schiff mehr einlaufen.

ALTES LAND
Anderer Name des Königreichs Romin.

ALUÉN
Auch wenn sein Geburts- und Todesjahr nicht überliefert sind, geht man davon aus, dass Aluén gegen Ende des achten Äons kurz nach dem Untergang des Itharischen Reichs in Partacle herrschte.
Während sich die Itharier der Religion zuwandten, nachdem Eurydis ihnen zum zweiten Mal erschienen war, lieferten sich die befreiten Völker blutige Bürgerkriege um die Reichtümer, die die einstigen Eroberer zurückgelassen hatten. Es heißt, dass Aluén einen Schatz anhäufte, der sogar den des Kaisers von Goran übertraf.
Dieser Schatz ist jedoch spurlos verschwunden. Einer Legende zufolge soll ein Teil des Schatzes im Grab seines Besitzers versteckt sein, allerdings weiß heute niemand mehr, wo sich dieses Grab befindet. Sieben Grabstätten wurden bereits erfolglos durchsucht, aber die Schatzjäger geben die Hoffnung nicht auf.

AMARIZIER
Amarizische Priester führen ein gottesfürchtiges und frommes Leben. Die meisten bleiben bis zu ihrem Tod innerhalb der Mauern eines Gemeinschaftstempels und vollziehen die religiösen Riten. Für manche Amarizier ist es jedoch der höchste Beweis ihrer Liebe zu Gott, Ungläubige zu bekehren, und so ziehen sie durch die Lande, um »verlorene Seelen« zu retten.
Amarizier lehnen Theoretiker ab, da sie es für anmaßend halten, den göttlichen Willen auszulegen.

Es gibt viele Ausprägungen des amarizischen Glaubens – vermutlich vielleicht ebenso viele wie Dörfer der bekannten Welt. In den Oberen Königreichen wird Odrel am häufigsten verehrt.

AÒN
Fluss in den Unteren Königreichen, der in den Jezebahöhen entspringt und bei Mythr ins Feuermeer mündet. Viele große Städte der Unteren Königreiche liegen am Ufer des Aòn: La Hacque natürlich, aber auch Quesraba, Tarul und Irzas.

Es hält sich hartnäckig das Gerücht, der Unrat der Menschen ziehe in der heißen Jahreszeit Raubfische aus dem Meer an. Sie schwämmen den Fluss bis La Hacque hoch und schreckten auch nicht davor zurück, Menschen anzugreifen und zu zerfleischen. Obwohl es in der Vergangenheit tatsächlich einige Attacken von Ipovanten gab und einmal sogar den Angriff eines Dornhais, sind solche Vorfälle äußerst selten.

ARGOS
Die Argosfelsen befinden sich in den Unteren Königreichen, ganz im Osten der Jezebahöhen. Berühmt sind sie vor allem für ihr Echo, das eindrucksvollste der bekannten Welt. Zahlreiche Legenden ranken sich um diese Felsen.

Es heißt, das Echo von Argos habe ein Gedächtnis, und wer nur stumm dastehe und geduldig abwarte, dem gäben die Felsen irgendwann die Geheimnisse preis, die ihnen im Laufe der Jahrhunderte anvertraut wurden.

ARKISCH
Wichtigste Sprache Arkariens.

AVATAR
Inkarnation oder Verkörperung einer Gottheit in einer anderen Gestalt als seiner eigentlichen.

BELLICA
Die Bellica ist eine Spinne, die im Norden der Fürstentümer heimisch ist. Ihr Biss ist für den Menschen nicht tödlich, und sie greift nur bei zwei Gelegenheiten an: wenn ihr Nest bedroht ist oder wenn sie einer Artgenossin begegnet. Aufgrund dieser Eigenschaft eignet sich diese Spinnenart gut für Schaukämpfe. Bellica-Kämpfe sind in den Unteren Königreichen ein beliebter Zeitvertreib. Es werden regelrechte Turniere veranstaltet, und die Wetteinsätze erreichen schwindelerregende Höhen. Der Todeskampf zweier Bellica-Spinnen ist ein beeindruckendes Schauspiel. Wenn die beiden handtellergroßen Tiere aufeinander losgelassen werden, stellen sie sich zunächst auf ihre vier Hinterbeine und versuchen, die Gegnerin mit Drohgebärden einzuschüchtern: Sie bewegen ihre Kieferklauen, vollführen nervöse kleine Sprünge und klappern mit den Beißwerkzeugen.
Es ist jedoch äußerst ungewöhnlich, dass eine der Gegnerinnen zu diesem Zeitpunkt aufgibt. Als Nächstes folgt ein Kampf auf Leben und Tod, in dem sich die Spinnen ineinander verbeißen. Sie versuchen, ihre Widersacherin mit ihrem Gift zu lähmen oder sie in ein Netz einzuspinnen. Oft gewinnt die scheinbare Verliererin im letzten Moment die Oberhand. Manche Spinnen stellen sich tot, um ihre

Gegnerin zu täuschen. Andere gewinnen den Kampf, obwohl sie mehrere Beine verloren haben.
Die Siegerin frisst immer den Kopf der Verliererin, und zwar nur den Kopf. Eine Spinne, die man daran hindert, verliert ihre Angriffslust und stirbt.

BROSDA
Ein Gott, der vor allem im Matriarchat von Kaul verehrt wird. Er ist der Sohn des Xéfalis und dem Spiegelbild Echoras.
Brosda ist der Gott der Fischer. Sein Reich ist weder das Wasser noch das Land, sondern die Grenze zwischen beiden. Er ist ein neutraler Gott und wird je nach Ort und Epoche verehrt oder gefürchtet. In den Geschichten über Brosda kommen auch Seeungeheuer vor, was vor allem den Kindern gefällt.

BRUDER
Die Mitglieder der Großen Gilde bezeichnen sich gegenseitig als Brüder. Andere Verbrechergilden haben die Bezeichnung übernommen.
Manche geben ihren Mitgliedern bei Eintritt sogar einen neuen Namen und bilden regelrechte »Familien«.

CREVASSE
Hauptstadt Arkariens, die zum Klan des Falkens gehört. Eigentlich haben nur Bewohner des Weißen Landes Zutritt zur Stadt, Fremde sind nur in Ausnahmen erlaubt. Diejenigen, die das Glück hatten, Crevasse besuchen zu dürfen, vergleichen sie wegen ihrer Größe mit Lorelia und wegen der Schönheit ihrer Bauwerke mit Romin.

Der Legende zufolge wurde die Stadt an einem Ort errichtet, an dem sich drei Minen befinden: eine Eisen-, eine Kupfer- und eine Goldmine. Dies sei auch der Grund für den unermesslichen Reichtum des Falkenklans, aus dem zwei Drittel der arkischen Könige stammen und der somit die Geschicke des größten Landes der bekannten Welt lenkt.

DAÏ
Die Daï ist eine kleine Schlange, die in den Unteren Königreichen vor allem in den Ausläufern der Gebirge heimisch ist. Das ausgewachsene Tier ist zwei Fuß lang und wird bis zu drei Jahre alt. Seine Hautfarbe wechselt je nach Jahreszeit von Dunkel- zu Hellgelb.
Das Gift der Daï ist nicht tödlich – jedenfalls nicht in der üblichen Dosis –, erzeugt aber eine euphorische Trance mit Halluzinationen. Die Daï beißt ihre Beute in regelmäßigen Abständen, versetzt sie so in einen Tiefschlaf und hält sie über mehrere Dekaden am Leben, ähnlich wie Spinnen.
Das Gift ist eine beliebte Droge. Die Zucht von Daï-Schlangen hat in den Unteren Königreichen eine lange Tradition. Bei einigen Stämmen gilt es als Mutprobe, sich von einer Daï beißen zu lassen, da ihr Gift nicht wieder aus dem Körper gesaugt werden kann. Aber wie alle Drogen wird sie vielen zum Verhängnis: Man hört immer wieder von Menschen, die sich freiwillig in eine Schlangengrube stürzen und dort den Tod finden.

DARN-TAN

Darn-Tan war Graf von Uliterra, einer ehemaligen lorelischen Provinz zwischen dem Herzogtum Cyr-la-Haute und dem Herzogtum Kercyan. Einst führte Uliterra aus Gründen, die in Vergessenheit geraten sind, Krieg gegen das benachbarte Fürstentum Elisere und dessen Herrscher Iryc von Verona.

Der Brauch wollte, dass der Sieger den unterlegenen Herrscher, seine Familie und sein Domizil verschone. Doch Darn-Tan war bekannt dafür, diese Sitte zu missachten. Einige Jahre zuvor hatte er das Schloss von Orgerai angezündet und den Fürsten und dessen zwei Töchter an einen Balken knüpfen lassen. Darn-Tan hatte auch diesmal nicht die Absicht, seinen Feind mit dem Leben davonkommen zu lassen, und so ersann er eine komplizierte List. Er rechnete damit, dass Iryc von Verona ihm misstrauen und einen Hinterhalt wittern würde, und genau dann würde seine Falle zuschnappen.

Iryc von Verona, der keine Heimtücke kannte, entging dem Hinterhalt, indem er sich verhielt, wie Darn-Tan es nie erwartet hätte: arglos.

DEKADE

Zehn Tage. Zeiteinheit des eurydischen Kalenders.

Die Tage einer Dekade tragen Ordnungszahlen. Der erste Tag ist der Prim, der letzte der Zim. Die anderen Tage vom zweiten bis zum neunten heißen: Des, Terz, Quart, Quint, Sixt, Septim, Okt und Non.

Die Dekade der Erde und die des Feuers haben nur neun Tage. Der Okt wird übersprungen, auf den Septim folgt sogleich der Non. Die Maz haben hierfür eine religiöse

Erklärung: Der Wegfall des Okten versinnbildlicht Eurydis' Sieg über die acht Drachen von Xétame.

DEKANT

Zeiteinheit goronischen Ursprungs. Ein Dekant entspricht dem Zehntel eines Tages, also ungefähr zwei Stunden und fünfundzwanzig Minuten unserer Zeit. Der erste Dekant beginnt mit Sonnenaufgang, wenn der zehnte Dekant des Vortages endet. Das Ende des dritten Dekants wird als Mit-Tag bezeichnet.
Das gemeine Volk gebraucht diese Zeiteinheit im Alltag eher grob, während die Gelehrten sehr viel präziser sind. Sie richten sich nicht nur nach der Sonnenuhr, sondern berechnen mit komplizierten Formeln den genauen Zeitpunkt des Sonnenaufgangs über der Stadt Goran. Diese Methode ist auch die einzige, die es ermöglicht, in der Nacht – also vom siebten bis zum zehnten Dekant – den Wechsel der Dekanten exakt zu bestimmen.

DEZILLE

Zeiteinheit goronischen Ursprungs. Eine Dezille entspricht dem Zehntel einer Dezime, also ungefähr einer Minute und sechsundzwanzig Sekunden unserer Zeit. Gemeinhin wird es nicht für nötig gehalten, die Zeit in noch kleinere Einheiten zu unterteilen. Offiziell existieren allerdings noch Divisionen und Schläge. Eine Division misst ungefähr acht Sekunden, ein Schlag weniger als eine Sekunde.

DEZIME
Zeiteinheit goronischen Ursprungs. Eine Dezime entspricht dem Zehntel eines Dekants, also ungefähr vierzehn Minuten unserer Zeit.

DONA
Die Göttin der Händler. Sie ist die Tochter Wugs und Ivies. Der Legende nach erschuf sie das Gold, um damit ihren Körper zu bedecken und so die Schönheit ihrer Cousine Isée zu übertreffen. Anschließend schenkte sie ihre Schöpfung den Menschen, damit diejenigen, die wie sie vom Schicksal benachteiligt wurden, mit ihrer Klugheit auftrumpfen können, die durch den Besitz des Edelmetalls versinnbildlicht wird.
Zu Donas Unglück entschied der junge Gott Hamsa, den sie zum Schiedsrichter erkoren hatte, sich jedoch abermals für Isée. Daraufhin beschloss Dona, nie mehr auf das Urteil eines Einzigen zu vertrauen. Sie nahm sich zahlreiche Liebhaber und gilt seither auch als Göttin der Sinnesfreuden.
In Lorelien gibt ein Händler, der ein gutes Geschäft abgeschlossen hat, üblicherweise einem fremden Mädchen, das in Armut lebt, ein Almosen. Dieses Geld wird »Donas Anteil« genannt. Leider gerät der Brauch immer mehr in Vergessenheit, da die meisten Anhänger Donas finden, die Opfergabe, die sie an den Tempel entrichten, sei ein ausreichender Beweis ihrer Hingabe.
Kein geschäftstüchtiger Händler würde je vergessen, Dona ein Opfer zu bringen, und sei es nur, um sich die Gunst derjenigen »Priesterinnen« zu sichern, die der Göttin der Sinnesfreuden besonders ergeben sind.

DORNHAI

Der Dornhai oder auch Kletterhai ist ein Raubfisch im Feuermeer, der häufig mit der Panzermuräne verwechselt wird. Die durchschnittliche Größe eines ausgewachsenen Dornhais liegt bei fünf bis sieben Schritten, aber wenn man alten ramythischen Seemännern glaubt, existieren auch Exemplare mit einer Länge von zehn Schritten oder mehr.

In den Meeren tummeln sich jedoch weit imposantere Lebewesen, und der Dornhai wird nicht wegen seiner Größe gefürchtet. Er ist berüchtigt für seinen Blutdurst und vor allem für die zahlreichen ausfahrbaren Haken, die sich zwischen seinen Schuppen am Bauch befinden. Die Haken tragen ein Gift in sich, mit dem der Dornhai seine Beute lähmt.

Außerdem benutzt der Dornhai diese Haken, um wie eine Raupe lautlos an der Außenwand von Schiffen hochzuklettern. Aus diesem Grund gilt er als der gefährlichste Raubfisch, und die Hochseefischer haben sich zahlreiche Schutzmaßnamen ausgedacht. Zum Beispiel weisen viele Schiffe einen »Glockenkranz« auf, ein schlauchförmiges, mit Alteisen gefülltes Netz, das rings um den Rumpf gehängt wird. Aus Aberglauben scheuen sich Seeleute, den Namen eines Mannes auszusprechen, der einem Dornhai zum Opfer gefallen ist, bevor sie das Festland erreicht haben.

EIHER

Arkisch. Fabeltier des Weißen Landes. Der Eiher wird entweder als riesiger Reiher mit Hörnern entlang der Wirbelsäule beschrieben oder als Schildkröte, deren Speichel in der Luft zu einem Pfeil gefriert, wenn sie ihr Opfer anspuckt. Obwohl diese beiden Beschreibungen unvereinbar sind, behauptet so mancher alteingesessene Arkarier, den Eiher in einer mondlosen Nacht bei der Jagd beobachtet zu haben. Aus Höflichkeit glauben die Arkarier beide Versionen.

EMAZ
Hohepriester des Großen Tempels der Eurydis und geistliche Oberhäupter aller Gläubigen. Es gibt vierunddreißig Emaz. Der Titel wird jeweils von einem Emaz auf einen Maz übertragen.

ERJAK
Arkisch. Jemand, der die Fähigkeit besitzt, die Gedanken der Tiere zu lesen und ihnen seine eigenen zu übermitteln.

EURYDIS
Hauptgöttin der Oberen Königreiche. Itharische Moralpriester brachten die Eurydisverehrung an die entlegensten Orte der bekannten Welt.
Die Geschichte der Göttin ist seit jeher mit der Heiligen Stadt verbunden. Im sechsten Äon waren die Itharier – die damals noch nicht so hießen – nichts als ein loser Zusammenschluss ehemaliger Nomadenstämme. Sie lebten am Fuß des Blumenbergs, einem der ältesten Berge des Rideau. Dieser Bund soll das Werk eines einzigen Mannes gewesen sein. Es heißt, König Li'ut von Ith wollte ein neues, mächtiges Königreich gründen und scharte alle unabhängigen Klans westlich des Alt um sich.

Er widmete sein ganzes Leben der Erfüllung dieses Traums, doch der Bau der Stadt Ith – der Heiligen Stadt, wie sie heute genannt wird – nahm mehr Zeit in Anspruch, als ihm zur Verfügung stand. Nach seinem Tod brachen die alten Rivalitäten zwischen den Klans erneut aus. Ohne Li'uts diplomatisches Geschick war der schöne Traum zum Scheitern verurteilt.

Daraufhin soll die Göttin Eurydis dem jüngsten Sohn Li'uts erschienen sein und ihm befohlen haben, das Werk seines Vaters fortzuführen. Comelk – so war sein Name – dankte der Göttin für ihr Vertrauen, äußerte jedoch die Befürchtung, nichts gegen die Zwietracht der Stämme ausrichten zu können. Eurydis bat ihn daraufhin, alle Klanführer zusammenzurufen, und Comelk kam ihrem Wunsch nach.

Eurydis sprach zu jedem von ihnen und befahl ihnen, dem Pfad der Weisheit zu folgen. Die Klanführer lauschten ihren Worten andächtig, denn so barbarisch und großmäulig sie auch waren, ließen Aberglaube und Tradition sie die Macht der Göttin fürchten.

Als sich Eurydis zurückgezogen hatte, beratschlagten die Anführer lange und befragten die Stammesältesten und Seher. Schließlich wurden alle Streitpunkte beigelegt. Die Klanführer schworen einander ewigen Frieden und schlossen den Itharischen Bund.

Die Jahre vergingen, und Ith entwickelte sich von einer ansehnlichen zu einer wahrhaft eindrucksvollen Stadt. Zu jener Zeit konnte nur noch Romin mit der Hauptstadt des jungen Königreichs wetteifern. Die Stämme vermischten sich, und der alte Zwist geriet mehr und mehr in Vergessenheit. Itharien war auf dem besten Weg, ein Leuchtfeuer der bekannten Welt zu werden. Und so kam es auch, allerdings nicht im guten Sinne.

Trunken von der neuen Macht, die ihnen mehr oder weniger in den Schoß gefallen war, begannen die Nachfahren der alten Stämme von ihrer Überlegenheit über den Rest der bekannten Welt zu sprechen, bis es einigen in den Sinn kam, dies auch beweisen zu wollen. Zunächst beschränkten sich die Itharier auf kleinere Überfälle, doch schon bald folgten Scharmützel an den Grenzen und schließlich regelrechte Eroberungsfeldzüge, die immer blutiger wurden.

Gegen Ende des achten Äons herrschte Itharien über das gesamte Gebiet zwischen dem Rideau im Osten, der Velanese im Westen, dem Mittenmeer im Süden und der Stadt Crek im Norden. Die Itharier waren grausame Eroberer: Sie plünderten, brandschatzten, verwüsteten ganze Landstriche und metzelten Tausende dahin.

Eines Tages, als die Heerführer wieder einmal zusammenkamen, um eine Invasion Thalitts zu planen, erschien Eurydis zum zweiten Mal.

Es heißt, sie habe die Gestalt eines zwölfjährigen Mädchens angenommen, und so wird sie auch heute meist dargestellt. Dennoch glaubten einige der gestandenen Feldherren vor Angst zu sterben, so groß war der Zorn der Göttin.

Sie sprach kein Wort, sondern begnügte sich damit, jedem Heerführer des itharischen Reichs – denn so nannte man es inzwischen – in die Augen zu sehen.

Der Blick war ihnen Warnung genug. Sie gaben alle Angriffspläne auf und befahlen ihren Kriegern, die Waffen niederzulegen und sich aus den eroberten Gebieten zurückzuziehen. Die Heerführer nahmen es auf sich, das itharische Denken und Handeln tiefgreifend zu verändern.

Eine Generation später hatte sich das gesamte itharische Volk der Religion zugewandt. In der nächsten Zeit erfuhren sie großes Unglück, da sich die von ihnen unterjochten Völker – wie das junge goronische Volk – nun ihrerseits als Henker aufführten. Das itharische Reich musste immer mehr Gebiete abtreten, bis es nur noch sein ursprüngliches Territorium umfasste: die Umgebung der Stadt Ith und den Hafen von Maz Nen.

Im Laufe der Jahre begannen die Itharier mit einer anderen Art der Eroberung, die eher dem Willen der Göttin entsprach: Die Maz zogen durch die bekannte Welt und bis an die entlegensten Orte, um Eurydis' Moral zu verkünden. Dies nützte auch den weniger entwickelten Völkern, denn die Itharer brachten ihnen nicht nur die Religion, sondern auch Errungenschaften wie Kalender, Schrift, Kunst und Technik, die sie sich bei ihren Eroberungszügen angeeignet hatten.

Manche Theoretiker prophezeien, dass die Göttin bald ein drittes Mal erscheinen wird. Natürlich wird sie das irgendwann tun, da sie ja bereits zweimal erschienen ist. Die wichtigste Frage, die die Itharier sich stellen, lautet: Welchen Weg werden wir als Nächstes einschlagen?

EZOMINE

Ezomine sind Steine, die Licht ausstrahlen. Sie sehen aus wie gemeine Quarze, und ihre Kraft wird erst im Dunkeln sichtbar.

Die Stärke des Lichts ist unterschiedlich. Manche behaup-

ten, Steine gesehen zu haben, deren Licht fünfzig Schritte weit reiche. Doch die meisten Ezomine leuchten nicht einmal so hell wie eine gewöhnliche Kerze.
Wenn der Stein auseinanderbricht, verliert er seine Kraft. Seit Äonen studieren die Gelehrten das Geheimnis der Ezomine, aber keine der Theorien, die sie über den Ursprung der rätselhaften Kraft entwickelt haben, konnte bislang bewiesen werden.
Unter Sammlern, Abenteurern und Schatzjägern sind die Steine sehr begehrt.

FRUGIS

Das Frugis ist ein Seil mit drei Enden, dessen Name auf den legendären König und Magier zurückgeht, der drei Äonen, bevor das Friedensabkommen der Fürstentümer geschlossen wurde, in Lineh herrschte. Das Seil ist auf verschiedene Arten beschrieben worden. Die gängigste lautet wie folgt: Man habe drei Seile genommen, jedes von ihnen zu einem V gelegt und die Spitzen aneinandergelegt. Dann habe man die Hälften zusammengeflochten und so ein kräftiges Tau mit drei gleich langen Enden erhalten. Die Angaben zur Länge der Enden schwanken zwischen sechs und neunundneunzig Schritten. Das Frugis-Seil soll die geheimnisvolle Macht besitzen, denjenigen, der eines seiner Enden hochklettert, an jeden Ort zu bringen, an dem eins der anderen Enden hängt. Sollte es dieses Seil jedoch tatsächlich geben, wüsste heute niemand mehr, wie man es gebraucht.

GESCHWÄTZIGE MUSCHEL
Zu Zeiten der Zwei Reiche verbreiteten romische Seeleute die Geschichte dieses kuriosen Gegenstands. Heutzutage hört man eher Spaßvögel von ihr sprechen als echte Schatzjäger. Angeblich handelt es sich um eine Gironenmuschel, in die einst ein Dämon die Stimme einer Frau einsperrte, die allzu schwatzhaft war. Doch selbst dieser Fluch brachte die Arme nicht zum Verstummen, und man sagt, dass jeder, der die Muschel in die Hände bekommt, sie so schnell wie möglich wieder loswerden will, da das unaufhörliche Geschwätz unerträglich ist.

GISLE
Grenzfluss zwischen dem Matriarchat von Kaul und dem Königreich Lorelien.

GILDE DER DREI SCHRITTE
Zusammenschluss der Prostituierten Lorelias.
Früher durften die Freudenmädchen ihrem ›Geschäft‹ nur in der sogenannten Unterstadt nachgehen. Allerdings gab es so viele von ihnen, dass es häufig zu Streit und sogar Handgreiflichkeiten kam. Deshalb gingen die Zuhälter irgendwann dazu über, jeder Frau ein Stück Straße zuzuweisen, das genau drei Schritte maß.
Manche Zuhälter haben diesen Brauch beibehalten, obwohl die meisten Prostituierten heutzutage im Hafenviertel zu finden sind, das sehr viel größer ist.

GROSSE GILDE
Zusammenschluss der meisten Verbrecherbanden der Oberen Königreiche. Die Große Gilde hat keine feste Ord-

nung oder Hierarchie, sondern ist im Grunde eine Übereinkunft der Banden, einander keine Gebiete und Betätigungsfelder streitig zu machen, derart, wie sie auch die Gilden eines Königreichs oder einer Stadt schließen.
Trotz häufiger Streitigkeiten gelingt es den Banden manchmal, gemeinsame Operationen durchzuführen, vor allem beim grenzüberschreitenden Schmuggel.
Offiziell lässt die Gilde die Finger von Meuchelmorden. Ihre Spezialität sind Erpressung, Entführung, Betrug, Schmuggel und natürlich sämtliche Formen von Raub und Diebstahl. Trotzdem fällt auf, dass den Mitgliedern neuer Banden, die sich nicht an die Übereinkunft halten, ein recht kurzes Leben beschieden ist …

GROSSES HAUS
Sitz der Regierung des Matriarchats von Kaul. Hier halten die Mütter ihre Ratsversammlungen ab, und hier haben sie ihre privaten Gemächer und Studierzimmer. Alle Einwohner Kauls können in das Große Haus kommen und ihre Beschwerden vortragen. Fünfzehn Personen halten sich von morgens bis abends bereit, um sie zu empfangen. Mehrmals im Jahr stehen die Arbeits- und Versammlungssäle des Großen Hauses allen Neugierigen offen.

GROSSTERRA
Hauptstadt und größte Insel des Schönen Landes, einer Inselgruppe im romischen Meer.

HATI
Heiliger Dolch der Züu. Der vollständige Name, wie man ihn in alten Schriften findet, lautet ›Zuïaorn'hati‹, wörtlich übersetzt ›eine Wimper Zuïas‹.
Den Hati bekommt ein Novize von einem Judikator überreicht, nachdem er seine erste Mission erfüllt hat, üblicherweise mit bloßen Händen. Dadurch wird er in den Kreis der Boten Zuïas aufgenommen und erhält das Recht, über Leben und Tod seiner weniger glücklichen Landsleute zu richten.

HELANIEN
Eine der fünf Provinzen des Königreichs Romin. Ihre Hauptstadt ist Manive, ihr Wappenbild die Rose von Manive.

HEILIGE STADT
Anderer Name Iths, der Hauptstadt des Königreichs Itharien. Häufig bezeichnet der Name auch nur das religiöse Viertel, eine Enklave mit einer eigenen Festungsmauer, eigenen Gesetzen und eigenen Bürgern – eine Stadt in der Stadt.

ITHARISCHE WÜRFELSPIELE
Diese Spiele sind in der gesamten bekannten Welt verbreitet. Ihr Ursprung ist ungewiss. Sicher ist allerdings, dass sie sich im siebten und achten Äon mit den Eroberungsfeldzügen der itharischen Armee ausbreiteten und rasch von allen besiegten Völkern übernommen wurden. Der itharische Würfel hat sechs Seiten. Auf vieren ist je ein Element abgebildet: Wasser, Feuer, Erde und Wind. Jeweils eins dieser Elemente erscheint auch auf der fünften und sechsten

Seite. Folglich gibt es vier Sorten von Würfeln: einen weißen für den Wind, einen roten für das Feuer, einen grünen für die Erde und einen blauen für das Wasser.

Wie viele Würfel für ein Spiel benutzt werden, hängt von den Regeln ab und wird zwischen den Spielern ausgehandelt. Im Normalfall reichen vier Würfel aus – ein Soldat –, doch es gibt auch Spiele, die mit zwanzig oder mehr Würfeln gespielt werden.

Stern, Prophet, Kaiser, Zwei Brüder und Gejac sind die bekanntesten, wenn auch längst nicht alle itharischen Würfelspiele.

JAHRMARKT (LORELISCHER)

Der Jahrmarkt ist eine der ältesten lorelischen Traditionen. Vom Tag des Händlers bis zum Tag des Kupferstechers in der zehnten Dekade entfallen jegliche Steuern auf die Ein- und Ausfuhr von Waren – solange ihr Handel nicht gegen die Gesetze des Königreichs verstößt. Die meisten Gelegenheitsverkäufer, Handwerker, Fremden und Kuriositätenhändler bieten ihre Waren zu dieser Zeit feil.

Der Jahrmarkt zieht eine Menge Menschen an, von denen ein Drittel gar nichts kaufen will, sondern nur der zahlreichen Attraktionen wegen kommt: Straßentheater, Spiele, Bankette und vieles andere. Manche dieser Vergnügungen werden vom König spendiert, der damit sein Ansehen verbessern will.

Für die königliche Schatzkammer ist der Jahrmarkt dennoch einträglich, da jeder, der einen Stand eröffnen will, einen Obolus entrichten muss. Die Kontrollen sind streng, und Verstöße werden mit der sofortigen Beschlagnahmung sämtlicher Waren geahndet.

Der Jahrmarkt findet auch in anderen großen Städten Loreliens statt: Benelia, Lermian und Le Pont. Er hat dort eine gewisse lokale Bedeutung, ist aber nicht mit dem der Hauptstadt vergleichbar.

JAHRZEHNT
Zehn Jahre.

JELENIS
Lorelisch. Die Jelenis sind Soldaten der ältesten Leibwache Loreliens. Sie sind vor allem berühmt dafür, König Kurdalene im sechsten Äon beschützt zu haben.
Die Jelenis sind auch die königlichen Hundeführer. Ihnen gehören über sechzig weiße Doggen, obwohl diese Rasse wegen ihrer Aggressivität nahezu ausgerottet ist. Jedes Tier ist mehr als vierhundert Terzen wert und der Stolz des jeweiligen Königs.
Es heißt, es brauche mindestens fünf erfahrene Krieger, um einen Jelenis und seinen Hund zu besiegen.

JERUSNIEN
Eine der fünf Provinzen des Königreichs Romin. Ihre Hauptstadt ist Jerus, ihr Wappenbild das Kreuz von Jerus.

JEZ
Einwohner des Sultanats von Jezeba.

JEZAC
Wichtigste Sprache des Sultanats von Jezeba.

JUDIKATOR
Religiöser Führer der Boten von Zuïa.

JUNEISCH
In Junin und den meisten anderen Fürstentümern gesprochene Sprache. Das Hochjuneische wird nur noch in offiziellen Schriften, im Handel und in der Literatur verwendet, während sich die Sprache der einfachen Leute, die einst eine Mundart war, im Laufe der Zeit von ihrem Ursprung entfernt hat und heute eine eigene Sprache darstellt.

KALENDER
In den Oberen Königreichen gilt der itharische Kalender. Er ist in 338 Tage, 34 Dekaden und 4 Jahreszeiten unterteilt. Das Jahr beginnt am Tag des Wassers, dem Frühlingsanfang. Zwei Dekaden bestehen nur aus neun statt aus zehn Tagen: Die Dekade vor dem Tag der Erde und die vor dem Tag des Feuers. Der Tag beginnt mit Sonnenaufgang. Jeder Tag und jede Dekade trägt einen bestimmten Namen, der ursprünglich religiöser Herkunft war und mit der Verehrung der Göttin Eurydis zusammenhing, deren Botschaft von Moralpriestern bis in die entlegensten Winkel der bekannten Welt getragen wurde. Mit der Zeit bildeten sich an verschiedenen Orten regionale Besonderheiten heraus. So heißt der Tag des Hundes, der im Großen Kaiserreich Goran keine besondere Bedeutung hat, in der Umgebung von Tolensk Tag des Wolfes und ist einer der höchsten Feiertage. Die Dekade des Jahrmarkts, die mit dem Tag des Händlers beginnt, ist in Lorelien von größter Wichtigkeit, in Memissien aber belanglos.

Kaum jemand kennt sämtliche Tage des Kalenders auswendig oder weiß um ihre Bedeutung für die Eurydisverehrung – abgesehen von den Priestern natürlich. Für die Einwohner der Oberen Königreiche ist der Kalender so selbstverständlich wie Sonnenauf- und -untergang. Die meisten wissen nicht einmal, dass er religiösen Ursprungs ist. Es gibt noch andere Kalender in der bekannten Welt, die auf königlichen Erlässen, nicht-eurydischen Religionen oder ganz einfach Stammestraditionen beruhen. Viele orientieren sich an den Mondphasen, wie zum Beispiel der alte romische Kalender, der aus 13 Zyklen zu je 26 Tagen besteht.

KAULANER
Bewohner des Matriarchats von Kaul.

KAULI
Wichtigste Sprache des Matriarchats von Kaul.

KLEINE KÖNIGREICHE
Anderer Name der Fürstentümer.

KONZIL
Versammlung der arkischen Klanchefs.

KURDALENE
Kurdalene war ein lorelischer König, der in die Geschichte einging, weil er gegen die Züü kämpfte. Damals übten die Anhänger der Rachegöttin mit Drohungen, Erpressungen und Morden einen solchen Einfluss auf die Edelleute und Bürger Loreliens aus, dass der König keine Entscheidung

treffen konnte, ohne sie vorher von den Mördern im roten Gewand absegnen zu lassen.

Irgendwann riss Kurdalene der Geduldsfaden, und von jenem Tag an tat er alles, um die Religion auszurotten – zumindest in Lorelia. Er überlebte fast zwei Jahre, indem er sich mit einigen ihm treu ergebenen Wachen in einem Flügel seines Palastes verbarrikadierte. Schließlich gelang es den Züu, ihn zu ermorden.

LA HACQUE

Der Legende zufolge wurde die Handelsstadt der Unteren Königreiche von einem lorelischen Edelmann gegründet. Wahrscheinlicher ist jedoch, dass eine Gruppe reicher Reeder am Ufer des Aòn ein Kontor errichtete, wodurch sich ein bereits bestehendes Dorf entwickelte. Jedenfalls finden sich in der Stadt, die oft als die schönste der Unteren Königreiche bezeichnet wird, zahlreiche Gebäude mit lorelischer Architektur. Auch einige Straßen erinnern an die König-Kurdalene-Straße oder an die Bellouvire-Allee in Lorelia.

La Hacque war lange die einzige Stadt, die von den Stammeskriegen verschont blieb, die diesen Teil der Welt heimsuchten. Im Jahre 878 wurde sie von Yussa-Söldnern im Dienste Alebs des Einäugigen erobert, dem König von Griteh und Quesraba. Seither gibt es südlich der Louvelle keine freie Stadt mehr.

LEEM (DIE GLOCKEN VON)

In Leem kam es einst zu einem derartigen Anstieg der Verbrechen, dass man den Eindruck hatte, die Stadt sei in fester Hand von Dieben, Plünderern, Brandstiftern, Mördern

und anderen finsteren Gesellen. Vergeblich verdoppelten und verdreifachten die Nachtwächter die Anzahl ihrer Runden; die Schurken waren einfach zu gut organisiert.
Daraufhin hatte der damalige Bürgermeister die Idee, an den Häusern der Honoratioren Glocken anbringen zu lassen. Wenn sich ein Würdenträger bedroht fühlte oder Zeuge eines Verbrechens wurde, läutete er die Glocke, um den Nachtwächter herbeizurufen. Meist war dieser jedoch nicht schnell genug, da die Übeltäter schon beim ersten Glockenschlag die Flucht ergriffen. Dennoch besserte sich die Lage etwas.
Die gemeinen Bürger folgten dem Beispiel, und bald hatte jeder Handwerker und Händler eine Glocke an seiner Werkstatt oder seinem Laden angebracht. Nach einigen Jahren gab es in Leem so viele Glocken, dass kaum noch Verbrechen verübt wurden.
Allerdings nahmen die Schurken Rache, indem sie jedes Haus mit einer Glocke anzündeten.
Heutzutage hängen immer noch an über sechshundert Häusern Leems Glocken, die jedoch nur noch selten geläutet werden, hauptsächlich zu Festtagen.

LERMIAN (DIE KÖNIGE VON)
Vor fünf Jahrhunderten war Lermian die Hauptstadt eines blühenden Königreichs, das dem aufstrebenden Großen Kaiserreich Goran oder dem expandierenden Lorelien in nichts nachstand. Die königliche Familie saß seit elf Generationen auf dem Thron, und die Dynastie drohte nicht auszusterben, da König Oroselem und seine Frau Federis drei Söhne und zwei Töchter hatten.
Lermian hatte romische Invasionen, die itharische Herr-

schaft und goronische Expansionsgelüste ohne größeren Schaden überstanden. Auch allen Einflussversuchen Bledevons trotzte das Königreich tapfer. Der lorelische König wollte Lermian annektieren, da es wie eine Insel mitten in seinem Reich lag. Doch es war nicht Bledevons Art, die Stadt, die er als Bollwerk gegen Goran brauchte, von seiner Armee stürmen zu lassen. Oroselem wusste das nur zu gut und schmetterte belustigt alle Einschüchterungsversuche, Versprechen und Intrigen des lorelischen Königs ab.

Lermian hätte eine der einflussreichsten Städte der Oberen Königreiche werden können – mehr noch, als sie es heute ist –, wenn seine Herrscher nicht ein grausames Schicksal ereilt hätte. Oroselem starb an einer Lebensmittelvergiftung, nachdem er etwas Verdorbenes gegessen hatte. Sein ältester Sohn saß ganze sechs Tage auf dem Thron, bevor er von der Burgmauer stürzte und seinen Verletzungen erlag. Der mittlere Sohn regierte etwas mehr als acht Dekaden, bis er plötzlich spurlos verschwand. Da der jüngste Sohn noch zu jung war, um den Thron zu besteigen, wurde der Prinzgemahl als Regent eingesetzt, doch er musste nach einem Jahr abdanken, weil er infolge eines Reitunfalls den Verstand verloren hatte. Der Gatte der zweiten Prinzessin verzichtete auf die Ehre, die Geschicke des Königreichs zu lenken, und ging mit seiner Frau ins Exil. Königin Federis bat daraufhin ihre Ratgeber, einen Regenten aus ihrer Mitte zu bestimmen. Ein einziger Ratgeber stellte sich zur Wahl, doch er wurde wenige Tage später in der Stadt von einer Räuberbande niedergestochen.

Niemand wollte nun mehr die Regentschaft übernehmen. Die Königin, die sich selbst dazu nicht in der Lage

sah, akzeptierte schließlich ein von Bledevon vorgeschlagenes Abkommen. Lermian wurde ein Herzogtum Loreliens, und das Königreich versprach der Stadt im Gegenzug Schutz durch seine Armee.
Der Fluch, der auf Oroselems Dynastie gelastet hatte, schien aufgehoben. Königin Frederis und ihr jüngster Sohn erreichten beide ein hohes Alter.
Böse Zungen munkelten etwas von einer Mordserie und verdächtigten sogar König Bledevon. Doch der lorelische Hoftheoretiker zerstreute alle Zweifel, indem er bewies, dass es der Wille der Götter gewesen sei, beide Königreiche unter einer Krone zu vereinen. Von diesen tragischen Geschehnissen rührt die volkstümliche Wendung her: »so tot wie die Könige von Lermian sein«.

LOUVELLE
Grenzfluss zwischen den Fürstentümern und den Unteren Königreichen.

LUREEISCHER GESANG
Im Altitharischen bedeutete »Lur« Späher. Lurée ist aber auch ein beliebter Gott. Übersetzt heißt sein Name »der Wächter«. Lurée wacht vor allem über Neugeborene, aber auch über glückliche Familien. Auf diesen beiden Tatsachen beruht vermutlich der Brauch des lureeischen Gesangs.
Es heißt, solange der Gesang irgendwo auf der Welt erklinge, bringe er all jenen Glück, die irgendwann in ihrem Leben eine Strophe gesungen hätten. In Ith wird der Gesang nie unterbrochen: Zahlreiche Freiwillige stehen Tag und Nacht Schlange, um eine der fünf Stimmen im Chor zu übernehmen. Die wenigsten kommen aus Selbstlosig-

keit, aber alle erfüllen ihre Aufgabe gewissenhaft, wenn sie an der Reihe sind.

Der Kult des Lurée ist wie die Eurydisverehrung eine Moralreligion, wie der Liedtext eindeutig zeigt. Im Verlauf der Jahrhunderte haben die lureeischen Maz mehr als dreißig Strophen zu den ursprünglichen siebzehn hinzugefügt. In ihnen werden Nächstenliebe, Freundlichkeit, Treue, Bescheidenheit und andere Tugenden gepriesen. Dahinter verbirgt sich die Überzeugung, niemand könne einen Text laut aufsagen, ohne von ihm beeinflusst zu werden: Aus einem Samenkorn im Wind kann ein Baum wachsen …

LUS'AN
Zü. Mystischer Ort der Zuïa-Religion, an dem die Boten nach ihrem Tod von der Göttin empfangen werden. Sie finden dort ewiges Glück und gehen Zuïa bei ihrem Großen Werk zur Hand.

Lus'an ist auch der Name einer kleinen Provinz auf der Heimatinsel der Züu. Dort leben die Judikatoren und ihre Sklaven, Fremden ist der Zutritt verboten. Die wenigen Abenteurer, die es wagten, die Insel zu betreten, sind nie zurückgekehrt.

In den Mooren Lus'ans sind die Geister der untauglichen Boten gefangen und derjenigen, die die Göttin verraten haben. Sie irren dort für alle Ewigkeit in unermesslicher Schwermut umher.

LUSEND RAMA
Der hoch zu Pferd Sitzende. Gott der Reiter und Beschützer aller Nomaden und Boten. Er wird vor allem in den Unteren Königreichen verehrt. Außerdem ist er der Hüter

der Stammesgesetze. Sein Urteil wird ebenso gefürchtet wie sein Ehrgefühl bewundert.
Künstler stellen ihn meist auf dem Rücken eines schwarzen Hengsts mit blinden Augen dar. So wird er in der Chronik des Pferdekönigs beim Kampf gegen die zwei Riesen von Irimis beschrieben. Manchmal wird er auch in der Gestalt eines Zentauren gemalt. Dieses Bild stammt aus der Taspriá, der ältesten religiösen Schrift der Unteren Königreiche.

MAÏOK
Arkisch. Mutter.

MARGOLIN
Nagetier von mittlerer Größe. Ausgewachsen kann es bis zu zwei Fuß lang werden. Es gibt mehrere Unterarten: das Kupfermargolin, das Plärrmargolin, das Fressmargolin und andere.
Margoline sind vor allem im Süden und in der Mitte der Oberen Königreiche heimisch und leben in Wiesen, im Wald oder am Ufer von Flüssen. Wegen ihrer hohen Vermehrungsrate, ihrer Bösartigkeit und der Ungenießbarkeit ihres Fleischs gelten sie als Schädlinge. Ihr Fell, aus dem die Handwerker Pelze, Lederbeutel und Kleider herstellen, ist jedoch sehr begehrt.

MASKE
In Itharien ist es üblich, eine Maske zu tragen. Obwohl die Itharier aus religiösen Gründen ansonsten eher schlichte Kleidung bevorzugen, ist die Maske eine Art Statussymbol. Die Maske ist keineswegs Pflicht, und von zehn Ithariern,

denen man an einem Tag begegnet, tragen sie vielleicht nur vier. Dennoch gibt fast jeder Bewohner der Heiligen Stadt an, irgendwann in seinem Leben die Maske getragen zu haben oder sie im Alter tragen zu wollen.

Die Erklärung für diesen religiösen Brauch verliert sich in den Tiefen der Vergangenheit. Schon die Ureinwohner der Gegend, die Vorfahren der heutigen Itharier, trugen zu gewissen Anlässen Masken.

Die eurydischen Priester übernahmen die Tradition, weil sie darin ein hervorragendes Mittel sahen, die dritte Tugend der Weisen Eurydis umzusetzen: Toleranz. Das Tragen der Maske ebnet alle Unterschiede ein und stellt die unter einem glücklichen Stern Geborenen mit den weniger Begünstigten auf eine Stufe. Obwohl dieser Gedanke umstritten ist, tragen die Itharier weiterhin ihre Masken.

MAZ

Ehrentitel vor allem in der Eurydisverehrung. Andere Religionen haben ihn übernommen.

Mit einer Ausnahme kann der Titel nur von einem Maz auf einen seiner Novizen übertragen werden, wenn dieser ihn sich durch seine Hingabe verdient. Der Große Tempel muss die Übertragung absegnen. Sie kann sofort in Kraft treten oder erst beim Tod des Maz, je nach Abmachung. Es ist einem Maz streng verboten, den Titel einem Mitglied seiner Familie zu vermachen.

Allerdings kann der Titel einem Novizen auch außer der Reihe verliehen werden, um ihm für ein besonderes Verdienst zu danken. Häufig wird der Titel posthum als Ausdruck der Dankbarkeit verliehen, wenn jemand sein

ganzes Leben der Eurydisverehrung geweiht hat, und in diesem Fall kann er natürlich nicht weitergereicht werden. Eine solche Auszeichnung kann nur ein Emaz vergeben. Die Rechte und Pflichten eines Maz sind nicht festgelegt und hängen von der persönlichen »Laufbahn« ab. Manche bekleiden wichtige Ämter in den Tempeln, andere unterrichten nur hin und wieder einige Novizen, und wieder andere treten nie einen Dienst an.
Niemand kennt die Anzahl der lebenden Maz, abgesehen von den Archivaren des Großen Tempels, die ihre Liste ständig auf dem neuesten Stand halten. Viele Priester außerhalb Ithariens nennen sich unrechtmäßig Maz, was die Schätzungen nicht gerade erleichtert. Der Legende zufolge gab es ursprünglich 338 Maz, so viele, wie ein Jahr Tage hat, und 34 Emaz, nach der Anzahl der Dekaden.

MÈCHE
Kleiner Fluss im Matriarchat von Kaul. Die Hauptstadt Kaul liegt an seinem Ufer. Zufluss der Gisle.

MEMISSIEN
Eine der fünf Provinzen des Königreichs Romin. Ihre Hauptstadt ist Jidée, ihr Wappenbild ein großer Platinschmetterling.

MERBAL
Merbal war einst der Anführer einer legendären Räuberbande, die für ihre Grausamkeit und Barbarei berüchtigt war. Heute fällt es schwer, bei den Schauergeschichten, die über ihn kursieren, zwischen Wahrheit und Lüge zu unterscheiden. Es gilt jedoch als sicher, dass Merbal die grau-

same Angewohnheit hatte, von jedem seiner Opfer einen Becher Blut zu trinken.
Der Glaube einer Sekte namens ›die Vampire von Jidée‹ beruht auf dieser Legende.

MISHRA
Die Verehrung Mishras ist mindestens so alt wie der Große Sohonische Bogen. Mishra war die Hauptgöttin der Goroner, bevor die itharische Armee im achten Äon die Stadt Goran einnahm. Nach der Befreiung, als die Itharier die Waffen niederlegten und sich der Religion zuwandten, wurde die Verehrung Mishras wieder populär. Aus der Stadt Goran ging erst das Königreich Goran und schließlich das Große Kaiserreich Goran hervor, und die Religion breitete sich im Land aus.
Mishra ist die Göttin der Gerechtigkeit und der Freiheit. Ein jeder hat das Recht, sie anzurufen. So kam es vor, dass Völker, die vom Großen Kaiserreich Goran besiegt worden waren, die Göttin ihrer Eroberer um Hilfe anflehten. Sie ist mit keiner bekannten Gottheit verwandt. Manche Theoretiker behaupten, sie sei die Schwester Hamsas. Zu Mishras Ehren wurden nur wenige Tempel gebaut – eine Ausnahme ist der prachtvolle Palast der Freiheit in Goran. Viele Gläubige verehren Miniaturen der Göttin oder eines Bären, ihres Sinnbilds.

MIT-TAG
Höchststand der Sonne, in unserer Welt 12 Uhr. Allgemein wird das Ende des dritten Dekants als Mit-Tag bezeichnet.

MOÄL
Der Moäl ist ein Baum, der nur in den Wäldern der Kleinen Königreiche wächst. Alle Versuche, ihn anderswo anzupflanzen, scheiterten, was die fähigsten Botaniker vor ein Rätsel stellt.
Der Moäl ähnelt der weit verbreiteten Grule sehr, und es fällt häufig schwer, sie auseinanderzuhalten. Der Unterschied ist eigentlich nur zu Beginn der Jahreszeit des Wassers sichtbar, wenn die Zweige des Moäls mehrere Tage lang blassgrüne Blüten austreiben.
Es heißt, wenn man beim Vollmond eine Goldmünze unter einen Moäl legt und nur lange genug zum Nachtgestirn hinaufsieht, erscheint der Kobold, der in dem Baum haust. Wenn ihm der Glanz der Münze gefällt, tauscht er sie gegen einen Wunsch ein.
Selbst diejenigen, die das für einen Aberglauben halten, sind überzeugt, dass es Unglück bringt, den Zweig eines Moäls abzubrechen.

MONARCH
Goldmünze im Königreich Romin.

MONDKÖNIGIN
Kleine Muschel mit glatter Oberfläche und nahezu runder Form, die wegen ihrer Seltenheit äußerst kostbar ist. Es gibt drei Sorten von Mondköniginnen: eine weiße, die am häufigsten vorkommt, eine blaue, die schon weniger gängig ist, und schließlich eine gefleckte, die äußerst selten ist. Eine Zeit lang dienten die blauen und gefleckten Mondmuscheln in einigen entlegenen Orten des Matriarchats von Kaul als Währung, und bei manchen alten

Leuten kann man noch heute mit ihnen bezahlen. Die Muschel ist auf alle Münzen geprägt, die von der Schatzkammer des Matriarchats ausgegeben werden. Nach ihr ist auch die offizielle Währung benannt: die Königin. Es gibt Münzen zu einer, drei, zehn, dreißig und hundert Königinnen. Die Hundert-Königinnen-Münzen sind etwa so groß wie eine Hand und dienen nicht als Zahlungsmittel. Sie fungieren lediglich als Garantie bei Transaktionen zwischen dem Matriarchat und seinen Nachbarn.

MORALIST
Die Moralpriester stützen sich auf religiöse Schriften und Überlieferungen, um die moralischen Werte zu verbreiten, die gemeinhin als die wichtigsten gelten: Mitgefühl, Toleranz, Wissen, Aufrichtigkeit, Achtung, Gerechtigkeit usw. Häufig sind Moralpriester Lehrer oder Philosophen, die sich aus Bescheidenheit darauf beschränken, eine kleine Gruppe von Schülern zu unterrichten. Die wichtigste Moralreligion ist die Eurydisverehrung.

MORGENLAND
Bezeichnung für die Länder östlich des Rideau.

NAMEN
Die Bedeutung der Namen hängt natürlich vom Geburtsland ab. In Kaul, Romin oder Goran werden seit Jahrhunderten einfach immer dieselben Namen weitergegeben, und niemand macht sich großartig Gedanken über ihre Herkunft. Doch das gilt nicht für alle Völker der bekannten Welt.
In Itharien ist es üblich, ein Neugeborenes auf das erste

Wort zu taufen, das es spricht. Da jedes Lallen als Wort gilt, das die Menschen zwar nicht verstehen, für die Götter aber von Bedeutung ist, sind die gängigsten itharischen Namen Nen, Rol, Aga und ähnliche Ein- und Zweisilber. Die Interpretation bleibt den Eltern überlassen, und es ist auch möglich, mehrere Silben aneinanderzureihen. Itharische Namen sind meist kurz und leicht auszusprechen.

Arkische Namen werden nicht endgültig vergeben. Im Verlauf seines Lebens nimmt ein Arkarier verschiedene Namen an. So heißen die meisten Neugeborenen Gassan (Säugling) oder Gassinuë (Winzling). Arkische Eltern suchen sehr früh nach der Besonderheit ihres Kindes und benennen es entsprechend, bis ein Namenswechsel geboten ist. So bedeutet Prad »der Neugierige«, Iulane »das junge Mädchen«, Ispen »die Liebreizende«, Bowbaq »der Riese« usw. Jeder gibt sich Mühe, sich keinen Namen wie »der Grausame«, »der Geizhals«, »der Untreue« oder andere Beleidigungen einzuhandeln. Selbstverständlich verbietet es die Höflichkeit der Arkarier, jemanden nach einem körperlichen Makel zu benennen, doch bei Feindschaften wird dieser Grundsatz gern einmal vergessen.

Die Züü, die der Rachegöttin dienen, nehmen am Ende ihres Noviziats einen neuen Namen an. Als Zeichen ihrer Unterwerfung unter Zuïa wählen sie einen Namen mit dem Anfangsbuchstaben »Z«, der ihnen zugleich Macht über das gemeine Volk der Züü verleiht.

NIAB
Kauli. Der Niab ist ein Tiefseefisch, der nur nachts an die Oberfläche kommt. Die kaulanischen Fischer spannen

ein großes dunkles Tuch knapp über der Wasseroberfläche zwischen mehrere Schiffe, um ihn zu täuschen. Dann müssen sie die Fische nur noch einsammeln, weil sie in eine Art Dämmerzustand verfallen. Als »Niab« bezeichnet man auch jemanden, der allzu leichtgläubig und arglos ist.

OBERE KÖNIGREICHE
Strenggenommen sind damit das Königreich Lorelien, das Große Kaiserreich Goran und das Königreich Itharien gemeint, manchmal auch noch das Königreich Romin. In den Unteren Königreichen zählt man jedoch alle Länder nördlich des Mittenmeers dazu, also auch das Matriarchat von Kaul und Arkarien.

ODREL
Odrel ist ein Gott, der vor allem in den Oberen Königreichen verehrt wird. Odrel soll der zweite Sohn Echoras und Olibars sein.
Ein fleißiger Priester sammelte einst mehr als fünfhundertfünfzig Geschichten über den traurigen Gott, wie Odrel manchmal genannt wird. Die bekannteste ist die Geschichte der tragischen Liebe Odrels zu einer Schäferin, die mit dem Tod der Menschenfrau und ihrer drei Kinder endet. Als Odrel seiner Geliebten in den Tod folgen will, muss er qualvoll erfahren, dass dies als Einziges auf der Welt nicht in seiner Macht steht.
Der Priester fasst die Ergebnisse seiner Forschungen wie folgt zusammen: »Niemand hat so viel Unglück erfahren wie Odrel. Aus diesem Grund wenden sich all jene an ihn, die ein Unheil oder einen Schicksalsschlag erlitten haben, die von Trauer, Reue oder bösen Erinnerungen gequält werden, die

in Ungnade gefallen sind oder in Armut leben, die Ungerechtigkeiten, Verzweiflung oder andere Prüfungen des Lebens durchstehen müssen. Er ist der einzige Gott, der sie versteht und ihnen Trost spenden kann, da er selbst Mitleid erregt.«

PAÏOK
Arkisch. Vater.

PHRIAS
Der Verfolger. Phrias ist ein Gott, der durch böse Gedanken und finstere Gebete der Menschen beschworen wird. Er macht, dass ein Seil reißt, ein Hund zubeißt, das Feuer aus dem Kamin springt oder der Boden plötzlich rutschig wird. Dieser Dämon nährt sich vom Hass und erfüllt die schwärzesten Wünsche.

PRESDANIEN
Eine der fünf Provinzen des Königreichs Romin. Ihre Hauptstadt ist Mestebien, ihr Wappenbild ein Gyolendelfin.

RAMGRITH
Bewohner des Königreichs Griteh. Wichtigste Sprache dieses Königreichs.

RAT DER MÜTTER
Oberste Versammlung und Regierung des Matriarchats von Kaul.
Jedes Dorf hat einen solchen Rat, deren Vorsitz die Dorfmutter innehat, während die Dorfälteste als ihre Beraterin dient.

RIDEAU
Der Rideau ist ein Gebirge, das im Westen an das Große Kaiserreich Goran und das Königreich Itharien und im Osten an das Morgenland grenzt.

ROCHANE
Fluss, der in den Nebelbergen entspringt und in das romische Meer mündet. Er fließt durch die romischen Provinzen Helanien und Presdanien. An seinen Ufern liegen zwei der größten Städte des Alten Landes: Mestebien und Trois-Rives.

ROMERIJ
Legendäre Stadt, auf dessen Ruinen Romin gebaut ist.

ROMISCHES ALPHABET
Das romische Alphabet ist das komplizierteste Alphabet der bekannten Welt, das noch in Gebrauch ist. Es besteht aus einunddreißig Buchstaben, von denen siebzehn einen Akzent tragen können. Diese achtundvierzig möglichen Buchstaben geben jedoch noch keine Laute wieder. Erst aus der Kombination von zwei, drei oder vier Buchstaben entstehen Silben. Die Schreibweise jeder Silbe hängt wiederum davon ab, welche Silben ihr vorausgehen und auf sie folgen.
Selbst die Rominer benutzen im Alltag eine vereinfachte Version. Das ursprüngliche Alphabet wird nur noch für offizielle Schriften verwendet. Musiker nutzen es außerdem für Gesangspartituren, da seine Variationsmöglichkeiten es erlauben, jede noch so kleine Stimmmodulation zu notieren.

Gelehrte aus allen Königreichen studieren das romische Alphabet wegen seines streng mathematischen Aufbaus.

SCHIEBEN
Schieben ist ein Spiel mit großem Körpereinsatz, das vor allem im Alten Land und im Norden der Fürstentümer populär ist. Zwei Gegner stellen sich jeweils auf ein Bein, legen die Handflächen aneinander und verschränken die Finger. Derjenige, der als Erster das zweite Bein auf den Boden stellen muss, hat verloren. Die Hände müssen sich die ganze Zeit berühren. Wie der Name schon sagt, ist es die beste Taktik, mit aller Kraft zu schieben.

SEMILIA
Unabhängiges Fürstentum, das unter dem Schutz Loreliens steht.

TAL DER KRIEGER
Landstreifen zwischen den nördlichen Ausläufern des Rideau und dem Spiegelozean. Sowohl das Große Kaiserreich Goran als auch das Königreich Thalitt erheben Anspruch auf das Gebiet. Seit Jahrhunderten liefern sie sich im Tal der Krieger erbitterte Gefechte.

TERZ
Die Terz ist die offizielle Währung Loreliens. Es gibt Silberterzen – das gängigste Zahlungsmittel – und Goldterzen, auf die das Konterfei des Königs geprägt ist.
Die lorelischen Goldterzen sind berühmt für den hohen Goldgehalt ihrer Legierung.
Die Untereinheit der Terz ist der Tick. Eine Silberterz ist

zwölf Tick wert. Der Wert einer Goldterz hängt vom jeweiligen Geldwechsler ab, liegt aber bei mindestens fünfundzwanzig Silberterzen.

THEORETIKER
Priesterkaste, die sämtlichen Göttern dient, selten auch nur einigen oder gar einem einzigen Gott. Die Theoretiker versuchen, aus den göttlichen Zeichen den Willen der Allmächtigen herauszulesen. In den Tempeln genießen sie kein hohes Ansehen, aber an den Höfen der Könige und Fürsten sind sie sehr gefragt. Häufig sind sie auch Astrologen und Ratgeber.
Der bekannteste Theoretiker war Jéron der Zarte, der die Einwohner Romins vor dem Ertrinken rettete, obwohl der König seiner Prophezeiung keinen Glauben schenkte.

UBESE
Fluss, der in den Jezebahöhen entspringt und durch die Kleinen Königreiche fließt. Bis zum Abschluss des ersten Friedensabkommens kämpften die Fürstentümer lange Zeit um die Vorherrschaft über die Ubese.
Die Ubese ist ein breiter, gemächlich dahinfließender Strom und bildet in der Ebene von Junin einen See. Ein bewachtes Wehr am Südeingang des Sees schützt die Hauptstadt der Fürstentümer vor einem Angriff der Unteren Königreiche auf dem Wasserweg.

UNTERE KÖNIGREICHE
Bezeichnung für die Länder südlich der Louvelle. Oft werden jedoch auch die Fürstentümer hinzugezählt.

URAE
Fluss, der in den Brantacken entspringt und ins romische Meer mündet. Die romische Provinz Uranien ist nach ihm benannt. Romin, die Hauptstadt des Alten Landes, liegt an seinem Ufer.
Die Urae genießt den traurigen Ruf, der dreckigste Fluss der bekannten Welt zu sein. Man sagt, in seinem schlammigen Grund verberge sich ein größerer Schatz als der des Kaisers von Goran. Aber das ist sicher nur ein Bild, um das Ausmaß der Verschmutzung zu beschreiben. Dennoch hält sich das Gerücht hartnäckig, da immer wieder Flussschiffer zu plötzlichem Reichtum gelangen und über die Herkunft des Geldes schweigen.

URANIEN
Eine der fünf Provinzen des Königreichs Romin. Ihre Hauptstadt ist Romin, ihr Wappenbild der Kronenadler aus den Nebelbergen.

VELANESE
Lorelischer Fluss. An seiner Quelle liegt die Stadt Le Pont.

DIE WEISE
Die Göttin Eurydis wird auch ›die Weise‹ genannt.

WEISSES LAND
Anderer Name für das Königreich Arkarien.

YÉRIM-INSELN
Die Inselgruppe Yérim besteht nur noch aus zwei Inseln: Yérim selbst und der Insel Nérim. Zwei kleinere In-

seln sind beim Ausbruch des Yalma – des größten Vulkans der Inselgruppe – im Meer versunken. Eine fünfte Insel erhob sich aus den Fluten, verschmolz mit Yérim und gab der Hauptinsel ihre heutige Form. Der Vulkanausbruch geht auf das Jahr 552 zurück. Zwei Jahrhunderte zuvor hatte das Große Kaiserreich die Inselgruppe besiedeln lassen, ohne auf Widerstand zu stoßen, da kein anderes Königreich Anspruch auf diesen trostlosen Fleck Erde erhob. Kaiser Uborre, der die Besiedlung befohlen hatte, wollte von Yérim aus die Unteren Königreiche angreifen, verwarf die Idee aber wieder, als sich herausstellte, dass es zu kostspielig war, den Hafen und das Fort zu unterhalten, die eilig auf Yérim errichtet worden waren.
Zurück blieben nur eine kleine Garnison und eine Flotte von zehn Galeerenschiffen. Die unfähigsten Soldaten wurden nach Yérim versetzt und unter den Befehl von unfähigen Offizieren gestellt. Bald wurde das Fort zum Gefängnis umgebaut, und immer mehr Verurteilte wurden ohne Hoffnung auf Rückkehr nach Yérim verschifft. Die Ausgestoßenen der goronischen Gesellschaft – Gefangene wie Aufseher – sollen das Wappenbild Yérims entworfen haben: ein schwarzes Stirnband, das Symbol der Verschwörer und Feinde des Kaisers.
Als im Jahre 552 der Vulkan ausbrach, nutzten die dreitausend Gefangenen die Gelegenheit zur Revolte. Die Hälfte der auf Yérim stationierten Soldaten schloss sich ihnen an. Die Gefechte waren rasch beendet, doch bald brachen Kämpfe zwischen den verschiedenen Rädelsführern aus. Inmitten der Unruhen entdeckten die einstigen Gefangenen das reiche Kupfervorkommen der Insel, das bei ei-

nem Vulkanausbruch an die Oberfläche gekommen war. Anstatt von der Insel zu fliehen, beschlossen die Goroner, die Galeeren, die bei der Revolte verschont worden waren, zur Verschiffung des Erzes zu nutzen. So brachten sie Yérim endgültig in ihre Gewalt. Die Bewohner fürchteten einen Gegenangriff Gorans, doch bald stellte sich heraus, dass sich das Große Kaiserreich wenig um den Verlust scherte und nicht noch mehr Kriegsschiffe verlieren wollte.

Als die Kupferminen erschöpft waren, sattelten die Yérimer um und wurden Piraten, Söldner und Schmuggler. Drei Jahrhunderte später wird die Insel immer noch ›Gorans Gefängnis‹ genannt und gilt nach wie vor als äußerst gefährlich.